mtb

Umwelthinweis:
Dieses Buch wurde auf chlor- und säurefreiem Papier gedruckt.

Kerrelyn Sparks unterrichtete Französisch und Geschichte an der Highschool, bis im Jahr 2002 ein Traum für sie in Erfüllung ging: Ihr erstes Buch wurde veröffentlicht. Mit ihrem Ehemann und ihren drei Kindern lebt die mehrfach preisgekrönte Bestsellerautorin im Großraum Houston, Texas, wo es sehr zur Enttäuschung ihrer Tochter keine Vampire gibt.

Kerrelyn Sparks

Ein Vampir für jede Gelegenheit

Roman

Aus dem Amerikanischen von
Justine Kapeller

MIRA® TASCHENBUCH
Band 65103
1. Auflage: Dezember 2014

MIRA® TASCHENBÜCHER
erscheinen in der Harlequin Enterprises GmbH,
Valentinskamp 24, 20354 Hamburg
Geschäftsführer: Thomas Beckmann

Konzeption / Reihengestaltung: fredebold&partner GmbH, Köln
Umschlaggestaltung: pecher und soiron, Köln
Redaktion: Mareike Müller
Titelabbildung: Thinkstock / Getty Images, München
Satz: GGP Media GmbH, Pößneck
Druck und Bindearbeiten: CPI – Ebner & Spiegel, Ulm
Printed in Germany
Dieses Buch wurde auf FSC®-zertifiziertem Papier gedruckt.
ISBN 978-3-95649-089-7

www.mira-taschenbuch.de

In liebevoller Erinnerung an Janice, die immer mit einer festen Umarmung, guten Ratschlägen und selbst gebackenen Keksen für mich da war. Danke, dass Du an mich geglaubt hast und stolz auf mich warst. Es war mir eine Ehre, Teil Deines Lebens zu sein.

DANKSAGUNG

Es gäbe keinen Sexiest Vampire Alive ohne den Sexiest Ehemann Alive. Meine ewige Dankbarkeit gilt meinem Mann, Don, der geschickt demonstriert, wie ein Mann zugleich ernst und lustig sein kann. Stark und dabei auch charmant. Mein Dank gilt meinen Kindern, die mich immer ermuntert haben, und meinen besten Freunden/Kritik-Partnern, die unglaublich weise sind und genau wissen, wann ich eine Umarmung brauche und wann einen Tritt in den Hintern.

Mein Dank an alle bei HarperCollins/Avon Books: Pam aus der Presse, Adrienne vom Marketing, Tom aus dem Art Department, Publisher Liate, Executive Editor Erika Tsang und Assistant Editor Amanda. Danke auch an meine Agentin, Michelle Grajkowski, von der 3 Seas Literary Agency.

Und schließlich kann ich nicht einmal zum Ausdruck bringen, wie dankbar ich all meinen Lesern bin. Dank Euch ist die „Love at Stake"-Serie erfolgreicher, als ich es mir je hätte träumen lassen.

1. KAPITEL

Simone riss dem Mann das Hemd auf und glitt mit der Hand an seiner glatten, haarlosen Brust und seinen durchtrainierten Bauchmuskeln entlang.

„In mir brennt ein Hunger, der nicht länger verleugnet werden kann“, murmelte sie mit ihrem verruchten französischen Akzent.

Der Mann neigte seinen kantigen Kiefer zur Seite, um ihr seinen Hals entgegenzustrecken. „Nimm mich. Mein Körper, mein Blut – ich gehöre dir.“

Sie strich mit dem Finger an seiner Halsschlagader entlang und schob ihn dann plötzlich von sich. „Nein! Ich ertrage das nicht länger!“

Mit einem dramatischen Rauschen ihres rosafarbenen Seidennegligés stand sie auf. Der Stoff bauschte sich um ihre langen Beine und erlaubte einen kurzen Blick auf die passenden rosafarbenen Stilettos.

Sie legte eine blasse Hand an die Stirn. „Was soll ein Vampir nur machen? So viele Jahre lang habe ich den immer gleichen Geschmack ertragen müssen. Wie sehr sehne ich mich nach Abwechslung!“

Sie trat vor und ließ die Hand elegant flatternd sinken. „Ich brauche etwas Neues, etwas Volles, Robustes und Anspruchsvoll… Ah!“ Sie stolperte über den Saum ihres Negligés und fiel der Länge nach auf die Nase.

„Schnitt!“ Der Regisseur fluchte in sich hinein, beugte sich dann zu Gregori und flüsterte: „Bist du sicher, dass wir sie nehmen müssen?“

Gregori verbarg seinen Missmut, wie er es immer tat, und lächelte Gordon aufmunternd zu. „Sie schafft das schon. Sie ist das berühmteste Model der ganzen Vampir-Welt.“

„Ja, das hast du schon ungefähr fünfmal gesagt. Aber so viel ist sicher, sie kann nicht schauspielern. Verdammt, sie kann ja nicht einmal gehen.“

Gregoris Lächeln verblasste ein wenig, als er innerlich zusammenzuckte. Er hatte es für einen Coup gehalten, die berühmte Simone davon zu überzeugen, in seinem Werbespot für *Blardonnay* aufzutreten, die neueste Erfindung der Vampire Fusion Cuisine. Aber obwohl sie schon drei Stunden filmten, war ihnen keine einzige Aufnahme gelungen.

Der Regisseur und die Crew der Digital Vampire Network in Brooklyn hatten die Kiste mit vierundzwanzig Flaschen, die er als Geschenk mitgebracht hatte, bereits vernichtet. Die Mischung aus synthetischem Blut und Chardonnay war dem Regisseur nicht mehr stark genug. Gordon nahm einen langen Zug aus einer Flasche Blissky und sah Gregori dann sauer an.

„Die Sonne geht in etwa neunzig Minuten auf", murmelte er. „Ich blase die Sache ab, ehe meine Crew nach draußen rennt, um sich freiwillig verbrennen zu lassen."

„So schlimm ist es doch nicht", versicherte Gregori ihm. „Mit der richtigen Bearbeitung haben wir ..." *Immer noch nichts.* „Für eure Zeit werdet ihr immer noch bezahlt."

Gordon schnaufte und trank erneut einen großen Schluck Blissky.

Gregori rückte seine Krawatte zurecht, während er seine Möglichkeiten durchging. Er war es, der vor seinem Boss rechtfertigen musste, ein kleines Vermögen in einen Werbespot gesteckt zu haben, den es nicht geben würde. Simone zu kritisieren wäre auch keine Hilfe. Sie mochte zart und zerbrechlich aussehen, aber wenn sie wütend wurde, konnte sie mit ihrer Vampir-Stärke eine Menge Schaden anrichten.

Zum Beispiel hatte sie einmal einen Nachtclub in Manhattan zerstört, weil niemand sie erkannt hatte. Gregori musste damals unglaublich viel Vampir-Gedankenkontrolle einsetzen, um die Erinnerung all der schockierten Sterblichen zu löschen, die Zeuge ihres Wutanfalls geworden waren. Leider war er nicht zur Stelle gewesen, als ein Paparazzo in Paris sie ohne ihre Erlaubnis fotografiert hatte. Simone hatte den Mann einmal quer über die Champs-Élysées geschleudert. *Le Figaro* hatte spekuliert, dass ihre seltsame Zurschaustellung von Kraft mit der Droge PCP zusammenhing. In der nächsten Nacht hatte Simone Vergeltung geübt, indem sie eine Straßenlaterne aus dem Gehsteig riss und sie durch die verglaste Front der Zeitungsredaktion warf. Irgendwie war Simone davon überzeugt, ihnen damit das Gegenteil bewiesen zu haben.

Er drehte seine Manschettenknöpfe gerade und ergab sich der einzig logischen Vorgehensweise: den netten und mitfühlenden Freund spielen, auch bekannt als Riesenschleimer. Mist, was er nicht alles für seinen Job auf sich nahm.

Er betrat das Set, das aus einem schweren elfenbeinweißen Teppich und einer gleichfarbigen Liege bestand. Das männliche Model hatte sich auf der Chaiselongue ausgestreckt und machte nicht die geringsten Anstalten, Simone zu helfen, die immer noch in ihrem Negligé verfangen war und wie ein gestrandeter Wal auf dem Teppich herumzuckte.

„Simone, Schätzchen, alles in Ordnung?“ Behutsam half er ihr auf die Beine. Sie war so dünn, dass es sich anfühlte, als würde man einen Besenstiel in heftigen Wind stellen. „Hinzufallen sieht dir gar nicht ähnlich.“ *Zwölf Mal.*

„Das sind diese lächerlichen Schuhe. Sie sind zu groß.“ Sie hob die Stimme, damit alle im Studio sie hören konnten. „Du weißt doch, ich trage Größe siebenunddreißig.“

Sie trug einundvierzig. Das war Gregori bestens bekannt, da sie ihn letzte Weihnachten angefleht hatte, ihr ein Paar Jimmy-Choo-Schuhe zu kaufen. Er hatte es getan, nicht weil er Simone besonders gernhatte, sondern aus geschäftlichen Gründen. Als Leiter der Marketingabteilung von Romatech Industries war ihm klar, wie wichtig es war, mit den einflussreichsten Persönlichkeiten der Vampirwelt auf gut Freund zu machen.

„Ist dein Negligé vielleicht zu lang?“, fragte er. „Wir könnten es ein Stück kürzen lassen.“

„Auf keinen Fall! Mir gefällt es so lang. Das lässt mich größer wirken. Und dünner.“

Liebe Güte, noch dünner und sie wäre zweidimensional. „Du siehst wunderschön aus, Simone. Aber … ich fürchte, an deiner Konzentration hapert es ein klein wenig. Vielleicht könnten wir …“

„Das ist *seine* Schuld!“ Sie deutete mit einem perfekt manikürten rosafarbenen Fingernagel auf das männliche Model, das gerade damit beschäftigt war, sich das Hemd auszuziehen, das sie zerrissen hatte. „Er ist zu hässlich, um mit ihm zu arbeiten.“

Gregori betrachtete das Model. „Für mich sieht er ganz gut aus.“

„Danke, mein Schöner.“ Das Model zwinkerte ihm zu.

Auch das noch. „Simone, wir können für dich nicht immer die Männer austauschen. Das hier ist der achte. Der Agentur gehen die Typen aus und uns die Zeit. Meinst du also, es könnte dir nicht doch gelingen, mit diesem hier zu arbeiten?“

Schmollend streckte sie die Unterlippe vor. „Er ist abstoßend. Es gruselt mich, wenn ich ihn anfassen muss.“

Das männliche Model zeigte mit dem Finger auf sie. „Es ist nicht so, als hätte ich Spaß dabei, Kleines.“

„Das nennt man Schauspielern, Simone“, flüsterte Gregori. „Du musst so tun, als würdest du ihn begehren. Er könnte hässlich wie eine Kartoffel sein, du musst uns glauben lassen, er wäre umwerfend.“

„Ich *bin* umwerfend.“ Das Model warf sich das lange blonde Haar über die Schulter.

Gregori stöhnte innerlich auf. Unter Vampiren war Flüstern unmöglich. Sie konnten alles hören. Er fasste Simone an den knochigen Schultern. „Seien wir ehrlich, Schätzchen. Es liegt nicht an den Schuhen oder dem Nachthemd oder dem Typen auf der Couch …“

„Pennington ist der Name“, unterbrach ihn das männliche Model, „Pennington Langley, der Dritte. Aber bitte, nennen Sie mich nicht Penny. Ich möchte nur ungern billig klingen.“ Kokett lächelte er Gregori zu.

Nachdem er ein Schaudern unterdrückt hatte, erwiderte Gregori das Lächeln. Mist, wie viel Müll musste er für seinen Job eigentlich noch ertragen? „Simone. Ich habe dich schon eine Batzillion Laufstege hinabstolzieren sehen, jedes Mal graziös wie ein Schwan. Du schaffst das."

Sie neigte den Kopf und presste die Hände gegen seine Brust. „In Ordnung, ich will ehrlich sein. Ich … ich habe Angst."

„Angst vor was? Versagen?" Er zuckte zusammen, weil sie ihre stahlharten Fingernägel in ihm vergrub.

„*Ich versage niemals*", fuhr sie ihn an.

„Sicher. Sicher, das ist mir bekannt." Er nahm sie an den Handgelenken, damit ihre rosafarbenen Klauen nicht seinen besten Anzug ruinierten. „Wovor hast du dann Angst?"

Ihre Unterlippe zitterte an ihren Fangzähnen. „Die Sonne geht bald auf. Ich fürchte mich davor zu sterben."

„Kleines, wir sterben jeden Sonnenaufgang."

„Ich meine den *wahren* Tod! *La mort finale!*" Sie griff nach seinen Anzugaufschlägen. „Ich habe Corkys Sendung heute Abend gehört. ‚Leben mit den Untoten.' Sie sagt, wir sind alle in großer Gefahr!"

„Dir wird nichts geschehen, Simone. Du schläfst in Romans Stadthaus, wo wir Wachen haben, die auf uns aufpassen."

„Dann hat Corky *recht*?", kreischte Simone und schüttelte ihn heftig. „Die Welt der Sterblichen weiß jetzt von uns?"

Er löste ihre knochigen Finger von seinen Aufschlägen. „Corky muss es ja wissen. Sie war diejenige, die das verdammte Video veröffentlicht hat."

Vor drei Nächten hatte Corky Courrant die Schlacht am Mount Rushmore aufgenommen. Der Film hatte den Tod von Casimir gezeigt, Corkys Liebhaber und Anführers der Malcontents. Obwohl Gregori verstand, dass es eine Frau verärgerte, wenn ihr Lover geköpft wurde, hielt er Corkys Reaktion doch für vollkommen übertrieben. Sie hatte das Video bei YouTube veröffentlicht und behauptet, es sei der Beweis für die Existenz von Vampiren. Das war ein unverzeihlicher Verrat, und dennoch war

Corky anscheinend immer noch bei Digital Vampire Network beschäftigt. Ihre zwielichtige Art schien gut für die Quote zu sein.

Simone traten Tränen in die Augen. „Sie hat gemeint, die Sterblichen werden Jagd auf uns machen und uns im Schlaf abschlachten!"

„O mein Gott!" Pennington sprang auf. „Stimmt das etwa?"

Der Tonassistent sah ihn düster an. „Hast du die *Nightly News* nicht gesehen? Stone Cauffyn hat verkündet, dass das Geheimnis heraus ist und es nicht mehr lange dauern wird, ehe die Menschen beschließen, uns alle umzubringen."

Leise stöhnend ließ Simone sich auf den Teppich sinken. Ihre blutgefärbten Tränen hinterließen rosafarbene Spuren auf ihren hageren Wangen. „*La mort finale.*"

„Das ist unser aller Ende", stieß der Kameramann knurrend aus.

„Wir sind verloren." Die Visagistin schniefte und wischte sich Tränen vom Gesicht.

„Die Vampir-Apokalypse", murmelte Gordon und trank erneut einen Schluck Blissky.

Du lieber Gott, kein Wunder, dass der Regisseur und die Crew sich so auf die Kiste Blardonnay gestürzt hatten. „Reißt euch zusammen, Leute", meinte Gregori. „Nur weil Corky ein Video gepostet hat, auf dem es aussieht, als würde ein Vampir zu Staub zerfallen, nachdem man ihm den Kopf abgehauen hat, bedeutet das noch lange nicht, dass die Sterblichen auch daran glauben."

„Sicher." Gordon verzog spöttisch das Gesicht. „Weil die Sterblichen sich ständig dabei filmen, wie sie sich gegenseitig die Köpfe abschneiden."

„In den Kommentaren halten viele Leute es für Betrug", erwiderte Gregori.

„Es braucht nur einen einzigen Menschen mit einem einzigen Pflock, um mir ein Ende zu bereiten", raunte der Tonassistent.

„Wir sind verloren!" Die Visagistin sackte auf den Boden zusammen und klammerte sich verzweifelt an eine leere Flasche Blardonnay. „*Verloren!*"

„Nein, sind wir nicht! Ihr habt das offizielle Memo von Roman doch bekommen, oder nicht?“, fragte Gregori. Roman Draganesti war nicht nur sein Boss und der Geschäftsführer von Romatech Industries, er leitete auch den Zirkel der Vampire an der Ostküste. „Er will, dass wir alle Ruhe bewahren und ganz normal unser Leben weiterführen.“

„Ja, wissen wir.“ Gordon drehte seine Blissky-Flasche um und verzog das Gesicht, da er merkte, dass sie leer war. „Deswegen sind wir alle heute zur Arbeit aufgetaucht.“

„Wir sollten nach Höhlen suchen“, entgegnete der Kameramann. Dann leuchteten seine Augen auf. „Ich weiß! Wir könnten uns doch in einem Mausoleum verstecken.“

„Klar.“ Der Tonassistent schnaubte. „Auf Friedhöfen würden die Sterblichen bestimmt nicht nach uns suchen.“

„Wir sind verloren ...“

„Genug!“, unterbrach Gregori die Visagistin. „Entspannt euch mal, Leute. Es kommt schon alles in Ordnung. Roman hat für heute Nacht eine Lagebesprechung mit ein paar Zirkelmeistern einberufen.“

„Haben die einen Plan?“, fragte Pennington.

„Ich bin mir sicher, sie denken sich etwas aus.“ Gregori wusste, dass Roman und Angus MacKay, der Leiter der Sicherheitsfirma MacKay Security and Investigation, die letzten beiden Nächte mit Sean Whelan gesprochen hatten. Sean war ein neu verwandelter Vampir und Romans Schwiegervater. Außerdem war er ein CIA-Agent. „Das Beste, was wir tun können, ist, uns normal zu verhalten und keine Aufmerksamkeit auf uns zu lenken. Geht einfach zur Arbeit, wieder nach Hause und trinkt euer Blut aus Flaschen. Dann kommt schon keiner auf die Idee, ihr könntet Vampire sein.“

„Du hast leicht reden“, entgegnete Gordon. „Auf dich und deine Kumpel passen tagsüber auch Leibwächter auf. Wir dagegen halten unseren Todesschlaf in Wohnungen, in die jederzeit ein Sterblicher einbrechen könnte.“

„Wir sind verloren“, brachte die Visagistin wimmernd hervor.

Gregori lockerte seine Krawatte und dachte nach. Corkys verdammtes Video hatte wahrscheinlich in der ganzen Vampirwelt Panik ausgelöst. Und je mehr die Vampire in Panik verfielen, desto größer war die Wahrscheinlichkeit, dass einer von ihnen etwas wirklich Dummes anstellte und das Problem damit nur noch verschlimmerte. Sie mussten sich sicher fühlen.

Er holte sein Smartphone aus der Jackentasche. „Folgender Vorschlag: Ich bitte Angus MacKay, einen Tagwächter herzuschicken. Wir machen aus dem Gebäude eine Notunterkunft. Dann gibt es einen Ort, an dem jeder Vampir geschützt und ungefährdet in den Todesschlaf fallen kann."

Leicht schwankend sprang Gordon auf die Beine. „Ist das dein Ernst? Das geht?"

„Natürlich." Gregori lächelte. „Ich kümmere mich um alles, also beeilt euch und bringt die Mitteilung auf Sendung."

„Super!" Gordon rannte aus dem Studio.

Die Visagistin rappelte sich auf und lächelte. „Danke."

„Kein Problem." Gregori suchte in seinem Handy nach der Nummer von Angus, während auch der Rest der Crew sich bei ihm bedankte. „Bereiten wir uns auf den nächsten Versuch für den Werbespot vor, okay?"

„Ja, Sir!", rief der Tonassistent grinsend.

Pennington zog sich ein neues Hemd an, und die Visagistin frischte bei Simone Puder und Lippenstift auf.

Erleichtert atmete Gregori auf. Vielleicht würden sie den Werbespot doch noch hinkriegen. Bei Angus erreichte er nur die Mailbox, also hinterließ er eine kurze Nachricht, warum sie DVN in eine Notunterkunft für verängstigte Vampire verwandeln mussten.

„Entschuldigung."

Gregori, der kurz seine E-Mails abgerufen hatte, sah auf und entdeckte, dass Pennington vor ihm stand. „Ja?"

„Ich möchte mich bedanken, dass Sie uns heute Nacht beschützen."

„Ich helfe gern."

Pennington strich sich das lange blonde Haar über die Schultern. „Und ich möchte mich bedanken, weil Sie mir die Gelegenheit geben, in einem Werbespot aufzutreten."

„Kein Problem." Gregori wollte das Model nicht daran erinnern, dass er die achte Wahl seiner Agentur gewesen war und überhaupt nicht hier wäre, hätte Simone die ersten sieben nicht rausgeschmissen.

Pennington trat dichter an ihn heran. „Was ich damit meine, ist, ... ich würde mich gern *persönlich* bedanken."

Du liebe Zeit. Gregori wich zurück. „Nein danke. Sorry."

„Aber Sie sind doch schwul, oder nicht? Ich meine, Sie sind so gut gekleidet, und Sie waren so nett und einfühlsam zu ... *der da.*" Pennington rümpfte die Nase und deutete mit dem Kinn in Simones Richtung.

„Als Hetero kann man nicht nett sein?", murmelte Gregori.

Simone schnaubte, während die Visagistin ihr die Haare bürstete. „Warum bestehst du weiterhin auf dieser Scharade, *mon ami*? Mit mir wolltest du keinen Sex haben. Also musst du schwul sein."

Er riss den Mund auf. Die Mitglieder der Crew fingen an zu flüstern, als sie diesen schmackhaften Bissen aus der Gerüchteküche aufschnappten. *Mist.* „Simone, hast du Gerüchte über mich in die Welt gesetzt?"

„Nein, natürlich nicht." Sie machte eine dramatische Geste. „Ich weiß, wie sehr dir dein Ruf als junger Playboy gefällt. Aber im Ernst, *mon ami*, du solltest aufhören, so feige zu sein, und die Wahrheit zugeben. Es wird dir so viel besser damit gehen."

Feige? Gregori griff in die Tasche, wo er seinen Stressball vermutete. Verdammt, er hatte ihn im Büro vergessen.

Es stimmte, dass er Simone abgewiesen hatte, ohne ihr einen konkreten Grund zu nennen, doch ehrlich zu sein war ihm damals nicht diplomatisch erschienen. Er fühlte sich einfach nicht von ihr angezogen. Und Liebhaber Nummer fünfhundertdreiundsechzig zu werden fand er auch nicht sonderlich spannend.

Simone zählte sie tatsächlich in ihrem Tagebuch. Mit einer Bewertung auf einer Skala von eins bis zehn.

Das Tagebuch hatte sie ihm mehrmals gezeigt. Es war selten, hatte sie gesagt, dass ein Mann auf mehr als eine Fünf kam. Deswegen fiel ihr die schwere Last zu, Hunderte durchzuprobieren, bis sie die wenigen entdeckt hatte, die es wert waren.

Gregori hatte ihr damals so sanft wie er konnte einen Korb gegeben, da er für seine Karriere mit den Berühmtheiten der Vampirwelt befreundet sein musste. Im Augenblick bedeutete Erfolg, diesen verdammten Werbespot aufzunehmen. Das hieß, er durfte weder Simone noch Pennington beleidigen, der ihn immer noch hoffnungsvoll anlächelte. Verdammt, was für einen Mist er doch für seinen Job erduldete.

„Ich …“ Sein Smartphone vibrierte. Gott sei Dank. „Da muss ich rangehen. Entschuldigt mich.“ Er marschierte rasch ans andere Ende des Studios. „Hey, Angus. Ausgezeichnetes Timing. Also, sind Wachen verfügbar, die du herschicken kannst?“

„Aye“, antwortete Angus. „Ich habe Robby und einige der Jungs gebeten, dass sie sich zu euch teleportieren und Rajiv mitbringen, der dann bei euch bleibt.“

„Super. Danke, Alter.“

„Wir sind hier mit unserem Schlachtplan fast fertig. Bis bald.“ Angus legte auf.

Sie hatten einen Plan. Gut! Gregori lächelte, während er sein Handy einsteckte.

Gordon kam zurück ins Studio gerannt. „Wir haben die Ankündigung gerade gebracht. Es teleportieren sich bereits die ersten Vampire in die Lobby.“

„Wie viele könnt ihr unterbringen?“, fragte Gregori.

„Sly schätzt, dass wir Platz für einige Hundert haben.“ Gordon meinte damit Sylvester, den Sendeleiter. „Wir haben sechs große Studios und einen riesigen Keller.“

„Super!“ Gregori hielt den Daumen nach oben. „Ihr seid alle in Sicherheit, wenn Rajiv auf euch aufpasst. Er ist ein Wertiger, der sich verwandeln kann, wann er will.“

„Ein Wertiger?“ Die Visagistin machte große Augen. „Oh, er klingt so …“

„Sexy“, flüsterte Pennington.

Gregori zuckte zusammen. Wenigstens waren die Vampire tagsüber tot, sodass Rajiv sich nicht gegen lauter Anmachen wehren musste. Er klatschte in die Hände. „Jetzt wo alle glücklich sind, sollen wir es da mit dem Werbespot versuchen?“

Die Crew jubelte siegessicher.

„Auf die Plätze!“, rief Gordon, und alle eilten an ihre Positionen auf den oder am Set. „Legen wir los, Leute! Klappe.“

„Aufnahme zweiundsiebzig.“ Ein Crewmitglied schlug die beiden Balken der Klappe zusammen.

Simone ließ sich auf die elfenbeinweiße Liege sinken und beugte sich über Pennington. In ihren Augen loderte heiße Leidenschaft. „In mir brennt ein Hunger, der nicht länger verleugnet werden kann.“

Pennington warf sein Haar zurück, um seinen Hals zu zeigen. „Nimm mich. Mein Körper, mein Blut – ich gehöre dir.“

Sie riss ihm das Hemd auf. Einer der Knöpfe löste sich und traf sie mitten ins Auge.

„Ah!“ Sie sprang auf, überraschte damit den Tonassistenten und rammte mit dem Kopf das große Mikrofon, das über ihnen hing.

„Arrrgh!“ Sie brach auf dem Boden zusammen.

Ein paar stumme Sekunden lang starrten alle ihren bewusstlosen Körper an.

„Schnitt“, murmelte Gordon.

„Unterbreche ich gerade etwas?“ Robby MacKay kam ins Studio geschlendert.

„Nein“, stöhnte die gesamte Crew.

„Rajiv ist in der Lobby.“ Robby schaute verwundert auf die ohnmächtige Simone hinab. „Wir haben ein paar Kisten Chocolood und Blier in die Lobby gestellt, damit niemand Hunger haben muss.“

„Chocolood?“ Die Visagistin stürmte aus dem Raum.

„Freiblier!“ Die männlichen Crewmitglieder rannten ihr nach.

„Alles in Ordnung mit ihr?“, fragte Robby und deutete auf Simone.

Gregori seufzte. „Sie wird schon wieder. Ich teleportiere sie zurück ins Stadthaus.“

Robby schüttelte den Kopf. „Lass sie hier. Angus und Roman wollen dich bei Romatech sehen.“

„Ich kann sie auf dem Weg dort …“

„Nay“, unterbrach Robby ihn, „sie wollen dich sofort sehen.“

Sofort? Die Sonne ging in weniger als einer Stunde auf. Was war so wichtig, dass es keine weitere Nacht warten konnte? Gregori drehte sich zu Gordon um. „Wenn Simone aufwacht, sag ihr, ich musste weg. Wir versuchen es morgen noch mal.“

Gordon verzog das Gesicht. „Müssen wir?“

„Ja, ich …“

„Ich sagte *sofort*“, wurde Gregori von Robby unterbrochen, der ihm einen strengen Blick zuwarf.

„Okay! Mach dir nicht in die Hose.“ Er betrachtete Robbys grün-blau karierten Kilt. „Falls du überhaupt welche drunter hast.“

Robby runzelte die Stirn, als er Gregori am Arm fasste. „Komm jetzt.“

Gregori erstarrte vor Überraschung. Er wurde geführt? Was sollte die Eile, was … Und dann brachen seine Gedanken ab, als alles um ihn herum schwarz wurde.

2. KAPITEL

Die große Lagebesprechung schien vorbei zu sein. Gregori entdeckte etwa ein Dutzend Zirkelmeister, die den Konferenzsaal von Romatech verließen, als Robby ihn den Korridor hinabführte.

Er löste seinen Arm aus Robbys stahlhartem Griff. „Okay, Alter, was ist hier los?“

Robby zuckte mit den Schultern. „Angus hat mir aufgetragen, dich sofort herzubringen.“

„Ja, den Teil mit *sofort* habe ich verstanden.“ Gregori bemerkte, dass die meisten Zirkelmeister sich teleportierten. Sie wollten New York ohne Zweifel vor Sonnenaufgang verlassen. Er nickte den beiden zu, die noch auf dem Flur standen. „Hey, ihr beiden. Wie geht’s?“

Rafferty McCall schüttelte ihm die Hand. „Großartige Idee mit den Notunterkünften.“

„Danke“, antwortete Gregori dem Zirkelmeister der Westküste. War er deswegen herzitiert worden? Vielleicht brauchten sie seine Hilfe dabei, auf der ganzen Welt Notunterkünfte zu koordinieren.

„Ich sollte mich auf den Weg nach Louisiana machen.“ Colbert GrandPied klopfte Gregori auf die Schulter. „*Bonne chance, mon ami.*“

„Aye“, stimmte Rafferty zu. „Viel Glück, Kumpel.“

„Wobei?“, fragte Gregori, doch die Zirkelmeister hatten sich schon teleportiert.

„Warum brauche ich auf einmal Glück?“, wollte er von Robby wissen, aber der schottische Vampir öffnete einfach nur die Tür zum Konferenzraum und bedeutete ihm einzutreten.

Gregori schluckte seine Frustration hinunter. Wenn es so etwas wie Glück überhaupt gab, war es momentan jedenfalls nicht auf seiner Seite. Der Werbespot war eine Katastrophe. Dank Simone würde jeder bei DVN jetzt das Gerücht verbreiten, er wäre schwul. Und dann war da noch die Kleinigkeit mit der Vampir-Apokalypse und dem bevorstehenden Massenexitus durch wild gewordene Sterbliche, die sich von Corkys verdammtem Video zu einer mordlüsternen Panik hatten aufschaukeln lassen. Ein unangenehmes Prickeln im Nacken warnte ihn, dass es noch schlimmer kommen würde.

Wenn er etwas hasste, dann, sich einer Situation ohne Informationen und ohne Vorbereitung zu stellen. Er war es gewohnt, Erfolg zu haben, egal welches Projekt man ihm zuteilte. Und für diesen Erfolg gab es einen guten Grund: maximale Information. Er mochte es, vorher alle Fakten zu kennen, alles genau zu recherchieren, zu dokumentieren und strategische Schlachtpläne zu entwickeln. Niemals betrat er einen Sitzungssaal mit leeren Händen … so wie er es jetzt gerade tat. Verdammt, er wusste nicht einmal, worum es bei diesem Meeting gehen sollte.

Aus Gewohnheit griff er nach dem Stressball in seiner Tasche. Doch Pech gehabt, da war keiner. Okay, dann musste er eben bluffen und ihnen eine positive Einstellung vorspielen. *Bleib cool. Tu so, als gehörst du dazu. So fügt man sich am besten ein.*

Er rückte seine Krawatte zurecht und marschierte dann selbstbewusst in den Konferenzraum. Der lange Tisch war so gut wie leer, nur am gegenüberliegenden Ende hörten fünf Vampire auf zu flüstern und schauten ihn an.

Er lächelte. „Ihr wolltet mich sehen?"

Niemand erwiderte sein Lächeln. Das Kribbeln in seinem Nacken verstärkte sich. Er kannte diese Männer seit Jahren. Warum betrachteten sie ihn jetzt, als wäre er ein seltenes Tier?

Am Kopf des Tisches nickte sein Boss, Roman Draganesti, ihm knapp zu. Links von Roman saß Jean-Luc Echarpe, der dem Titel nach Zirkelmeister von Westeuropa war, auch wenn er den Großteil seiner Zeit in Texas verbrachte und sich nur einmal im Monat nach Paris teleportierte, um dort dem Zirkelgericht vorzusitzen. Neben ihm auf dem Stuhl hatte Zoltan Czakvar Platz genommen, Zirkelmeister von Osteuropa, dessen Hauptquartier sich in Budapest befand. Rechts von Roman kniff Angus

MacKay die Augen zusammen. Er war nicht nur Vorsitzender von MacKay Security and Investigation, sondern führte auch den Zirkel der Britischen Inseln.

Neben Angus saß Sean Whelan und starrte finster vor sich hin. Das war nicht so ungewöhnlich. Gregori hatte den Typen noch nie anders als wütend erlebt. Erst hatte es ihm nicht gepasst, dass seine Tochter Shanna sich mit Roman verheiratet hatte. Dann war er fuchsteufelswild geworden, als seine zweite Tochter Carlos geheiratet hatte und zum Werpanther geworden war. Und als Shannas Mann seine Frau dann auch noch in einen Vampir verwandelt hatte, war Sean endgültig ausgerastet. Kein Wunder: Schließlich waren das eher schlechte Nachrichten für jemanden, der das Stake-Out-Team der CIA leitete und sich dem Töten von Vampiren verschrieben hatte. Doch es sollte noch schlimmer kommen: Kurz darauf war Sean beim Kampf mit den Vampiren tödlich verwundet worden. Und um ihn zu retten, hatte Roman den ehemaligen Vampirjäger in einen Vampir verwandelt.

Niemand war sich sicher gewesen, wie Sean darauf reagieren würde, das geworden zu sein, was er am meisten hasste. Aber Shanna hatte es einfach nicht ertragen können, ihren Vater zu verlieren. Inzwischen war Sean schon seit einer Woche ein Vampir und schien überraschend gut damit klarzukommen. Sein Wille zu überleben war offenbar stärker als der Wille, Vampire umzubringen.

„Setz dich bitte." Roman deutete ans andere Ende des Tisches.

Eine Meile von allen entfernt? Warum kam er sich vor wie eine Laborratte in einem von Romans Experimenten? Gregori setzte sich hin und legte die Unterarme auf dem Tisch ab. „Braucht ihr meine Hilfe bei der Koordination von Notunterkünften?"

„Nay", sagte Angus.

„Jeder Zirkelmeister ist für die Sicherheit der Vampire in seinem Gebiet selbst verantwortlich", erklärte Roman. „Ich weiß deine Hilfe zu schätzen, ich war … abgelenkt von anderen Dingen."

Gregori nickte und rückte seine Manschettenknöpfe zurecht. „Dann habt ihr einen Schlachtplan entworfen?"

Roman deutete auf seinen Schwiegervater. „Sean benutzt seine Verbindungen zur Regierung, um ein Abkommen auszuhandeln."

„Wir warten noch auf die Zustimmung des Präsidenten", sagte Sean. „Ich habe arrangiert, dass wir uns mit dem Präsidenten und seinen Beratern heute Nacht nach Sonnenuntergang treffen."

„Von was für einem Abkommen redet ihr?", fragte Gregori.

„Im Grunde wollen wir die Regierung bitten, das Vampir-Video als Fälschung einzustufen und kategorisch zu erklären, dass es Vampire nicht gibt", erklärte Sean.

„Dann würde die Regierung lügen", murmelte Gregori, „ganz was Neues."

Stirnrunzelnd sah Roman ihn an. „Dir ist klar, wie wichtig diese Lüge für uns ist?"

Sean beugte sich zu Angus und flüsterte: „Der taugt nichts."

„Doch, tut er", sagte Angus leise, aber bestimmt.

Das Kribbeln in Gregoris Nacken lief ihm den Rücken hinab.

„Sean, die Sonne geht bald auf", meinte Roman leise. „Du solltest noch Shanna und die Kinder besuchen, während es geht."

Sean funkelte seinen Schwiegersohn wütend an, stand allerdings langsam auf. „Glaub nicht, dass ihr mir etwas vorenthalten könnt."

„Wir wissen deine Hilfe wirklich zu schätzen", sagte Roman zu ihm. „Unsere letztendliche Entscheidung teilen wir dir sofort mit."

Sean schnaubte und schaute dann Gregori an. „Wir sprechen uns nach Sonnenuntergang." Er marschierte aus dem Raum.

Gregori beobachtete, wie die Tür sich schloss, und wandte sich anschließend wieder Roman zu. „Da bin ich nicht hier. Ich drehe gerade einen Werbespot für Blardonnay."

„Das müssen die ohne dich schaffen", erwiderte Roman.

Gregori lehnte sich zurück. „Aber sie brauchen ..."

„Wie Sean bereits gesagt hat, wir brauchen die Zustimmung des Präsidenten", sprach Roman weiter.

Gregori zuckte mit den Schultern. „Was hat das mit ..."

„Stimmt es, dass du all deine Mahlzeiten aus der Flasche zu dir genommen hast?", unterbrach ihn Jean-Luc.

Was? Was hatten seine Essgewohnheiten mit der Sache zu tun?

„Du bist noch sehr jung für einen Vampir", erklärte Jean-Luc. „Als du verwandelt worden bist, gab es synthetisches Blut bereits. Gehen wir also recht in der Annahme, dass du all deine Mahlzeiten aus Flaschen eingenommen hast?"

Was zum Teufel? Sie standen kurz vor einer Vampir-Apokalypse und diese Typen wollten ihn schon wieder damit aufziehen, dass er ein Flaschenkind war?

„Laddie", stieß Angus ungeduldig hervor, „wir müssen wissen, ob du schon einmal jemanden gebissen hast."

Er legte die Hände in den Schoß, damit die anderen nicht sehen konnten, wie er sie zu Fäusten ballte. „Meine Fangzähne funktionieren sehr gut."

Zoltan beugte sich vor. „Dann hast du schon einmal jemanden gebissen?"

Das wurde ihm verdammt noch mal zu persönlich. „Ich habe nie gebissen, um mich zu ernähren. Und ich habe nie einen Sterblichen gebissen."

„Gut. Das dachte ich mir." Roman nickte wohlwollend und sah dann die anderen Zirkelmeister an. „Gregori hat unsere Firmenphilosophie schon immer sehr ernst genommen. Die Welt für Sterbliche und Vampire zu einem sicheren Ort machen."

„Du hast nie einem Sterblichen Todesangst eingejagt?", fragte Angus.

Gregori knirschte mit den Zähnen. Glaubten die tatsächlich, er wäre ein Weichei? „Das habe ich bestimmt, doch sie erinnern sich nicht daran. Ich lösche immer ihre Erinnerungen und räume hinterher auf."

Roman nickte wieder. „Für einen jungen Vampir zeigt Gregori außerordentliche Begabung für die Gedankenkontrolle."

Schon wieder sein Alter. Gregori presste die Lippen aufeinander. Als Nächstes beglückwünschten sie ihn, weil er nicht mehr in die Hose machte.

„Außerdem hat er eine ausgezeichnete Erfolgsbilanz bei allen seinen Aufgaben", fuhr Roman fort.

Gregori zog eine Augenbraue hoch. „Bewerbe ich mich um einen neuen Job?"

„Hast du je in einer Schlacht gekämpft?", erkundigte sich Zoltan. „Jemanden umgebracht?"

Wütend funkelte Gregori ihn an. „Warum? Sucht ihr nach einem Auftragskiller? Ich habe meinen Lebenslauf zu Hause gelassen, neben meiner AK-47."

Angus lachte in sich hinein. „Du bist kein Killer, Alter."

Solange du mich nicht reizt. Gregori schob seinen Stuhl zurück und stand auf. Erst hatte Simone ihn einen Feigling genannt, und jetzt deuteten diese Männer das Gleiche an. „Hört auf mit dem Mist. Ihr wisst genau, dass ich noch nie in einer Schlacht gekämpft habe. Ich wollte. Ich habe dafür trainiert, doch Roman hat meiner Mutter versprochen, dass er mich nie einem Risiko aussetzt. Ihretwegen habe ich mir das gefallen lassen, allerdings bedeutet das nicht, dass mir die Eier in der Hose fehlen. Wenn in unserer Zukunft eine Schlacht wartet, könnt ihr auf mich zählen."

„Deinen Mut stellen wir nicht infrage, Laddie", sagte Angus. „Im Grunde verlassen wir uns darauf."

„Warum? Sagt mir, was ihr wollt."

„Du hast andere Fähigkeiten als wir", sagte Jean-Luc. „Wegen deiner Jugend weißt du, wie man sich in der modernen Welt der Geschäfte und der Technologie zurechtfindet."

Roman lächelte. „Und du hast bewiesen, wie geschickt du im Umgang mit Menschen bist. Du bringst sie dazu, genau das zu tun, was du willst."

„Ohne sie mit einem Schwert zu bedrohen“, fügte Angus hinzu. „Du hast eine moderne Herangehensweise, die uns abgeht.“

Gregori runzelte die Stirn. Zweifellos glaubten die Männer, dass sie ihm damit ein Kompliment machten, aber es klang eher, als wäre er hochgradig manipulativ. Ein Schwert zu benutzen mochte altmodisch sein, aber es war wenigstens ehrlich. „So schlecht bin ich mit einem Schwert nicht, wisst ihr. Ich trainiere mit Ian in der Schule, wenn ich freihabe.“

„Wir brauchen für diesen Job keinen Schwertkämpfer“, erklärte Zoltan.

Angus trommelte mit den Fingern auf den Tisch. „Das Problem ist, wir wollen nicht, dass Sean Whelan unser einziger Repräsentant vor dem Präsidenten ist.“

„Wir vertrauen ihm nicht“, murmelte Zoltan.

„Also brauchen wir unseren eigenen Abgesandten“, sagte Jean-Luc. „Jemanden, der die Interessen aller Vampire verlässlich vertritt. Einen Vampir, der modern ist, der einem geregelten Job nachgeht und hart arbeitet und der noch nie einen Sterblichen gebissen hat. Einen Vampir, der vollkommen ungefährlich und harmlos erscheint.“

Ungefährlich und harmlos. Irgendwie fühlten sich diese Worte wie die schlimmsten Beleidigungen an. Gregori zerrte an seiner Krawatte, um sie zu lockern. „Ihr wählt mich, weil ihr glaubt, ich bin das Michelin-Männchen unter den Untoten?“ Er schüttelte den Kopf. „Nein, verdammt noch mal.“

Roman sah ihn verärgert an. „Du bist Marketingexperte, Gregori. Du weißt, wie wichtig die Außenwirkung ist. Wenn man uns als Bande gefährlicher, blutdurstiger Monster wahrnimmt, könnte das unser Ende bedeuten. Du verkörperst genau das Bild, das wir ihnen zeigen wollen: ein moderner, gebildeter, hart arbeitender, harmloser Vampir.“

Harmlos. So ein Mist. Gregori war versucht, seine Zähne in den nächstbesten Sterblichen zu versenken, nur um ihnen das Gegenteil zu beweisen. Aber er hielt seine Frustration im Zaum.

„Hört zu, es ist schon spät, lasst uns heute Abend weiter darüber sprechen. Wenn ihr mir ein paar Stunden Zeit gebt, kann ich mir bestimmt einen besseren Plan überlegen."

„Nay!" Angus schlug mit der Faust auf den Tisch. „Wir brauchen keinen anderen Plan. Die Entscheidung ist gefallen. Die Abstimmung verlief einstimmig."

„Alle Zirkelmeister haben zugestimmt." Roman stand auf, die Miene streng und stur. „Gregori, wir zählen auf dich. Du bist der Plan."

3. KAPITEL

Sie zählten auf ihn. Alle verdammten Zirkelmeister der Vampirwelt. Gregori war auf dem Weg zu seinem Büro bei Romatech. Ihm schwirrte noch immer der Kopf.

Dennoch ließ er sich nicht anmerken, wie angespannt er war. Laszlo hatte er sogar angegrinst und ihm zugezwinkert, als sie sich auf dem Flur begegnet waren. *Bleib cool. Tu, als würdest du dazugehören. So fügt man sich am besten ein.* Dieses Mantra hatte Gregori sich vor achtzehn Jahren angeeignet, nachdem er aufgewacht war und schockiert feststellen musste, dass er zu den Untoten gehörte.

Und jetzt war er der *Plan*? Er hatte keine Ahnung, ob er geschmeichelt sein sollte oder verärgert. Geschmeichelt wahrscheinlich, wenn Tausende Vampire darauf vertrauten, dass er sich um ihre Sicherheit kümmerte.

Er schnaubte, während er die Tür zu seinem Büro aufriss. *Sicherheit*? Was für ein Witz! Die letzten achtzehn Jahre war er derjenige gewesen, dem die alten Krieger aus Spaß gedroht hatten, ihn umzubringen.

Er schloss die Tür und drückte dann so heftig auf den Lichtschalter, dass die Plastikabdeckung in zwei Teile zersprang.

„Verdammt." Er schritt durch sein Büro und um den Schreibtisch herum, um aus dem Fenster zu sehen. Der Parkplatz war von Straßenlampen erleuchtet, doch sein Blick richtete sich wie immer auf die gleiche dunkle Stelle, den Ort, an dem er als Sterblicher sein Leben gelassen hatte.

Kein Auto versperrte ihm den Blick. Die meisten Vampire teleportierten sich einfach von einem Ort zum anderen. Manchmal fuhr Gregori zur Arbeit, damit er nicht vergaß, wie es ging, je mehr Jahre allerdings verstrichen, desto unwichtiger und unnötiger kamen ihm diese menschlichen Fähigkeiten vor.

Erinnerungen stiegen in ihm auf – die dunkle Nacht, die Angst und der Schmerz des Angriffs, das heiße Brennen von Blut und die eiskalte Angst vor dem Tod, die erstickten Schreie seiner

Mutter, als er langsam das Bewusstsein verlor. Die Erinnerungen suchten ihn nur ein paar Sekunden heim, ehe er sie von sich stieß. Mit den Jahren hatte er gelernt, schnell zu reagieren.

Man hatte ihn 1993 verwandelt, sechs Jahre, nachdem Roman synthetisches Blut erfunden hatte, deswegen war er in der Vampirwelt so etwas wie eine Rarität. Es hatte ihm bei den Älteren einen besonders beliebten Spitznamen eingebracht. Flaschenkind.

Einige Nächte nach seiner Verwandlung war ihm klar geworden, dass er sich mit offenen Armen auf sein neues Leben einlassen musste, wenn er darin Erfolg haben wollte. Die alte Welt hinter sich lassen. *Bleib cool. Tu so, als gehörst du dazu.*

Also hatte er hart daran gearbeitet, sich der Welt der Vampire anzupassen. Er hatte sich in Gedankenkontrolle geübt, in Schweben und Teleportation, bis er es genauso gut beherrschte wie die Älteren. Er hatte bei Romatech hart gearbeitet und war 1998 zum Vizepräsidenten der Marketingabteilung ernannt worden.

In der Welt der Sterblichen wäre er damit erfolgreich genug, aber in dieser Welt, umgeben von mürrischen alten Kriegern, konnte er dem Makel seiner Jugend nie entkommen. Er hasste es, der Neue zu sein, das Flaschenkind, derjenige, den sie *Küken* nannten. Er fühlte sich dabei wie ein hilfloser kleiner Vogel mit weit aufgerissenem Schnabel, der die älteren und weiseren Vögel anfleht, ihm einen blöden Wurm mitzubringen.

Es frustrierte ihn ohne Ende, dennoch ließ er den Mist mit sich machen. Warum? Weil er es liebte, ewig jung zu sein.

Wer würde das nicht? Seit achtzehn Jahren genoss er den Körper und die Energie eines Neunundzwanzigjährigen. Er konnte hart arbeiten und dann mit unverminderter Energie die ganze Nacht durchfeiern. Meistens vergaß er völlig, dass er als Sterblicher jetzt ein siebenundvierzigjähriger Langweiler wäre, wahrscheinlich mit einer Frau und ein paar Kindern an der Backe.

Nur seiner Mutter schien sein wahres Alter bewusst zu sein. Sie erinnerte ihn täglich daran, wenn sie sich wieder über ihren Mangel an Enkelkindern beklagte.

Seufzend kehrte Gregori dem Fenster den Rücken zu. Was für eine ironische Wendung des Schicksals. Die gleichen Vampire, die ihn neckten, weil er so jung war, brauchten ihn jetzt wegen seiner Jugend.

Geschmeichelt oder verärgert? Geschmeichelt, ja. Sonderabgesandter für den Präsidenten zu werden war eine große Aufgabe, und er hatte den Männern im Konferenzraum versichert, dass er damit Erfolg haben würde. Aber verdammt noch mal! Wenn sie ihren Schlachtplan nach ihm ausrichteten, hätten sie ihn wenigstens zu der Versammlung einladen sollen.

Verärgert. Eindeutig. Er nahm einen Stressball von seinem Schreibtisch und drückte zu. Wie konnten sie es wagen, ohne ihn zu fragen, sein Leben zu verplanen? Diese arroganten Greise waren Jahrhunderte alt und glaubten immer noch, Zirkelmeister wären so etwas wie Könige. Wenn sie seine Hilfe wollten, hätten sie fragen sollen. Sie hätten ein wenig Respekt zeigen sollen. Aber nein, die glaubten, sie hätten das Recht, einfach über seinen Kopf hinweg zu entscheiden.

Das *Küken.* Der Neue, der ungefährlich und harmlos war. Der keiner Fliege etwas zuleide tun konnte.

Popp! Der Stressball explodierte ihm in der Hand.

„Verdammt." Gregori warf den Ball in den Müll, wo er auf drei weiteren explodierten Stressbällen landete.

Er sah auf seine Armbanduhr. Sechsunddreißig Minuten bis Sonnenaufgang und noch so viel zu erledigen. Zuerst brauchte er Nahrung, also nahm er eine Flasche synthetisches Blut aus seinem Minikühlschrank und stellte sie in die Mikrowelle. Während sein Essen erwärmt wurde, knöpfte er seine oberen Hemdknöpfe auf, löste die Krawatte und warf sie auf die Couch. Sie landete auf VANNAs Schoß.

„Häng die für mich auf, ja?", murmelte er, auch wenn er wusste, dass sie nur mit ihren Glasaugen ins Leere starren würde.

VANNA stand für „Vampir-Apparat zur Neuartigen Nahrungsaufnahme", eine Erfindung von vor sechs Jahren. Er und Laszlo hatten ein weibliches Sexspielzeug in Menschengestalt genommen und es mit synthetischem Blut gefüllt, damit ein Vampir so tun konnte, als würde er auf die altmodische Art Nahrung zu sich nehmen. Leider hatte sich VANNA als nicht sehr geeignetes Kauspielzeug entpuppt. Ihre Gummihaut war schwer zu durchlöchern und hatte Roman wortwörtlich einen Fangzahn ausgerissen.

Gregori hatte VANNA trotzdem für Partys behalten. Sie war nie beleidigt, wenn die Jungs versuchten, sie auszuziehen oder an ihr zu knabbern. Und sie störte sich auch nicht an ihren vulgären Witzen oder dem Rülpsen.

Früher am Abend hatte er sie aus seiner Abstellkammer geholt, ihr einen roten Bikini übergestreift und eine große rote Schleife um den Hals gebunden. Sie sollte ein Überraschungsgeschenk für Connor zu seinem fünfhundertsten Geburtstag werden.

„Vielleicht kannst du den alten Griesgram aufheitern." Gregori prostete ihr mit seiner aufgewärmten Flasche Blut zu und überlegte sich beim Trinken, was er wegen des Werbespots unternehmen sollte. Was er brauchte, war jemand, der für ihn die Produktion beaufsichtigen konnte. Jemand, dem er vertrauen konnte und der Simone und Digital Vampire Network kannte.

„Aha!" Er stellte die Flasche auf den Tisch und rief Maggie O'Brien an. Sie lebte jetzt auf einer Ranch in Texas, aber noch vor ein paar Jahren waren sie und ihr Mann die Stars der beliebten DVN-Seifenoper „As A Vampire Turns" gewesen.

„Maggie, Kleines! Wie geht es dir?"

Sie schnaubte. „Ich stehe knietief in Fledermaus-Guano. Wie geht es dir, Gregori?"

Ich stecke auch tief im Dreck. „Mir geht es super! Danke der Nachfrage."

„Stimmt es, was sie auf DVN berichten?", wollte Maggie wissen. „Das Geheimnis ist heraus, und die Sterblichen wollen uns umbringen?"

„Stark übertrieben, Liebes. Sei sicher, es wird alles gut, du kannst mir vertrauen."

„Oh. Dann hat Roman einen Plan?"

Gregori knirschte mit den Zähnen. „Ja. Übrigens, Maggie, würdest du dir gern etwas dazuverdienen? Ich brauche jemanden, der die Produktion für einen Werbespot für Vampire Fusion Cuisine bei Digital Vampire Network zu Ende beaufsichtigt, und natürlich habe ich da an dich gedacht. Gordon ist der Regisseur. Du hast schon mit ihm gearbeitet, richtig?"

„Ja. Du … willst, dass ich das mache?"

„Sicher. Du bist brillant! Und du könntest Simone treffen. Sie ist der Star."

Sie schwieg einen Moment. „Plötzlich sieht der Fledermaus-Guano viel besser aus."

„Maggie, ich brauche dich! Und die Vampirwelt braucht mehr Fusion Cuisine. Stell dir all die Vampire mit ihren traurigen, verkümmerten Geschmacksknospen vor. Sie verlassen sich auf dich."

Sie lachte. „Na gut, aber wegen Simone brauche ich vielleicht Gefahrenzuschlag."

„Den kriegst du. Und ich lasse dir eine Kiste Blardonnay nach Hause schicken. Komm einfach um Mitternacht zum Sender und sei bereit, die Peitsche knallen zu lassen."

„Okay. Das passt sogar gut, weil ich heute Nacht um neun den Theaterkurs an der Schule unterrichte." Offenbar meinte Maggie damit die Dragon Nest Academy, die auch ihre Tochter besuchte.

„Wunderbar. Ich sage Gordon, dass er mit dir rechnen kann. Danke!" Gregori legte auf. „Ja!" Er stieß triumphierend die Faust in die Luft und rief dann Gordon an, erreichte jedoch nur die Mailbox. Kaum überraschend, wenn man überlegte, wie viel Blissky der Regisseur getrunken hatte. Wahrscheinlich lag er unter irgendeinem Tisch.

Nachdem er eine Nachricht hinterlassen hatte, warf Gregori sein Jackett auf die Couch, entfernte seine Manschettenknöpfe und krempelte die Ärmel hoch. Er hatte noch achtundzwanzig Minuten, um Informationen zu sammeln und seine Pläne auszuarbeiten, ehe er in den Todesschlaf fiel.

Er setzte sich an seinen Schreibtisch und schrieb „Strategien zum Umgang mit dem Präsidenten“ oben auf einen gelben Schreibblock. Zwei Reihen darunter schrieb er „Plan A“ und beschrieb ihn. Diese Strategie beinhaltete im Grunde, was Roman, Angus und Sean von ihm wollten: Den Präsidenten und seine Berater davon zu überzeugen, dass alle Vampire ungefährlich und vollkommen harmlos waren. Danach würde er den Präsidenten anbetteln, sie vor den gemeinen Vampirhassern zu beschützen, die sie umbringen wollten.

Gregori runzelte die Stirn. Dieser Plan war zwar geeignet, um ihre Geheimnisse zu bewahren, aber wie konnte er von so einem schwachen Standpunkt aus verhandeln? Und warum sollte der Präsident glauben, dass sie ungefährlich und harmlos waren, nachdem er auf Video gesehen hatte, wie Casimir von Connor enthauptet wurde?

Er ließ zwei Reihen frei und schrieb „Plan B“. Statt das Opfer zu spielen, wollte er sich als hilfreichen Verbündeten präsentieren. Er würde aufzeigen, wie gut MacKay S&I mit Sean Whelan und seinem Stake-Out-Team zusammengearbeitet hatte. Tatsächlich waren zwei Angestellte von MacKay ehemalige CIA-Agenten, und zwei weitere gehörten früher zum FBI. Er konnte ebenfalls verraten, dass die britische Regierung bereits von den Vampiren wusste und eine gute Arbeitsbeziehung zu ihnen unterhielt. Er würde dem Präsidenten erzählen, dass Angus MacKay mit einem Orden ausgezeichnet wurde, weil er im Zweiten Weltkrieg ein paar Soldaten der British Air Force gerettet hatte.

Dieser Plan erschien Gregori sinnvoller, allerdings erkannte er auch dessen Nachteile. Auf lange Sicht konnte er dazu führen, dass die Regierung die Vampire ausnutzte und ihre gesamte Drecksarbeit von ihnen erledigen ließ. Und der Präsident würde wahrscheinlich wissen wollen, wie es Angus gelungen war, seinen Geheimauftrag hinter Feindeslinien zu erfüllen.

Das brachte Gregori zu Plan C: Einige der Gaben offenlegen, die Vampire besaßen. Erklären, welche Gefahr die Malcontents für die Welt der Sterblichen darstellten. Und dann den Präsidenten davon überzeugen, dass nur die guten Vampire in der Lage waren, die Malcontents zu vernichten.

Das war der kühnste Plan, doch auch der gefährlichste. Einige Gaben, wie Gedankenkontrolle und das Löschen von Erinnerungen, konnten als zu große Bedrohung aufgefasst werden. Wenn die Regierung auch nur vermutete, wie mächtig die Vampire wirklich waren, würde sie die Mordtaten der Vampirjäger vielleicht sogar gutheißen. Im Grunde musste er den Präsidenten davon überzeugen, dass die Vampire freundlich waren und die Sterblichen bloß beschützen und ihre Sicherheit wahren wollten.

Es dürfte helfen, mehr über den Mann zu erfahren, mit dem er zu tun hatte. Präsident Laurence Tucker.

Gregori suchte im Internet nach einer Biografie des Staatsoberhauptes. Wahrscheinlich war es beschämend, so wenig über das aktuelle Zeitgeschehen informiert zu sein. Aber andererseits – warum sich mit einem Politiker beschäftigen, der ohnehin alle vier Jahre ausgewechselt wurde? Diese Welt hatte er hinter sich gelassen.

Jedenfalls hatte er das geglaubt. Jetzt wurde er zurückgezerrt. Seufzend griff Gregori nach einem weiteren Stressball.

Er überflog rasch eine Zusammenfassung der frühen Jahre von Präsident Tucker. Kurze Zugehörigkeit zur U.S. Navy, die ihm den Spitznamen „Torpedo“ eingebracht hatte. Abschluss an der Harvard Law School. Danach hatte er sich als Bezirksstaatsanwalt einen Namen gemacht, der gegen das organisierte Verbrechen vorging. Vier Jahre hatte Tucker als Justizminister auf staatlicher Ebene gedient, ehe er für den Kongress angetreten war. Nach weiteren vier Jahren Kandidatur für den Senat. Die Medien hatten geunkt, dass der Torpedo sich seinen Weg quer durch Washington direkt aufs Weiße Haus zu bahnte. Sie hatten recht behalten.

Gregori gähnte und ließ den Stressball fallen. Was machte es schon, dass Tucker seine zweite Amtsperiode antrat? Acht Jahre waren nichts, verglichen mit den hundert Jahren, die ein Zirkelmeister ableistete. Und die Macht eines Präsidenten war armselig im Vergleich mit den Fähigkeiten eines Vampirs.

Er betrachtete ein Bild des Präsidenten mit seiner Frau, Belinda, das aufgenommen worden war, als Tucker vor vierzehn Jahren zum ersten Mal für den Senat antrat. Damals waren seine Haare noch braun gewesen, nicht grau, wie sie es jetzt waren. Seine blonde und fröhliche Frau winkte und lächelte in die Kamera.

Gregori sah VANNA an. „Ich habe den perfekten Job für dich gefunden."

Er scrollte weiter, um sich noch mehr Fotos anzuschauen. Da war Senator Tucker mit seiner Frau und seinen Kindern: ein hübsches blondes Mädchen, das wie die Mutter aussah, und ein Sohn mit braunen Haaren, genau wie sein Vater. Die perfekte amerikanische Familie, alle mit perfektem Lächeln. Selbst der Golden Retriever, der brav vor den Kindern saß, schien zu lächeln.

Gregori las sich die Bildunterschrift durch. Der Hund hieß Grover. Der Junge Lincoln. Das Mädchen Madison. Du liebe Zeit! Hatte Tucker seine Kinder und seinen Hund absichtlich nach berühmten Präsidenten getauft, um seine politische Karriere voranzutreiben? Der Hund trug sogar ein Halstuch, das an die amerikanische Flagge erinnerte.

Mir kommt gleich alles hoch, dachte Gregori und kniff dann die Augen zusammen, als er einen weiteren Namen entdeckte. Abigail. Wo war sie? Er betrachtete das kleine Foto und entdeckte ein weiteres Kind – halb hinter Belinda versteckt und durch Lincolns winkende Hand verdeckt.

Schläfrigkeit zerrte an ihm. Er sah auf die Uhr. Neun Minuten bis Sonnenaufgang. Verdammt, er musste sich beeilen. Er überflog noch ein paar Artikel und Fotos. Anscheinend waren Madison und Lincoln als Teenager mit ihrem Vater durchs ganze Land gereist, als er zum ersten Mal als Präsidentschaftskandidat angetreten war. Es gab einige Fotos von ihm zwischen seinen beiden grinsenden Kindern.

Von Belinda und Abigail war nichts zu entdecken.

Lincoln war jetzt im Abschlussjahr in Harvard, während die einundzwanzigjährige Madison im zweiten Jahr an einer prestigeträchtigen Kunsthochschule in Washington, D.C. studierte. In den letzten Jahren hatte sie es zu einer Berühmtheit geschafft, der ständig die Paparazzi auf den Fersen waren, wenn sie in New York City ausgiebig shoppte oder ihren Vater zu Abendveranstaltungen begleitete und in atemberaubenden Designerkleidern selbst die Gastgeberin spielte. Gregori musste zugeben, dass sie eine Schönheit war und sich trotz ihrer Jugend sicher in der High Society bewegte. Andererseits war sie auch damit aufgewachsen.

Aber wo war ihre Mutter? Und die andere Tochter?

„Gregori!" Seine eigene Mutter, Radinka Holstein, öffnete die Tür zu seinem Büro einen Spalt breit und spähte hinein. „Es ist schrecklich spät, um noch zu arbeiten."

„Hey, Mom." Er schloss alle Tabs und fuhr seinen Laptop herunter. „Was gibt es?"

„Ich wollte dir nur sagen, dass ich gehe. Roman hat Shanna, die Kinder und mich gebeten, eine Weile in der Schule zu bleiben. Wir brechen heute Nacht direkt nach Sonnenuntergang auf."

„Das ist eine gute Idee. Dort seid ihr in Sicherheit." Niemand in der Welt der Sterblichen und kaum ein Vampir wusste, wo sich die Dragon Nest Academy befand. Er faltete das Blatt mit seinen Strategien zusammen und stopfte es sich beim Aufstehen in die Hosentasche. „Ich muss auch die Stadt verlassen. Was hältst du von unserem Präsidenten?"

Radinka legte verwirrt den Kopf zur Seite. „Warum interessiert er dich auf einmal?"

Gregori schloss die Jalousien an seinem Fenster. „Ich habe heute Nacht eine Besprechung mit ihm."

„Oh." Radinka riss die Augen auf. „Das ist eine ziemliche Ehre!"

Er zuckte mit den Schultern. „Vielleicht. Vielleicht auch nicht, wenn er ein Hornochse ist."

Radinka schnaubte. „So redet man nicht über den Präsidenten. Ich bewundere seine Frau wirklich sehr. Sie kämpft seit Jahren mit Lupus, musst du wissen. Und jetzt habe ich gehört, dass sie auch noch Diabetes hat. Das arme Ding kommt einfach nicht zur Ruhe."

„Oh." Vielleicht war sie deshalb von den Publicity-Aufnahmen verschwunden. Gregori warf einen schuldbewussten Blick auf VANNA. Er hätte sich nicht gestatten sollen, so schlecht über die First Lady zu denken. „Was ist mit der Tochter?"

„Madison?" Radinka winkte verächtlich ab. „Die ist in allen Zeitschriften mit ihrem albernen kleinen Hund, den sie Dolly nennt."

„Nein, ich meine die andere Tochter."

„Es gibt noch eine Tochter?"

„Ja." *Abigail.* „Sie ist auf keiner Aufnahme zu finden."

„Vielleicht ist sie schüchtern", schlug Radinka vor.

Oder hässlich, dachte Gregori. Wieder zerrte die Müdigkeit an ihm. Er ging zu seiner Mutter und zog sie in sein Büro, um sie zu umarmen. „Pass auf dich auf. Wir sehen uns in ein paar Tagen."

Sie erwiderte seine Umarmung und keuchte dann empört auf. „Gregori, was macht *die* denn hier?" Sie funkelte VANNA wütend an. „Hatte ich dir nicht gesagt, du sollst dieses eklige Ding verschwinden lassen?"

„Tue ich ja. Ich schenke sie Connor zum fünfhundertsten Geburtstag."

Radinka gab Gregori einen Klaps auf die Schulter. „Das kannst du ihm nicht schenken! Hast du nicht gehört? Connor hat geheiratet!"

Gregori wich erstaunt zurück. „Was?"

„Connor hat geheiratet. Er hat heute bei Roman angerufen und sich für die Flitterwochen einen Monat beurlauben lassen." Radinka strahlte. „Ist das nicht wundervoll?"

„*Was?*" Gregori schüttelte mit dem Kopf. „Wer in aller Welt würde Connor denn heiraten? Er ist ein Griesgram. Und strikt dagegen, dass Vampire Sterblichen heiraten."

„Er hat auch keine Sterbliche geheiratet. Er hat einen Engel geheiratet."

Gregori riss den Mund auf. Marielle hatte das Himmelreich aufgegeben, um Connor zu heiraten? „Hör auf! Du machst doch Witze."

„Nein, mache ich nicht. Sie sind verheiratet." Radinka legte die gefalteten Hände über ihr Herz. „Ist das nicht schön?"

Gregori fing an zu schwanken. Die Sonne musste sich dem Horizont nähern. Oder vielleicht war ihm vor Schock schwindelig. Connor war verheiratet? Mit der schönen Marielle? Die Hölle musste zugefroren sein. Er betrachtete den strahlenden Ausdruck auf dem Gesicht seiner Mutter. O ja, gleich war es so weit. *Jeden Augenblick. Fünf, vier, drei …*

„Ich frage mich, ob die beiden Kinder bekommen können", flüsterte sie.

Gregori stöhnte laut auf.

„Weißt du, Robby und Olivia sind guter Hoffnung." Seine Mutter warf ihm einen eindringlichen Blick zu. „Das bedeutet, Angus und Emma werden bald Großeltern."

„Das würde ich gern in allen Details mindestens drei Stunden lang mit dir diskutieren, aber verflixt noch mal, Mom, ich kippe gleich tot um."

Sie schnaufte verächtlich. „Die Ausrede benutzt du andauernd. Glaub nicht, dass ich es vergessen werde."

„Ich bin mir sicher, das wirst du nicht."

„Alle Vampire bekommen Kinder, nur du nicht."

„Dafür bräuchte ich zuerst mal eine Frau. Oder eine Gebärmutter. Beides ist höchst unwahrscheinlich."

Sie kniff die Augen zusammen. „Du musst aufhören mit dem Herumspielen."

„Gute Nacht, Mom." Er küsste sie auf die Wange und stolperte dann auf den Wandschrank zu. „Oh, ehe ich es vergesse – schickst du bitte eine Kiste Blardonnay zu Maggies Ranch in Texas? Und schließ die Tür ab, wenn du gehst, okay?"

„Okay. Gute Nacht, Schatz."

Gregori schloss sich in den großen begehbaren Wandschrank ein. Nicht so bequem wie ein Bett, aber er hatte keine Zeit mehr, eines der Schlafzimmer im Keller aufzusuchen. Und wenn er erst tot war, merkte er sowieso nicht mehr, wie unbequem er es hatte. Er streckte sich auf dem Teppich aus, während der Todesschlaf an ihm zu zerren begann.

Connor war verheiratet? Was stand der Welt der Vampire bloß noch bevor? Die Apokalypse anscheinend, wenn er seinen Job nicht gut genug machte. Also kein Grund, sich irgendwie unter Druck gesetzt zu fühlen. Nachdem er sich achtzehn Jahre lang von der Welt der Sterblichen losgemacht hatte, wurde er wieder mitten hineingezwungen. Mitten ins Zentrum der Macht.

Die Worte der Visagistin klangen ihm noch in den Ohren. *Wir sind verloren!*

Vampire auf der ganzen Welt verließen sich auf ihn. Er musste Erfolg haben, egal wie. Ein letzter Gedanke durchzuckte ihn, bevor die große Dunkelheit über ihn kam.

Er musste sich dringend noch einen großen Karton Stressbälle bestellen.

4. KAPITEL

Sie sehen beschissen aus."

„Danke, Whelan. Es ist ein Vergnügen, mit Ihnen zusammenzuarbeiten." Gregori bedeutete Sean Whelan, sein Büro zu betreten.

Die Sonne war vor fünf Minuten untergegangen. Nachdem er aus seinem Todesschlaf aufgewacht war, hatte Gregori eine aufgewärmte Flasche synthetisches Blut heruntergekippt und war dann den Korridor hinabgesaust, um den Waschraum für Männer zu benutzen. Er war gerade auf dem Weg zurück in sein Büro gewesen, als Sean ihm auf dem Flur aufgelauert hatte.

Er folgte Sean in sein Büro. „Ich nehme an, Whelan, Sie haben in einem der Kellerräume geschlafen?"

„Ja, das habe ich." Sean sah sich um und erstarrte. „Zur Hölle! Was ist denn das?" Er deutete auf die Couch.

„Sie ist ein Vampir-Apparat zur neuartigen Nahrungsaufnahme", erklärte Gregori, während er die Tür hinter sich schloss. „Auch bekannt als VANNA. Phineas hat VANNA Black noch irgendwo. Das hier ist VANNA White."

Sean rümpfte die Nase. „Das ist ja ekelhaft."

„Wie unhöflich. Sie verletzen ihre Gefühle." Gregori rückte die rote Schleife um VANNAs Hals zurecht. „Ich dachte, sie wäre ein nettes Geschenk für den Präsidenten."

Sean Whelan riss entsetzt den Mund auf, und sein Gesicht überzog sich mit hektischen roten Flecken. „Das werden Sie nicht tun! Wenn Sie auch nur ..."

„Entspannen Sie sich mal. Ich habe nur einen Scherz gemacht." Gregori nahm VANNA hoch und warf sie zurück in den Schrank. Als er sich umdrehte, sah er, wie Sean ihn missbilligend anstarrte. „Was?"

„Sie sehen aus, als hätten Sie in Ihrem Anzug geschlafen."

„Habe ich auch. Ich habe bis zum Sonnenaufgang Recherchen über den Präsidenten und sein Umfeld angestellt."

Sean schnaubte. „Keine Sorge. Ich erzähle Ihnen alles, was Sie wissen müssen."

„Ach wirklich?" Gregori wollte noch nicht zugeben, dass er seine eigenen Pläne zum Umgang mit dem Präsidenten hatte.

„Ja." Sean verschränkte die Arme vor der Brust. „Es wird wie folgt ablaufen. Wir teleportieren uns um Punkt neun Uhr in ein sicheres Haus. Dort übernimmt dann mein Team das Kommando. Das Weiße Haus schickt uns um halb zehn einen Wagen. Und unser Treffen mit dem Präsidenten findet dann exakt um zehn Uhr statt."

Gregori nickte. Er hatte bei ihrem Meeting letzte Nacht bezweifelt, ob ein sicheres Haus wirklich nötig war. Sich hin- und zurückzuteleportieren wäre sehr viel einfacher. Angus hatte jedoch gemeint, dass sie wie normale Leute in einem Wagen am Weißen Haus ankommen sollten. Es war wichtig, dass so wenig Sterbliche wie möglich von den Vampiren erfuhren. Nur ein paar wichtige Persönlichkeiten sollten eingeweiht werden.

Allerdings war auch Angus dagegen gewesen, dass ausgerechnet Sean Whelan und sein Stake-Out-Team das Kommando für die Mission übernahmen. Die Zukunft aller Vampire hing vom Erfolg dieses Treffens ab. Daher hatten sie gestern noch einen weiteren Plan ausgeklügelt, der sie absichern würde.

Sean grinste. Anscheinend gefiel es ihm, dass Gregori die Klappe hielt und seine Autorität nicht infrage stellte. „Zuerst einmal müssen Sie sich vorzeigbar machen."

„Wirklich? Darauf wäre ich nie gekommen."

Seans Miene verfinsterte sich. „Den Sarkasmus können Sie sich schenken, besonders, wenn wir in Gegenwart des Präsidenten sind. Im Grunde halten Sie am besten einfach den Mund und lassen mich alles regeln."

„Die Zirkelmeister haben mich gewählt, um die Vampire zu repräsentieren. Ich habe vor, meinen Job zu erledigen, Whelan."

Sean sah ihn skeptisch an. „Wie ich so höre, verbringen Sie die ganze Zeit damit, irgendwelchen Vampirberühmtheiten um den Bart zu streichen ..."

„Das ist das Training für meinen Job. Ich weiß, wie ich bekomme, was ich will.“

Sean kniff die Augen zusammen. „Ihre Haare sind zu lang.“

Gregori grinste. Etwas Schlimmeres fiel ihm nicht ein? Ja, seine Haare waren etwas zu lang für einen Geschäftsmann. Die Spitzen reichten ihm bis auf die Schultern, aber das war immer noch wesentlich kürzer als die Pferdeschwänze der Vampirkrieger.

Er ignorierte Seans Bemerkung und sammelte seine Krawatte, das Jackett und die Manschettenknöpfe auf. „Wir sehen uns dann um neun.“

„Nein. Viertel vor neun. Wir teleportieren uns *exakt* um neun.“

„Entspannen Sie sich, Whelan. Teleportation dauert nur Sekunden.“

„Viertel vor. Ich habe die Verantwortung für diese …“

Ehe Sean zu Ende sprechen konnte, hatte Gregori sich schon in seine Wohnung in der Upper West Side teleportiert. Fünfzehn Minuten später hatte er geduscht, sich rasiert und einen Koffer gepackt. Für das Treffen hatte er sich für einen grauen Armani-Anzug entschieden, ein frisches weißes Hemd und seine Lieblingskrawatte in leuchtendem Rot.

Er hielt mitten im Zuknöpfen seines Hemds inne. Roman hatte recht gehabt, als er sagte, dass alles auf das richtige Image ankam. Gregori sollte den ungefährlichen, harmlosen Vampir geben, der Blumen pflückte, statt sich das nächste Opfer zu suchen. Der kleinen alten Damen über die Straße half, statt junge Frauen zu beißen.

Stöhnend zog er sich das Hemd über den Kopf und warf es aufs Bett.

„Ungefährlich und harmlos“, murmelte er, während er sich ein blassblaues Hemd aussuchte. Es wäre viel lustiger, sich einen Smoking und einen Vampirumhang anzuziehen. Und einen ungarischen Akzent zu haben wie Zoltan. Stattdessen befestigte Gregori seine Manschettenknöpfe und band eine graue Krawatte mit feinen blauen Streifen um.

Er holte das Papier mit seinen Strategien aus der Tasche seiner verschmutzten Hose und studierte die Liste, um sie auswendig zu lernen. Er musste sich außerdem noch an die Sicherheitspläne von Angus halten.

Um dreizehn Minuten vor neun teleportierte er sich mit seinem Koffer vor den Seiteneingang von Romatech. Sich in das Gebäude zu teleportieren hätte den Alarm ausgelöst, also ließ er das lieber. Er zog seinen Ausweis durch den Schlitz und trat ein. Auf halbem Weg den Flur hinab kam er am Sicherheitsbüro vorbei.

Die Tür öffnete sich, und ein halbes Dutzend MacKay-Mitarbeiter strömten auf den Flur hinaus.

„Den Plan hast du verstanden?“, fragte Angus.

„Ja.“

„Yo, Undercover-Bruder.“ Phineas schlug Gregori mit der Faust gegen den Knöchel. „Wir sehen uns später.“

„Sean ist ein wenig aufgebracht“, warnte Emma ihn. „Er behauptet, du bist zu spät.“

Gregoris Mundwinkel zuckten. „Ganze zwei Minuten. Nur um ihn zu ärgern.“

„Aye, lass dich von dem Bastard nicht aufbringen.“ Robby klopfte ihm auf den Rücken „Wir warten auf deinen Anruf.“

Nachdem die anderen ihm noch viel Glück gewünscht hatten, entschuldigte Gregori sich und rollte seinen Koffer hinter sich her zu seinem Büro. Ihm schwoll das Herz, als ihm klar wurde, wie viel Vertrauen man ihm entgegenbrachte. Trotz all der Neckereien respektierten die anderen Vampire ihn tatsächlich. Er lächelte in sich hinein.

„Wird auch Zeit“, brüllte Sean Whelan, als er den Raum betrat.

Gregoris Lächeln verblasste. „Entspannen Sie sich, Whelan.“ Er nahm das Ladegerät für sein Handy vom Schreibtisch und stopfte es in eine Außentasche seines Koffers. Als er bemerkte, dass Sean ihn immer noch wütend anfunkelte, steckte er rasch auch noch ein paar Stressbälle ein.

„Wie viel länger denn noch?“, stieß Sean unwirsch aus. „Es ist schon zehn vor neun.“

„Ich bin so weit." Gregori griff nach seinem Smartphone. „Wie ist die Nummer?"

„Ich rufe selbst an." Sean nahm sein Handy aus der Tasche. „Ich habe hier das Sagen. Sie kommen nur mit, um zu zeigen, wie ungefährlich und harmlos Sie sind."

Zähneknirschend steckte Gregori sein Handy wieder ein.

Sean gab eine Nummer in sein Telefon ein. „Garrett, wir sind so weit. Reden Sie weiter, bis wir da sind." Er stellte sich dicht neben Gregori. „Halten Sie sich an mir fest."

„Sie wissen doch gar nicht, wie …"

„Psst." Sean legte seine Hand über den Hörer. „Ich bin erst seit wenigen Nächten ein … Sie wissen schon …, und wir hatten eine Besprechung nach der anderen. Ich hatte keine Zeit, irgendwelche verdammten Tricks zu lernen."

Gregori nickte. Sah ganz so aus, als hätte Sean den Mitgliedern seines Teams nichts von seiner Verwandlung erzählt. „Geben Sie mir das Telefon." Er streckte die Hand danach aus.

Sean zögerte.

„Ich muss die Stimme am anderen Ende hören, um den Weg zu erkennen." Gregori nahm das Telefon an sich und deutete dann auf Seans Koffer, der noch neben der Tür stand. „Brauchen Sie den nicht?"

„Oh, richtig." Sean ging eilig zur Tür.

Gregori griff grinsend nach seinem eigenen Koffer und teleportierte sich. Er kam in einem Wohnzimmer an, in dem die wenigen Möbel aussahen wie Reste vom Sperrmüll.

Die andere Person im Raum verstummte mitten im Satz. Er riss die Augen auf. „Was? Wo ist Sean?"

Gregori parkte seinen Koffer neben der durchgesessenen Couch aus rostrotem Samt und legte dann Seans Handy auf den zerkratzten Tisch, der davor stand. Er streckte dem anderen Mann seine Hand entgegen. Garrett Manning gehörte zu Sean Whelans Stake-Out-Team, und er hatte undercover an einer Realityshow teilgenommen, die Gregori vor einigen Jahren für das Digital Vampire Network moderiert hatte.

„Wir kennen uns schon, erinnern Sie sich? Ich bin Gregori Holstein."

„Äh, sicher. Ich bin Garrett." Er wich zurück, ohne Gregori die Hand zu schütteln. Seine Miene wurde immer verwirrter. „Sollten Sie nicht Sean mitbringen?"

„Verdammt." Gregori schlug sich auf den Oberschenkel. „Ich wusste, irgendetwas habe ich vergessen."

Garrett zuckte zusammen. „Sean wird wahnsinnig sauer sein."

„Und was gibt es sonst noch Neues?" Gregori zog sein Smartphone aus der Tasche und rief Angus an, der sofort den Lautsprecher einschaltete. „Ich bin im Haus. Sieht so aus, als wäre Garrett allein hier. Stimmt das, Garrett? Sind Sie allein?"

„Äh ... schon, aber ..." Garrett keuchte entsetzt auf, da plötzlich vier Männer mitten im Raum erschienen. „Was zum ..."

„Das sind Robby und Phil." Gregori deutete auf die zwei Vampire und die Gestaltwandler, die sie mitgebracht hatten. „Ich glaube, Phineas kennen Sie bereits. Und das hier ist Howard. Diese Truppe übernimmt ab jetzt die Sicherheitsvorkehrungen."

Garrett zuckte zusammen. „Aber das ist mein Job! Das hier ist eine Operation der CIA. Die können Sie nicht einfach so übernehmen."

„Alter." Phineas sah ihn eindringlich an. „Willst du echt mit einem Werwolf und einem Werbären streiten?"

Garrett musste schlucken, als er Phil und Howard anblickte. Gregori biss sich auf die Unterlippe, um nicht laut zu lachen. Die Wandler hatten beide ihre finstersten stählernen Mienen aufgesetzt.

Phineas legte Garrett einen Arm um die Schultern. „Wenn ich dir einen Rat geben darf, Alter. Füll schleunigst die Küchenvorräte auf. Du willst nicht im gleichen Haus sein wie ein hungriger Bär."

„Ich ... ich hatte keine Ahnung, dass es Gestaltwandler wirklich gibt", flüsterte Garrett.

„Ja, nun, wir vertrauen darauf, dass du es für dich behältst." Phineas klopfte ihm auf den Rücken. „Sonst müssen wir dir die Erinnerungen von etwa einem Jahr löschen."

Garrett wurde blass. „Ich kann ein Geheimnis bewahren."

„Guter Junge." Robby lächelte ihn an. „Ich mache mich auf den Weg zurück, um Angus Bericht zu erstatten. Euch allen viel Glück." Er verschwand.

„Gibt es hier Donuts?" Howard ging auf die Küche zu.

Garrett sprang ihm aus dem Weg. „Auf der Anrichte steht eine Schachtel. Nehmen Sie sich, so viel Sie wollen."

Gregori deutete auf den Kühlschrank. „An Blut haben Sie auch gedacht?"

„Ja." Garrett schaute ihn misstrauisch an. „Holen Sie Sean jetzt ab?"

„Bald." Gregori betrachtete das große Erkerfenster. „Können Phineas und ich hier irgendwo schlafen?"

„Ja, im Keller. Sean hat gesagt, ich soll die Fenster vernageln und Betten aufstellen." Stirnrunzelnd betrachtete Garrett Phinaes. „Wusste er, dass zwei von euch kommen?"

„Alter, wir sind zu dritt", meinte Phineas. „Gregori, ich und Sean."

Garrett riss den Mund weit auf. „Was?"

Gregori versuchte, sich nichts anmerken zu lassen. „Ich sage es Ihnen nur ungern, aber Ihr Boss ist jetzt ein Vampir."

„Quatsch." Garrett schüttelte den Kopf. „Sean hasst Vampire."

„Dann sollte er sich an einen Therapeuten wenden, damit er mit ihm über seinen Selbsthass sprechen kann." Gregori sah auf die Uhr. „Es wird Zeit." Er teleportierte sich zurück vor den Eingang von Romatech, zog seinen Ausweis durch und trat ein.

„Sie Hornochse!", brüllte Sean Whelan ihn an, als er, seinen Koffer hinter sich herziehend, den Gang hinabgelaufen kam. „Ich erstatte bei Ihren Vorgesetzten Bericht." Er blieb vor der Tür des Sicherheitsbüros von MacKay stehen und hob die Faust, um dagegenzuhämmern.

Die Tür öffnete sich, und Angus erschien.

Sean erstarrte, die Faust nur eine Handbreit von Angus' Brust entfernt.

Angus hob eine Augenbraue. „Gibt es ein Problem?"

„Ja!" Sean gestikulierte wild in Richtung von Gregori. „Dieser Idiot ist ohne mich gegangen! Ich kann unmöglich mit ihm arbeiten. Sie sollten ihn feuern!"

„Warum sollte ich so etwas denn tun?" Angus' Augen funkelten belustigt. „Ich meine, er hat meine Befehle perfekt befolgt."

„Was zum … ich habe hier das Sagen!" Sean wedelte mit dem Finger in Richtung von Gregori. „Dieser Idiot sollte mich mitnehmen!"

„Entspannen Sie sich, Whelan", riet Gregori ihm. „Es wäre nicht sicher gewesen, Sie und das ganze Gepäck auf einmal zu befördern."

„Und er musste zuerst noch ein paar andere Dinge erledigen", fügte Angus hinzu. „Meine Männer kümmern sich jetzt um die Sicherheitsvorkehrungen im Haus."

Sean zuckte zusammen. „Aber sie wissen nicht, wo …" Er drehte sich zu Gregori um. „Sie Vollidiot, was haben Sie gemacht?"

„Ich habe für die bestmöglichen Sicherheitsvorkehrungen gesorgt." Er sah erneut auf die Uhr. „Kann man das glauben? Es ist *exakt* neun Uhr, genau die Zeit, um die Sie aufbrechen wollten."

„Spielen Sie hier nicht den Besserwisser!", herrschte Sean ihn an. „Ich bin für diese Operation verantwortlich."

„Dann teleportieren Sie sich doch selbst. Bis gleich." Gregori brauchte jetzt kein Leitsignal mehr. Der Standort des sicheren Hauses hatte sich in sein übersinnliches Gedächtnis eingeprägt.

„Warten Sie!" Sean trat näher und senkte die Stimme. „Sie müssen mich mitnehmen. Der Präsident kennt mich. Und all die anderen Männer bei der Versammlung auch. Sie vertrauen mir. Sie brauchen mich dort."

Angus verschränkte die Arme vor der Brust. „Wissen der Präsident und seine Handlanger, dass Sie ein Vampir sind?"

„Natürlich nicht! Das ist doch gerade erst geschehen.“ Sean trat von einem Fuß auf den anderen. „Ich will nicht, dass sie es erfahren. Es würde ihr Vertrauen zerstören.“

Gregori nickte. Er hatte Sean noch nie so aufgewühlt und bestürzt erlebt. „Okay, ich spiele mit. Aber für Garrett ist es zu spät. Dem haben wir es bereits verraten.“

„*Was?* Verdammt noch mal, Holstein. Es hätte meine Entscheidung sein sollen, wann ich wem davon erzähle.“ Sean verzog das Gesicht, als Gregori ihn am Arm fasste. „Machen Sie sich eines ganz klar: Ich leite diese Mission. Und so langsam habe ich es satt mit Ihnen, Sie ...“

Gregori teleportierte sich gemeinsam mit Sean in das sichere Haus.

„... armseliger Trottel“, beendete Sean seinen Satz.

„Redet der mit mir?“, fragte Phineas.

„Was?“ Sean blickte sich um. „Verdammt. Wie viele MacKay-Mitarbeiter sind hier?“

„Drei“, murmelte Garrett. „Phineas und die zwei Wandler in der Küche, die unsere gesamten Vorräte auffressen.“ Er sah Sean genervt an. „Sie hätten mir von Gestaltwandlern erzählen sollen.“

Sean zuckte mit den Schultern. „Need-to-Know-Prinzip. Sie erfahren, was Sie wissen müssen, nicht mehr.“

Garrett verzog das Gesicht. „Stimmt es, was die sagen? Sie sind jetzt ein Vampir?“

Sean seufzte und ließ die Schultern hängen. „Das ist eine lange und schmerzvolle Geschichte. Wahrscheinlich braucht es ein paar Stunden ...“

„Er ist in einer Schlacht fast gestorben. Roman hat ihn verwandelt, um ihn zu retten“, erklärte Gregori und lächelte Sean spöttisch an. „Ende der Geschichte.“

Skeptisch betrachtete Garrett seinen Boss von oben bis unten. „Aber er sieht noch genauso aus wie vorher.“

„Und er hat sich auch sonst nicht verändert“, murmelte Phineas leise vor sich hin.

Sean schnaubte. „Ich bin noch der Gleiche."

Garrett strich sich stirnrunzelnd mit der Hand durchs Haar. „Wie wollen Sie weiterhin die Leitung des Stake-Out-Teams übernehmen? Stellt das keinen Interessenkonflikt dar?"

„Soll ich mir selbst einen Pflock durchs Herz treiben?", erwiderte Sean brummend.

„Ich hätte da einen schönen großen für Sie", schlug Gregori hilfsbereit vor.

Verächtlich schnaubte Sean. „Ich denke, meine neue Situation wird mir tatsächlich in meinem Kampf gegen die bösen Vampire hilfreich sein."

„Aber Sie haben gesagt, alle Vampire sind böse", beharrte Garrett.

Sean winkte ab. „Das war ein etwas voreiliger Schluss. Jetzt weiß ich mehr."

Gregori und Phineas schnauften.

Sean funkelte zuerst die beiden wütend an, dann Garrett. „Niemand in der Regierung darf von meinem neuen Status erfahren. Verstanden?"

„Wird denen nicht auffallen, dass Sie tagsüber tot sind?", fragte Garrett.

„Für einen Regierungsangestellten ist das vielleicht normal", murmelte Gregori.

Phineas lachte leise.

Sean machte eine wegwerfende Handbewegung. „Wir haben schon immer nachts gearbeitet. Daran ändert sich nichts." Er setzte sich auf die Couch. „Wir müssen mit der Einsatzbesprechung anfangen."

Gregori ließ sich ebenfalls auf das Sofa sinken und hörte zu, wie Sean noch einmal erklärte, dass er während der Versammlung den Mund halten und nur demonstrieren sollte, wie ungefährlich, harmlos und langweilig er wirklich war.

Um halb zehn kam die Limousine aus dem Weißen Haus an.

Während Gregori zur Tür schlenderte, sang er leise: „I'm too sexy for my cape, too sexy for my fangs …"

„Was zum Teufel reden Sie da?“ Sean warf ihm einen düsteren Blick zu.

„Ich stimme mich ein. Positives Denken. Sollten Sie auch mal versuchen.“

Sean schnaubte und blieb dann in der Tür stehen. „Ich habe von Ihnen gehört. Sie sind ... nun, um es deutlich auszudrücken, ein Frauenheld.“

Gregori knirschte mit den Zähnen. Das musste seine liebe Mutter Sean erzählt haben. „Und wenn ich das bin?“

„Ich weiß, wie ihr Vampire mit Frauen seid“, murmelte Sean. „Und aus irgendeinem Grund neigen Frauen dazu, Vampire wirklich attraktiv zu finden.“

„Erhoffen Sie sich bessere Chancen, Whelan?“

Sean sah Gregori entnervt an, während er nach draußen ging. „Ich warne Sie. Sie tun so, als wären Sie ungefährlich, harmlos und langweilig.“

„Ich werde versuchen, mein von Natur aus charmantes Wesen zu unterdrücken.“

„Halten Sie sich einfach von der Tochter des Präsidenten fern.“ Sean eilte die Stufen hinab zum wartenden Wagen.

„Sie meinen, wenn ich sie vernasche, könnte das unsere Verhandlungen irgendwie negativ beeinflussen?“

„Sparen Sie sich den Sarkasmus und halten Sie sich von ihr fern.“ Sean öffnete die Tür und stieg vor Gregori in die Limousine.

Er schaute aus dem Fenster, als der Wagen auf die stark befahrene Straße einbog. Sean meinte ohne jeden Zweifel die hübsche Madison, die regelmäßig auf dem Titelbild irgendwelcher Zeitschriften zu sehen war. Aber was war mit der älteren Tochter, Abigail? Wie kam es, dass er nicht ein einziges gutes Foto von ihr finden konnte? Warum versteckte sie sich vor der Welt?

Gregori lächelte in sich hinein. So ganz ungefährlich, harmlos und langweilig würde der Abend wohl doch nicht verlaufen. Er hatte ein Geheimnis aufzudecken.

5. KAPITEL

Heute Nacht wirst du mir gehören. Dein ganzer Körper wird sich nach meiner Berührung verzehren. Im Innersten deiner Seele wirst du danach flehen, von mir besessen zu werden.

Abigail zögerte, als die tiefe, rauchige Stimme eines Mannes durch die geschlossene Tür drang. *Wow.* Mom hatte für die Nacht etwas wirklich Heißes gefunden.

Sie blickte den Agent des Secret Service an, der neben der Tür stand. Der arme Kerl konnte wahrscheinlich alles hören, was drinnen an verruchten Sätzen erklang, allerdings verzog er keine Miene.

Leise schlüpfte sie ins Zimmer. Weil sie das Hörbuch, das gerade lief, nicht unterbrechen wollte, winkte sie ihrer Mom und Debra, der Pflegerin, einfach nur zu.

Belinda kniff die Augen hinter ihrer Brille zusammen und lächelte dann. „Hi, Abby."

„Hey, Mom." Konnte ihre Mutter wieder schlechter sehen?

„Perfektes Timing!" Belinda deutete auf den CD-Spieler auf dem Tisch neben der Liege. „Maxim geht gleich zur Sache."

Maxim riss sich das Hemd vom Leib und warf es von sich, fuhr die Stimme des Erzählers fort.

Debra seufzte. „Ich warne Sie. Wenn Ihr Blutdruck sich erhöht, schalte ich dieses dumme Zeug aus."

„Pst", stieß Belinda hervor, um sie zum Schweigen zu bringen. „Ihnen macht es auch Spaß, selbst wenn Sie es nicht zugeben wollen."

„Hmpf." Debra rückte sich die Lesebrille zurecht und widmete sich wieder dem Schreiben ihres Berichts.

Abigail lächelte. Debra war jetzt seit zehn Jahren die private Pflegerin ihrer Mutter, und die beiden liebten es, sich gegenseitig zu triezen.

Die Stimme des Erzählers wurde leiser. *Mit eleganter Leichtigkeit hob er sie hoch und warf sie aufs Bett.*

„Maxim ist sehr sexy", flüsterte Belinda.

„Na, das muss er als Held auch sein." Abigail betrachtete die Monitore, um die Vitalzeichen ihrer Mutter zu überprüfen.

Sie versuchte, ihre Mutter jedes Mal bei der Dialyse zu besuchen, aber bei ihren langen Schichten im Labor war das nicht immer möglich. Gott sei Dank gab es Hörbücher. Besonders Liebesromane. Die unterhielten ihre Mutter stundenlang. Ohne jeden Zweifel war der sexy Maxim auch noch groß, dunkelhaarig und attraktiv. Und natürlich unermesslich reich.

Abigail seufzte. Solche Männer gab es nur in Romanen. Doch sie musste zugeben, dass sie dank der Bücher ihrer Mutter gut Bescheid wusste in der hohen Kunst der Liebe. Manche Mütter setzten sich mit ihren Töchtern hin und führten ein ausgiebiges Gespräch über Sex mit ihnen. Belinda May Tucker lud sie einfach ein, ein Hörbuch mit ihr zu hören. Leider hatte das bei Abigail bisher nicht zum Erfolg geführt. Ihre Ausflüge in die Welt der Romantik endeten nie in seelenverzehrenden, multi-orgastischen Ekstasen. So etwas erlebten nur die schönen Heldinnen ihrer Mutter. Regelmäßig. Ohne Unterlass.

Maxim legte sich neben sie und staunte über die perfekten Züge ihres lieblichen Gesichtes und ihre langen blonden Locken.

Abigail rümpfte die Nase. „Warum sind die Heldinnen immer blond?"

Debra schnaufte. „Weil nur eine Blondine dumm genug wäre, um …"

„Wie bitte?" Belinda funkelte ihre Pflegerin empört an.

Abigail grinste Debra zu und streichelte ihrer Mutter dann die Schulter. „Wir können nicht alle blond sein wie du."

Ihr Lächeln verblasste, als sie die silbernen Strähnen im Haar ihrer Mutter bemerkte. Wann waren die gekommen? Selbst Debras kurzer und ordentlicher Afro hatte graue Flecken zwischen den schwarzen Locken.

Abigail stopfte die Hände in die Taschen ihres Laborkittels, damit niemand sah, wie sie die Fäuste ballte. Die Zeit flog nur so dahin, und sie machte dabei kaum Fortschritte. Ihre Brust zog sich zusammen vor Angst, der gleichen Angst, die sie seit einem Dutzend Jahren verfolgte. *Versagen ist keine Option. Versagen bedeutet, deine Mutter stirbt.*

„Setz dich doch." Belinda deutete auf den Stuhl neben ihrer Liege. „Gleich kommt der gute Teil."

Abigail hockte sich an den Rand des Stuhls und umklammerte ihre Knie, die in Jeans steckten. Sie musste sich entspannen, damit sie die Zeit mit ihrer Mutter genießen konnte. Und sich nicht schuldig fühlte, weil sie nicht im Labor war.

„Bist du bereit für mich, Geliebte?", flüsterte er.

„O ja, Maxim! Nimm mich. Ich muss deinen Stahlkolben tief in mir spüren."

Abigail schnaubte. „Der hat wohl eine Penisprothese."

Debra lachte.

Belinda warf ihnen beiden einen wütenden Blick zu.

Maxim liebkoste ihr das Gesicht und schnitt dann mit einer Klaue durch ihr Nachthemd.

„Was?" Abigail richtete sich auf „Mit einer *Klaue*?"

Debra verdrehte die Augen. „Nur eine Blondine wäre dämlich genug …"

„Er hat eine *Klaue*?" Abigail sprang auf und nahm die Hülle des Hörbuchs vom Tisch. „‚Wonnig wilde Nächte mit dem Werwolf'? Du meinst, Maxim hat behaarte Handrücken und schneidet sich nie die Fingernägel?"

Belinda seufzte. „Du kannst es ebenso gut ausschalten. Jetzt hast du die Stimmung gründlich verdorben."

„Wer könnte denn je auf *Klauen* abfahren?" Abigail schaltete die CD aus und legte die Hülle zurück auf den Tisch. „Was ist mit dem griechischen Milliardär und seiner Sekretärin passiert?"

Belinda zuckte die Achseln. „Ich wollte mal was anderes. Etwas Neues ausprobieren. Ich komme ja nicht mehr aus dem Haus. Wenigstens meiner Fantasie kann ich die Freiheit gönnen."

Abigail musste schlucken. „Du hast ja recht. Es tut mir leid." Auch wenn es sich bei besagtem Haus um das Weiße Haus handelte, für ihre Mutter war es immer noch ein Gefängnis.

„Hi, Leute!“, begrüßte sie eine fröhliche Stimme von der Tür her. Ein Hund jaulte auf.

„Madison?“ Belinda kniff die Augen zusammen und lächelte. „Wie hübsch du aussiehst. Ist das ein neues Kleid?“

„Ja!“ Madison stolzierte ins Krankenzimmer, über dem Arm eine Hundetasche, die mit rosafarbenen Strasssteinen überzogen war.

Sie drehte sich auf der Stelle, und das funkelnde Cocktailkleid wirbelte um ihre langen, schlanken, perfekt gebräunten Beine. „Ist es nicht herrlich? Von Versace. Oh, tut mir leid, Dolly Darling!“ Sie tätschelte ihrem Zwergpudel den Kopf. „Das kleine Schätzchen wird seekrank, nicht wahr, mein armes Baby?“

„Wenn die Ratte brechen muss, gehört sie nach draußen“, presste Debra zwischen den Zähnen hervor.

Madison warf der Pflegerin einen verärgerten Blick zu und schaute dann strahlend lächelnd zu ihrer Mutter und ihrer Schwester. „Ratet mal? Ich habe die aufregendsten Neuigkeiten aller Zeiten!“

„Schlussverkauf bei Bloomingdale's?“, murmelte Abigail.

Madison riss entzückt die Augen auf. „Wirklich? Oh.“ Sie winkte mit ihrer perfekt manikürten Hand ab. „Da kann ich morgen hin. Was heute Nacht passiert, ist viel wichtiger.“

Belinda und Abigail sahen sich belustigt an. „Schockierend.“

„Ist es. Wirklich schockierend.“ Madison stellte ihre Hundetasche auf den Teppich und legte anschließend eine Hand auf die Brust. „Es gibt keinen einfach Weg, es zu erzählen, also sage ich es geradeheraus. Debra, achten Sie auf den Blutdruck meiner Mutter. Es ist vielleicht … *zu* schockierend.“

Debra betrachtete sie über den Rand ihrer Lesebrille skeptisch. „Ich habe alles im Griff.“

„In Ordnung. Also.“ Madison atmete tief ein. „Vampire kommen ins Weiße Haus.“

Abigail biss sich auf die Unterlippe, um nicht laut zu lachen.

Ihre Mutter lächelte. „Kleines, Vampire gibt es nicht.“

Madison zuckte zusammen. „Wie kannst du das behaupten?" Sie deutete auf das Hörbuch auf dem Tisch. „Du hast dich so gefreut, als ich dir das Werwolf-Buch gekauft habe. Wenn du an Werwölfe glaubst, solltest du auch an Vampire glauben. Wenn du das nicht tust, ist das total … rassistisch oder so."

„Mädchen, hast du irgendwas genommen?", fragte Debra.

„Nein, natürlich nicht", antwortete Madison ungeduldig.

„Solltest du vielleicht", flüsterte Debra.

Abigail drückte sich die Hand auf den Mund, um ihr Grinsen zu verbergen.

„Das ist mein voller Ernst", beharrte Madison. Ihr Hund jaulte zustimmend.

Belinda schüttelte den Kopf. „Vampire und Werwölfe sind nicht echt, Liebling. Das nennt man Fiktion."

„Das haben bisher alle geglaubt." Madison strich sich das lange blonde Haar hinter die Schultern. „Aber Vampire *sind* echt. Das steht überall im Internet, also muss es stimmen. Außerdem habe ich Beweise."

Abigail setzte eine ernste Miene auf. „Wenn du damit das Video auf YouTube meinst, das habe ich auch gesehen, und es beweist rein gar nichts. Wieso sollten denn irgendwelche Vampire zu uns nach Hause kommen?"

Frustriert seufzte Madison. „Okay. Ich erkläre es euch." Sie reckte den Daumen nach oben. „Erstens, ich habe gehört, dass Dad heute Abend um zehn ein streng geheimes Treffen abhält. Und ihr wisst, Vampire kann man nur bei Nacht treffen."

„Das ist noch kein Beweis." Nicht einmal ein logischer Gedankengang, auch wenn Abigail das ihrer jüngeren Schwester lieber verschwieg.

„Zweitens", fuhr Madison fort und hob den Zeigefinger. „Ich habe gehört, dass die ganzen hohen Sicherheitstypen hier auftauchen, von der CIA, und die Direktoren vom Verfassungsschutz. Also ist klar, dass sie jemand wirklich Wichtigen treffen … Vampire zum Beispiel."

Abigail zuckte die Achseln. „Immer noch kein Beweis."

„Okay, dann also…" Madison sah auf ihre Hand hinab, um sich zu erinnern, bei welcher Nummer sie war. „Drittens. Ich habe in der Küche nachgesehen, und dort haben sie gerade eine besondere Lieferung erhalten." Sie senkte die Stimme zu einem dramatischen Flüstern. „Es war *Blut*."

Innerlich stöhnte Abigail auf. War Madison nicht klar, dass sie einen Vorrat Blut brauchten, falls ihre Mutter eine Transfusion benötigte?

„Das ist wahrscheinlich für mich", wandte Belinda leise ein.

„Wird dein Blut in Flaschen geliefert?", fragte Madison. „Und in die Küche?"

Abigail warf Debra einen fragenden Blick zu, und die Pflegerin schüttelte den Kopf.

„Hast du diese Blutflaschen tatsächlich gesehen?", fragte sie Madison. „Woher stammen sie? Ist das die gleiche Blutgruppe wie von Mom?"

„Keine Ahnung. „Madison sah sie alle ungehalten an. „Ist doch auch egal. Offensichtlich sind die Flaschen für die Vampire, die heute Nacht eingeladen sind. Wenn du mir nicht glauben willst, komm mit, und ich beweise es dir."

Abigail seufzte. Von allen Albernheiten …

„Mach schon", forderte Belinda sie auf. „Ich will alles darüber hören."

Abigail bemerkte das Funkeln in den Augen ihrer Mutter. Ihr machte Madisons neuestes Drama Spaß. „Na gut. Ich werde mir das anschauen und dir später Bericht erstatten."

Belinda klatschte in die Hände. „Wunderbar."

„Dann los!" Madison griff nach ihrer Hundetasche, und Dolly jaulte. „Die Vampire treffen jeden Augenblick ein."

Abigail winkte Debra und ihrer Mutter zum Abschied und folgte dann ihrer Schwester in den östlichen Empfangssaal. Ein zweiter Agent des Secret Service stand in der Nähe – Josh, der arme Kerl, den sie für Madison abgestellt hatten. Abigail lächelte ihn an, und er nickte knapp und absolut ausdruckslos zurück. Einmal hatte sie ihm ein Lächeln entlockt, als sie ihm versicherte, dass Madison im Falle einer Entführung garantiert nach zehn Minuten zurückgebracht werden würde.

Madison musterte sie und runzelte die Stirn. „Jeans und T-Shirt? Und warum hast du immer diesen hässlichen Mantel an? Der hat überhaupt keinen Stil."

„Das ist ein Laborkittel. Ich komme von der Arbeit."

Madison verdrehte die Augen. „Ich wünschte, du hättest Zeit, dich umzuziehen. Der erste Eindruck ist am wichtigsten, weißt du. Aber egal, wir müssen uns beeilen." Sie schritt den Korridor entlang, ihre hohen Absätze geräuschlos auf dem schweren Teppich.

Abigail ging neben ihr her, und Josh folgte in diskretem Abstand. „Dann hast du das Kleid für die Vampire angezogen?", fragte sie.

„Ja sicher." Madison marschierte über den Hauptkorridor und direkt in den gelben Saal. „Ich will doch so gut wie möglich aussehen. Jeder weiß, dass Vampire ausgesprochen attraktiv sind."

„Ich dachte, die wären irgendwie blass und … tot."

„Untot", verbesserte Madison sie, „und ja, sie sind ein wenig blass, doch auf eine funkelnde Weise. Ich dachte, dieses funkelnde Kleid wird ihnen gefallen. Und Dollys Strasstasche. Es ist wichtig, dass sie sich wohlfühlen, weißt du."

Abigail zuckte mit den Schultern. „Du bist die Expertin." Ihre Schwester hatte funkelnde Dinge schon immer geliebt, so sehr, dass der Secret Service ihr den Code-Namen Sparkle verpasst hatte – die Funkelnde.

Madison warf ihr einen genervten Blick zu. „Mir ist klar, dass du mir nicht glaubst, aber du wirst schon sehen, dass ich recht habe." Sie öffnete die Tür, die auf den Truman-Balkon des Südflügels hinausführte. „Hier entlang."

„Aber was ist mit der Versammlung?" Abigail trat in die kalte Nachtluft hinaus. „Sollten wir nicht in den Westflügel gehen?"

„Ja, doch hier sehen wir sie zuerst." Madison stellte die Hundetasche ab und trat dann an die Brüstung des Balkons, von dem aus man den südlichen Eingang zum Weißen Haus überblicken konnte.

Josh bezog Position in der Tür und murmelte ihren Aufenthaltsort in die Kommunikationseinrichtung an seinem Handgelenk.

Abigail legte die Hände auf das gusseiserne Geländer und spähte hinab auf die runde Auffahrt zwei Stockwerke unter ihnen. „Da ist niemand."

Madison schnaubte. „Dachtest du, die kommen im Wagen? Das sind Vampire! Sie werden geflogen kommen. Ich nehme an, sie landen genau hier auf dem Balkon." Sie schaute hinauf in den Nachthimmel. „Siehst du sie schon? Wahrscheinlich haben sie Fledermausgestalt angenommen."

Abigail verschränkte die Arme und lehnte sich gegen eine schwere weiße Säule. Sie konnte in der Ferne Hupen und das Rauschen des Straßenverkehrs hören, aber hier befanden sie sich in einer grünen Oase der Ruhe. Das Grundstück war hell erleuchtet und übersät mit bunten Frühlingsblumen. Sie sollte die Gärten wirklich genießen, ehe die Sommerhitze sie überrollte. Sich Zeit nehmen, um sich am Duft der Rosen zu erfreuen. Aber sie spürte immer das Ticken der Uhr, das sie an den Wettlauf mit der Zeit erinnerte, den Kampf gegen die Krankheit ihrer Mutter.

Sie seufzte. „Dir ist schon klar, dass es physikalisch unmöglich ist, dass ein ausgewachsener Mann zu einer Fledermaus zusammenschrumpft?"

Madison keuchte auf und zeigte in die Ferne. „Ist das einer?"

„Sieht wie eine Krähe aus."

„Oh." Madison presste einen Finger auf den Mund und überlegte. „Die Versammlung fängt bald an. Ich frage mich, warum die wohl so lange brauchen."

„Na ja, es ist ein langer Flug von Transsilvanien hierher."

Madison schnaubte. „Sei nicht albern. Sie sind schon hier in Amerika. Sie sind überall."

„Das muss mir irgendwie entgangen sein."

„Ach was! Natürlich ist dir das entgangen. Man weiß nie, wann man sie genau sieht. Sie können sich nämlich verdammt gut anpassen. Oh!“ Madison riss die Augen auf. „Ich weiß, wo das Problem liegt! Wahrscheinlich können sie unser Haus erst betreten, wenn sie eingeladen sind.“

„Wirklich?“

„Ja! Das ist so ein Vampir-Ding. Vertrau mir. Ich bin da die Expertin. Ich habe alle neuesten Bücher gelesen.“ Madison streckte die Arme aus und hob ihre Stimme. „Oh, Kreaturen der Nacht! Ich rufe die Untoten an! Ihr seid willkommen in unserer bescheidenen Behausung!“

Bescheiden? Abigail erstickte ein Lachen. „Vielleicht funktioniert es.“ Sie zeigte auf eine Limousine, die gerade in die Auffahrt einbog.

„Sei nicht albern, Abby. Sie kommen als Fledermäuse geflogen.“ Madison betrachtete den Horizont.

„Was passiert, wenn sie wieder Menschengestalt annehmen? Gehen sie vollkommen nackt ins Oval Office?“

Madison kicherte. „Das wäre so cool! Aber nein, sie werden sehr gut angezogen sein. Wahrscheinlich im Frack. Sie haben einen teuren Geschmack.“

Abigail bemerkte, wie die Limousine auf der Auffahrt anhielt. Eine Gruppe Agents des Secret Service umschwärmte den Wagen mit ihren Hightech-Spielzeugen, um sicherzugehen, dass niemand sich daran vergriffen hatte. Schließlich öffnete der Anführer der schwarzen Anzüge die Tür, und ein Mann stieg aus.

Abigail stockte der Atem. Er hatte etwas an sich, das sofort ihre Aufmerksamkeit fesselte. Das allein war schon merkwürdig genug, denn sie war noch nie der Typ Frau gewesen, der wildfremde Männer angaffte. Vielleicht war es die Art, wie er sich aufrichtete, als er aus dem Wagen stieg. Er war anmutig, doch männlich dabei, als verfüge er über enorme Kraft und eine Macht, die er ganz ruhig unter Kontrolle hielt.

Von hier aus konnte sie nur seinen Rücken betrachten, aber … *wow*. Er war groß und schlank, und sein teurer Anzug schmiegte sich perfekt an seine breiten Schultern. Sein dunkelbraunes Haar war ein wenig zu lang, die Spitzen reichten ihm bis an den Kragen, aber es sah weich und voll aus. Wie geschaffen, um berührt zu werden. Wenn sie nur sein Gesicht erkennen könnte.

Ein zweiter Mann verließ die Limousine. Kleiner, gedrungener, älter und mit rotblonden, kurz geschorenen Haaren. Er verhielt sich so, als hätte er das Sagen, und unterhielt sich eindringlich mit den Agents des Secret Service. Der geheimnisvolle Mann schien zufrieden damit zu sein, schweigend danebenzustehen. Sowie der kleinere Mann ihn dem Anführer der schwarzen Anzüge vorstellte, drehte er sich zum Händeschütteln um.

Er war atemberaubend. Abigail beugte sich über das Geländer, um einen besseren Blick auf ihn erhaschen zu können. Sie konnte nicht mehr als die rechte Seite seines Gesichts erkennen, doch was für ein Profil. Lieber Gott, mit so einem Profil konnte der Mann Butter zum Schmelzen bringen. Eine scharf gezeichnete gerade Nase, hohe Wangenknochen und ein Kiefer, der sich zu einem starken Kinn rundete. *Wow.* Er gehörte auf das Titelbild von einem der Liebesromane ihrer Mutter.

Wer war er? Er schien zu jung, um ein Politiker zu sein. Vielleicht war der ältere Mann Politiker und er sein Berater? Bei der Versammlung kamen Sicherheitsexperten zusammen, also könnte er vielleicht für die CIA oder das Pentagon tätig sein.

Sie drückte sich dichter in den Schatten hinter der Säule, sodass sie ihn unbemerkt betrachten konnte. Er hörte gerade dem Anführer der schwarzen Anzüge zu. Seine Haut war im Vergleich zu den anderen Männern ein wenig blass. Hmm, blasse Haut, äußerst attraktiv, gut gekleidet und mit teurem Geschmack. Vielleicht hatte ihre Schwester doch recht, und ein Vampir war auf dem Weg ins Weiße Haus?

„Ich verstehe das nicht“, murmelte Madison, den Blick immer noch gen Horizont gerichtet. „Warum sind die Vampire nicht gekommen?“

Irgendetwas geschah mit dem Fremden. Es war nur eine kleine, kaum merkliche Veränderung, aber für Abigail war sie deutlich zu erkennen. Seine Schultern schienen auf einmal breiter, und sein Kopf neigte sich ein winziges Stück zur Seite. Hatte er ihre Schwester irgendwie gehört? Unmöglich! Sie befanden sich zwei Stockwerke über ihm.

Er drehte sich um und spähte zu Madison hinauf. Er *hatte* sie gehört! Und sein Gesicht. Sein ganzes Gesicht war auf einmal zu sehen.

„Wow", flüsterte Abigail.

Sein Blick richtete sich sofort zur Seite.

Genau auf sie! Lieber Gott! Abigail keuchte und zog sich weiter in die Schatten zurück. Wie konnte er ein Flüstern gehört haben? Und wie sollte er sie in der Dunkelheit sehen können?

Sie wartete. Jede Sekunde würde er den Blick wieder auf Madison richten. Die Männer schauten immer nur Madison an. Sie stand im Licht der Außenbeleuchtung, ihr blondes Haar glänzte und ihr rosafarbenes Kleid glitzerte. Sie war die Prinzessin des Weißen Hauses.

Abigail rang nach Atem. Er blickte sie immer noch an. O Gott, sie fühlte sich schwummrig, als würde sie gleich in Ohnmacht fallen. *Sei nicht albern. Du fällst nie in Ohnmacht. Du bist Wissenschaftlerin*, ermahnte sie eine Stimme in ihrem Kopf. Es war nicht mehr als eine chemische Reaktion. Das war ihr zwar noch nie passiert, aber sie verstand den Vorgang. Ihr Gehirn schüttete einfach nur Dopamin aus. *Eimerweise.*

Sie wich hinter die Säule zurück. Im Verschwinden war sie gut. Immerhin war sie die vergessene Tochter, und es gefiel ihr so.

Sie wartete, während die Sekunden verstrichen. Er musste sie in der Zwischenzeit aufgegeben haben. Sein Blick war jetzt sicher auf Madison gerichtet. Sie spähte um die Säule herum.

Und keuchte auf. Er sah sie immer noch an! Sie presste eine Hand auf die Brust. Lieber Gott, ihr Herz spielte verrückt.

Und dann lächelte er. Ein langsames, brandgefährliches Lächeln, das sich erst schief nach links hob, ehe es zu einem ausgewachsenen Strahlen wurde. Mit Grübchen.

Sie sackte gegen die Säule zurück. Überdosis Dopamin. Rasender Puls. *Okay, jetzt kann ich in Ohnmacht fallen.*

6. KAPITEL

„Mach schon!“ Abigail lief auf die Treppe zu.

„Was soll die Eile?“ Madison hatte Mühe, mit ihr Schritt zu halten. Sie reichte ihre Hundetasche an Josh weiter. „In diesen Absätzen kann ich nicht rennen. Ich habe Angst hinzufallen und Dolly zu verletzen.“

An Joshs Wange zuckte ein Muskel, das einzige Zeichen von Ärger, dennoch bemerkte Abigail es.

„Ich nehme sie.“ Sie griff nach der Hundetasche und stürmte die Stufen hinab, schnell und gewandt in ihren Turnschuhen.

„Nicht so schnell!“, rief Madison. „Du machst Dolly Angst!“

Abigail sah nach der Tasche. Dolly hatte den Kopf herausgestreckt und schien zu grinsen, wie sie es im Auto immer tat. „Ihr geht es gut!“

„Was ist mit dir?“ Madisons Stimme drang die Treppe hinab, untermalt vom Geklapper ihrer Absätze. „Warum bist du auf einmal so merkwürdig?“

Gute Frage. Abigail blieb stehen, als sie im Erdgeschoss angekommen war. Es sah ihr nicht ähnlich, sich so auf einen Mann zu fixieren. „Ich … will nur wissen, wer er ist.“

„Wer?“ Madison kam den letzten Treppenabsatz herunter. Josh blieb dicht hinter ihr und passte auf, dass sie nicht stürzte.

„Der Mann, der aus der Limousine gestiegen ist.“ Abigail war schon auf dem Weg den Hauptkorridor hinab und sprach über die Schulter nach hinten. „Irgendetwas an ihm war anders. Findest du nicht?“

„Ich konnte ihn nicht richtig sehen. Ich war zu beschäftigt damit, nach … O mein Gott.“ Das Geräusch von Madisons Schritten verstummte abrupt. „Du glaubst, er ist ein *Vampir*?“

Abigail blinzelte. Tat sie das? Nein, natürlich nicht. Vampire gab es nicht. Sie blickte auf die Tasche in ihrer Hand hinab. Dolly neigte den Kopf zur Seite und schaute sie neugierig an. „Das wäre verrückt, meinst du nicht?“, flüsterte sie.

Dolly jaulte zustimmend.

„Die Stimme der Vernunft." Abigail ging weiter auf den westlichen Säulengang zu. Sie hatte die Hysterie überall im Internet mitgekriegt. Sie hatte sogar das Video angeschaut, auf dem angeblich zu sehen war, wie ein Vampir geköpft wurde. Für sie hatte es wie ein Ausschnitt aus irgendeinem Hollywood-Film gewirkt. Ein Schotte im Kilt schwang wild sein Schwert und tötete einen Feind. Der Typ, der angeblich enthauptet worden war, verfiel prompt zu Staub. Doch das konnte man mit Spezialeffekten ja ganz einfach vortäuschen.

Sobald sie den westlichen Säulengang betreten hatte, fing der Zwergpudel an zu bellen. Abigail blieb stehen. Sie hatte Dolly noch nie so aufgeregt erlebt. Der Hund kratzte an den Seiten seiner Ledertasche und jaulte immer wilder.

Madison holte sie rennend ein. „Abby! Was hast du meinem Baby angetan?"

„Nichts." Abigail zuckte zusammen, da Dolly zu entkommen versuchte. Sie stellte die Tasche rasch auf dem Boden ab.

Dolly sprang heraus und flitzte in den Westflügel. Abigail jagte ihr hinterher, stoppte aber an der Tür, die in das Empfangszimmer vor dem Oval Office führte. Madison und Josh blieben neben ihr stehen. Zwei Agents des Secret Service waren am anderen Ende des Raumes positioniert, direkt vor den Türen zum Büro ihres Vaters. Ihr Herz schien zu stocken, sowie sie den geheimnisvollen Fremden bemerkte, der in der Mitte des Raumes unter einem Bild saß.

Dolly ging auf ihn zu, knurrte und bleckte ihre scharfen kleinen Zähne. Als er aufstand, war seine Aufmerksamkeit vollkommen auf den Hund gerichtet. Abigail öffnete den Mund, wollte den Pudel zurückrufen, doch auf einmal sackte Dolly stumm und schlaff auf dem Teppich zusammen.

„Dolly!" Madison rannte zu ihrem Hund und fiel neben ihm auf die Knie.

Sie hob den Kopf des Hundes an. „Dolly, sprich mit mir. O mein Gott, was ist mit ihr?"

„Es geht ihr gut", antwortete der mysteriöse Fremde, wobei er die zwei Secret-Service-Agents ansah, die sich nicht regten und keine Miene verzogen. „Ich glaube, sie … schläft."

„Schläft?", wiederholte Madison, die Augen weit aufgerissen.

Josh beugte sich vor, um den Hund zu untersuchen. „Stimmt. Es geht ihr gut. Sie atmet ganz normal."

„Oh." Madison legte erleichtert eine Hand auf die Brust. „Gott sei Dank." Sie schaute verwirrt auf ihr Haustier hinab. „Armes Baby. Sie muss vollkommen erschöpft sein."

Schweigend sah Abigail ihnen vom Türrahmen aus zu. Ihr Blick wanderte immer wieder zwischen dem schlaffen Hund und dem geheimnisvollen Fremden hin und her. Ihr kam der seltsame Gedanke, dass dieser Mann es geschafft hatte, Dolly zum Schweigen zu bringen. Durch irgendeinen Trick hatte er dafür gesorgt, dass der Zwergpudel einschlief. Sie öffnete den Mund, um ihn zu fragen, aber dann richtete sich sein Blick auf sie.

Und sie vergaß, wie man redete.

Als sie ihn nur aus der Ferne gesehen hatte, war sie schon fast in Ohnmacht gefallen. Jetzt, wo er ihr so nah war, konnte sie kaum denken. Kaum atmen. Ihr Herz hämmerte, und ihr Mund wurde trocken. Als sie sich die Lippen leckte, glitt sein Blick zu ihrem Mund, danach zurück zu ihren Augen.

Sie bemerkte, dass seine Augen grün waren. Ein gräuliches Grün, das sie an grünes Moor unter einem Nebelschleier erinnerte. Schön, aber geheimnisvoll. Und schätzungsweise ziemlich gefährlich.

Er neigte den Kopf, ohne den Blick von ihr abzuwenden. „Es freut mich, Sie kennenzulernen. Ich bin Gregori Holstein."

Gregori? Er sprach seinen Namen auf die osteuropäische Weise aus, doch sein Akzent schien amerikanisch zu sein. Abigail biss sich auf die Unterlippe. Sie war sich nicht sicher, wie sie ihn einschätzen sollte. Besaß er vielleicht wirklich so etwas wie übersinnliche Gaben?

„Ich bin Madison." Ihre Schwester stand eilig auf, hielt Dolly gegen ihre Brust gepresst und schien nicht bemerkt zu haben, dass Mr Holstein nicht mit ihr gesprochen hatte. „Josh, bist du ein Schatz und holst mir die Hundetasche?"

Josh warf einen Blick auf die anderen beiden Agents und verschwand dann erhobenen Hauptes, um Madisons Bitte Folge zu leisten.

Vorsichtig betrat Abigail den Raum. Er war eingerichtet, wie es für das ganze Weiße Haus typisch war: unbequeme Stühle um antike Tische, teure Wandbehänge, Gemälde und verschnörkelte Spiegel an den Wänden. Sie schaute sich nervös um und versuchte so zu tun, als bemerke sie gar nicht, dass der mysteriöse Unbekannte sie immer noch anstarrte. Aber sie merkte es. Es verursachte ihr eine Gänsehaut.

Madison betrachtete ihn neugierig. „Sagten Sie, Ihr Nachname sei Holstein?"

„Ja." Sein Blick wanderte kurz zu ihr, ehe er sich wieder auf Abigail richtete.

Madison schlich sich dicht an ihre Schwester heran und flüsterte: „Das kann keiner von denen sein. Kein Vampir mit etwas Selbstrespekt nennt sich nach einer Kuh."

Er grinste.

Lieber Gott, was für ein Lächeln. Abigails Puls beschleunigte sich auf Warp-Geschwindigkeit, doch dann stutzte sie und kniff die Augen zusammen. Seine Eckzähne sahen wirklich spitz aus. Und sein Gehör war ausgesprochen gut. „Sie … Sie haben uns auf dem Balkon gesehen?"

Er nickte. Seine Augen funkelten belustigt. „Wenn Sie das nächste Mal versuchen, sich in den Schatten zu verstecken, sollten Sie vorher den weißen Laborkittel ausziehen."

Oh, natürlich. Ihre Wangen wurden warm. Deswegen hatte er sie sehen können. Auch wenn sie geschworen hätte, dass er ihr ins Gesicht geschaut hatte.

„Sind Sie Ärztin?", fragte er.

Sie schüttelte den Kopf.

„Nicht so bescheiden", wisperte Madison. Dann sprach sie lauter weiter: „Sie hat einen Doktor in Biochemie."

Er zog die Augenbrauen ein Stück hoch.

Abigail konnte nicht sagen, ob er überrascht oder beeindruckt war, aber er schien sie jedenfalls eindringlich zu betrachten. Das allein war genug, um ihren Puls auf Warp sechs zu beschleunigen. „Sie scheinen ausgezeichnet zu sehen und zu hören."

Sein Mundwinkel hob sich gerade genug, sodass ein Grübchen zu erkennen war. „Wie nett, dass Ihnen das aufgefallen ist."

„Entschuldigen Sie uns bitte einen Moment." Abigail zog ihre Schwester vor die Tür und sah sich nach Gregori Holstein um. Er wendete sich höflich ab, um ein Gemälde zu betrachten, und zeigte ihr dabei noch einmal sein wahnsinnig machendes Profil. *Lieber Gott, so gut sollte kein Mann aussehen dürfen.*

„Ist dir klar, dass er zu jedem Punkt auf deiner Liste passt?", flüsterte sie Madison zu. „Teurer Geschmack, blasse Haut, *ausgesprochen* attraktiv?" Wieder bemerkte sie sein Grinsen. *Verdammter Kerl!* „Und sein Gehör ist fast Furcht einflößend gut."

Madison seufzte. „Ich weiß, worauf du hinauswillst, aber der Typ ist kein Vampir. Er glitzert nicht. Und er ist nicht als Fledermaus hergeflogen."

Er drehte sich lachend zu ihnen um, aber Abigail ignorierte seine Grübchen und konzentrierte sich ganz auf seine Eckzähne. Seine besonders scharfen und spitzen Eckzähne.

Er schloss die Lippen.

Interessant. Sie trat in den Raum zurück. „Es gibt Gerüchte, dass die Untoten das Weiße Haus aufsuchen werden. Was denken Sie, Mr Holstein? Glauben Sie, Vampire leben insgeheim unter uns?"

Er kniff die Augen zusammen. Sie spürte unsichtbare Spannung knistern, als wäre die Luft zwischen ihnen plötzlich elektrisch aufgeladen.

Warp sieben. Sie reckte das Kinn vor. „Führen Sie ein geheimes Doppelleben, Mr Holstein?"

Seine Augen leuchteten tiefgrün auf, während er auf sie zuschritt. „Und was ist mit Ihrem geheimen Doppelleben, Abigail?"

Sie blinzelte.

„Sie sind doch Abigail Tucker, nicht?“ Er kam noch näher auf sie zu. „Warum verstecken Sie sich vor den Kameras?“

„Ich will keine Aufmer…“ Sie stutzte, da sie den Spiegel an der Wand bemerkte. Sie war darin reflektiert, er allerdings nicht! Keuchend sah sie sich wieder zu ihm um, doch er war zur Seite getreten. Sehr schnell.

Hatte sie sich das nur eingebildet? Es war alles so schnell passiert. Sie schaute in den Spiegel und erspähte kurz ihr eigenes blasses und erschrecktes Gesicht. Madison war ebenfalls zu sehen. Und der Agent des Secret Service, Josh, der gerade mit ihrer Hundetasche zurückgekommen war. Die beiden waren zu sehr damit beschäftigt, Dolly in die Tasche zu legen, um zu merken, dass etwas nicht stimmte.

Sie warf Gregori Holstein einen nervösen Blick zu. Er hatte die Stirn gerunzelt und die Lippen verärgert zusammengepresst. Mit einem wütenden Ruck zog er seine Krawatte zurecht.

„Sie könnten Ihre Krawatte im Spiegel richten“, schlug sie leise vor.

Er ballte die Hände zu Fäusten und entspannte sie dann wieder.

Ihr wurde klar, dass er nervös war. Er wollte nicht … entdeckt werden.

Sie holte tief Luft. Sofort richtete sein Blick sich auf sie, und das Grün seiner Augen leuchtete noch intensiver.

Warp acht. Ihr Herzschlag dröhnte in ihren Ohren. Konnte es wahr sein? Nein. Sie war Wissenschaftlerin, und ihre jahrelange Ausbildung beantwortete die Frage ganz deutlich: NEIN! Sie konnte es einfach nicht akzeptieren.

„Ich glaube das nicht“, wisperte sie.

Statt zu antworten, spielte er nur mit seinen Manschettenknöpfen.

Sie stellte sich vor ihn hin. „Sie können sich entspannen, Mr Holstein. Ich werde Sie nicht anklagen, etwas zu sein, was wissenschaftlich nicht möglich ist.“

Er zog eine Augenbraue hoch „Und was ist wissenschaftlich möglich, Miss Tucker?"

„Fakten. Was ich beobachten oder messen kann."

„Was ist mit dem Unfassbaren? Glauben Sie an Gefühle? Wut, Angst, Liebe?"

„Natürlich. Liebe ist tatsächlich wissenschaftlich erklärbar." Sie rammte die geballten Fäuste in die Taschen ihres Laborkittels. „Meistens fängt es an mit körperlicher Anziehung, die eine chemische Reaktion auslöst, bei der Dopamin in den Blutkreislauf …"

„Rast Ihr Herz deswegen so?"

Ihr Herz machte einen Hüpfer. *Warp neun.* „Ich habe keine Ahnung, wovon Sie reden. Mein Puls ist vollkommen normal."

Er lächelte. „Sagen Sie mir, Abigail. Warum versteckt eine schöne Frau wie Sie sich in den Schatten?"

Sie erstarrte. Wenn er versuchte, sie aus dem Konzept zu bringen, dann hatte er auf jeden Fall Erfolg damit.

Er trat dichter auf sie zu. „Nennt man Sie Abby? Oder Gail?"

„Ich …" Lieber Gott, wenn er ihr so nah war, konnte sie sich kaum an ihren eigenen Namen erinnern. Sie hob das Kinn. „Nennt man Sie Greg? Oder ist Ihnen Gori lieber?"

Seine Mundwinkel zuckten. „Sehe ich denn wie ein Gori aus?" Er beugte sich so nah zu ihr herab, dass sie seinen Atem auf ihrer Wange spüren konnte. „Schlägt Ihr Herz deswegen so schnell? Finden Sie mich furchterregend?"

Konnte er wirklich ihren Herzschlag hören? Sie schluckte. „Ich habe keine Angst."

Er wich zurück, und sein Lächeln verblasste. „Sollten Sie aber vielleicht."

Sie bekam eine Gänsehaut. „Wer sind Sie? Was wollen Sie?"

Er kniff die Augen zusammen. Sie funkelten vor grüner Intensität. „Wir sind gar nicht so verschieden. Ich will in Ruhe gelassen werden und in den Schatten leben."

Ein Schauer lief ihr über den Rücken. *Warp zehn.* Hatte er gerade zugegeben, ein Untoter zu sein?

Nein! Sie weigerte sich, so etwas zu glauben.

Die Tür zum Oval Office öffnete sich, und eine Stimme rief heraus: „Mr Holstein, der Präsident ist bereit, Sie zu empfangen."

Er neigte den Kopf. „Abigail." Dann drehte er sich um und ging mit langen Schritten ins Oval Office.

Sie schaute ihm nach. Ihr Herz hämmerte noch immer, und in ihrem Kopf hallte ihr eigener Name, den er auf so sanfte Weise ausgesprochen hatte.

„Abby?" Madison pirschte sich an sie heran. „Was war hier los? Hat er dich etwa angemacht?"

„Nein." Sie betrachtete die geschlossene Tür.

„Bist du sicher?", flüsterte Madison. „Es sah ziemlich intensiv aus."

Abigail atmete tief durch, um sich zu beruhigen. „Wie geht es Dolly?"

„Schläft noch. Es ist so merkwürdig."

„Ja, ist es." Abigail konnte das Gefühl nicht loswerden, dass Mr Holstein irgendwie für Dollys Tiefschlaf verantwortlich war. Als Wissenschaftlerin lehnte sie die Existenz von Vampiren ab. Trotzdem musste Abigail so langsam zugeben, dass die Indizien sich häuften. Kein Spiegelbild, möglicherweise übersinnliche Gaben, erhöhte Sinneskraft, blasse Haut, spitze Eckzähne und irgendetwas stimmte mit seinen Augen nicht. Dann war da noch seine Aura aus Macht und Geheimnissen. „Ich hätte nie gedacht, dass ich das einmal sage, doch du könntest recht haben."

„Echt?" Madison strahlte, sah allerdings etwas verwirrt aus. „Mit was?"

„Dads geheimes Treffen mit den Untoten." Abigail blickte zum Oval Office. „Gregori Holstein ..."

„Du glaubst wirklich, er ist ein Vampir?"

„Ich bin noch nicht überzeugt, dass es Vampire überhaupt gibt. Ich muss noch mehr über die Sache in Erfahrung bringen." *Mehr über ihn in Erfahrung bringen.*

Madison grinste breit und griff nach Abigails Arm. „Kann ich helfen? Ich liebe Vampire!"

Abigail zuckte zusammen. „Sag so etwas nicht. Mir ist egal, ob dieser Mr Holstein der schönste und charmanteste Mann auf Erden ist. Falls er ein Vampir ist, wäre es der größte Leichtsinn, sich in ihn zu verlieben."

Madison verdrehte die Augen. „Entspann dich, Abby." Sie strich sich das Haar hinters Ohr. „So schön und charmant fand ich ihn gar nicht."

„Bist du verrückt?" Abigail biss sich auf die Unterlippe. *Verdammt.* Gregori Holstein musste einfach ein Mensch sein.

7. KAPITEL

Mist. Gregori ballte die Hände zu Fäusten und zwang sich dann, sie wieder zu entspannen. Er hatte es vollkommen vermasselt. Er sollte die Typen ganz oben davon überzeugen, dass er und alle anderen modernen Vampire ungefährlich und harmlos waren. Aber gerade hatte er Abigail Tucker gefragt, ob sie ihn furchterregend fand.

Sie hatte ihm mehrere Gelegenheiten geboten zu leugnen, dass er ein Vampir war. Er hätte sagen sollen, dass er an solchen Unsinn nicht glaubte. Immerhin war es auch Teil seiner Mission, dafür zu sorgen, dass nur eine kleine Gruppe Sterblicher wusste, dass Vampire wirklich existierten. Und zu dieser kleinen Gruppe gehörte Abigail nicht.

Verdammt, er hätte auf Nummer sicher gehen sollen. Er hätte sich distanziert geben müssen. So tun, als würde er nicht hören, wie jedes Mal ihr Herz raste, wenn sie in seine Nähe kam. Als würde sein Herz nicht auch rasen.

Er hätte ihr ins Gesicht sehen und lügen müssen.

Warum hatte er das nicht getan? Es war nicht so, als würde er sich aus Ehre und Ehrlichkeit so viel machen wie die alten Vampire. Madison hätte er belügen können, ohne weiter darüber nachzudenken. Es war Geschäftssache, und er hatte einen Job zu erledigen. Tausende von Vampiren verließen sich auf ihn.

Warum hatte er es also vermasselt? Was hatte sie an sich?

Wie immer ließ er sich seine Frustration nicht anmerken. Er betrat das Oval Office lächelnd, spielte den charmanten Diplomaten, während Sean Whelan die Vorstellungen übernahm: Verteidigungsminister George Ralston, Berater für Nationale Sicherheit Frank Garcia, Vorsitzender des Vereinigten Stabschefs General Bond, Direktor der CIA Nick Caprese, Leiter der Homeland Security Alan Schiller und der Präsident, Laurence Tucker.

Sie lächelten alle genauso falsch wie er selbst. Den misstrauischen Glanz in ihren Augen konnten sie nicht verbergen. Und auch nicht die unausgesprochene Warnung, die mit ihren stahlharten Handschlägen einherging. Sie betrachteten ihn als potenzielle Bedrohung für das amerikanischen Volk.

Der Präsident setzte sich ans Kopfende eines niedrigen Tischs, in den Stuhl, der seinem Schreibtisch am nächsten war. Sean Whelan bedeutete Gregori, auf der gegenüberliegenden Seite Platz zu nehmen, und die übrigen Männer quetschten sich auf die zwei langen Sofas, die an den langen Seiten des Tischs standen.

Präsident Tucker deutete auf einen Eiskübel, der neben ihm auf einem Metallständer stand. „Wir haben einige Erfrischungen für Sie bereitgestellt. Bedienen Sie sich."

Gregori warf einen Blick auf die Flasche mit synthetischem Blut. „Danke, aber ich habe gerade keinen Hunger."

Sean räusperte sich und verdrehte die Augen in Richtung der Flasche.

Sie wollten sehen, wie er Blut trank? Gregori schnappte sich die Flasche und drehte den Verschluss auf. „Ein wenig wäre schon ganz nett. Danke." Er nippte an der Flasche und tat sein Bestes, nicht das Gesicht zu verziehen, sowie er das kalte Blut schmeckte.

Die sterblichen Männer starrten ihn an, als wäre er ein Zirkusfreak.

„Vor drei Nächten wurde ich über die Existenz von Vampiren informiert", fing Präsident Tucker an. „Mr Caprese erzählt mir jetzt, dass die CIA schon seit über sechs Jahren von Ihrer Art weiß."

Der Direktor der CIA nickte. „Unser Agent, Mr Whelan, hat uns zum ersten Mal auf Ihre Spezies aufmerksam gemacht, während er in St. Petersburg stationiert war. Da Ihre Art in der ganzen bewohnten Welt existiert, hielten wir die Agentur immer am geeignetsten dafür, Sie im Auge zu behalten. Mr Whelans Stake-Out-Team hat uns viele wertvolle Informationen beschafft."

„Ich verstehe." Gregori fragte sich im gleichen Moment, wie überrascht Caprese sein würde, wenn er wüsste, dass Sean Whelan jetzt zu den Untoten gehörte.

„Alle Entwicklungen auf nationaler Ebene haben wir natürlich dem Heimatschutz mitgeteilt, um unsere Bürger zu beschützen", fuhr Caprese fort. „Außerdem überwachen wir das Digital Vampire Network. Ihre *Nightly News* halten uns gut auf dem Laufenden." Er schaute Gregori selbstgefällig an. „Sie haben uns unseren Job sehr einfach gemacht."

Gregori nippte noch einmal an seinem Blut und schwieg.

Präsident Tucker beugte sich vor und betrachtete ihn eingehend. „Mr Whelan berichtete uns, dass die Vampirgemeinde Sie als ihren Repräsentanten geschickt hat. Ist das richtig? Sie geben zu, ein Vampir zu sein, Mr Holstein?"

Gregori warf einen Blick auf den Agents des Secret Service an der Tür. Draußen standen noch zwei weitere. Hatten sie die Anweisung, ihn anzugreifen, wenn er es zugab? War Abigail immer noch vor der Tür, weil sie hoffte, ihren Verdacht bestätigt zu bekommen?

Ein kalter Schauer lief seinen Nacken hinab. Er hatte sich noch nie einem Sterblichen offenbart, und es fiel ihm erstaunlich schwer, die Worte herauszupressen. Er wusste, ab der Sekunde, in der er es tat, würde sein Leben nie wieder sein wie vorher.

Er war versucht Nein zu sagen, zu behaupten, dass alles ein Scherz war. Aber es gab zu viele Menschen, die an das blöde Video glaubten. Es konnte nicht mehr lange dauern, ehe die Möchtegern-Buffys auf Jagd gingen. Und wenn sie sich dabei aufzeichneten, wie sie einen Vampir pfählten, und der arme Vampir zu Staub zerfiel, wäre das Öl ins Feuer. Mehr Vampirjäger. Mehr Tote.

Die Vampir-Apokalypse.

Die Vampire brauchten die Regierung, damit sie erklärte, dass es sich bei dem Video um einen Scherz handelte. *So viel zu Plan A.*

Er setzte sich anders hin. „Ja, ich bin ein Vampir, doch ich kann Ihnen versichern, dass ich nicht gefährlich bin. Meine Mit-Vampire und ich halten es moralisch nicht für vertretbar, Sterblichen Schaden zuzufügen."

Er warf einen Blick auf den Mann des Secret Service, aber der rührte sich nicht. Niemand rührte sich. Alle saßen regungslos da und starrten ihn an.

Selbst der Präsident schien sprachlos zu sein. Man mochte ihn Torpedo nennen, dieser Name allerdings passte eigentlich viel besser zu seiner Tochter. Gregori jedenfalls hatte sie mächtig umgehauen.

Seit der letzten Nacht hatte er sich einige Gründe dafür überlegt, warum die Tochter des Präsidenten das Rampenlicht mied. Vielleicht wollte ihr Vater sie geheim halten. Wenn sie in der Vergangenheit mit Verbrechen oder Drogenmissbrauch zu tun hatte, würde er das vor den Medien verbergen wollen. Wenn sie an einer Geisteskrankheit litt, hielt er sie vielleicht auf dem sprichwörtlichen Dachboden eingesperrt. Oder vielleicht war sie einfach peinlich. Ein paar Tassen zu wenig im Schrank. Oder zu hässlich. Oder zu schüchtern.

Schüchtern? Dass er nicht lachte. Sie war direkt auf ihn zumarschiert und hatte es ihm gegeben. *Wer sind Sie? Was wollen Sie?*

Geistig eingeschränkt? Ha! Sie war Wissenschaftlerin. Doktor sogar. Und sie sah nicht älter als fünfundzwanzig aus. Das Mädchen war offensichtlich brillant.

Und schön. Nicht auf die dürre, genau berechnete Superstar-Art, in der ihre Schwester Madison Meister war. Abigail war etwas kleiner, etwas kurviger und viel aufregender. Sie war anders. Und echt.

Zuerst hatte er gedacht, sie hätte hübsche braungrüne Augen und lockiges braunes Haar. Aber sobald sie näher kam und mehr Licht auf sie fiel, faszinierten ihn die subtilen Veränderungen in ihrem Äußeren. Goldene und grüne Flecken schimmerten in ihren Augen, die auch ohne Make-up groß und schön waren. Ihr rosiger Mund war süß geformt, ihr schönes Gesicht so ausdrucksvoll.

Als sie noch auf der gegenüberliegenden Seite des Raumes stand, hatten ihre Locken süß und unschuldig ausgesehen, doch aus der Nähe wirkten sie wild und dennoch so, als würden sie sich unglaublich weich anfühlen. Er hatte einen kastanienroten Schimmer in ihrem kinnlangen Haar bemerkt und blasse, verstreute Sommersprossen auf ihrer kleinen Nase.

In ihr war ein Feuer, das nur darauf wartete, entzündet zu werden.

Und wie der letzte Idiot hatte er es total versiebt. Er war so sehr auf sie konzentriert gewesen, dass er den blöden Spiegel vergessen hatte.

Sean Whelan räusperte sich und stieß Gregori mit dem Fuß an, um ihn wieder in die Gegenwart zurückzubringen.

Die Männer der Macht murmelten miteinander. Gregori brauchte kein Supergehör, um zu merken, dass sie damit beschäftigt waren, seine Zukunft und die Zukunft aller Vampire auf der Welt zu entscheiden. Als hätten sie das Recht zu entscheiden, was es wert war, gerettet zu werden. Er nahm noch einen Schluck kaltes Blut, wollte damit die Frustration abkühlen, die in ihm zu brodeln begann.

„Ist doch egal, dass die jetzt aus Flaschen trinken, oder?“, fragte der Berater für nationale Sicherheit. „Sie müssen sich jahrhundertelang von Menschen ernährt haben. Ich kann mir nicht vorstellen, wie wir ihnen je vertrauen sollen.“

„Ganz genau“, stimmte der Direktor der Homeland Security zu. „Ich glaube nicht eine Sekunde daran, dass die harmlos sein sollen. Schließlich weiß ich, dass in South Dakota und Nebraska Menschen von Vampiren ermordet wurden.“

„Es stimmt, sie könnten eine ernsthafte Bedrohung darstellen“, sagte der Direktor der CIA, Caprese, „aber wenn wir uns mit ihnen zusammenschließen, könnte diese Bedrohung unseren Feinden gelten.“

Gregori nippte noch mehr Blut. Plan A fiel bereits auseinander. Keine große Überraschung. Aber vielleicht hatte Plan B mehr Erfolg.

„Für mich klingt das alles lächerlich.“ General Bond funkelte erst Gregori wütend an, danach den Direktor der CIA. „Wieso haben Sie mir nicht früher davon berichtet? Sie warten bis heute

Abend damit, mir ein merkwürdiges Video zu zeigen, und erwarten, dass ich es glaube? Das ist doch Bockmist!"

„Ich kann verstehen, wie Sie sich fühlen müssen", versicherte Präsident Tucker dem General tröstend. „Ich war selbst auch skeptisch, als ich das Video zum ersten Mal gesehen habe."

„Entschuldigen Sie, General", mischte Sean Whelan sich ein. „Als Leiter des Stake-Out-Teams der CIA kann ich Ihnen die Existenz von Vampiren bestätigen. Ich untersuche sie seit sechs Jahren."

„Das behaupten Sie jedenfalls", murmelte der General. „Doch wo sind die Beweise? Haben Sie irgendwelche dieser sogenannten Vampire umgebracht?"

„Ich kann Ihnen keinen Kopf bringen, den Sie sich an die Wand hängen können", sagte Sean. „Sie zerfallen zu Staub, wenn sie sterben."

„Wirklich?" General Bond sah Gregori abschätzend an, als würde er sich überlegen, ob er Seans Behauptung überprüfen sollte.

Gregori stellte die Flasche zurück in den Eiskübel. „Wenn Sie mir nicht glauben, ist mir das auch recht. Vielleicht werden viele Menschen sich weigern, an uns zu glauben. Wir können selbst die Nachricht verbreiten, dass es sich nur um einen Scherz handelt, also werde ich Ihre Zeit nicht weiter verschwenden." Er stand auf.

„Warten Sie." Der Präsident hob seine Hand. „Wir haben noch vieles zu besprechen. Bitte setzen Sie sich, Mr Holstein."

Gregori zögerte.

„Es haben bereits zwei der großen Fernsehgesellschaften das Video untersucht und als authentisch eingestuft", fuhr Präsident Tucker fort. „Wir schätzen, dass bisher vierzig Prozent der Bevölkerung zu den Gläubigen zählen, und diese Zahl wächst mit jedem Tag. Um es offen auszusprechen, Mr Holstein, Sie brauchen unsere Hilfe. Wir sind bereit, eine Zusammenarbeit mit Ihrer Art zu diskutieren. Allerdings nur, wenn das für beide Seiten von Nutzen ist."

Gregori setzte sich. *So viel zu Plan B.* „Wir ziehen eine Zusammenarbeit gern in Betracht. Mit der britischen Regierung tun wird das bereits sehr erfolgreich."

Einigen der Männer stand der Mund offen. Gregori ignorierte Seans wütenden Blick und fing an, den Männern von MacKay Security and Investigation zu erzählen und wie Angus MacKay im Zweiten Weltkrieg zum Retter geworden war.

„Diese Informationen muss ich erst verifizieren", erwiderte Caprese.

„Natürlich." Gregori beugte sich vor und richtete seine ganze Aufmerksamkeit auf den Präsidenten. „Ehe wir einer Zusammenarbeit zustimmen, muss ich wissen, ob Sie tatsächlich bereit sind, das Video als Fälschung zu deklarieren und die Existenz von Vampiren zu leugnen."

„Wir werden es auf jeden Fall in Betracht ziehen", entgegnete der Präsident.

„Das ist einfach", murmelte der General, „weil alles Bockmist ist. Niemand hier hat mir irgendeinen Beweis vorgelegt."

Der Direktor der CIA, Caprese, seufzte. „Ich habe Ihnen doch gesagt, wir überwachen den digitalen Fernsehsender der Vampire ..."

„Der von einem Haufen Idioten produziert werden könnte, die entweder verrückt sind oder schauspielern", unterbrach General Bond ihn. „Nur weil jemand im Fernsehen behauptet, ein Vampir zu sein, bedeutet das noch nicht, dass es auch stimmt."

Gregori kämpfte gegen seine Frustration. Wie sollte er mit Plan B Erfolg haben, solange der General sich nicht überzeugen ließ, dass Vampire existierten?

„Zeigen Sie ihm Ihre Fangzähne", flüsterte Sean Whelan.

Gregori warf ihm einen verärgerten Blick zu. *Zeig ihm doch deine.* Innerlich stöhnend öffnete er den Mund.

Der Verteidigungsminister lehnte sich zurück. „Die sehen schrecklich scharf aus."

„Und spitz", fügte der Berater für nationale Sicherheit hinzu.

Der Direktor der Homeland Security Schiller schüttelte den Kopf. „Diese Zähne sind nicht einmal lang genug, um einen Hotdog anzustechen, geschweige denn einen Hals."

„Die Fangzähne werden länger, ehe sie etwas beißen", erklärte Sean und wendete sich dann an Gregori. „Los, zeigen Sie es."

Er knirschte mit den Zähnen. Sean war noch zu neu, um zu wissen, dass ein Vampir eine gewisse Motivation brauchte, um die Fangzähne ausfahren zu lassen. Hunger. Eine schöne Frau. Heißer Sex. Hier gab es nichts von alledem. Nur eine Gruppe langweiliger alter Männer, die erwarteten, dass er ihnen Tricks vorführte wie ein gut dressierter Hund.

„Warum dauert das denn so lange?" Der General grinste verächtlich. „Sind Ihre Fangzähne eingerostet?"

„Wir benutzen sie kaum noch." Gregori deutete auf den Eiskübel. „Wir trinken alle unsere Mahlzeiten aus Flaschen."

Zweifelnd verschränkte General Bond die Arme.

„Er sagt die Wahrheit", fügte Sean hinzu. „Der moderne Vampir nährt sich nicht mehr von Menschen. Er ist vollkommen ungefährlich und harmlos."

Statt erleichtert auszusehen, betrachteten die Männer ihn mit einer Mischung aus Misstrauen und Verachtung. Gregori ballte wieder die Hände zu Fäusten und wünschte sich, er hätte einen Stressball, den er zum Explodieren bringen konnte. Sean versuchte immer noch, Plan A zum Laufen zu bringen, doch er hatte von Anfang an vermutet, dass die Harmlos-und-ungefährlich-Nummer ein Fehlschlag werden würde. Schlimmer als ein Fehlschlag, weil sie die Vampire wie unfähige Schwächlinge wirken ließ. Vielleicht würde ein Paar netter scharfer Fangzähne ihm etwas Respekt einbringen. Er schloss die Augen, um sich eine schöne Frau vorzustellen. Simone. Inga. All die schönen Vampirfrauen, mit denen er über die Jahre ausgegangen war.

Nichts. Nicht einmal ein Kribbeln im Zahnfleisch.

Dann schlich Abigail sich in seine Gedanken. Ihre Augen, ihre Lippen, ihre wirren Locken und ihr kurviger Körper. Lieber

Gott, wie gern wollte er sie berühren. Er würde ihr zeigen, wie hoch genau ihre Dopaminwerte steigen konnten.

Zischend sprangen seine Fangzähne hervor. Und er sah Rot, ein sicheres Zeichen, dass seine Augen glühten.

Die Männer zuckten alle zusammen und blickten ihn entsetzt an. Verdammt, er war ja selber schockiert. Rot glühende Augen bedeuteten genau eines. Er war hoffnungslos scharf auf Abigail.

„Ausgezeichnet“, flüsterte Präsident Tucker.

Gregori schloss die Augen und zwang die Röte zu verschwinden. Der Präsident wäre nicht sehr begeistert, wenn er wüsste, dass es seine Tochter war, die diese Demonstration inspiriert hatte.

„In Ordnung“, stieß der General knurrend aus, „Sie haben mich überzeugt.“

„Gut.“ Präsident Tucker rieb sich die Hände. „Kommen wir zum Geschäft. Wir sind bereit, die jüngste Vampir-Manie als kompletten Schwindel einzustufen.“

Gregori zwang sich, die Fangzähne einzuziehen. „Danke. Wir wollen einfach nur in Frieden leben und unsere Existenz geheim halten. Zum einen sind wir aus moralischen Gründen dagegen, Sterblichen Leid zuzufügen. Und zum anderen ist uns völlig klar, dass Menschen zu schaden nur unsere Existenz aufdecken würde und letztendlich unsere Zerstörung nach sich zöge.“

Der Präsident nickte. „Sie klingen sehr vernünftig. Ich glaube, wir werden gut zusammenarbeiten.“

Gregori stand auf. „Dann werde ich die gute Nachricht meinen Leuten überbringen.“

„Nicht so schnell.“ Schiller vom Heimatschutz hob eine Hand, um ihn aufzuhalten. Wir brauchen eine Liste von jedem Vampir im Land. Namen und Adressen.“

Gregori hatte schon vermutet, dass sie so etwas verlangen würden. „Es gibt keine Liste.“ In Wahrheit hatten die Zirkelmeister sehr wohl Listen, aber das würde er auf keinen Fall zugeben. Vampire waren tagsüber wehrlose Opfer, vollkommen unfähig sich zu verteidigen. Er konnte nicht darauf vertrauen, dass die Regierung sie in Ruhe ließ.

Schiller schnaubte. „Natürlich gibt es eine Liste. Wenn Vampire aus Flaschen trinken, wie Sie es behaupten, dann gibt es eine Verteilerliste."

Gregori setzte sich wieder hin. „Die meisten Vampire werden nicht zu Hause beliefert. Es würde seltsam aussehen, sich Blut ins Haus liefern zu lassen, und Vampire sind Experten darin, sich anzupassen und nicht aufzufallen. Wir wollen einfach unseren Jobs nachgehen und unentdeckt leben."

„Sie verlangen wirklich, dass wir glauben sollen, Sie seien harmlos?", fragte der Verteidigungsminister zweifelnd.

„Die meisten Vampire sind es. Synthetisches Blut wurde 1987 erfunden, und seitdem haben die meisten Vampire fast vollkommen zu Flaschennahrung gewechselt."

„Die *meisten* Vampire?", fragte General Bond. „Also rennen einige Vampire immer noch herum und greifen Unschuldige an?"

Gregori rutschte auf seinem Stuhl hin und her. Es sah aus, als müsse er zu Plan C übergehen. „Ja, genau wie es einige schlechte Sterbliche gibt, gibt es auch schlechte Vampire. Wir nennen sie die Malcontents."

„Eine kleine Splittergruppe, denen es gefällt, von Menschen zu trinken und sie umzubringen", erklärte Sean Whelan. „Die guten Vampire bekämpfen sie seit jeher. Erst vor ein paar Nächten haben sie eine kleine Armee Malcontents besiegt. Ihr Anführer, Casimir, ist in der Schlacht getötet worden. Das ist auf dem besagten Video zu sehen."

„Das Video zeigt, wie jemand geköpft wird", sagte Schiller. „Für mich klingt das nicht harmlos. Warum sollten wir Ihnen vertrauen?"

„Sie können uns vertrauen, weil wir seit Jahrhunderten unser Leben riskieren, um Sie vor den Malcontents zu beschützen." Gregori beugte sich vor und stützte sich mit den Ellenbogen auf die Knie. „Sie sagen, Sie wollen ein Bündnis mit uns?

Dieses Bündnis gibt es bereits. Sie wussten nur bisher nichts davon."

„Was können Sie für uns tun?", fragte der Berater für Nationale Sicherheit. „Was für Fähigkeiten haben Sie?"

Da war sie, die Frage, die Gregori befürchtet hatte. „Wir können etwas besser sehen und hören als der Durchschnitt, aber das ist so ziemlich alles."

„Was? Sie haben keine besonderen Gaben?" Präsident Tucker warf dem Direktor der CIA einen entsetzten Blick zu. „Sie haben gesagt, diese Art ist übernatürlich begabt."

Caprese betrachtete Gregori aus zusammengekniffenen Augen. „Das glauben wir auch."

Gregori zuckte mit den Schultern. „Wir können nicht fliegen oder uns in Fledermäuse verwandeln."

Der General sah ihn angewidert an. „Wenn Sie nichts für uns tun können, warum sollten wir Ihnen dann helfen?"

Gregori rückte seine Manschettenknöpfe zurecht. Er würde Roman und Angus sagen, dass ihm keine andere Wahl geblieben war, als einige ihrer Gaben zu demonstrieren. Diese Männer dachten sonst noch, Vampire wären vollkommen nutzlos. „Wir haben einige Fähigkeiten, die Sie vielleicht nützlich finden könnten."

Der Präsident lächelte. „Das klingt doch schon besser."

Der General schnaubte. „Wir brauchen diese Vampire nicht. Sie können nichts, was unsere Streitkräfte nicht auch können."

Gregori beugte sich vor. „Sterbliche sind nicht dazu ausgestattet, gegen die Malcontents zu kämpfen. Wir schon. Und wir sind bereit zu kämpfen, um Sie zu beschützen."

Der General zuckte mit den Schultern. „Das Problem können wir lösen, indem wir Sie alle loswerden. Es ist nicht so, als würden wir Sie umbringen. Sie sind bereits tot."

„Wir sind amerikanische Staatsbürger wie Sie", sagte Gregori. „Wir gehen zur Arbeit, bezahlen unsere Steuern und halten uns an die Gesetze ..."

„Sie sind wider die Natur und sonst nichts", beharrte der General. „Die Welt ist ohne Sie viel besser dran."

Gregori ballte die Hände zu Fäusten und entspannte sie wieder. Er sehnte sich erneut nach einem Stressball. Mit dem General war nicht vernünftig zu reden. Er musste mit Plan C weitermachen. Ihnen einige seiner Gaben zeigen.

Er holte den Eiskübel aus seinem Ständer und stellte ihn auf dem niedrigen Tisch ab. Im Aufstehen griff er nach dem schweren gusseisernen Ständer und bog ihn mit Leichtigkeit zu einem Ring.

„Ausgezeichnet", kommentierte der Präsident. Seine Augen leuchteten aufgeregt.

„Lassen Sie mich sehen." Der Verteidigungsminister nahm den Metallreifen und versuchte, ihn wieder gerade zu biegen. Sein Gesicht wurde rot vor Anstrengung.

„Überlegene Muskelkraft", sagte Caprese. „Beeindruckend."

Der General zuckte die Achseln. „Na und. Ich habe Soldaten, die ebenso stark sind."

Gregori sauste in Vampirgeschwindigkeit einmal um die Männer herum. Die Männer reagierten mit Keuchen und erstaunten Gesichtern.

„Unglaublich!", stieß der Präsident hervor.

Gregori blieb hinter General Bond stehen und tippte ihm auf die Schulter. „Wären Sie ein Malcontent, hätte ich Ihnen das Genick gebrochen."

Der General sprang auf. „Er hat gedroht, mich umzubringen! Nehmen Sie ihn fest!"

„Nein, habe ich nicht …"

„Nehmen Sie ihn sofort fest!", befahl der General.

Der Agent des Secret Service stürzte sich auf ihn, aber Gregori teleportierte sich auf die andere Seite von Präsident Tucker.

„Mr President, ich habe nicht …"

„*Was?*" Präsident Tucker sprang zurück. „Wie sind Sie dort hingekommen?"

„Der Präsident ist in Gefahr!", dröhnte der General.

„Hier rein, sofort“, brüllte der Agent des Secret Service in den Kommunikator an seinem Handgelenk und stürzte sich dann auf den Präsidenten.

Die Tür öffnete sich knallend, und zwei weitere Agents rannten direkt auf Gregori zu. Er schwebte an die Decke.

Abigail und Madison Tucker rannten zusammen mit den Secret-Service-Männern in den Raum. Die zwei anderen Agents sprangen hoch und versuchten nach Gregoris Beinen zu greifen, während der erste ihren Vater aus dem Weg zog. Die Männer stritten miteinander. Sean schimpfte auf ihn ein. Und der General zeigte auf ihn und brüllte.

Madison grinste und klatschte in die Hände. „Das ist so super!“

Abigail richtete den Blick fassungslos dorthin, wo er an der Decke schwebte.

„Ich kann das erklären“, begann Gregori, auch wenn er bezweifelte, dass sie seine Stimme in dem ganzen Lärm hören konnte.

Doch das war auch gar nicht mehr nötig. Denn Abigail war bewusstlos auf den Teppich gesunken.

8. KAPITEL

Abigail blinzelte, als die Welt um sie herum langsam wieder Form annahm. Einen verwirrten Moment lang fragte sie sich, warum sie auf dem Boden lag. Und warum wurde so viel gebrüllt? Ihr Vater und Madison knieten neben ihr und beobachteten sie aufmerksam.

„Es geht ihr gut, Dad", rief Madison über den Lärm hinweg. „Sie ist nur in Ohnmacht gefallen."

Ohnmacht? Sie fiel nie in Ohnmacht.

Ihr Dad berührte ihre Wange und lächelte. „Das ist mein Mädchen."

Als er aufstand, hob Abigail den Blick und keuchte auf. Lieber Gott, jetzt erinnerte sie sich, warum sie in Ohnmacht gefallen war. Gregori Holstein schwebte an der Decke! Und drei Agents des Secret Service hüpften auf den Sofas, um ihn zu fangen. „Was …?"

Madison drückte ihr den Arm. „Du hattest recht, Abby! Er ist ein Vampir!"

„Was?" Sie blinzelte, und er war immer noch da und blickte sie besorgt an. Lieber Gott, es stimmte. Es war schrecklich! „*Nein!*" Sie krabbelte auf dem Boden zurück.

Sein Gesicht verzog sich schmerzverzerrt.

Ihr stockte der Atem. Hatte sie seine Gefühle verletzt?

Er wendete sich von ihr ab und schwebte langsam zurück auf den Boden.

„Festnehmen!", brüllte der Direktor der CIA, und zwei der Männer vom Secret Service packten ihn an den Armen.

Abigail rappelte sich auf. „Tun Sie ihm nicht weh!"

Sein Blick richtete sich sofort wieder auf sie.

Ihr Herz schlug schneller. Bei all dem Lärm im Raum hatte er doch ihre Stimme gehört. Sie presste sich die Hand auf das pochende Herz, voller Angst, weil er ein Monster war, und weil sie nicht wollte, dass ihm etwas zustieß.

„Schluss, alle miteinander!", rief ihr Dad, und im Raum wurde es still. „Jetzt setzen wir uns hin und besprechen die Sache in

Ruhe.“ Er winkte den Agents des Secret Service. „Sie können ihn loslassen.“

„Laurence, nicht!“ Mr Caprese knirschte mit den Zähnen. „Mr President, er hat gedroht, den General umzubringen.“

Abigail keuchte auf.

„O mein Gott“, flüsterte Madison.

Der Vampir fluchte leise. Die Männer des Secret Service hielten ihn weiter fest.

„Er gehört verhaftet und in Gewahrsam genommen“, fuhr Caprese fort.

„Ich bezweifle stark, dass wir ihn festhalten können“, entgegnete der Präsident. „Habe ich recht, Mr Holstein?“

„Ja, Sir. Ich könnte von hier oder aus jeder Zelle verschwinden, und Sie würden mich nie finden.“ Sein Blick glitt zu Abigail. „Sie würden mich nie mehr wiedersehen.“

Das sollte etwas Gutes sein. Er war ein Vampir und hatte gedroht, einen der Berater ihres Vaters umzubringen. Warum also bereitete ihr die Vorstellung, ihn nie wiederzusehen, so ein seltsames Gefühl des Verlustes?

Sie wendete sich mit wild klopfendem Herzen ab. Es war verwirrend. Ein Teil von ihr fürchtete sich vor ihm. Er war so eine Art Kreatur des Übernatürlichen. Aber ein anderer Teil von ihr fand ihn merkwürdig attraktiv. Es musste wissenschaftliche Neugier sein. Er stellte ein interessantes Objekt für ihre Studien dar. *Klar. Und sein schönes Gesicht hat damit nichts zu tun.* Sie zuckte zusammen und wurde auf sich selbst wütend, weil sie eine gefährliche Kreatur wie ihn anziehend fand.

Sie drehte sich wieder zu ihm um, die Hände zu Fäusten geballt. „Stimmt das? Haben Sie gedroht, den General zu töten?“

In seinen Augen blitzte Wut auf. „Denken Sie, ich wäre in der Lage, jemanden kaltblütig zu ermorden?“

„Ich habe keine Ahnung, zu was Sie in der Lage sind.“

Er starrte sie einen Augenblick intensiv an, ehe er den Kopf neigte. „Sie haben recht. Vertrauen muss man sich verdienen.“

Ihr stand der Mund weit auf. Das war nicht die Antwort, mit der sie gerechnet hatte. „Warum … warum haben Sie ihn bedroht?"

„Ich habe gesagt, ich würde ihn umbringen, wenn er ein Malcontent wäre. Aber das ist er nicht, also gab es auch keine Drohung. Ich habe lediglich etwas demonstriert. So etwa." Er verschwand. Die Agents des Secret Service fassten nur noch in die Luft. Als er wieder auftauchte, stand er neben dem Schreibtisch ihres Vaters.

Abigail keuchte auf. Er konnte sich tatsächlich teleportieren!

„Super", flüsterte Madison.

Gregori Holstein breitete die Hände aus. „Ich will niemandem etwas zuleide tun."

Kann das stimmen? fragte Abigail sich. Konnte es so etwas wie einen *harmlosen* Vampir geben? Es klang wie ein Widerspruch in sich.

„Sie können Mr Holstein glauben", sagte der gedrungene Mann, der mit ihm zusammen gekommen war. „Auch wenn die Vampire eine Reihe beeindruckender Gaben besitzen, sind sie im Grunde harmlos und ungefährlich."

„Hören Sie doch auf, Whelan", murmelte Mr Caprese. „Als Sie mit dem Stake-Out-Team angefangen haben, haben Sie noch etwas ganz anderes erzählt. Sie haben gemeint, die Untoten seien gefährlich, und dieser hier hat es gerade bewiesen."

Gregori Holstein verschränkte die Arme vor der Brust. „Wenn ich wirklich gefährlich wäre, hätte ich keinen von Ihnen hier am Leben gelassen. Aber wie Mr Whelan in den letzten Jahren selbst feststellen konnte, sind wir Vampire harmlos. Wir finden es moralisch falsch, Sterbliche zu verletzen."

„Natürlich." Der General warf ihm einen verächtlichen Blick zu. „Sie wollen schließlich Ihre Hauptnahrungsquelle nicht einschränken."

Der Vampir funkelte ihn ärgerlich an. „Wir sind keine unmenschlichen Monster. Wir alle haben unser Leben als Sterbliche begonnen. Wir hatten menschliche Eltern und eine menschliche

Kindheit. Viele der älteren Vampire haben selbst Nachkommen. Jüngere Vampire wie ich haben noch eine Familie. Wie könnte ich je einen Menschen als Nahrung betrachten, wo doch meine eigene Mutter sterblich ist?"

Er war ein junger Vampir? Abigail überlegte, warum er zum Untoten geworden war. Was genau bedeutete es, untot zu sein? Gregori Holstein bewegte sich, er dachte, er redete. Brauchte es dafür nicht einen aktiven Blutkreislauf? Durch ihren Verstand raste eine Frage nach der anderen. So viele unbekannte Faktoren, doch eines war sicher: Mr Holstein war faszinierend.

Innerlich zuckte sie zusammen. Sie durfte nicht zulassen, sich von diesem Mann ablenken zu lassen, egal wie geheimnisvoll und gut aussehend er war. Sie durfte ihre Mission nicht aus den Augen verlieren. All die Jahre des Studierens und der harten Arbeit waren auf ein Ziel gerichtet: Eine Heilung für ihre Mutter zu finden. Sie hatte keine Zeit, diesen … Vampir zu studieren, egal wie faszinierend er war.

„Mr Holstein bringt ein ausgezeichnetes Argument an", sagte ihr Dad. „Er ist im Grunde immer noch ein Mensch. Ich denke, wir können ihm vertrauen."

Der Direktor der Homeland Security, Mr Schiller, schnaufte. „Machen Sie Witze? Er hat Gaben, mit denen wir nicht einmal ansatzweise mithalten können."

„Aber die benutzen wir niemals, um Sterblichen zu schaden", beharrte der Vampir.

„Was für Gaben haben Sie noch?", hakte der Berater für Nationale Sicherheit nach.

Gregori Holstein zuckte mit den Schultern und kam um den Schreibtisch herum. „Die meisten haben Sie gerade gesehen. Schweben, Teleportation, außergewöhnliche Kraft und Schnelligkeit."

„Und erhöhte Sinne", murmelte Abigail leise.

Ein Blick vom ihm reichte aus, um ihren Herzschlag sofort wieder auf Warp-Geschwindigkeit zu beschleunigen. Er hob einen Mundwinkel langsam an.

Verdammter Kerl. Er konnte sie hören.

„Noch irgendwelche Gaben?“, fragte ihr Dad.

Sein Lächeln wurde breiter. „Ich bin ein ausgezeichneter Tänzer.“

Ihr Vater lachte, aber ihr stockte der Atem. Er lenkte ab. Sie wusste es. Er hatte noch mehr Gaben. Gaben, von denen sie nichts erfahren sollten. Zum Beispiel war sie sich zu neunundneunzig Prozent sicher, dass er es war, der Madisons Hund zum Einschlafen gebracht hatte. Wenn er das einem Tier antun konnte, dann wahrscheinlich auch einem Menschen. Was für Streiche konnte er dem menschlichen Bewusstsein noch spielen?

Die feinen Haare auf ihren Armen stellten sich auf. Gregori Holstein könnte viel gefährlicher sein, als es ihrem Vater bewusst war. Sie musste ihn warnen, doch sie wollte keine Beschuldigungen aussprechen, die sie nicht beweisen konnte.

„Dad?“ Sie schlängelte sich dicht an ihn. „Können wir unter vier Augen reden?“

Er drehte sich zu ihr um, wobei seine Augen aufgeregt funkelten. „Du denkst das Gleiche, was ich denke, nicht?“ Er drückte ihr die Schulter. „Die Forschungsreise, die du machen wolltest. Ich glaube, jetzt ist sie möglich.“

Sie keuchte auf. Lieber Gott, darauf war sie noch gar nicht gekommen. Sie hatte ihrem Vater diese Reise vor zwei Wochen vorgeschlagen.

„Ich habe sie dir nicht gern verboten“, flüsterte ihr Vater. „Aber das hier ändert alles. Und dass es gerade jetzt geschieht, wo wir es brauchen, lässt mich daran glauben, dass es *Bestimmung* ist.“

Ihr Herz zog sich zusammen. Sie konnte es ihrem Vater nicht vorwerfen, wenn er dachte, das Schicksal hätte sich irgendwie eingemischt, um seine geliebte Frau am Leben zu erhalten. Doch konnte das Schicksal die Gestalt von Vampiren annehmen?

Sie blickte zu Gregori Holstein. Er betrachtete sie neugierig und konnte ohne Zweifel jedes Wort hören. „Dad, darüber müssen wir uns unterhalten. Allein.“

„Es wird schon alles werden. Vertrau mir." Er klopfte ihr auf den Rücken und wendete sich dann an seine Berater. „Mein Entschluss steht fest. Wir gehen die Allianz ein. Diese Vampire haben besondere Gaben, die für uns nützlich sein können." Er sah sich nach Abigail um und zwinkerte ihr zu.

Sie schluckte. Ihr Vater schien sich Hals über Kopf in diese Allianz zu stürzen, um ihre Mutter zu retten. Eine solche Verbindung sollte nicht aus emotionalen Gründen eingegangen werden, aber sie konnte dennoch nicht anders, als seine Hoffnungen zu teilen. Durch seine Fähigkeit zur Teleportation konnte der Vampir sie nach China bringen, ohne dass die chinesische Regierung je etwas davon erfahren musste. Und dort könnte sie die Pflanzen finden, die das meiste Potenzial hatten, ihrer Mutter das Leben zu retten.

Doch was, wenn Gregori Holstein auch gefährliche übersinnliche Gaben besaß? Wie konnte sie ihm vertrauen? Andererseits, wie konnte sie sich die Gelegenheit entgehen lassen, ihrer Mutter zu helfen?

„Alan." Ihr Vater wendete sich an den Leiter der Homeland Security. „Ihre Aufgabe ist es, das Video verschwinden zu lassen und der Öffentlichkeit zu beweisen, dass Vampire nichts weiter als Fantasiegestalten sind. Fangen Sie sofort an."

Resigniert nickte Alan Schiller. „Jawohl, Mr President." Er ging mit langen Schritten aus dem Zimmer.

„Danke", meinte Gregori Holstein zu ihrem Vater. „Wir werden Ihnen gern bei jedem anfallenden Problem zur Seite stehen." Er schaute Abigail an und zog fragend die Augenbrauen hoch.

Sie wendete sich ab. Ihre Wangen wurden warm. Würde ihr Dad das wirklich tun? Einen Vampir bitten, ihr bei ihrer Forschungsreise zur Seite zu stehen?

„Es gibt da etwas Persönliches, das ich mit Ihnen besprechen möchte, Mr Holstein", sagte ihr Vater. „General, George, Frank, danke, dass Sie gekommen sind."

General Bond warf dem Vampir einen angewiderten Blick zu und marschierte dann aus dem Büro, gefolgt von dem Verteidigungsminister und dem Berater für Nationale Sicherheit.

„Mr President?", fragte Josh. „Ich begleite Ihre Töchter zurück in die Wohnetage."

„Sie können Madison mitnehmen, aber ich möchte, dass Abigail bleibt."

Sie musste schlucken. Ja, ihr Dad würde es wirklich tun.

„Aber das ist nicht fair!" Madison klammerte sich an Abigails Arm. „Wenn Abby bleiben darf, dann ich auch."

Ihr Vater senkte seine Stimme. „Kleines, wir haben Geschäftliches mit Mr Holstein zu besprechen."

„Das kann ich auch! Ich bin doch Vampirexperte!"

Die Mundwinkel ihres Vaters zuckten. „Ich bezweifle, dass du mehr weißt als ein Vampir selbst."

„Oh." Sie senkte ihr Kinn. „Das stimmt wahrscheinlich."

„Wenn die jungen Damen bleiben möchten, wäre mir ihre Gesellschaft eine Ehre." Gregori Holstein schenkte ihnen ein strahlendes Lächeln.

Abigails Puls raste. War ihm klar, welche Macht sein Lächeln hatte? Es war ebenso erstaunlich wie sein phänomenales Gehör. Der Mann, der ihn begleitet hatte, Mr Whelan, stieß ihm den Ellenbogen in die Rippen und warf ihm einen warnenden Blick zu, den er amüsant zu finden schien.

„Oh, vielen Dank, Mr Holstein!" Madison grinste und streckte ihm die Hand entgegen. „Ich finde es so aufregend, Sie kennenzulernen. Ich bin schon lange ein Bewunderer Ihrer … Spezies."

Er schüttelte ihr die Hand. „Bitte, nennen Sie mich Gregori."

Sie kicherte. „Ich liebe Ihren Namen! Er ist so vampirisch. Findest du nicht, Abby?"

„Kann schon sein." Sie vermied es, ihm in die Augen zu schauen, bemerkte aber dennoch, wie er ihr die Hand entgegenstreckte.

„Abby?", fragte er leise.

Sie musste schlucken. Warum musste seine Stimme so tief und sexy sein? „Gori." Sie nahm seine Hand und wollte sie nur kurz schütteln und gleich wieder loslassen, aber er hielt sie fest, bis sie den Blick hob und ihm in die Augen sah.

Ein kleiner Schauer durchfuhr sie und versetzte ihr einen Schock. Wo war das hergekommen? Aus seinen Augen? Seiner Hand? Oder beidem? Sie löste die Hand mit einem so festen Ruck aus seinem Griff, dass sie rückwärts stolperte und auf die Couch fiel.

„Ja, wir sollten uns alle setzen." Ihr Vater nahm den Platz am Kopf des niedrigen Tisches ein, anscheinend ohne zu merken, dass etwas Merkwürdiges geschehen war.

Der Direktor der CIA und Mr Whelan setzten sich auf die gegenüberliegende Couch. Josh und die drei anderen Agents des Secret Service blieben stehen.

Hatte sie sich diesen kleinen Schlag nur eingebildet? Nein, ihre rechte Handfläche kribbelte noch immer durch die verbleibende Elektrizität. Abigail faltete die Hände fest ineinander. Vielleicht lag es an ihr. Sie wagte einen Blick auf Gregori.

Er schaute sie verwundert an.

„Gregori." Ihr Vater räusperte sich. „Ich darf Sie doch Gregori nennen?"

„Natürlich." Er ließ sich auf dem Stuhl am anderen Tischende nieder.

Madison stellte ihre Hundetasche neben den Eiskübel auf den Tisch und setzte sich dann neben Abigail. „Es tut mir so leid, dass ich Sie nicht gleich erkannt habe, Gregori. Ich hatte erwartet, dass Sie als Fledermaus geflogen kommen."

Er nickte mit dem Anflug eines Lächelns. „Wir bemühen uns, nicht aufzufallen."

Abigail schnaufte. Als könnte Gregori Holstein je unauffällig sein.

Er sah sie an, und seine Augen verdunkelten sich zu einem intensiven Grün.

Ihr Herz schmiss erneut den Warp-Antrieb an. Verdammt, wahrscheinlich konnte er das ebenfalls hören.

Abigails Dad beugte sich vor, stützte sich mit den Unterarmen auf den Knien ab und musterte Gregori dann eingehend. „Jetzt, wo wir Ihnen mit Ihrem Problem behilflich sind, ist Ihnen sicher klar, dass wir eine Gegenleistung erwarten."

Gregori rutschte auf seinem Stuhl hin und her und knöpfte sich das Jackett auf. „Woran haben Sie dabei gedacht?"

Mr Caprese räusperte sich. „Ihre Fähigkeit zur Teleportation macht Sie zum idealen Kandidaten für geheime Operationen."

Gregori nickte. „Geheimhalten können wir. Wir leben seit Jahrhunderten im Verborgenen." Er beugte sich mit ernster Miene vor. „Aber Sie müssen verstehen, dass unsere Verpflichtung, Sterblichen keinen Schaden zuzufügen, weiterhin besteht. Wir werden nicht für Sie foltern oder morden."

Mr Caprese schnaubte. „Warum glauben Sie, dass wir so etwas tun?"

Gregori zog eine Augenbraue hoch und griff sich eine Flasche aus dem Kühler.

Madison stieß Abigail an und flüsterte: „Guck mal! Gleich trinkt er Blut!"

„Er kann dich hören", murmelte Abigail.

Er sah zu ihr hoch, prostete ihr mit der Flasche zu und trank dann einen Schluck.

Igitt. Sie unterdrückte ein Schaudern.

In seinen Augen funkelte es belustigt, während er sich die Lippen leckte.

Sie spürte, wie ihre Wangen glühten, und wendete sich ab. Dieser Mann versuchte absichtlich, sie aus dem Konzept zu bringen. Und er hatte Erfolg damit.

„Wir werden Sie nicht bitten, etwas zu tun, was Sie moralisch unvertretbar finden", erklärte ihr Dad.

Der Direktor der CIA hob eine Hand, um Einwand zu erheben. „Sie wurden dabei gefilmt, wie Sie jemanden geköpft haben. Ich kaufe Ihnen diese Tour mit der moralischen Integrität nicht ab."

„Das war eine Schlacht gegen die Malcontents." Gregori nippte noch einmal an seinem Blut. „Unsere Krieger töten aus Selbstschutz, wie jeder gute Soldat."

„Wenn Sie also auf einer Mission angegriffen werden", sagte Mr Caprese, „könnten wir von Ihnen erwarten, dass Sie töten, um sich zu schützen?"

Gregori runzelte die Stirn. „Wenn es nötig ist, ja. Aber das ist es selten, wenn man sich einfach teleportieren kann."

Mr Caprese lächelte verächtlich. „Ist das Ihre normale Reaktion auf Gefahr? Wegrennen und verstecken? Wahrscheinlich ist es Ihnen deswegen jahrhundertelang gelungen, im Geheimen zu leben."

Abigail atmete scharf ein. Gregori wirkte verärgert. Er hatte die Augen zusammengekniffen, die noch strahlender, fast leuchtend grün geworden waren.

Seine Stimme war tödlich sanft. „Vampire riskieren seit Jahrhunderten ihr Leben in der Schlacht gegen die Malcontents, um die Sterblichen zu schützen. Sie werden ihren Mut nie wieder infrage stellen."

„Natürlich nicht", versicherte ihr Vater.

Abigail beobachtete Gregori, fasziniert von der Veränderung in seinen Augen. Er schien sich jetzt zu beruhigen, und seine Augen nahmen wieder ihr normales gräuliches Grün an. Dennoch, als er aufgebracht gewesen war, hatte sich die Luft im Raum elektrisch aufgeladen und irgendwie … prickelnd angefühlt.

Es gefiel ihm nicht, für einen Feigling gehalten zu werden. Sie fragte sich, was er sonst noch für wunde Punkte hatte. Was geschah, wenn er vollkommen die Kontrolle verlor? War in ihm ein blutdurstiges Monster, das nur darauf wartete, herauszuspringen?

„Wer sind die Malcontents?", fragte sie.

„Sie sind der wahre Feind", erklärte Mr Whelan. „Böse Vampire, die meinen, sie hätten das Recht, sich von Sterblichen zu ernähren und sie zu töten. Sterbliche wären im Kampf gegen sie hilflos. Aber die guten Vampire haben die gleichen Kräfte wie die Malcontents, also sind sie unsere beste Chance, diesen Feind zu schlagen. Wir brauchen sie auf unserer Seite."

„Dann möchte ich Ihnen im Namen unseres Landes dafür danken, dass Sie uns beschützen", sagte der Präsident.

Gregori neigte den Kopf. „Gern geschehen."

Seltsam, dachte Abigail. Mr Whelan stellte die Vampire als Helden dar. Beschützer des Universums, mit ihren schwarzen Vampircapes und ihren Superkräften. Wenn sie so überlegte, sie hätte nichts dagegen, Gregori in einem hautengen Kostüm zu sehen.

„Ich wüsste gerne mehr über diese Teleportation", fuhr ihr Dad fort. „Wie weit können Sie damit reisen?"

Gespannt auf die Antwort richtete sie sich auf.

„Ich kann an jeden Ort der Welt reisen", antwortete Gregori, „aber dort, wo ich ankomme, muss es Nacht sein."

Abigails Dad warf ihr einen kurzen Blick zu und wendete sich dann wieder an Gregori. „Können Sie jemanden mitnehmen, wenn Sie sich teleportieren?"

Gregori nickte. „Eine Person. Einige der älteren Vampire schaffen auch zwei, aber wir nehmen normalerweise nur eine Person mit, um auf Nummer sicher zu gehen."

Abigails Herz schlug noch heftiger.

Gregori beugte sich vor. „Was für ein Projekt haben Sie im Sinn?"

„Nichts Gewalttätiges. Es wäre mehr eine … humanitäre Mission."

„Mr President", flüsterte der Direktor der CIA, „das müssen wir erst besprechen."

Er nickte. „Das werden wir. Ich will nur vorher einige Fakten sammeln." Er wendete sich an Abigail und senkte die Stimme. „Was meinst du? Wärst du bereit, mit ihm und seiner Art zu reisen und zu arbeiten?"

Ihr pochte das Herz in den Ohren. „Das ist schwer zu sagen." Sie warf Gregori einen nervösen Blick zu. „Ich kenne ihn kaum."

„Dann müsst ihr euch besser kennenlernen." Ihr Dad wendete sich wieder an Gregori. „Wären Sie bereit, einige Zeit mit meiner Tochter zu verbringen? Morgen Nacht? Vielleicht könnten Sie ihr Ihre Welt zeigen und einige Ihrer Kollegen vorstellen."

Er riss die Augen auf. „Wenn Sie das wünschen. Ja, Sir."

Abigail schluckte. Hatte ihr Vater ihr gerade ein Date mit einem Vampir verschafft?

„Ich will mitkommen!" Madison hüpfte aufgeregt auf der Couch. „Bitte, Daddy. Ich will die Welt der Vampire sehen!"

„Ja." Abigail griff nach dem Arm ihrer Schwester. „Ich fände es auch schön, wenn Madison mitkommt." *Alles, um nicht mit Gregori Holstein allein zu sein.*

„Oh, danke, Abby!" Madison umarmte sie. „Wir werden so viel Spaß haben!" Sie wendete sich an Gregori. „Wohin nehmen Sie uns mit?"

„Ich ..." Er rückte seine Krawatte zurecht und warf einen Blick zu Mr Whelan, der gerade lautlos geflucht hatte. „Irgendwo ... in der Öffentlichkeit. Ich kenne hier in D.C. keine Vampir-Treffpunkte. In Manhattan gibt es einen neuen Nachtclub für Vampire, der gerade sehr beliebt ist."

„Ein Nachtclub für Vampire!" Madison seufzte. „Das klingt so aufregend!"

Ihr Dad runzelte die Stirn. „Was geht in diesem Club vor sich? Sind meine Töchter dort wirklich sicher?"

„Vollkommen sicher. Alle Vampire dort trinken aus Flaschen", erklärte Gregori. „Sie gehen nur dorthin, um zu reden und zu tanzen."

„Dann geht das wohl in Ordnung." Ihr Vater winkte zwei Agenten des Secret Service zu sich. „Josh und Charles werden für den Transport sorgen. Sie müssen zu jeder Zeit bei Ihnen sein und mir alle fünf Minuten Bericht erstatten. Die Mädchen kommen morgen nach Manhattan. Wir lassen Sie wissen, wo Sie übernachten."

„Dad." Abigail berührte ihn am Ärmel. „Morgen muss ich zur Arbeit."

„Dort kann man dir ein paar Tage freigeben." Er drückte ihr die Hand. „Die Sache ist wichtig. Wir müssen wissen, ob du mit diesem Vampir und seinen Freunden zurechtkommst." Er sah Gregori scharf an. „Und ich muss wissen, dass ich Ihnen meine Tochter anvertrauen kann."

Gregori nickte. „Ich werde sie mit meinem Leben beschützen."

„Mich auch!" Madison klatschte fröhlich in die Hände.

Ihr Dad stand auf und sah Gregori streng an. „Ich nehme Sie beim Wort. Meine Töchter müssen sich in einer sicheren und geschützten Umgebung aufhalten. Wenn ihnen etwas zustoßen sollte, wenn sie nach Hause kommen und sich auch nur *unglücklich* fühlen, ist unsere Abmachung nichtig, und Sie und Ihre Vampirfreunde stehen allein da."

„Ich verstehe." Gregori stand auf und drehte sich steif zu Abigail und Madison um. „Wir sehen uns morgen Abend um neun in New York."

Madison sprang auf. „Danke!"

Er nickte ihr zu und sah Abigail dann fragend an.

Ihre Wangen loderten vor Hitze. Ein Date mit einem Vampir? Ihre ganze Welt war auf einmal auf den Kopf gestellt.

Ihr Dad deutete auf einen der Männer vom Secret Service. „Charles fährt Sie jetzt zurück."

„Danke, aber das ist nicht nötig." Gregori griff nach Mr Whelans Arm und warf einen Blick auf die Hundetasche auf dem Tisch.

Dolly öffnete die Augen und richtete sich auf.

Abigail saß wie versteinert da und starrte Gregori an. „Sie …"

„Wir können morgen weiterreden", unterbrach er sie.

Ehe sie antworten konnte, war er schon mitsamt Mr Whelan verschwunden.

9. KAPITEL

Gregori landete in der Nähe des Seiteneinganges von Romatech. Er fluchte leise, als er seinen Ausweis aus der Tasche holte. Von allen Dämlichkeiten ... In keinem seiner Strategiepläne hatte er die Möglichkeit bedacht, dass er den verdammten Babysitter spielen sollte. Er zog den Ausweis durch, während Sean Whelan sich um sich selbst drehte.

„Was zum Teufel machen wir hier?“, verlangte Sean zu wissen.

Gregori öffnete die Tür. „Nach Ihnen.“

„Wir müssen zurück ins sichere Haus. Bringen Sie mich sofort dorthin.“

„Nein.“ Gregori ging den Korridor hinab. Wie zum Teufel war er in diesen Schlamassel geraten? So weit er es abschätzen konnte, hing das Schicksal aller Vampire auf der Welt jetzt davon ab, wie gut er sich um die beiden Töchter des Präsidenten kümmerte.

„Sie können sich mir nicht einfach widersetzen.“ Sean folgte ihm. „Ich bin Leiter dieser Operation.“

Am Ende des Korridors wurde die Tür zum Sicherheitsbüro von MacKay geöffnet, und Angus und Emma kamen heraus.

„Ist das Treffen mit dem Präsidenten vorbei?“, fragte Angus.

Ehe Gregori antworten konnte, trat Sean einen großen Schritt vor und deutete mit dem Daumen auf ihn. „Dieser Idiot hält sich nicht an Befehle. Er sollte uns ins sichere Haus bringen.“

Gregori sah Sean wütend an. „Wer ist hier der Idiot? Sie haben uns dort vom Secret Service abholen lassen. Ich halte es nicht mehr für sicher.“

„Natürlich ist es sicher“, beharrte Sean. „Der Präsident ist soeben ein Bündnis mit uns eingegangen.“

„Och, das sind gute Nachrichten“, meinte Angus.

Emma lächelte. „Gut gemacht, Jungs.“

Gregori zuckte mit den Schultern. „Ich würde mich noch nicht darauf verlassen.“ Er musste erst noch mit den Töchtern tanzen gehen. Und dafür sorgen, dass sie *glücklich* waren, sonst waren er und seine Freunde am Ende.

„Deswegen sollten wir in D.C. bleiben“, sagte Sean. „Wir müssen uns für weitere Verhandlungen in der Nähe aufhalten.“

Gregori schüttelte den Kopf. „Wir teleportieren uns einfach.“

Sean knirschte mit den Zähnen. „Ich kann mich nicht teleportieren.“

„Lernen Sie es.“

„Das kann ich nicht!“ Sean strich sich mit der Hand durch die kurz geschorenen Haare. „Verstehen Sie nicht, in was für einer Zwickmühle ich mich befinde? Ich muss weiterhin so tun, als wäre ich menschlich. Wenn man die Wahrheit über mich herausfindet, werde ich gefeuert und verliere das Vertrauen der Regierung.“

„Da hat er nicht unrecht“, stimmte Emma ihm zu. „Sean ist uns eine größere Hilfe, wenn er seine derzeitige Stellung behält.“

„Noch ein Grund mehr für ihn, sich von dem Haus fernzuhalten.“ Gregori drehte sich zu Sean um. „Was, wenn Ihre Kumpel von der CIA tagsüber vorbeikommen und Sie im Todesschlaf vorfinden?“

Er schluckte. „Ich … ich wäre ja im Keller. Garrett würde sie nicht nach unten lassen. Er würde mich beschützen.“

„Garrett arbeitet für die CIA. Er tut, was immer Caprese ihm befiehlt.“

„Und er weiß die Wahrheit über Sie, aye?“, fragte Angus. „Haben Sie ihm nicht beigebracht, Vampire ebenso zu hassen, wie Sie es tun?“

Sean verzog das Gesicht und entfernte sich einige Schritte. „Das ist nicht fair! Ich bin die gleiche Person, die ich vorher war. Ich arbeite seit über dreißig Jahren für die CIA! Warum sollten die denken, dass ich auf einmal ein Monster geworden bin?“

Gregori schnaufte im Chor mit Angus und Emma.

Zerknirscht sah Sean sie an. „Okay. Verstehe schon. Ich war ein wenig … voreingenommen Ihnen allen gegenüber.“

„Sie waren ein Ekel, Whelan“, murmelte Angus.

„Schön." Er verzog das Gesicht. „Reiten Sie noch darauf herum. Aber wie zum Teufel soll ich meinen Job behalten, wenn ich … untot bin?"

„Besser als tot", erwiderte Gregori trocken.

„Wenn Sie gefeuert werden, können Sie immer noch für mich arbeiten", schlug Angus vor.

Sean verzog das Gesicht und fuhr sich mit der Hand über die Haare. „Ich muss darüber nachdenken. Ich versuche immer noch, mich … einzugewöhnen."

„Haben Sie es Ihrer Frau schon gesagt?", erkundigte sich Emma.

„Nein. Sie denkt, ich war die letzten zwei Wochen in Übersee. Ich … weiß nicht, wie ich es ihr sagen soll."

Emma klopfte ihm auf die Schulter. „Wenn sie erst einmal über den Schock hinweg ist, ist es so am besten. Sie kann Shanna und Caitlyn wiedersehen. Und wenn sie erst sieht, wie niedlich ihre Enkelkinder sind, erholt sie sich schnell genug."

Seans Gesichtszüge wurden weicher. „Das sind wirklich besondere Kinder."

Gregori und Angus wechselten einen bedeutungsvollen Blick. Diese Kinder waren auf eine Weise *besonders*, von der Sean nichts ahnte. „Zurück zum sicheren Haus – es ist dort wirklich nicht sicher. Nicht, solange dieser Vollidiot General Bond meint, dass die Welt ohne uns besser dran ist."

Sean schnaubte. „Es war nicht gerade hilfreich, als Sie gedroht haben, ihm das Genick zu brechen."

Angus erstarrte. *„Was?"*

Gregori zuckte zusammen. „Das ist eine lange Geschichte. Ehe wir davon anfangen, sollten wir erst mal unsere Männer zurückholen."

Angus nickte. „Einverstanden. Und mir hat dieses sichere Haus nie gefallen."

„Ich habe mir viel Mühe gemacht, es für uns zu organisieren. Und dort wird die CIA sich mit uns zu weiteren Verhandlungen in Verbindung setzen", erklärte Sean.

„Dann kann Garrett dortbleiben und Ihnen alle Nachrichten weiterleiten“, sagte Angus. „Ob es Ihnen gefällt oder nicht, Whelan, Sie gehören jetzt zu unserer Welt. Also müssen Sie auch anfangen, die Dinge auf unsere Weise zu erledigen.“

Fünf Minuten später hatten Angus, Robby und Phineas die Gestaltwandler und das Gepäck zurück zu Romatech teleportiert. Phil wurde zurück in die Dragon Nest Academy gebracht, um dort zu helfen, die Schule zu bewachen, weil die meisten Frauen und alle Kinder sich dort befanden. Die verbleibenden Angestellten von MacKay Security and Investigation gingen gemeinsam mit Sean Whelan und den Zirkelmeistern Roman und Zoltan in den Konferenzsaal.

Gregori setzte sich auf den gleichen Platz, den er am Abend zuvor eingenommen hatte. Er sah sich am Tisch um und entdeckte einige seiner besten Freunde – Phineas, Robby, Olivia, Howard, Angus, Emma, Zoltan und Roman. Dennoch spürte er den Druck auf seinen Schultern lasten. War er erfolgreich gewesen, oder hatte er die Sache völlig in den Sand gesetzt?

„Dann hat der Präsident sich also einverstanden erklärt, uns zu helfen?“, eröffnete Roman die Besprechung.

Ehe Gregori antworten konnte, mischte Sean sich ein. „Ja, hat er. Er hat dem Direktor des Heimatschutzes befohlen, das Video zu vernichten, und man wird die ganze Vampir-Geschichte als Fälschung deklarieren.“

Um den Tisch wurden fröhliche Kommentare laut.

„Ausgezeichnete Arbeit.“ Roman lächelte Gregori an.

Olivia neigte den Kopf zur Seite und betrachtete ihn. „Du siehst nicht sehr zufrieden aus, Gregori.“

Er zuckte mit den Schultern. „Es war wie ein Pokerspiel mit viel Manövrieren und Bluffen. Auch wenn der Präsident zugestimmt hat, auf unserer Seite zu spielen, muss er sein Blatt erst noch offenlegen. Ich bin mir nicht sicher, was er im Gegenzug von uns erwartet.“

„Aber es war ein ausgezeichneter Anfang“, beharrte Sean. „Präsident Tucker war begeistert davon, ein Bündnis mit uns einzugehen. Und er schien mehr als gewillt, uns zu vertrauen."

„Weil er irgendetwas will", murmelte Gregori.

„Wenigstens haben wir seine Unterstützung", sagte Roman. „Was ist mit den anderen Männern?"

Gregori atmete tief durch. „Der Typ vom Heimatschutz hat den Befehl erhalten, das Video zu vernichten, aber er vertraut uns nicht wirklich, weil ich mich geweigert habe, ihm eine Liste aller Vampire im Land zu geben."

„Nay, das können wir nicht machen", stieß Angus hervor.

„Der Direktor der CIA will mit uns zusammenarbeiten, damit er uns als Waffe gegen ihre Feinde einsetzen kann", fuhr Gregori fort. „Der Verteidigungsminister und der Berater für Nationale Sicherheit sind beide skeptisch und nicht wirklich geneigt, uns zu vertrauen. General Bond wäre es am liebsten, den Planeten von allen Vampiren zu befreien. Deswegen fand ich, wir sollten nicht in diesem Haus in D. C. bleiben."

Einen Augenblick senkte sich Schweigen über den Raum.

Roman seufzte. „Wahrscheinlich wird es eine Weile dauern, bis sie gelernt haben, uns zu vertrauen."

Gregori nickte. „Das mit der Ungefährlich-und-harmlos-Nummer habe ich versucht, aber das haben sie als schwach und nutzlos interpretiert. Sie wollen uns nur helfen, wenn wir ihnen nützlich sind. Ich musste beweisen, dass wir die Rettung wert sind, sonst hätten sich die anderen auf Seiten des Generals gestellt, der meint, dass es besser ist, uns einfach zu eliminieren."

„Wie viel hast du ihnen also erzählt?", fragte Zoltan.

„Erzählt?" Sean schnaubte. „Er hat es ihnen *gezeigt*. Er hat einen Eisenstab gebogen, ist in Vampirgeschwindigkeit herumgesaust, hat sich teleportiert und gedroht, dem General den Hals zu brechen."

Alle keuchten entsetzt auf.

Gregori warf Sean einen genervten Blick zu. „Das war eine Demonstration meiner Kraft, damit sie uns respektieren." Er rückte seine Krawatte zurecht. „Ich meine, es war eine effektive Strategie."

„Anscheinend schon, da du ja nicht verhaftet worden bist", sagte Emma. „Und da der Präsident sich bereit erklärt hat, uns zu helfen."

Gregori zuckte die Achseln. „Er hat eine Agenda. Eine humanitäre Mission hat er es genannt, die damit zu tun hat, sich irgendwohin zu teleportieren."

„Das können wir." Angus beugte sich vor. „Hat er gesagt, wohin?"

„Nein." Gregori spielte an seinen Manschettenknöpfen. „Aber ich glaube, seine Tochter soll dabei sein."

Angus lehnte sich erstaunt dreinblickend zurück.

„Du meinst Madison Tucker?", fragte Olivia.

Gregori schüttelte den Kopf. „Die älteste Tochter. Abigail." Ihm sahen leere Gesichter entgegen. „Sie ist nicht sehr bekannt." Aber sie war faszinierend.

Ein kleiner Teil von ihm war aufgeregt bei dem Gedanken, sie wiederzusehen. Er wollte wissen, was sie vorhatte, warum sie sich versteckte, was sie bewegte und antrieb. Und wie gut sie sich in seinen Armen anfühlen würde. Er zuckte zusammen. *Sie ist die Tochter des Präsidenten, du Idiot.* Ein größerer Teil von ihm wusste, dass sie das reine Chaos repräsentierte. Wenn die CIA wüsste, was für Gedanken er hatte, würden sie sofort einen Profikiller auf ihn ansetzen.

„Magst du sie nicht?", fragte Emma.

Er erstarrte. „Was?"

„Du hast das Gesicht verzogen", erklärte Emma.

„Oh." Er rutschte auf seinem Stuhl hin und her. „Ich … bin nicht begeistert von der … äh, Situation."

„Ja, das ist eine ziemlich dumme Sache", stimmte Sean ihm zu. „Der Präsident hat Gregori gebeten, seinen Töchtern die Welt der Vampire zu zeigen. Er will sehen, ob Abigail sich mit uns versteht."

Olivia riss die Augen auf. „Der Präsident will, dass du seine Töchter ausführst? So was wie ein Date, meinst du?"

Gregori knirschte mit den Zähnen. „Das ist kein Date. Es ist eine … diplomatische Mission."

Sean nickte. „Sehr richtig. Das ist eine ernste Sache. Die Mädchen kommen morgen mit einer Einsatztruppe des Secret Service nach Manhattan."

Phineas lachte. „Schaffst du das mit zwei Frauen, Alter? Oder brauchst du Hilfe bei deinem Date?"

Gregori riss an seiner Krawatte. „Es ist kein Date. Es ist ein verdammter Babysitter-Job. Das hat der Präsident deutlich gemacht. Wenn die Mädchen irgendwie zu Schaden kommen oder auch nur *unglücklich* sind über den Verlauf des Abends, wird das ganze Bündnis abgeblasen."

Roman erstarrte. „Das erscheint mir etwas drastisch."

Robbys Mundwinkel zuckten. „Glücklicherweise ist Gregori ein Experte darin, die Frauen glücklich zu machen."

Phineas streckte beide Daumen nach oben. „Du bist der Beste!"

„Sind hier alle verrückt geworden?", knurrte Sean. „Wenn er sie auch nur mit dem kleinen Finger berührt, sind wir alle geliefert. Ich wollte den Präsidenten davon abhalten, aber wie sollte ich ihm klarmachen, dass er seine Töchter einem der notorischsten Frauenhelden der Vampirwelt anvertraut?"

„Na vielen Dank auch, Sean." Gregori funkelte ihn wütend an. „Als hätte ich vorgehabt, die beiden zu vernaschen." *Nur die eine.* Er gab sich in Gedanken eine Ohrfeige. *Denk nicht einmal daran!*

„Wohin willst du sie mitnehmen?", fragte Emma.

„Everlasting Night. Das ist ein Vampir-Nachtclub in SoHo, der gerade sehr beliebt ist. Ich lade sie auf ein paar Drinks ein, lasse sie tanzen und die Untoten beschauen, und dann bringe ich sie wieder ins Hotel. Die ganze Zeit werden zwei Agents des Secret Service dabei sein. Das sollte einfach werden." Gregori zuckte mit den Schultern. „Ist nur ein blöder Babysitter-Job."

Angus nickte. „Trotzdem, wir können es uns nicht leisten, dass den beiden Kleinen etwas zustößt, während sie sich in deiner Verantwortung befinden. Phineas, ich will, dass du mitgehst."

„In Ordnung.“ Phineas grinste.

Sean stöhnte. „Was denken Sie sich dabei? Die Zukunft der Vampire auf der ganzen Welt hängt davon ab, und Sie setzen die beiden Töchter des Präsidenten einem Playboy und dem selbst ernannten Love Doctor aus?“

Phineas schnaubte beleidigt. „Alter, ich kann den perfekten Gentleman geben.“

„Auf welchem Planeten?“, stieß Sean knurrend hervor.

Angus musste lachen. „Ich denke, wir können Gregori und Phineas zutrauen, dass die Mädchen glücklich mit dem Verlauf des Abends werden.“

Emma lächelte. „Dem stimme ich zu. Die beiden können sehr charmant sein.“

„Hörst du, Alter?“ Phineas grinste Gregori an. „Wir sind hier die Märchenprinzen.“

„Eher die Frösche“, erwiderte Sean. „Und in Gegenwart der Prinzessinnen wird sich benommen.“

Olivia lehnte sich dicht an ihren Mann und flüsterte: „Vielleicht ist eine von ihnen klug genug, einen verkleideten Prinzen zu erkennen.“

„Wie du?“ Robby drückte ihr die Hand.

Eine von den beiden ist auf jeden Fall klug, dachte Gregori. Klug und mit scharfer Beobachtungsgabe. Sie hatte von Anfang an gewusst, dass er anders war. Aber als sie die Wahrheit erfahren hatte, war sie entsetzt gewesen. Und als sie sich die Hand schüttelten, hatte sie sich so heftig von ihm losgemacht, dass sie auf die Couch gefallen war.

Er seufzte. Es war besser so. Besser, wenn sie ihn abstoßend fand.

Ehe sie das Meeting beendeten, betonten Angus und Roman noch einmal, wie wichtig es war, die Töchter des Präsidenten glücklich zu machen und zu beschützen. Gregori ging eilig in sein Büro, um allein zu sein. Aber als er endlich dort war, konnte er keinen Frieden finden. Er nahm einen Stressball von seinem Schreibtisch und drückte ihn, während er unruhig auf und ab ging.

Erinnerungen an Abigail Tucker schlichen sich immer wieder in seine Gedanken. Er hatte das Gefühl, sie verdächtigte ihn, etwas mit dem kleinen Hund angestellt zu haben. Sie vertraute ihm nicht. Und sie wollte nicht allein mit ihm sein. Ihm war aufgefallen, wie schnell sie ihre Schwester dazu genötigt hatte, mit ihnen auszugehen.

Was für eine Mission hatte Abigail vor, die so geheim ablaufen musste? Was hatte sie vor? Er warf den Stressball auf den Schreibtisch und schaltete seinen Laptop an, um mehr Informationen über sie herauszufinden.

Als er ihren Namen halb eingetippt hatte, hielt er inne. Was machte er da? Seiner Besessenheit noch mehr Futter geben? Er musste aufhören, an sie zu denken.

Hastig klappte er seinen Laptop zu, zog sein Smartphone hervor und rief Maggie an.

„Hey, Süße." Er lehnte sich in seinem Stuhl zurück. „Wie läuft der Werbespot?"

Maggie stöhnte. „Überhaupt nicht. Jedes Mal, wenn Simone sich bewegt, passiert etwas Schlimmes."

„Das ist nicht meine Schuld!", ertönte Simones kreischende Stimme aus dem Hintergrund.

Maggie seufzte. „Gordon und ich haben für heute Nacht aufgehört. Wir haben beschlossen, das Skript so umzuändern, dass Simone sich so wenig wie möglich bewegt. Kannst du morgen Nacht herkommen, wenn wir drehen?"

Er griff nach seinem Stressball. „Ich wünschte, ich könnte, aber es ist etwas dazwischengekommen."

„Hier sind alle noch immer aufgebracht wegen der Vampir-Apokalypse", sagte Maggie. „Die Visagistin sagt die ganze Zeit, wir seien verloren. Kannst du mir sagen, ob Roman mit seinem Plan schon angefangen hat?"

Er drückte seinen Stressball. „Es wird alles wieder, Maggie. Ich habe mich heute Abend mit dem Präsidenten getroffen."

„*Dem* Präsidenten? Der Vereinigten Staaten?"

„Jepp. Deswegen konnte ich die Werbung nicht machen."

„Heilige Maria und Joseph! Was ist passiert?“

„Das möchte ich lieber noch nicht sagen, aber wir hoffen, dass die Regierung uns hilft. Ich versuche, morgen Abend bei euch vorbeizukommen, nachdem ich mit dem Babysitten fertig bin.“

„Babysitten?“, fragte Maggie.

Er drückte noch einmal seinen Stressball. „Ich führe die Töchter des Präsidenten in einen Vampir-Nachtclub aus.“

Maggie lachte. „Wenn sie erst gesehen haben, wie gut du tanzt, werden sie uns mit Sicherheit helfen wollen.“ Es folgte eine Pause, in der er sie murmeln hörte: „Nein, Simone, du kannst nicht mitgehen. Du musst hier sein, wenn wir den Werbespot drehen.“

Gregori zuckte zusammen. Simone hatte seine Pläne mitgehört. „Wir sprechen uns später, Maggie. Danke für deine Hilfe.“ Er legte auf, warf den Stressball in seine andere Hand und rief seine Mutter an. „Hey, Mom. Wie läuft es an der Schule?“

„Oh, uns geht es allen gut. Stimmt es?“, fragte seine Mutter hastig und aufgeregt. „Ich habe gehört, du hast ein Date!“

Der Stressball explodierte in seiner Hand. „Mist.“

„Wie bitte? Was war das für ein Geräusch?“

„Das war nichts.“ Er warf den zerfetzten Ball in den Papierkorb. „Das ist kein Date, Mom. Es ist eine diplomatische Mission. Und woher zum Teufel weißt du davon?“

„Du scheinst mir etwas aufgebracht zu sein, mein Schatz. Bist du nervös wegen deinem Date?“

„Das ist kein Date!“ Er griff nach einem weiteren Stressball. „Ich bin so ruhig, wie man nur sein kann. Auf meinen Schultern lastet ja nur das Schicksal aller Vampire.“

„Ach, na ja, manche Tage sind schwerer als andere. Also, wer ist diese junge Dame, mit der du ein Date hast?“

„Ich habe kein Date! Ich nehme die Töchter des Präsidenten auf einen netten kleinen Ausflug mit, um zu beweisen, wie vertrauenswürdig ich bin.“

Seine Mutter schnalzte mit der Zunge. „Ich bin mir nicht sicher, ob diese Madison Tucker die Richtige für dich ist.“

„Ich interessiere mich auch nicht für sie. Und woher weißt du davon?“

„Na ja, Emma hat angerufen. Und dann hat Olivia angerufen. Dann bist du also an der anderen Tochter interessiert? Soll ich zurück zu Romatech kommen, um sie kennenzulernen?“

„Nein. Bleib, wo du bist.“

Sie schnaubte. „Das ist nicht sehr nett. Ich will nur deine neue Freundin kennenlernen.“

„Sie ist nicht meine Freundin!“

„Es gibt keinen Grund, die Stimme zu erheben.“

Gregori atmete tief durch und drückte behutsam seinen Stressball. „Ich muss jetzt auflegen, Mom. Ich habe Wichtiges zu tun. Wir sprechen uns später.“

„Na gut. Viel Spaß bei deinem Date.“

Er legte auf und warf den Stressball durchs ganze Büro. „Wirklich Wichtiges.“ Er zog eine Flasche Blissky aus der untersten Schublade seines Schreibtischs und schraubte den Verschluss ab.

Er nahm einen Schluck und wischte sich den Mund ab. „Das ist kein Date.“

Aber du wünschtest, es wäre eines.

Er nahm noch einen großen Schluck, um die dumme Stimme in seinem Kopf endlich zu ertränken.

10. KAPITEL

Madison riss die hübschen blauen Augen weit auf. „Wow! So gut hast du seit Jahren nicht mehr ausgesehen!"

„Na vielen Dank", murmelte Abigail, während sie sich selbst im Spiegel begutachtete. Was würde Gregori Holstein jetzt von ihr halten? Sie zog am Halsausschnitt des schwarzen Cocktailkleids, das ihre Schwester ihr bei einem überstürzten Shopping-Trip am Nachmittag ausgesucht hatte. „Ich finde es immer noch zu offenherzig."

„Hörst du auf damit?" Madison neigte den Kopf zur Seite und runzelte die Stirn. „Aber irgendetwas fehlt noch. Warte mal." Sie kramte in ihrem Louis-Vuitton-Koffer und holte ein samtbezogenes Schmucketui heraus. „Ich müsste etwas dabeihaben."

Abigail setzte sich auf die Bettkante und zuckte zusammen, als sie merkte, wie viel von ihren blassen Beinen zu sehen war. Sie hatte seit Jahren kein Kleid mehr getragen. Sie hatte auch seit Jahren keinen Tag mehr freigenommen. Ihre Mutter erzählte ihr immer, dass sie ein Leben brauchte, doch ihre Mutter hatte es auch verdient zu leben.

Als sie ihrer Mom erklärt hatte, dass Madison tatsächlich recht gehabt hatte und es Vampire nicht nur wirklich gab, sondern sie auch mit einem ausgehen würden, hatte sie diese Nachrichten relativ gut aufgenommen. Tatsächlich konnte Abigail sich nicht erinnern, wann ihre Mutter das letzte Mal so aufgeregt gewesen war. Sie sah fünf Jahre jünger aus, als sie am Morgen ihre beiden Töchter verabschiedet hatte.

Also hatte Abigail beschlossen, sich nicht schuldig zu fühlen, weil sie nicht arbeitete. Oder weil sie ihren Dad ein kleines Vermögen kostete. Madison war es gewohnt, im Privatflieger nach New York zu reisen, aber Abigail gönnte sich diesen luxuriösen Lebensstil niemals. Was brachte das schon? Ihr war schon vor Jahren auf dem College klar geworden, dass eine Handtasche für sechshundert Dollar ihr nicht dabei half, ihr Chemie-Examen zu bestehen. Und jetzt arbeitete sie in einem Labor, in dem alle weiße Kittel trugen. Ihre Kollegen fanden Formeln und Lebensformen aufregend, nicht die neuesten Trends aus der Welt der Mode.

Nachdem sie in New York gelandet waren, hatten Josh und Charles sie sofort in eine schwarze Limousine verfrachtet und ins Waldorf Astoria gebracht, Codename Roadhouse. Sie und Madison teilten sich ein Schlafzimmer ihrer eleganten Suite, damit die Männer das andere nutzen konnten. Die Agents hatten vor, in Schichten zu schlafen, damit einer von ihnen immer Wachdienst leisten konnte.

Abigail seufzte. Die Kosten von der Hotelsuite und ihrem Kleid zusammengenommen waren mehr, als sie in einem Monat verdiente. Sie musste allerdings zugeben, dass es aufregend gewesen war, auf der Flucht vor Paparazzi durch Manhattan zu laufen und sich von Secret-Service-Agents bewachen zu lassen, als wären sie etwas Besonderes.

„Das hier ist perfekt!“ Madison hielt eine glitzernde Kette aus Strasssteinen hoch. Ihr Lächeln verblasste. „Wieso setzt du dich hin? Das zerknittert das Kleid.“

Abigail stellte sich wieder vor den Spiegel. Sie geriet dabei auf ihren geliehenen Stilettos ins Wanken. „In diesen Dingern falle ich um. Ich würde lieber die flachen Schuhe anziehen, die ich mitgebracht habe.“

„Sei nicht albern. Du brauchst die Absätze. Du bist ein wenig klein geraten, wenn du mich fragst.“ Madison schlang Abigail die Kette um den Hals und schloss sie.

Abigail zuckte zusammen. Eine lange Schnur aus glitzernden Strasssteinen endete im Tal zwischen ihren Brüsten. Es war wie eine funkelnde Leuchtreklame, die *Seht her, was ich zu bieten habe!* lautete.

Das war doch verrückt. Ein Nachtclub für Vampire? Sexy Cocktailkleider? Mit der Mission, die sie ihrem Vater vorgeschlagen hatte, hatte das nichts zu tun. Bei dieser Reise wurde auf Bergpfaden gewandert. Aber wahrscheinlich konnte sie so Gregori und seine Welt gefahrloser kennenlernen.

Madison überprüfte ihr Make-up im Spiegel und warf dann einen Blick auf Abigail. „Du brauchst Lippenstift. Hier, die Farbe steht dir bestimmt."

Abigail sah sich kritisch im Spiegel an. Sie hatte vor zehn Minuten Lippenstift aufgelegt, aber der war schon verschwunden. Sie musste ihn abgelutscht haben. Wahrscheinlich hatte sie sich vergiftet, nur um einen Vampir zu beeindrucken. Einen unglaublich gut aussehenden Vampir.

Stöhnend zog sie den Deckel von der Lippenstiftröhre. Sie musste sich beruhigen. Entspannen. Er war nur ein Mann. Ein schöner, geheimnisvoller Mann, der zufällig auch noch untot war.

Sie trug die kupferrote Farbe auf. Na toll. Wahrscheinlich erinnerte sie ihn an Blut. *Hör auf, immer über ihn nachzudenken!* Warum sollte es ihn kümmern, wie ihre Lippen aussahen? Ihre Halsschlagader dürfte ihn mehr interessieren. Oder irgendwelche Psychospielchen, um sie zum Einschlafen zu bringen, wie Madisons Hund. Und das wäre wirklich schade, denn wenn Gregori Holstein je mit ihr spielte, wollte sie dabei wach sein.

Sie zuckte zusammen. Was in aller Welt dachte sie da gerade?

Das Telefon klingelte. Sie schreckte auf und schmierte sich dabei Lippenstift über die Wange. „O nein!"

„Kümmere dich nicht um das Telefon." Madison überprüfte ihre Mascara. „Die Jungs gehen schon ran." Sie sah Abby an und zuckte zusammen. „Oh mein Gott! Was hast du gemacht?"

„Ich bin abgerutscht."

„Du liebe Zeit! Ich lasse dich zehn Sekunden lang allein und du verwandelst dich in den Joker." Madison wühlte in ihrer Schminktasche. „Ich habe hier irgendwo Abschminkpads, warte."

Es klopfte an der Tür. „Das war Mr Holstein", verkündete Josh, „er wartet in der Lobby."

Abigails Herz machte einen Sprung.

„Wir sind fast so weit", rief Madison, während sie Abigail den Lippenstift von der Wange wischte. „Bist du nervös wegen heute Nacht, Abby?"

„Wie kommst du nur darauf?“, murmelte Abigail. „Bist du nicht nervös?“

„Nein. Nicht sehr. Dad hat uns die zwei größten Secret-Service-Agents mitgeschickt, um auf uns aufzupassen.“ Sie senkte die Stimme. „Hast du Josh schon mal ohne Jacke gesehen? Meine Güte …“

„Madison, unsere Leibwächter sind vielleicht stark, aber sie haben keine übersinnlichen Kräfte wie die Vampire. Ehrlich gesagt habe ich den starken Verdacht, dass Gregori uns noch einige Kräfte verschwiegen hat. Er könnte irgendwie seltsame Macht über unseren Verstand haben.“

Madison zuckte mit den Schultern. „Wahrscheinlich. Das ist so eine Vampir-Geschichte. Irgendwie sexy, wenn man genau darüber nachdenkt.“ Sie warf das Wattepad in den Mülleimer.

„Sexy? Es ist einfach nur gefährlich.“

„Abby, entspann dich. Du hast Dad gehört. Wenn der heutige Abend schlecht verläuft, bläst er das Bündnis ab. Gregori wird es nicht wagen, uns irgendwelche Probleme zu machen. Wir sind völlig auf der sicheren Seite.“

Abigail biss sich auf die Unterlippe. Sie würde ihre Seite nicht gerade als sicher bezeichnen, solange Gregori derjenige mit den überlegenen Kräften war.

„Es kommt alles auf die Einstellung an“, fuhr Madison fort. „Ich habe schon bei vielen Veranstaltungen die Gastgeberin gespielt, und ich habe Leute aus fremden Ländern und Kulturen kennengelernt. Man lächelt einfach und tut so, als wäre alles ganz normal. Das kannst du auch.“

„Okay.“ Abigail durchzuckten Schuldgefühle, als ihr klar wurde, dass sie ihrer Schwester nie den Respekt gezollt hatte, den sie verdiente. In den letzten Jahren hatte Abigail sich dazu gratuliert, diejenige zu sein, die ihrer Mutter mit der meisten Hingabe half. Sie arbeitete bis tief in die Nacht, um eine Heilungsmöglichkeit für Lupus zu finden, und hielt ihre Schwester für ein leichtfertiges Party-Girl.

Aber jetzt wurde ihr klar, dass Madison auf ihre Weise ebenfalls ihrer Mutter half. Gastgeberin bei den großen Staatsdinnern und Partys zu spielen konnte nicht einfach sein. Und wenn man bedachte, wie nervös sie heute Abend war, wurde Abigail auch klar, dass sie den Job nicht halb so gut erledigen konnte, wie ihre Schwester es tat.

„Danke, Madison. Ich weiß nicht, was ich ohne dich tun würde."

Madison riss die Augen weit auf. „Na ja, ich habe schon meine guten Seiten, nehme ich an." Ihre hübschen Wangen färbten sich rot. „Du magst ihn, oder?"

„Wen?"

Madison sah sie an. „Möchtest du heute Abend ein bisschen mit ihm allein sein?"

„Lieber Gott, nein. Mir wäre es lieber, wenn du ihn beschäftigst."

Madison lächelte und griff nach ihrer kleinen mit Strasssteinen besetzten Clutch. „Dann weißt du also doch, wer gemeint war."

Abigail griff nach dem schwarzen Paschmina und der schwarzen perlenbestickten Clutch, die sie von ihrer Schwester ausgeliehen hatte. „Er ist ein Vampir." *Und er wartet in der Lobby auf uns.*

Während der Fahrstuhlfahrt nach unten legte Abigail sich ein Ende ihres Schals so um die Schulter, dass es sie vom Hals bis zur Taille bedeckte. Madison, die neben ihr stand, musste lächeln. Sie sah umwerfend aus in einem blauen glitzernden Kleid, das zu ihren Augen passte. Vor ihnen standen Josh und Charles, den Blick auf die Türen des Fahrstuhls gerichtet. Sie trugen ihre üblichen schwarzen Anzüge und jeder einen winzigen Lautsprecher im Ohr und ein Sprechfunkgerät am Handgelenk, damit sie miteinander in Verbindung bleiben konnten.

Die Türen des Fahrstuhls öffneten sich. Josh hielt die Türen fest und verhinderte, dass sie ausstiegen, ehe Charles sichergestellt hatte, dass keine Gefahr bestand.

Abigails Körper verspannte sich, als sie Gregori am anderen Ende der Lobby entdeckte. *Wow.* Immer noch schrecklich attraktiv. So etwas gehörte doch verboten. Frauen könnten Unfälle verursachen, wenn sie ihn auf dem Gehweg entdeckten. Oder an ihrem Essen ersticken, wenn er an einem Café vorbeiging. Er war eindeutig eine Bedrohung für die Gesellschaft.

Sie gab sich eine mentale Ohrfeige. Natürlich war Gregori Holstein eine Bedrohung. Er war ein Vampir!

Er redete mit einem weiteren Mann. Beide waren gut gekleidet, in teure Anzüge, auch wenn der neue etwas legerer wirkte. Er trug keine Krawatte, und die oberen Knöpfe an seinem Hemd waren offen. War er auch ein Vampir?

„Oh, sieh mal." Madison strich sich das Haar hinter die Schultern. „Gregori hat einen Freund mitgebracht. Wie bei einem Doppel-Date."

„Das ist kein Date", murmelte Abigail.

Sie und ihre Schwester folgten den Leibwächtern durch die Lobby. Gregori ließ den Blick über die Männer und Madison wandern, bis er schließlich an Abigail hängen blieb. Seine Miene war regungslos, aber sein Blick so intensiv, dass ihr ein Schauer über den Rücken jagte. Sie geriet auf ihren hohen Hacken ins Schwanken. Charles fasste sie am Ellenbogen. Gregori richtete den Blick auf die Hand von Charles, und er kniff die Lippen zusammen.

Madison schaltete ihre innere Gastgeberin ein, strahlte Gregori an und streckte ihm die Hand entgegen. „Gregori! Was für ein Vergnügen, Sie wiederzusehen."

„Madison." Er schüttelte ihre Hand und nickte Abigail dann zu. „Wie geht es Ihnen?"

Sie nickte zurück. „Guten Abend." Er hatte also nicht vor, ihr die Hand zu schütteln oder auch nur ihren Namen zu sagen? Abigail klammerte sich an ihre Clutch und spürte, wie die kleinen Perlen sich in ihre Fingerspitzen gruben. Na und? Dann wollte er eben ganz steif und förmlich tun. Es war besser so.

In der Zwischenzeit richtete ihre Schwester ihr strahlendes Lächeln auf den Neuen. „Ich glaube, wir kennen uns noch nicht. Ich bin Madison Tucker."

„Phineas McKinney." Er schüttelte ihr die Hand. „Auch bekannt als Dr. Phang."

Sie riss die Augen auf. „Wirklich? Das bedeutet wohl, Sie sind …", Madison senkte dramatisch die Stimme, „… einer von denen."

Er zwinkerte. „Darauf können Sie Ihr süßes Blut verwetten."

Sie kicherte und flüsterte Abigail zu: „Ist der nicht niedlich? Wie Denzel, nur jünger."

„Er kann dich hören", murmelte Abigail.

Josh und Charles stellten sich ebenfalls rasch vor, und dann ging Charles eilig davon, um die Limousine von ihrem speziellen Parkplatz zu holen. Während sie warteten, rief Josh ihren Vater an und lieferte ihm ein kurzes Update.

„Das ist meine Schwester, Abigail", stellte Madison sie Phineas vor. „Sie ist auch ein Doktor. Was ist Ihr Spezialgebiet, Dr. Phang?"

„Ich bin der Love Doctor. An mich wenden sich alle in romantischen Fragen, und zufällig ist unsere Welt plötzlich voller glücklich verheirateter Paare."

Madison stutzte. „Sie meinen Ihre … Art heiratet untereinander?"

„Ehrlich gesagt, die meisten Männer haben sich mit heißen sterblichen Schnitten zusammengetan." Er lächelte. „So wie Sie."

Madison sah ihn mit offenem Mund an und richtete ihren aufgeregten Blick dann auf Abigail. „Hast du das gehört?"

„Vergiss es", raunte Abigail und blickte nervös zu Josh hinüber. „Dad würde uns umbringen."

„Nein, er würde *uns* umbringen", sagte Gregori leise.

Abigail sah ihm eine elektrische Sekunde lang in die Augen, ehe er sich abwendete.

Lieber Gott, verhielt er sich deswegen so distanziert? Aber wenn er sich Sorgen machte, ihr zu nahe zu kommen, dann bedeutete das … *er findet mich attraktiv.*

Ein Teil von ihr war schockiert es zuzugeben. Aber ein anderer Teil, tief in ihrem Inneren, hatte es von Anfang an gespürt. So, wie er sie angesehen hatte, sie anlächelte und seine Blicke kaum von ihr wenden konnte.

Das ist unmöglich, ermahnte sie sich. Und das wusste er Gott sei Dank auch.

Dennoch, es könnte eine Reise mit ihm unangenehm werden lassen. Sie warf einen Blick auf seinen teuren Anzug. Konnte er überhaupt in der primitiven Wildnis zurechtkommen? Seine Superkräfte und die anderen Gaben würden sicher praktisch sein, aber was war mit seinen Einschränkungen? Was geschah tagsüber mit ihm? Was geschah, wenn ihm das Blut ausging?

„Charles fährt gerade vor", verkündete Josh. „Gehen wir."

Sie traten hinaus auf den Gehweg an der Park Avenue. Die Nachtluft war kühl, sie beeilten sich also, zum wartenden Wagen zu kommen.

Abigail wurde von einem Blitz geblendet und legte sich eine Hand über die Augen.

„Madison! Ein Lächeln!" Ein Paparazzo kam näher und hob seine Kamera für ein zweites Foto.

„Schnell." Josh öffnete die Tür der Limousine und half Madison beim Einsteigen.

Der Paparazzo blieb auf einmal stehen und starrte ins Leere. Er hob die Kamera über den Kopf und schleuderte sie auf den Gehweg. Dort zersprang sie in tausend Stücke, aber er verzog keine Miene dabei.

Lieber Gott! Warum sollte er seine eigene Kamera zerstören? Ein wahnsinniger Gedanke kreischte Abigail im Kopf. *Er wurde gezwungen.*

Sie wirbelte zu Gregori herum, stolperte aber auf ihren hohen Absätzen. Er griff nach ihrem Arm und bewahrte sie davor zu fallen.

Sie legte ihm die Hände auf die Brust, um nicht gegen ihn zu sinken. „Sind Sie dafür verantwortlich?"

„Für was?" Er beugte sich dichter zu ihr und flüsterte in ihr Ohr: „Alles in Ordnung?"

Ihr Herz fing wild an zu klopfen, sowie ihr sein Atem über die Wange strich. Verdammt, wahrscheinlich konnte er das hören. Sie sah auf ihre rechte Hand, die noch immer auf seiner Brust lag. War da ein Herzschlag?

Sie drückte die Hand fester gegen seinen Oberkörper. Ja! Es war spürbar. Sie legte ein Ohr an seine Brust. *Ba-bumm. Ba-bumm.* Er hatte einen Herzschlag! Es schlug ein bisschen zu schnell. Wie ihres auch.

Er räusperte sich. „Man beobachtet uns."

Sie wich zurück und entdeckte, dass er sie mit funkelnd grünen Augen betrachtete. Phineas grinste sie an. Josh runzelte die Stirn. „Ist schon okay. Ich habe seinen Herzschlag geprüft. Im Interesse der Wissenschaft."

„Wollen Sie meinen auch überprüfen?", fragte Phineas. „Man muss bei der Wissenschaft gründlich vorgehen, wissen Sie."

„Das reicht. Fahren wir." Josh bedeutete Phineas, in die Limousine zu steigen. Nachdem der junge Vampir eingestiegen war, lehnte Josh sich in das Fahrzeug, um ihm zu zeigen, wo er zu sitzen hatte.

Abigail sah sich nach dem Paparazzo um. Er stand immer noch mit leerem Ausdruck im Gesicht da. Ihr lief ein kalter Schauer über den Rücken. Sie drehte sich wieder zu Gregori um. „Sie haben auch gedankliche Kräfte, oder? Und Sie sind nicht richtig tot."

Er schaute sich auf dem geschäftigen Gehweg um. „Lassen Sie uns nicht hier darüber sprechen, in Ordnung?"

Er leugnete es nicht. Sie musste recht haben.

Sie trat einen unsicheren Schritt auf die Limousine zu und bemerkte dann, dass ihre Hände leer waren. „Meine Handtasche!" Sie sah sie auf dem Gehsteig liegen und beugte sich vor, um sie aufzuheben.

„Ich mache das." Gregori hob die Tasche auf, erstarrte dann und wendete den Kopf zu Abigail um.

Sie keuchte auf. Ihr war der Schal von der Schulter gerutscht, und ihre Brüste fielen ihr quasi aus dem Kleid! Sie richtete sich mit einem Ruck auf und legte die Hand auf die Brust. O Gott, sie hatte ihm den vollen Ausblick beschert.

Und warum richtete er sich so langsam auf? Betrachtete er auch noch ihre Beine? Gregori kam langsam wieder in die Senkrechte und ließ den Blick an ihrem Kleid hinauf bis zu ihrem Ausschnitt wandern. Ihr Gesicht rötete sich. Lieber Gott, sie wusste doch, sie hätte das Kleid nicht anziehen sollen.

Sie räusperte sich. „Meine Handtasche?"

Sein Blick richtete sich auf ihr Gesicht und dann auf seine Hand, als wäre er überrascht, die Handtasche darin zu finden. „Hier."

Sie nahm die Tasche an sich. „Danke." Mit heißen Wangen eilte sie zum Wagen und setzte sich auf den langen Sitz neben Madison.

Josh und Gregori stiegen ein. Als sie anfuhren, hörten sie, wie der Paparazzo plötzlich vor Wut aufschrie.

Gregori musste ihn aus seiner Gedankenkontrolle entlassen haben. Sie sah ihn misstrauisch an. Wie oft spielte er mit den Köpfen der Leute? Ihr Blick wanderte an die glänzende, mit Chrom beschlagene Decke der Limousine. Sie konnte ihr eigenes Gesicht darin gespiegelt sehen, seines aber nicht.

Schaudernd zog sie sich den Schal fester um die Schultern.

„Hey, Snake", begrüßte Gregori den riesenhaften Türsteher vor der schlichten schwarzen Tür am Ende einer dunklen Gasse.

Dieser knurrte und kniff die kleinen Augen zusammen. Gregori nahm an, dass man ihn Snake nannte, weil er ein Schlangen-Tattoo hatte, das sich an seinem Hals entlang bis hinauf auf seinen kahlen Kopf schlängelte, aber er hatte nie gefragt. Snake war kein sehr redseliger Mensch.

Der Rausschmeißer schnüffelte und verzog die Oberlippe. „Sterbliche."

Gregori nickte. „Sie sind für heute Nacht meine Gäste."

Snake grunzte. „Du kennst die Regeln." Er öffnete die Tür und ließ sie ein.

„Was für Regeln?“, fragte Josh, der mit Gregori zusammen eintrat.

„Nichts Wichtiges“, log Gregori. Es war nicht ungewöhnlich, dass ein Vampir einen sterblichen Freund oder eine Freundin mit in den Club brachte, aber wenn die Beziehung zu Ende ging, sollte der Vampir die Erinnerungen des Sterblichen löschen.

„Was für Regeln?“, fragte Josh noch einmal, während er sich im Raum umsah.

Gregori seufzte. Er musste sich etwas ausdenken. „Wir sollen den Sterblichen kein Blut zu trinken geben. Davon werden sie meistens krank.“

Josh schien seine Geschichte zu akzeptieren. Als die Mädchen eintraten, blieb er dicht in ihrer Nähe. Charles ging bis zur Mitte der leeren Tanzfläche, drehte sich dort auf der Stelle und blickte sich im ganzen Club um.

Es war ein rechteckiger Raum, schlicht eingerichtet mit einem hölzernen Tanzboden in der Mitte, der auf jeder Seite von runden Tischen mit Stühlen aus Holz umgeben war. An der rechten Wand stand der DJ hinter seinem Pult. Eine lange Bar lief an der linken Wand entlang, und am frühen Abend arbeitete nur ein einziger Barkeeper dahinter. Etwa zwei Dutzend Vampire saßen an den runden Tischen, unterhielten sich leise und nippten Blut aus Weingläsern. Am anderen Ende des Raumes saßen einige Paare eng aneinandergeschmiegt in den halbmondförmigen Sitzecken, die mit rotem Samt gepolstert waren.

Langsame Musik drang aus den Lautsprechern, allerdings tanzte noch niemand. Es waren weniger Besucher anwesend als normalerweise, und sie verhielten sich ruhiger. Wahrscheinlich war den Vampiren nicht nach Feiern zumute, solange ihnen die Apokalypse drohte.

„Das ist alles?“ Madison runzelte die Stirn, während sie sich umschaute. „Es sieht so normal aus. Selbst die Leute hier sehen normal aus.“

Was erwartete sie denn? Eine römische Nacktorgie? „Es ist erst halb zehn“, erklärte Gregori. „Richtig wild wird es erst gegen drei Uhr, wenn die meisten Vampire von der Arbeit kommen und die Westküstenbewohnern sich hierher teleportieren." Er wollte nicht zugeben, wie besorgt die Vampire waren.

Madison seufzte. „Die Musik ist ziemlich leise."

Gregori nickte. „Wir haben ein sehr empfindliches Gehör. Wenn die Musik zu laut ist, wird es schmerzhaft für uns."

„Mir gefällt es." Abigail blickte ihre Schwester an. „So können wir uns unterhalten."

Sie vermied es, ihn direkt anzuschauen. *Toll.* Er sollte dafür sorgen, dass die Mädchen glücklich waren, aber Madison war enttäuscht und Abigail verängstigt. Vorwerfen konnte er ihr das nicht. Erst hatte er ihr Angst eingejagt, als er Gedankenkontrolle bei dem Paparazzo angewendet hatte. Dann war es ihr peinlich gewesen, dass er ihren herrlichen Körper so angestarrt hatte. Und schließlich hatte er sie auch auf der Fahrt erschreckt. Er spiegelte sich nicht in der chrombeschlagenen Decke der Limousine, aber er konnte sie sehen, und er hatte beobachtet, wie sie schauderte und sich vor Angst verspannte.

„Ich spreche mit dem DJ", bot Gregori an. „Phineas, warum führst du die beiden Ladys nicht in eine der Sitzecken?"

„Sicher. Ladys?" Phineas führte die beiden über die Tanzfläche zu einer der rotsamtenen Bänke, die Agents des Secret Service dicht auf ihren Fersen.

„Hi, Gregori!" Zwei Vampirfrauen winkten ihm von einem Tisch in der Nähe des DJs zu. Er winkte zurück. Sie kamen ihm bekannt vor. Wahrscheinlich hatte er schon mit ihnen getanzt. Die Blonde hieß Prudence? Prunella? Er hatte sie Pru genannt.

„Hi, Ladys. Ihr seht heute Abend bezaubernd aus", sagte er auf dem Weg zum DJ.

Sie kicherten.

„Hey, Gregori!" Der DJ schüttelte ihm die Hand.

„Wie wäre es mit richtiger Musik?", fragte Gregori und schob fünfzig Dollar lässig über das Pult. „Und ein paar Lichter dazu. Die ganze Show."

„Kein Problem, Alter." Der DJ drückte ein paar Knöpfe.

Die Beleuchtung wurde trüber, und die funkelnde Discokugel fing an sich zu drehen. Rote und blaue Laser schossen durch den Raum. Schnelle, hämmernde Technomusik drang aus den Lautsprechern.

Die zwei Vampirgirls sprangen auf und klatschten in die Hände. Sie stürzten sich auf Gregori und klammerten sich an seine Arme.

„Ich muss schon sagen, Gregori", sagte Pru mit britischem Akzent, „du darfst jetzt kein Spielverderber sein. Tanz mit uns."

„Sí", sagte die andere mit spanischem Akzent. „Du bist so hhhheiß." Sie sprach ihr H aus, als würde sie Schleim hochhusten.

„Es tut mir leid, aber ich gehöre zu der Gruppe da drüben." Er deutete mit dem Kopf in Richtung der Sitzbank, die Phineas ausgesucht hatte, und merkte, dass Abigail ihn beobachtete. *Du liebe Zeit.* Vor zehn Minuten wollte sie ihn nicht einmal ansehen, und jetzt beäugte sie ihn mit dem scharfen Blick eines Raubvogels.

„Aber das ist doch nicht fair", wandte Pru ein. „Diese zwei Mädchen haben drei Männer dabei und wir keinen einzigen."

„Genau. Und wir wollen dich, weil du so hhhheiß bist!"

„Sorry." Er wand sich aus ihrem Griff. „Ein anderes Mal, in Ordnung?"

Pru schob ihre Unterlippe vor. „Das hast du letztes Mal auch gesagt."

Hatte er das? Er ging mit großen Schritten über die Tanzfläche zur Bar.

„Hi, Gregori!" Zwei Vampirfrauen saßen an der Bar und grinsten ihn an.

„Hi, Ladys." Er lächelte zurück und wendete sich dann an den Barkeeper. Während er die Drinks bestellte, schlichen die zwei Frauen sich dicht an ihn heran.

„Willst du wieder mit uns trinken?", fragte die eine von ihnen. „Letztes Mal hatten wir so viel Spaß."

Wann denn? Er konnte sich nicht erinnern. Achtzehn Jahre waren verflogen, seit er zum Vampir geworden war. Was, wenn seine Mutter recht hatte? Nahm er die Ewigkeit als selbstverständlich hin und verschwendete seine Zeit? Er spielte seit Jahren nur herum. Mit so vielen Frauen. Er konnte sich nicht einmal an all ihre Namen erinnern.

Er hatte sich immer eingeredet, dass er den Vampirfrauen einen Gefallen tat, indem er ihnen die Zeit vertrieb. Aber hatten sie nicht einen wahren Freund verdient, der sich wenigstens an ihre Namen erinnerte?

Über solche Dinge hatte er sich noch nie Gedanken gemacht. Warum also hatte sich seine Einstellung auf einmal geändert? Er sah zur Sitzbank und entdeckte, dass Abigail ihn noch immer beobachtete. *Mist.* Da war das Problem. Sie betrachtete ihn wie eine neu entdeckte Spezies. Und er war sich nicht sicher, ob ihm gefiel, was sie über ihn herausfand.

„Sorry, ein anderes Mal." Er nahm die beiden Martinis und ging auf die Sitzbank zu.

Dort stellte er die Drinks vor die beiden Frauen hin. „Es gibt hier nur wenige Drinks für Sterbliche. Das sind Apple Martinis."

„Wunderbar!" Madison trank einen Schluck und lächelte. „Der ist köstlich. Und ich liebe die Lichter und die Musik. Danke."

„Möchten Sie tanzen?", fragte Phineas.

„O ja!" Madison sprang auf und schlenderte mit Phineas auf die Tanzfläche.

Pru und ihre Freundin schlossen sich ihnen an, und dann folgte noch ein Dutzend weitere Vampire. Madison lachte und wirbelte herum, offensichtlich begeistert davon, sich inmitten von blinkenden Lichtern und tanzenden Vampiren zu befinden.

Gregori seufzte erleichtert. Wenigstens eine der Frauen war jetzt glücklich.

Er drehte sich wieder zu Abigail um, die am Stiel ihres Martiniglases herumfummelte. „Würden Sie gern tanzen?"

Sie schüttelte den Kopf. „Nein danke."

„Ist alles in Ordnung mit Ihrem Drink? Ich kann Ihnen etwas nicht Alkoholisches bringen, wenn Ihnen das lieber ist."

Schüchtern lächelnd schaute sie ihn an. „Eine Cola light wäre gut. Danke."

„Kommt sofort." Er marschierte zurück an die Bar, aber es waren in der Zwischenzeit noch mehr Vampire angekommen, und er musste warten.

Er blickte sich nach Abigail um, die allein in der Sitzecke saß. Sie dürfte zurechtkommen. Wenn ein männlicher Vampir versuchte sie anzumachen, würde einer der Agents des Secret Service, die in der Nähe standen, ihn davon abhalten.

Sie hatte sich wieder den Schal um die Schultern gelegt, um ihre Brüste zu verbergen. Ihre perfekten, sinnlichen Brüste.

Gregori ballte die Hände zu Fäusten. *Denk nicht an ihre Brüste.* Oder ihre Beine. Oder ihre schönen Augen. Er konnte es sich nicht leisten, dass seine Zähne ausfuhren. Das könnte sie zu Tode erschrecken.

„Gregori!" Eines der Mädchen an der Bar hakte sich bei ihm ein. „Du bist zu uns zurückgekommen!"

„Ich hole nur einen Drink." Er zog seinen Arm aus ihrem Griff und sah sich wieder zu Abigail um. Was zum Teufel war da los? Pru und ihre Freundin setzten sich gerade zu ihr auf die Bank.

Phineas tanzte mit Madison, hatte also nichts bemerkt. Agent Josh hing an seinem Handy, wahrscheinliche erstattete er gerade dem Präsidenten Bericht. Charles beobachtete alles genau, näherte sich allerdings nicht.

Warum sollte er auch? dachte Gregori. Was konnte dabei sein, wenn Abigail sich mit einigen weiblichen Vampiren unterhielt? War das nicht der Zweck ihres nächtlichen Ausflugs? Abigail einen Vorgeschmack auf die Welt der Vampire geben?

Leider fürchtete Gregori, dass es Abigail Tucker ziemlich bitter schmecken würde.

11. KAPITEL

„Hallöchen. Ich bin Prunella Culpepper, aber alle nennen mich Pru."

Abigail drehte sich um und entdeckte zwei Frauen in der Sitzecke neben ihrer. Eine war hellhäutig und blond, die andere eine sehr attraktive Brünette. Beide ließen beim Lächeln ihre scharfen Eckzähne aufleuchten. *Vampire.* Und wenn sie sich nicht irrte, waren das die gleichen zwei Frauen, die Gregori am DJ-Pult angesabbert hatten.

„Ich bin Maria Constanza Hhhhortencia", sagte die Brünette und betonte das H dabei so, dass Abigail zurückwich, um nicht angespuckt zu werden.

„Und wer bist ..." Constanza riss die braunen Augen auf. „Santa Maria, du bist sterblichhhhh."

Pru beugte sich in ihre Sitzecke und schnüffelte. „Beim heiligen George, du hast recht! Man kann sie immer riechen."

Was? Abigail sah sich nach Gregori um. Er stand an der Bar an, betrachtete sie aber besorgt. Charles stand etwa zehn Fuß entfernt und beobachtete sie ebenfalls.

Constanza schnaubte und warf sich das lange schwarze Haar über die Schulter. „Ich kann nicht glauben, dass Gregori so tief sinken würde."

„Ganz genau", stimmte Pru ihr zu. „Er ist noch nie mit einer Sterblichen ausgegangen. Was könnte er an diesem Ding finden?"

„Vielleicht schmeckt sie gut."

Pru schnüffelte noch einmal und schüttelte dann den Kopf. „Blutgruppe null. Furchtbar gewöhnlich, musst du wissen."

Abigail räusperte sich. „Wie bitte?"

Pru zuckte zusammen. „Entschuldige, Liebelein, aber es ergibt einfach keinen Sinn. Warum sollte Gregori mit einer Sterblichen ausgehen, wenn doch so viele Vampirfrauen scharf auf ihn sind?"

„Hhhhunderte", stellte Constanza klar. „Sie sagen, er ist ausgezeichhhnet im Bett."

Abigail lehnte sich zurück. Gregori war ein … *Playboy*?

„Ichhh würde jederzeit mit ihm schlafen", fügte Constanza hinzu.

„Das würde jede vernünftige Frau tun", murmelte Pru. „Leider warte ich noch darauf, dass ich an die Reihe komme."

Constanza keuchte auf. „Ich dachte, ihr hhhättet es schon getan! Ich hhhabe gesehen, wie du ihn vor zwei Wochhhen auf der Tanzflächhhe geküsst hhhast."

Pru lächelte verträumt. „Beim heiligen George, der Mann kann küssen. Ich bin seit 1762 nicht so geküsst worden."

Abigail blinzelte. „So lange bist du schon ein Vampir?"

Pru schüttelte den Kopf. „Damals war ich sterblich, musst du wissen. Ich habe in einer Taverne in Dover gearbeitet, als ein schmucker junger Straßenräuber mich auf seinen Schoß gezogen und mir einen Kuss gegeben hat, bei dem es mir bis in die Zehen geprickelt hat. Dann hat er gefragt, ob ich seine Geliebte werden will."

Constanza grinste. „Und du hhhast Ja gesagt?"

„Natürlich. Jede vernünftige Frau hätte das getan."

„Und was ist danach passiert?", fragte Constanza.

„Ich wurde seine Gehilfin", fuhr Pru fort, „ich habe Kniebundhosen getragen und meine Haare unter einem Dreispitz versteckt. Wir haben nachts Kutschen ausgeraubt und hatten eine herrliche Zeit."

Abigail rutschte fasziniert näher. Es war, als würde man mit einem lebendigen Zeitzeugen der Geschichte reden. „Und habt ihr auch gesagt: ‚Stopp und her mit dem Geld'?"

Pru nickte. „Natürlich. Alles lief einfach prächtig, bis wir eine Kutsche angehalten haben, die einem Vampir gehörte. Er hat meinen armen Straßenräuber angefallen und an ihm getrunken, bis er mausetot war."

Abigail schluckte. Ihr Blick wanderte wieder zu Gregori. Hatte er jemals jemanden so angegriffen? Sicher nicht. Er hatte letzte Nacht erzählt, dass er und seine Freunde moralische Einwände gegen das Verletzen von Sterblichen hatten. Und sie kämpften gegen die bösen Vampire, um die Sterblichen zu beschützen.

„Und was ist mit dir passiert?“, fragte Constanza.

Pru lächelte. „Der Vampir war ein reicher und attraktiver Viscount. Als er gemerkt hat, dass ich eine schöne junge Frau bin, hat er mir ewiges Leben angeboten, falls ich seine Geliebte werde. Ich habe natürlich Ja gesagt. Jede vernünftige Frau hätte das an meiner Stelle gemacht.“

„Natürlichhh“, stimmte Constanza zu.

Abigail zuckte zusammen und fragte sich, ob Pru ihren toten ehemaligen Liebhaber einfach am Straßenrand hatte liegen lassen.

„Er hat mir beigebracht, wie man sich gewählt ausdrückt, musst du wissen.“ Pru kniff die Augen zusammen. „Wir sind jahrelang glücklich gewesen, bis er mich weggeworfen hat, um Lady Pamela zu heiraten.“

„Diese Schlampe“, presste Constanza hervor.

Pru zuckte mit den Schultern. „Das ist alles lange her. Worauf es ankommt, ist, dass ich mit den Jahren einige gute Küsser gekannt habe, aber keiner von denen kommt an Gregori heran. Beim heiligen George, der Mann kann küssen.“

Abigails Blick wanderte wieder an die Bar, wo er immer noch wartete. Du liebe Zeit. Jetzt hingen zwei weitere Mädchen an ihm.

Sie gab sich innerlich einen Ruck. Sie musste aufhören, sich zu ihm hingezogen zu fühlen. Er war ein Vampir und ein Playboy. Und er hatte seltsame übersinnliche Gaben. Drei wichtige Punkte, mit denen sie sich nie anfreunden würde. Die traurige Wahrheit sah so aus, dass es unmöglich war. Vollkommen und unabänderlich unmöglich.

Eine Schwere senkte sich auf ihre Brust, und sie schloss kurz die Augen. So weh dürfte es eigentlich nicht tun. Sie waren sich erst letzte Nacht begegnet.

Aber sie hatte vorher noch nie jemanden wie ihn kennengelernt. Körperlich brachte er ihr Herz zum Rasen und ließ ihre Knie schwach werden, und ihre Dopaminlevel stiegen rasant in die Höhe. Intellektuell faszinierte er sie. Und wenn Körper und Geist sich zu ihm hingezogen fühlten, wie sollte sie da widerstehen?

„Und warum hhhast du nicht mit ihm geschlafen?“, fragte Constanza.

„Ich wollte. Ich habe ihn in meine Wohnung eingeladen, aber …“ Pru zögerte mit leuchtenden Augen. „Du wirst nie raten, was er mir erzählt hat.“

Constanza beugte sich dicht zu ihr. „Was?“

Abigail rutschte vorsichtig näher, um nichts zu verpassen.

„Er hat gesagt, die Sonne geht in dreißig Minuten auf, und das ist nicht genug Zeit. Jemand, der so schön ist wie ich, verdient eine ganze Nacht, in der er mich anbeten und nach Herzenslust verwöhnen kann.“ Pru presste eine Hand auf die Brust. „Das ist das Romantischste, das jemals jemand zu mir gesagt hat.“

Abigails Herz krampfte sich zusammen. *Wow.* Er klang wie einer der Helden in den Büchern ihrer Mutter. Wenn er jemals so mit ihr reden sollte, schmolz sie wahrscheinlich zu seinen Füßen dahin.

„Ooh, er ist so hhheiß.“ Constanza drehte sich zu Abigail um. „Du hhhast so ein Glück, Sterblichhhe. Du solltest hhheute Nacht noch mit ihm ins Bett gehen.“

„Das würde jede vernünftige Frau tun“, ergänzte Pru. „Und es ist noch früh, du kannst dich also die ganze Nacht von ihm verwöhnen lassen.“

Abigail musste kräftig schlucken. *Die ganze Nacht.* „I…ich gehe eigentlich nicht richtig mit ihm aus.“

Pru setzte sich hoffnungsvoll lächelnd auf. „Dann macht es dir also nichts aus, wenn ich ihn mir schnappe?“

Abigail sah sich nach Gregori um. Er kam gerade auf sie zu, ein Glas in jeder Hand und den Blick eindringlich auf sie gerichtet. Ihr Herz fing an, wild zu klopfen. *Du musst widerstehen.* Er war vollkommen und unabänderlich unmöglich.

Aber sie konnte doch wenigstens so tun? Nur für eine Nacht konnte sie so tun, als würde ein attraktiver, sexy Mann wie Gregori sie allen anderen vorziehen.

„Nein", flüsterte sie. „Er gehört zu mir."

Pru schnaubte. „Du willst ihn für dich selbst?"

Abigail sah sie zynisch an. „Das würde jede vernünftige Frau tun."

Pru kniff wütend die Augen zusammen. „Wie willst du ihn überhaupt behalten? Du bist nur eine gewöhnliche Sterbliche."

„Sí", stimmte Constanza zu, „du kannst nicht einmal im Schweben Sex hhhaben."

„Wie bitte?", fragte Abigail.

„Du weißt schon." Constanza deutete hoch in die Luft. „An der Decke."

Abigail stand der Mund offen, als sie sich daran erinnerte, wie Gregori an der Decke des Oval Office geschwebt war. Sex im Schweben? War das möglich?

Pru schüttelte den Kopf und schnalzte mit der Zunge. „Du hast es noch nie an der Decke getrieben, oder? Glaubst du wirklich, jemand mit so wenig Erfahrung wie du kann einen Sexgott befriedigen?"

Der betreffende Sexgott stellte die Getränke mit einem lauten Knall auf den Tisch und sah die beiden Vampirfrauen unverwandt an. „Wenn ihr uns entschuldigt, ich wäre gern allein mit meinem Date."

Die Frauen rutschten aus ihrer Sitzbank und schmiegten sich eilig eng an ihn.

„Ich warte immer noch auf dich, Gregori", flüsterte Pru.

„Ich auchhh." Constanza fuhr mit den Fingern seinen Arm entlang.

Mein Date, dachte Abigail. Er hatte sie *mein Date* genannt. Natürlich könnte er es nur gesagt haben, um die Vampirfrauen loszuwerden, aber ihr Herz ignorierte diese Alternative und fing laut an zu klopfen.

Die Frauen warfen Abigail mehrere wütende Blicke zu, warfen sich dann das Haar über die Schultern und stolzierten zurück auf die Tanzfläche.

Gregori schob ihren Drink zu ihr hin und setzte sich dann. Diesmal nahm er allerdings nicht gegenüber Platz, sondern setzte sich direkt neben Abigail. Sie wich nur ein winziges Stück zur Seite. Hoffentlich fiel es ihm nicht auf.

„Haben Sie Angst vor mir?“, flüsterte er.

Es war ihm doch aufgefallen.

Sie schüttelte den Kopf und trank dann einen großen Schluck von ihrer Cola. *Angst* war nicht das richtige Wort. Sie war verunsichert. Erschrocken. Aber auch seltsam zu ihm hingezogen. Neugierig. *Sex an der Decke?* Und sie war ein wenig ... eingeschnappt, wenn sie ehrlich sein sollte. Ihr gefiel die Vorstellung nicht, dass er Pru an der Decke geküsst hatte. Prunella Culpepper, die ihren Geliebten einfach am Straßenrand liegen lassen hatte, um mit seinem Mörder durchzubrennen. Gregori hatte etwas Besseres verdient.

„Sie sehen aufgebracht aus.“ Er schaute sie eindringlich an. „Haben diese Frauen etwas gesagt, das Sie bestürzt hat?“

„Nein, nein, alles in Ordnung.“ Ihr Blick senkte sich auf seinen Mund, und Prus Worte hallten ihr durch den Kopf. *Beim heiligen George, der Mann kann küssen.* Sie rutschte noch ein Stück weiter in die Sitzbank hinein.

„Ihr Vater wollte, dass wir uns besser kennenlernen. Können Sie mir sagen, um was für eine Art Projekt es dabei geht?“

„Ich möchte es lieber noch nicht verraten.“ Sie nippte wieder an ihrer Cola. Wie in aller Welt sollte sie mit diesem Mann zusammen reisen? Er war zu ... verlockend. Zu gefährlich. Zu verdammt sexy.

Er kam ihr etwas näher. „Haben Sie sonst vielleicht irgendwelche Fragen, die Sie mir stellen möchten?“

„Ja. Ähm ...“ *Beten Sie Frauen wirklich die ganze Nacht lang an und verwöhnen sie?* Sie schüttelte sich innerlich. Es gab wichtigere Fragen, die es anzusprechen galt. „Was geschieht mit Ihnen während des Tages?“

„Ich schlafe.“

„Das ist ... alles?“

Er hob einen Mundwinkel. „Ich schnarche nicht."

Sie wendete sich von der Macht seines Grübchens ab. „Was für übersinnliche Fähigkeiten haben Sie?"

Er lehnte sich zurück und zog sein Glas dann näher zu sich. „Werden Sie der CIA alles berichten, was ich Ihnen erzähle?"

„Ich will Sie nicht in Schwierigkeiten bringen, Mr Holstein, aber ich muss wissen, ob ich in Ihrer Nähe sicher bin."

„Ich würde Ihnen niemals etwas tun." Er zögerte und fügte dann ironisch hinzu: „Miss Tucker."

Verspottete er sie, weil sie versuchte, ihn auf Abstand zu halten? „Wenn Sie meine Frage ehrlich beantworten, dann werde ich nicht wiederholen, was Sie gesagt haben."

Er nickte. „Abgemacht."

„Haben Sie den Mann dazu gebracht, seine Kamera zu zerstören?"

„Das schien mir die beste Vorgehensweise. Ich wollte mein Bild nicht in der Zeitung." Er sah sie an. „Und ich nahm an, Ihnen ist die Publicity auch nicht recht."

Das stimmte. Aber sie hatte nicht vor, ihm zu danken. „Dann geben Sie zu, dass Sie mit unserem Verstand spielen können."

Er presste die Lippen zusammen. „Wir haben das Recht, uns zu schützen. Was glauben Sie, wie es uns gelungen ist, unsere Existenz geheim zu halten?"

Sie schnaubte. „Sie sind nie geheim gewesen. Über Ihre Art werden seit Jahrhunderten Schauergeschichten erzählt."

„Das bedeutet nur, dass wir nicht genug mit Ihrem Verstand *gespielt* haben. Wir haben zu viele Erinnerungen intakt gelassen."

Sie zuckte zusammen. „Sie können die Erinnerungen eines Menschen löschen?"Er drehte sich auf der gepolsterten Bank um, damit er sie ansehen konnte. „Vampire haben sich jahrhundertelang von menschlichem Blut ernährt. Die übliche Vorgehensweise war, erst zu trinken und dann die Erinnerung daran zu löschen. Das hat den Vampir geschützt und auch den Sterblichen vor unliebsamen Erinnerungen bewahrt."

„Wie umsichtig", erwiderte sie zynisch.
Er zog eine Augenbraue hoch. „Sie finden, Vampire haben nicht das Recht, zu überleben oder sich selbst zu schützen?"
„Sie haben nicht das Recht, mit unserem Verstand zu spielen."
Seine Mundwinkel bogen sich nach oben. „Was ist mit Ihrem Körper?"
Sie rutschte ein Stück weiter von ihm weg. „Haben Sie Madisons Hund zum Einschlafen gebracht?"
„Selbstverteidigung, Miss Tucker. Er war kurz davor, an meinem Bein zu knabbern."
„Können Sie mit einem Menschen das Gleiche tun?"
„Ich könnte." Er rückte näher. „Wenn Sie vorhaben, an meinem Bein zu knabbern."
Ihr Gesicht glühte. „Ich knabbere nicht an Menschen. Das ist Ihr Spezialgebiet."
Seine Mundwinkel zuckten. „Ich knabbere auch nicht an Menschen, Miss Tucker. Ich bin ein junger Vampir. Meine Mahlzeiten kommen aus der Flasche."
„Sie haben noch nie jemanden gebissen?"
„Ich habe noch nie einen Sterblichen gebissen. Und ich habe noch nie gebissen, um mich zu ernähren. Sie können sich also entspannen. Sie sind vollkommen sicher."
Rasch analysierte sie seine Antwort. „Dann haben Sie also gebissen. Keine Menschen, aber Vampire. Und nicht wegen ihres Bluts, sondern aus … anderen Gründen?"
Er wirkte überrascht und rückte seine Krawatte zurecht. „Sie sind ziemlich klug, was?"
„Dann habe ich recht? Sie haben Vampire gebissen?"
„Nur Frauen." Er wendete sich stirnrunzelnd ab. „In der richtigen Situation kann es sehr angenehm sein."
Abigail durchfuhr ein heißer Schauer. „Wirklich?"
„Das müssen Sie mir einfach glauben." Er schaute sie an, und seine Augen leuchteten grüner. „Es sei denn, ich soll es Ihnen zeigen?"
„Nein." Sie rutschte noch weiter die Sitzbank hinab.

Hastig griff er nach seinem Drink. „Ich bin kein Monster, Miss Tucker. Ich würde Ihnen nicht wehtun."

Sie zuckte innerlich zusammen. Wenn sie ihn nur als Monster betrachten könnte. Das würde gegen die seltsame Hingezogenheit helfen, die sie zu ihm verspürte. Konnte er wirklich dafür sorgen, dass ein Biss sich angenehm anfühlte?

Sie sah zu, wie er die rote Flüssigkeit mit dem rosigen Schaum darauf trank. Als er sich den Schaum von den Lippen leckte, beschleunigte sich ihr Herzschlag. *Beim heiligen George, der Mann kann küssen.* Sie gab sich innerlich eine Ohrfeige. *Denk nicht an so was!* „Was … was trinken Sie da?"

„Es nennt sich Blier. Halb synthetisches Blut, halb Bier. Eines der beliebteren Getränke der Vampire Fusion Cuisine."

Vor Erstaunen stand ihr der Mund offen. *Vampire Fusion Cuisine?* Sie sah das schaumige Getränk an und dann wieder Gregori. „Machen Sie Witze?" Sie fasste nach dem Glas.

„Abigail." Er griff nach dem Glas und legte dabei seine Hand auf ihre. „Trinken Sie das nicht. Sie könnten krank werden."

„Ich wollte nur daran riechen." Sie blickte auf.

Er hatte sich vorgebeugt, bis sein Gesicht ihrem sehr nah war. „Okay."

Sie atmete tief ein, die Augen geschlossen, um sich besser auf ihre anderen Sinne konzentrieren zu können. Der von Hefe durchzogene Duft nach Bier und der metallische Duft von Blut. Und die Wärme seiner Hand auf ihrer.

Sie öffnete die Augen und entdeckte, dass er ihr Gesicht betrachtete. Ihr Herz überschlug sich fast. Sie stellte das Glas hin und zog ihre Hand fort. „Dann brauchen Sie also Blut, um am Leben zu bleiben? Sie sind doch lebendig, oder nicht?"

Er nickte. „Im Augenblick schon. Mein Herz schlägt genau wie Ihres." Er lächelte, bis seine Grübchen sichtbar wurden. „Aber nicht ganz so schnell."

Sie errötete. Also konnte er wirklich ihren Herzschlag hören. Sie deutete auf Josh, der zwei Sitzgruppen entfernt stand und telefonierte. „Können Sie ihn hören?"

Gregori neigte den Kopf und konzentrierte sich auf Josh. „Sparkle ist noch auf der Tanzfläche." Er sah sie fragend an.

„Wir haben alle Codenamen. Madison ist Sparkle."

Er lächelte. „Das passt zu ihr." Er neigte sich mit funkelnden Augen dichter zu Abigail. „Und was ist Ihr Codename?"

Sie zuckte mit den Schultern. „Unwichtig."

„Das ist ein lausiger Codename."

„Das ist nicht mein …"

Er lachte. „Lassen Sie mich raten. Ihre Schwester ist Sparkle, dann sind Sie … Brillant."

„Nein." Ihre Wangen wurden noch heißer.

„Aber Sie sind brillant."

Leider war ihr Gesicht wahrscheinlich von einem brillanten Rot.

„Na gut, wenn Sie sich weigern zu reden, habe ich andere Mittel und Wege, es herauszufinden." Er sah zu Josh hinüber, der sein Handy eingesteckt hatte und jetzt über das Funkgerät an seinem Handgelenk mit Charles sprach. „Sailor? Wer ist das?"

„Mein Dad."

Gregori hob die Augenbrauen. „Erstaunlich. Sollte er nicht eher der Admiral sein statt irgendein einfacher Matrose?"

„Alle unsere Namen beginnen mit S. Und Dad mag es, Sailor zu heißen. Er ist ein Mann der Navy, und er findet, es klingt bescheiden."

Zweifelnd musterte Gregori sie.

„Ich weiß. Er wirkt nicht immer bescheiden. Aber es ist auch schwer, bescheiden auszusehen, wenn man gleichzeitig noch versucht, selbstbewusst und wie ein kompetenter Anführer zu wirken." Sie fuhr mit dem Finger am Rand ihres Glases entlang. „Wenn er bei uns ist, ist er ganz anders. Besonders zu meiner Mutter. Er liebt sie so sehr. Wenn man hilflos mitansehen muss, wie ein geliebter Mensch stirbt, lässt einen das sehr schnell demütig werden."

Ihre Hand erstarrte. Was in aller Welt machte sie da? Sie vertraute sich einem Vampir an? Unter gesenkten Lidern schaute sie Gregori an. Sein Blick richtete sich in die Ferne, voll Erinnerungen und Schmerz.

Sie nippte an ihrer Cola light. Er schwieg, und sie fragte sich, an welchen traurigen Ort er abgedriftet war.

Sie streckte die Hand aus, um ihn zu berühren, überlegte es sich dann aber anders und ließ die Hand auf den Tisch sinken. „Es tut mir leid, wenn ich Sie traurig gemacht habe. Ich wollte nicht …"

„Ist schon gut." Er lächelte, aber in seinem Blick blieb die Traurigkeit. „Es tut mir wirklich leid wegen Ihrer Mutter."

Abigail blinzelte, als ihr die Tränen kamen. Es war lange her, seit sie mit jemandem über ihre Mom geredet hatte. Normalerweise vergrub sie ihre Ängste und Sorgen tief in sich. Und wenn sie bei ihrer Mutter war, versuchte sie immer, fröhlich zu sein. „Ihr Codename ist Serenity."

„Gelassenheit. Das ist ein ausgezeichneter Name."

„Ja." Abigail ballte die Hände zu Fäusten, entschlossen, ihre Gefühle im Zaum zu halten.

Gregori legte seine Hand auf ihre. „Es wird schon gut werden."

Sie erstarrte. Seine Hand fühlte sich vollkommen warm und menschlich an. Und seine Berührung war leicht und … zärtlich. Sie warf einen raschen Blick auf Josh, der zwei Sitzgruppen rechts von ihnen stand, und dann auf George, zwei Sitzgruppen links. „Ich …"

„Es tut mir leid." Gregori hob seine Hand. „Ich wollte Ihnen nicht zu nahe kommen."

Zu nahe? Sie war versucht, unter dem Tisch mit ihm Händchen zu halten. Diese Wärme, die er ausstrahlte, war vollkommen unerwartet. Und sie machte ihn noch unwiderstehlicher.

„Schön, Sie wollen mir Ihren Codenamen also nicht verraten. Aber das wird mich nicht aufhalten." Er betrachtete sie mit gerunzelter Stirn. „Ah, ich hab's! Sneaky. Man nennt Sie Sneaky, weil Sie so gerissen sind."

Sie schüttelte lächelnd den Kopf. Wieder diese Wärme. Er neckte sie, damit sie die Traurigkeit abschütteln konnte. Und sie mochte ihn deswegen nur noch mehr.

„Okay. Dann vielleicht Secret, weil Sie Geheimnisse lieben."

Sie schüttelte wieder den Kopf. „So geheimnisvoll bin ich nicht."

„Hmm." Er betrachtete sie eingehend. „Süße? Sugar? Spicy?"

Sie grinste.

„Sex Kitten?"

Sie musste lachen. „Sind Sie verrückt?"

„Ich finde, es passt."

Sie schüttelte den Kopf und ignorierte die Hitze ihrer Wangen. „Der Name, den sie mir gegeben haben, bezieht sich … auf meinen Verstand."

„Ah." Er sah sie mit großen unschuldigen Augen an. „Simpel?"

„Was?" Sie schlug ihm gegen die Schulter. „Wie können Sie es wagen?"

Er lachte. „Mir ist es lieber, dass Sie mich angreifen, statt immer weiter wegzurutschen. Wir haben schon die Hälfte der Bank hinter uns gelassen."

Sie presste eine Hand gegen ihr heißes Gesicht. „Es tut mir leid."

„Ist schon gut." Er lehnte sich dichter zu ihr. „Dann lautet Ihr Codename … Scientist? Superhirn? Smarty Pants?"

Sie lachte. „Ich bin Scholar. Die Gelehrte."

„Die Gelehrte?"

„Ich habe Sie gewarnt. Es ist nicht sehr aufregend."

„Oh, das ist es doch." Er zupfte an einer ihrer Locken. „Ich kann mir nichts Aufregenderes vorstellen, als bei Ihnen in die Lehre zu gehen."

Sie musste schlucken. Flirtete Gregori mit ihr? Ein Teil von ihr machte einen Freudensprung, weil ein so schöner, charmanter, geheimnisvoller Mann sie begehren konnte. Aber ein anderer Teil warnte sie, dass es unmöglich war. Vollkommen und unabänderlich unmöglich. Sie konnte es sich nicht erlauben, sich in einen Vampir zu verlieben.

Außerdem hatten Pru und Constanza wahrscheinlich recht. Warum sollte er sich für eine Sterbliche interessieren, wenn ihn doch so viele Untote begehrten? Sie musste ja schrecklich langweilig wirken, verglichen mit Vampirfrauen, die an der Decke Sex hatten.

Plötzlich kam Abigail ein schrecklicher Gedanke: Was, wenn er nur so tat, als würde er sie mögen? Zum Beispiel aus politischen Gründen. Vielleicht versuchte er, sie um den Finger zu wickeln, um ihren Vater für die Sache der Vampire zu gewinnen. Als Playboy war Gregori garantiert Experte darin, Frauen um den Finger zu wickeln.

Sie stöhnte innerlich. Es war dumm und Wunschdenken, wenn sie glaubte, dass er sich zu ihr hingezogen fühlte. Die Männer, die sie normalerweise anzog, waren Strebertypen – schlaksig gebaut, mit Hornbrillen und vollkommen der Wissenschaft verschrieben. Sie war mit ein paar von ihnen im College und auf der Universität ausgegangen. Die Beziehungen waren … bequem gewesen.

Aber sie waren nicht die Art Mann, von der sie träumte. Nachdem sie jahrelang die Hörbücher ihrer Mutter gehört hatte, wollte sie mehr als nur *bequem*. Sie wollte Hitze und Leidenschaft. Verzweifeltes Verlangen. Sie wollte sich nach einem Mann verzehren, der sich nach ihr verzehrte. Sie wollte einen Mann, der daran glaubte, dass man sie anbeten und nach Herzenslust verwöhnen sollte. Die ganze Nacht lang.

Sie hatte befürchtet, dass es solche Männer nur in Büchern gab.

Jetzt fürchtete sie, dass sie nur allzu echt waren.

Sie konnte nicht zulassen, dass sie sich in einen Vampir verliebte. Oder – noch schlimmer – in einen Playboy. Vampire wollten Sex an der Decke. Und Playboys standen auf ganz andere Frauen. Auf Frauen wie ihre Schwester. Nicht auf sie.

Sie seufzte. „Ich weiß, was Sie sind."

Er riss die grünen Augen auf. „Was wissen Sie?"

„Sie sind ein Playboy."

12. KAPITEL

Meist. Gregori lehnte sich zurück und spielte an seinen Manschettenknöpfen. Der strafende Tonfall in Abigails Stimme war nicht zu überhören, was bedeutete, dass jetzt schon zwei Dinge gegen ihn sprachen: Vampir und Playboy. Kein Wunder, dass sie immer weiter von ihm wegrutschte. Sie erwartete, von ihm entweder gebissen oder verführt zu werden.

Er hatte schon vermutet, dass Pru und ihre Freundin nichts Gutes im Schilde führten. Die beiden hatten offensichtlich ihre eigenen Pläne, und dazu gehörte auch, Abigail zu vergraulen.

Er nahm einen Schluck Blier und stellte das Glas ab. „Nur fürs Protokoll, ich hatte noch nie Sex an der Decke."

Abigail erstarrte, und ihre Wangen färbten sich rot. „Das geht mich nichts an." Sie sah ihn schräg von der Seite an. „Stimmt das?"

„Ja. Haben die Frauen vorhin behauptet, ich hätte mit ihnen geschlafen?"

„Nein." Sie schüttelte den Kopf und errötete noch heftiger. „Aber sie wollen es. Genau wie all die anderen Frauen. Hunderte von ihnen."

„*Hunderte?*" Er versuchte, nicht zu lachen. „Ich muss ein schlechter Playboy sein, wenn mir so viele willige Opfer entgangen sind, oder?"

Sie neigte den Kopf zur Seite und dachte nach. „Das kommt darauf an, mit wie vielen Freiwilligen Sie angefangen haben."

Er hob eine Augenbraue. Glaubte Abigail, er konnte zwischen Tausenden von Frauen wählen? „Na, Gott sei Dank habe ich eine Gelehrte bei mir. Ich bin mir sicher, Sie können eine Formel erstellen, mit der sich meine Quote ermitteln lässt."

Sie sah ihn stirnrunzelnd an. „Das geht mich nichts an."

„Nein, tut es nicht." Er trank den letzten Rest Blier aus.

Sie nippte an ihrer Cola.

Na und. Dann war er eben kein Heiliger. Sie hatte trotzdem kein Recht, ihn zu verurteilen. Er stellte das Glas heftig auf den Tisch. „Nach ungefähr fünftausend habe ich aufgehört zu zählen."

Sie keuchte entsetzt. „*Fünftausend?*"

Er warf ihr einen düsteren Blick zu. „Das war ein Scherz."

„Das ist nicht lustig."

„Ich lache auch gar nicht." Er beugte sich vor. „Warum sind Sie auf einmal so empfindlich? Sind Sie eifersüchtig?"

Sie schnaubte. „Auf was?"

„Fünftausend ausgedachte Geliebte."

Sie hob das Kinn. „Sie wollen wissen, warum ich aufgebracht bin? Na schön. Dann verrate ich es Ihnen: Ich bin mir nicht sicher, wie vertrauenswürdig Sie sind. Und ich habe keine Lust, mitten in China zurückgelassen zu werden, während Sie irgendwelchen Frauen nachjagen."

„China? Dort gehen wir hin?"

„*Wir* gehen nirgendwo hin. Ich werde meinem Vater berichten müssen, dass Sie nicht der Richtige sind."

Verdammt. Er lockerte seine Krawatte. Die persönliche Beleidigung war schlimm genug, doch es verließen sich auch so viele Vampire darauf, dass das Bündnis mit dem Präsidenten zustande kam.

Er drehte sich zu Abigail um, legte einen Arm auf die Rückenlehne der Sitzbank und den anderen auf den Tisch. „Sie erklären mich ohne einen Prozess für schuldig. Wo sind Ihre Beweise? Mit wie vielen Frauen in diesem Raum habe ich geschlafen?"

Sie zuckte mit den Schultern.

„Die Antwort lautet mit keiner", fuhr er fort, ehe sie antworten konnte. „Und wenn Sie mir nicht glauben, rufen Sie eine von ihnen her und fragen Sie selbst."

„Sie hätten mit Prunella Culpepper geschlafen, wenn mehr Zeit gewesen wäre."

„Woher wissen Sie das?"

„Sie haben zu ihr gesagt, die Sonne würde in dreißig Minuten aufgehen, aber sie bräuchten die ganze Nacht, um jemanden zu verwöhnen, der so schön ist wie sie."

Er atmete scharf aus. „Das war nur so dahingesagt. Ich habe sie abblitzen lassen."

„Weil Sie nur dreißig Minuten Zeit hatten."

„Weil ich kein Interesse hatte. Bei Ihnen wäre das anders. Jede einzelne Minute wäre da ein Geschenk!" Er erstarrte. Was zum Teufel hatte er da gerade gesagt? Abigail sah völlig schockiert aus, die hübschen Augen weit aufgerissen und die weichen Lippen geöffnet. Es war so lange her, seit er eine Sterbliche geküsst hatte. Ihre Lippen wären wärmer als die eines Vampirs. Süßer.

„Na, ihr zwei habt es wohl gemütlich?", fragte eine amüsierte Stimme.

Gregori drehte sich um, sodass er nach vorn sah, und warf Phineas einen verärgerten Blick zu. Abigail versuchte, weiter von ihm fortzurutschen, aber da er den Arm noch auf der Rückenlehne ausgestreckt hatte, griff er nach ihrer Schulter und hielt sie einfach fest. Sie stieß ihm den Ellenbogen in die Seite.

„Ich finde, der Abend ist toll!" Madison setzte sich strahlend zu ihnen. „Dr. Phang ist ein ausgezeichneter Tänzer."

„Du bist selbst ziemlich heiß." Phineas zwinkerte ihr zu. „Neben dir sehen die anderen Mädchen halb tot aus."

Madison lachte und grinste ihre Schwester und Gregori an. „Es freut mich, dass ihr zwei euch versteht. Dad wird so erleichtert sein."

„Das sollten Sie ihm dringend so erzählen", sagte Gregori mit einem Lächeln, das kaum ins Schwanken geriet, als Abigail ihn noch härter in die Rippen stieß.

„Ich hole Getränke", sagte Phineas. „Will noch jemand was von der Bar?"

„Ich nicht, danke", murmelte Abigail.

„Ich auch nicht." Madison nahm einen tiefen Zug von ihrem Martini.

„Ich nehme noch ein Blier", sagte Gregori.

Phineas nickte und machte sich auf den Weg zur Bar.

Madison stellte ihren Martini hin und sah ihn verwirrt an. „Sagten Sie Bier?"

„*Blier.* Halb Blut, halb Bier“, erklärte Gregori. „Blier ist ein wichtiger Bestandteil der Vampire Fusion Cuisine. Wir sagen dazu VFC.“

„VFC?“ Madisons Augen leuchteten auf. „Du liebe Zeit, das ist wie KFC, nur für Vampire.“ Sie kicherte. „Ihr seid so lustig.“

Gregori lächelte. „Stets zu Diensten.“

Abigail drehte sich zu ihm um. „Gibt es ein Labor, in dem diese Dinge erfunden werden?“

Er nickte. „Romatech Industries.“

Sie riss die Augen auf. „Das Labor, in dem synthetisches Blut erfunden wurde?“

„Ja. Dort arbeite ich.“

Sie blinzelte. „Sie haben einen Job?“

Er knirschte mit den Zähnen und senkte seine Stimme. „Glauben Sie, ich verbringe mein ganzes Leben nur mit Feiern?“

„Dann trinken alle Vampire hier Blier?“, fragte Madison und blickte sich um.

„Sie könnten verschiedene Dinge trinken“, erklärte Gregori. „Pures synthetisches Blut in ihrer Lieblingsblutgruppe, oder etwas wie Chocolood, synthetisches Blut mit Schokoladengeschmack.“

Madison grinste. „Oooh. Wäre ich ein Vampir, ich würde nur das trinken.“

Gregori lächelte. „Es ist sehr beliebt bei den Damen. Und wenn man zu viel trinkt, können wir mit Blood Lite beim Abnehmen helfen.“

Madison lachte. „Ihr seid so niedlich.“ Sie trank den Rest ihres Martinis.

„Diätisches Blut?“, fragte Abigail.

Er nickte. „Es hat extrem niedrige Blutzucker- und Cholesterinwerte. Und dann gibt es noch Bubbly Blood: halb Blut, halb Champagner, für die besonderen Vampir-Momente.“

Madison lachte. Selbst Abigail sah amüsiert aus.

„Und es gibt noch etwas Neues, das besonders bei den schottischen Vampiren beliebt ist – Blissky. Halb Blut, halb …“

„Whisky?“, riet Madison.

Gregori zwinkerte ihr zu. „Ganz genau, Süße.“

Madison kicherte und beugte sich dann zu ihrer Schwester. „Ein Vampir hat mich gerade Süße genannt.“

Abigail verzog das Gesicht. „Ich kann ihn schlagen, wenn du willst.“

„Wieso denn?“, fragte Madison verwundert und griff nach dem Martini, den ihre Schwester stehen gelassen hatte.

„Es ist peinlich“, murmelte Abigail.

Madison nahm einen Schluck. „Wirklich?“

„Mir war es nicht peinlich“, sagte Gregori. Als Abigail ihn verärgert ansah, lächelte er nur und drückte ihr die Schulter.

Madison trank noch einen Schluck und leckte sich die Lippen. „Erzählen Sie mir noch mehr von lustigen Vampir-Getränken.“

„Wir führen in einigen Wochen etwas Neues ein. Blardonnay: Halb Blut, halb ...“

„Chardonnay!“ Madison hob die Arme, als hätte sie ein Tor geschossen, und fing dann an zu kichern.

Gregori grinste. „Ganz genau, Spatz.“

Abigail schauderte. *„Spatz?“*

Ihre Schwester kicherte weiter und bekam dann einen Schluckauf.

Abigail zuckte zusammen. „Vielleicht solltest du mit dem Trinken aufhören.“

Madison winkte ab. „In Nachtclubs schickere ich mich immer ein bisschen an. Ist doch egal. Josh lässt nicht zu, dass mir etwas Schlimmes geschieht.“ Sie hob ihr Martiniglas und prostete dem Agent des Secret Service zu, der sie aus einiger Entfernung scharf beobachtete. „Hab dich lieb, Josh!“

Ein wütender Blick blitzte auf dem Gesicht des Leibwächters auf, ehe es wieder völlig ausdruckslos wurde.

Gregori verspürte Mitgefühl. Josh war ein Babysitter. Genau wie er.

„Was tun Sie denn genau bei Romatech?“ Abigail sah ihn hoffnungsvoll an. „Sind Sie vielleicht Chemiker?“

Verdammt, er musste sie schon wieder enttäuschen. „Nein. Ich bin Vizepräsident der Marketingabteilung."

„Oh." Sie fummelte an ihrem Glas herum.

„Hier ist dein Blier." Phineas war mit den Getränken zurückgekehrt und schob Gregori eine Flasche über den Tisch hinweg zu. Danach nahm er gegenüber von Madison in der Sitzecke Platz. „Prost." Er stieß mit seinem Glas gegen ihren Martini.

„Runter damit!" Madison leerte den Rest ihres Drinks in einem Zug.

Abigail wendete sich wieder an Gregori. „Wenn Romatech die Vampire Fusion Cuisine herstellt, wird dann das ganze Labor von Vampiren betrieben?"

Gregori nickte. „Mein Boss ist ein Vampir. Und ein brillanter Wissenschaftler."

Sie riss die Augen auf. „Roman Draganesti?"

„Sie haben von ihm gehört?"

„Jeder Wissenschaftler auf der Welt hat von ihm gehört. O Gott, er ist ein Vampir?"

Erneut nickte Gregori. „Und ein wirklich netter Kerl. Hübsche Frau, zwei reizende Kinder."

Ihr stand der Mund offen. „Er … hat Kinder gezeugt?"

„Wie gesagt, er ist ein brillanter Wissenschaftler. Er hat einen Weg gefunden."

„Wie faszinierend." Abigails Augen funkelten. „Könnte ich ihn kennenlernen? Ich würde zu gerne die Romatech-Labore besichtigen."

Endlich etwas, mit dem er sie beeindrucken konnte. „Das arrangiere ich gern für Sie. Wie wäre es morgen Abend?"

Lächelnd nickte sie. „Ja. Danke."

Ausgezeichnet. Gregori nahm einen tiefen Schluck. Je mehr er darüber nachdachte, desto mehr gefiel es ihm, Abigail zu Romatech mitzunehmen. Dieser Nachtclub mochte Madison auf die Seite der Vampire gebracht haben, aber Abigail musste kluge, hart arbeitende Vampire wie Laszlo kennenlernen. Sie musste

Roman treffen, dessen Erfindung von synthetischem Blut jedes Jahr Tausenden von Sterblichen das Leben rettete.

Das Smartphone in seiner Tasche vibrierte, und er zog es heraus, um die SMS zu lesen. Maggie und Gordon hatten zwei Versionen des Blardonnay-Spots abgedreht und wollten, dass er sie sich anschaute.

Er trank einen Schluck Blier. „Wäre es in Ordnung, wenn ich ungefähr zehn Minuten verschwinde? Ich muss mich zu DVN teleportieren ..."

„Was ist das?", fragte Madison.

„Das Digital Vampire Network. Ein Fernsehsender. Vampire haben ihre eigenen Sendungen. Seifenopern und so etwas."

„O mein Gott", hauchte Madison. „Das ist so super."

Gregori rückte seine Krawatte zurecht. Vielleicht konnte er Abigail damit beeindrucken. „Ich produziere alle Werbespots für Romatech. Gerade lasse ich einen neuen für Blardonnay filmen."

Abigail riss die Augen auf, sagte allerdings nichts.

„Der Star ist Simone, das berühmte Model", fuhr Gregori fort.

„Die kenne ich!" Madison hüpfte auf ihrem Sitz. „O mein Gott, könnte ich sie kennenlernen? Das wäre so cool!"

Gregori neigte den Kopf. „Das lässt sich einrichten."

Phineas grinste und streckte einen Daumen nach oben. „Gregori ist der Beste! Er kennt alle heißen Vampir-Girls."

Abigail schnaufte. „Das wundert mich nicht."

Gregori sah sie verärgert an und flüsterte: „Immer noch eifersüchtig, Spatz?"

Sie kniff die Augen zusammen. „Nennen Sie mich nicht Spatz."

„Ist Ihnen Süße lieber?"

„Wenn wir allein wären, würde ich Ihnen eine runterhauen."

Er beugte sich dicht zu ihr und raunte ihr zu: „Wenn wir allein wären, würde ich Ihnen einen guten Grund dafür geben."

Phineas verschluckte sich an seinem Blier.

„Alles in Ordnung, Dr. Phang?“, erkundigte sich Madison.

Phineas nickte und grinste amüsiert.

Er hatte es also gehört. Gregori rutschte aus der Sitzbank und stand auf. „Ich mache mich dann mal auf den Weg.“

„Aber ich will mit!“ Madison klimperte mit den Wimpern und faltete die Hände zusammen, wie zum Gebet. „Bitte! Ich will das Fernsehstudio sehen!“

Gregori erstarrte. „Ich … ich teleportiere mich dorthin. Ich bin gleich wieder da.“

„Aber ich will mit“, quengelte Madison. „Bitte!“

„Ist es weit?“, fragte Abigail, die Wangen noch gerötet von seinem letzten Satz.

„Brooklyn“, sagte Phineas. Als Gregori ihm einen wütenden Blick zuwarf, zuckte er nur mit den Schultern. „Wir müssen die beiden schließlich bei Laune halten, Alter.“

„Ja!“, quietschte Madison. „Das würde mich so glücklich machen!“

Gregori seufzte. Phineas hatte recht. Sie mussten die Mädchen glücklich machen, egal was geschah. „Na gut. Wir sehen uns alle zusammen DVN an.“

„Es ist kompliziert“, flüsterte Gregori dreißig Minuten später Maggi und Gordon zu. „Aber wenn ihr uns helfen wollt, die Vampir-Apokalypse zu verhindern, dann lasst ihr diese Mädchen machen, was sie wollen. Wir müssen sie bei Laune halten.“

„Okay“, erwiderte Maggie. „Ich kenne die Blondine. Das ist die Tochter des Präsidenten.“

„Sie sind beide Töchter des Präsidenten.“ Gregori sah sich im Aufnahmestudio nach ihnen um. „Madison ist die, die sich so überschwänglich an Simone gehängt hat. Und Abigail ist die andere.“

Abigail und Josh schauten sich neugierig um. Charles hatte sie zum Digital Vampire Network gefahren, nachdem Gregori ihm den Weg beschrieben hatte. Nach ihrer Ankunft hatte er entschieden, dass das ganze Gelände nach Sicherheitslücken abgesucht werden musste, also rannte er jetzt herum, während Josh bei den Mädchen geblieben war.

„Ich wusste nicht, dass es noch eine zweite Tochter gibt", flüsterte Maggie.

„Sie ist ein kleines Mysterium", sagte Gregori, während er dabei Abigail beobachtete. Er wusste immer noch nicht, warum sie sich so vollkommen aus der Öffentlichkeit fernhielt, aber er vermutete, dass es etwas mit ihrer Mutter zu tun hatte. Oder vielleicht mit ihrem Job als Biochemikerin. Die Mission, die sie in China geplant hatte, war jedenfalls ein Geheimnis. Was in aller Welt konnte sie in China wollen?

Dass sie die Mission geheim halten wollten, konnte er verstehen. Wenn sie als Tochter des Präsidenten reiste, machte das die Sache zu einem Medien-Event, und jede ihrer Bewegungen stand unter der genauen Beobachtung von Journalisten und der chinesischen Regierung. Sie wollte offensichtlich etwas sehen, das die Chinesen ihr nur ungern zeigen würden. Oder sie hatte vor, etwas ohne ihr Wissen mitzunehmen.

Maggie zupfte an seinem Ärmel, um seine Aufmerksamkeit zu erlangen. „Gregori, Gordon hat jetzt drei Mal deinen Namen gesagt. Du hast es nicht gehört."

„Oh, tut mir leid. Ich habe in letzter Zeit viel im Kopf."

Ihre Augen funkelten, als sie Abigail ansah. „Das kann ich sehen."

„Willst du dir die Werbespots jetzt ansehen?", fragte Gordon.

„Ja, natürlich." Gregori trat mit Maggie und Gordon vor den Monitor.

„Ihr müsst mich schauspielern sehen!" Simone bedeutete ihrer neuen Gefolgschaft, mit ihr an den Monitor zu kommen. „Ich war brillant!"

„Oh, da bin ich mir sicher." Madison eilte ihr hinterher.

Abigail und Josh folgten den beiden.

„Beide Spots haben Potenzial", erklärte Gordon, während er auf ein paar Knöpfe drückte. „Aber wir brauchen eventuell jemanden mit stärkerer Präsenz als Pennington, um damit durchzukommen."

„*Mais oui.*" Simone winkte nachlässig ab. „Pennington ist zu schwach." Sie richtete den Blick auf Josh. „Aber, *mon Dieu*, dieser Kerl sieht herrlich stark aus." Sie trat so dicht an ihn heran, dass er zurückwich.

„Simone." Gregori schüttelte den Kopf und warf ihr einen warnenden Blick zu.

Sie schnaubte. „*Pourquoi pas?* Willst du ihn für dich?"

Er fluchte leise und ballte die Hand zur Faust. Er vermisste seinen Stressball.

Die Spots fingen an. Pennington sagte seinen Text, und dann kam Simone ins Bild.

„Das bin ich!" Simone deutete auf sich selbst.

Gregori sah erstaunt zu, wie Simone beide Spots meisterte, ohne zu stolpern oder sich zu verletzen.

Maggie drehte sich zu Gregori um, nachdem die Spots durchgelaufen waren. „Und, was meinst du?"

„Mir gefallen sie! Du hast einen großartigen Job gemacht, Maggie. Danke."

„Ich habe es auch gut gemacht!", rief Simone.

Er lächelte sie an. „Ja, das hast du. Ich war wirklich beeindruckt." Er blickte sich im Studio um. „Ist Pennington noch hier?"

„Wir haben ihm gesagt, er ist für heute Nacht fertig", meinte Maggie. „Die Frage war, ob wir es noch mit einem anderen Mann versuchen sollten."

„Ich finde, ihr habt recht", gab Gregori zu. „Er hat es nicht ganz rübergebracht."

„Ich weiß, wer es tun könnte!" Madison griff Phineas am Arm. „Dr. Phang! Er wäre sicher ausgezeichnet."

Alle drehten sich nach Phineas um.

Er zuckte mit den Schultern.

„Und ich will auch mitmachen!" Madison rang die Hände. „Bitte, bitte! Ich wollte schon immer mal vor der Kamera stehen."

Was für eine Überraschung, dachte Gregori. Er lenkte Gordons Aufmerksamkeit auf sich und nickte mit dem Kopf.

„Ja, aber natürlich.“ Gordon lächelte Madison an. „Wir hätten Sie nur zu gern in einem unserer Werbespots.“

„Hurraaa!“ Madison hüpfte vor Freude. „Ich mache den ersten mit Dr. Phang, und Abby kann den zweiten mit Gregori drehen!“

Entsetzt keuchte Abigail auf. „Was?“

„Ach, komm schon, Abby.“ Madison lehnte sich gegen ihre Schwester und sah sie mit einem Hundeblick an. „Das wird Spaß machen. Wann hattest du das letzte Mal Spaß?“

„Gute Frage“, murmelte Gregori. Abigail funkelte ihn wütend an, aber er hob nur eine Augenbraue. „Ich tue es, wenn Sie mitmachen.“

Sie schnaubte. „Sie haben es wahrscheinlich schon vor laufenden Kameras getan.“

Er musste lachen. „Nein, Süße. Sie wären mein erstes Mal.“

„Ja!“ Madison stieß beide Fäuste in die Luft. „Dann ist das abgemacht.“

„Madison“, wisperte Abigail. „Wir können keine Werbespots drehen. Es ist uns verboten, Produkte zu bewerben.“

„Das ist doch nicht echt.“ Madison winkte ungeduldig ab. „Es ist nur zum Spaß. Und es macht mich glücklich.“

„Schön.“ Abigail runzelte die Stirn. „Aber ich weiß nicht einmal, ob ich das kann.“

„Natürlich kannst du.“ Madison tätschelte ihr die Schulter. „Du hast nur einen Satz. ‚Nimm mich.‘ Ist doch einfach.“

„Nimm mich“, wiederholte Abigail und warf Gregori einen nervösen Blick zu.

Er lächelte langsam und genoss es, wie sie errötete.

Nach zwanzig Minuten in der Maske und dem Einstudieren des Textes waren Phineas und Madison bereit, Blardonnay-Spot Nummer eins aufzuzeichnen.

„Kamera“, sagte Gordon.

Allein in einem Badezimmer-Set, nur ein Handtuch um seine Hüften gewickelt, fing Phineas mit tiefer Stimme an: „Hallo, Ladys. Kommt näher. Schaut mir in die Augen."

Die Kamera zoomte dicht an ihn heran.

„Jetzt steht ihr in meinem Bann, nicht? Seht meine Brust an. Genau. Tut, was ich sage. Ihr steht unter meiner Kontrolle."

Die Kamera zoomte zurück, als Phineas ein Schlafzimmer-Set betrat.

„Das ist mein Schlafzimmer. Würdet ihr nicht gern bei mir sein? Seht euch den Mann neben euch an. Jetzt mich. Ja, ihr wollt bei mir sein."

Die Kamera schwenkte nach rechts, wo Madison auf ihn zugerannt kam. In der Zwischenzeit reichte man Phineas eine Flasche Blardonnay.

„O ja, Dr. Phang!", rief Madison, als sie an seiner Seite war. „Ich will bei dir sein."

„Natürlich willst du." Phineas hob die Weinflasche. „Und wenn du mich willst, willst du auch meinen Blardonnay."

„O ja, Dr. Phang!" Madison schmiegte sich an ihn und legte die Hand auf seine nackte Brust. „Darf ich deinen Korken knallen lassen?"

„Jederzeit, Baby. Unter meinem Handtuch ist ein Korkenzieher." Er zwinkerte in die Kamera. „Wenn du mich liebst, liebst du auch meinen Blardonnay."

Die Kamera zoomte an die Flasche Blardonnay heran, und Gordon sagte: „Schnitt."

„Ja!", quietschte Madison und schlang die Arme um Phineas. „Du warst super!"

Er lachte. „Du aber auch!"

Maggie trat zu den beiden und strahlte übers ganze Gesicht. „Ihr wart beide großartig!"

Gordon schaute Gregori an. „Was meinst du?"

Leise lachte Gregori. „Es war gut."

„Es war *verdammt* gut!", rief Gordon.

Alle klatschten und jubelten, bis auf Simone, die kreischte: „Und was ist mit mir?"

„In Ordnung!", rief Gordon. „Drehen wir Spot Nummer zwei."

Die Crew rollte das Schlafzimmer/Badezimmer-Set aus dem Weg und brachte eine Backsteinmauer und einen Laternenpfahl herein. Sie verstreuten zerknitterte Zeitungen auf dem Boden, damit das Ganze nach einer Gasse in der Großstadt aussah. Die Lichter wurden gedimmt, sodass nur die Laterne Licht zu spenden schien.

Gregoris Anzug war für den Dreh akzeptiert worden. Abigails Kleid ebenfalls, allerdings ohne den Schal. Er betrachtete sie eingehend auf ihrem Weg zum Set. Die Visagistin hatte ihre Augen sinnlich geschminkt und ihre Lippen blutrot angemalt. Das Kleid klebte an ihren Kurven, und das Schwarz brachte ihre blasse Haut zum Leuchten. Ihre Kette bildete eine funkelnde Spur aus Strasssteinen hinab zum Tal zwischen ihren Brüsten.

Er musste kräftig schlucken. Sie hatten ihr erfolgreich ein glamouröses Äußeres verpasst, aber mit ihren großen Augen hatte Abigail immer noch etwas Unschuldiges an sich, eine frische, gesunde Süße, die verletzlich wirkte und liebenswert und überraschenderweise auch höllisch sexy.

„Sind Sie so weit?", fragte Maggie.

Abigail nickte.

„Du kennst deinen Text, Gregori?", erkundigte sich Maggie. „Zuerst sagst du: ‚Sterbliche, jetzt bist du mein.' Und dann, nachdem sie gesagt hat: ‚Nimm mich', sagst du: ‚Nein, ich habe es satt, jede Nacht das Gleiche zu essen. Ich will etwas anderes. Ich will Blardonnay.'"

Er nickte. „Verstanden."

Gordon kam hinzu und machte es sich auf dem Regiestuhl bequem. „Also los. Kamera."

13. KAPITEL

Abigail war versucht, sich selbst zu kneifen, um sicherzugehen, dass sie nicht träumte. Vampire Fusion Cuisine. Das Digital Vampire Network. Und jetzt sollte sie in einer Werbung für Vampire mitspielen?

Wenigstens ihre Mutter würde an der Geschichte Spaß haben. Es war verrückter als jedes ihrer Hörbücher.

Der Vampir namens Maggie lächelte sie an und gab ihr das Signal zum Anfangen. Abigail atmete tief durch und rannte dann die Gasse hinab, nicht zu schnell, da sie immer noch hohe Absätze trug.

Eine verschwommene Gestalt raste blitzschnell auf sie zu und stellte sich ihr in den Weg. Sie blieb mit einem Ruck stehen. Gregori? Sie musste nicht so tun, als wäre sie erschrocken. Sie hatte sich wirklich erschreckt. Er war unglaublich schnell.

Jetzt kam er näher. Seine Augen hatten einen wilden Raubtierblick. Sie stolperte zurück und prallte gegen die Steinmauer.

„Sterbliche, jetzt bist du mein." Er stützte sich mit den Händen an die Mauer, sodass er sie zwischen seinen Armen gefangen hielt, und beugte sich herab, um ihr ins Gesicht zu schauen.

Ein Jäger, der seine Beute betrachtete. Ohne Zweifel konnte er das wilde Pochen ihres Herzens hören. Er war ihr so nah, dass sie die kräftigen Züge seines Kinns und den Schatten von Bartstoppeln erkennen konnte. Ihr Blick richtete sich auf seinen Mund, seine breiten ausdrucksvollen Lippen, und wieder kamen ihr die Worte von Pru in den Sinn. *Beim heiligen George, der Mann kann küssen.*

Als sie den Blick wieder hob, sah sie seine gesenkten Augenlider und die dichten dunklen Wimpern. Das Herz zog sich ihr in der Brust zusammen. Was für ein schöner Mann. Warum musste er ein Vampir sein? Dass er ein Playboy war, damit könnte sie sich vielleicht abfinden. Casanovas ließen sich schließlich zum Guten bekehren. Aber ein Vampir? Soweit sie es wusste, konnte er nie mehr zum Leben erwachen.

Leicht schockiert wurde ihr bewusst, dass sein Blick schon seit geraumer Zeit auf ihre Brüste gerichtet war. Dieser Schuft. Ihr Herz schlug noch schneller. Gregori sah auf, und ihr stockte der Atem. Seine Augen hatten ihre grüngraue Farbe verloren und leuchteten jetzt smaragdgrün.

Lieber Gott, hatte sie diese Veränderung in ihm verursacht? Ihre Gefühle vollführten wilde Kapriolen. Erst spürte sie ein starkes Erstaunen, dass sie derartige weibliche Kräfte besaß. Und dann folgte ein bebendes Verlangen, das ihr die Knie weich werden ließ.

Gregori legte ihr die rechte Hand in den Nacken und liebkoste dort sanft die Haut, bis er den pochenden Puls ihrer Halsschlagader gefunden hatte. Dann beugte er sich vor. Sein Atem kitzelte sie am Ohr.

Sie schauderte. Mit den Fingern strich er an der Ader entlang. Auf der anderen Seite ihres Halses spürte sie seine Nase, die sich an sie drängte.

Sie hielt den Atem an und wollte, sehnte sich danach, seine Lippen auf ihrer Haut zu fühlen. *Küss mich, bitte. Nur das eine Mal.*

Was dachte sie da? Sie stand auf einem Filmset, mit ungefähr zwanzig Leuten um sich herum. Sie durfte damit nicht weitermachen. Warum sagte er seinen Text nicht?

Oh, weil sie ihren nicht gesagt hatte.

Sie atmete bebend ein und flüsterte: „Nimm mich."

Er stöhnte leise und zog ihr Ohrläppchen zwischen seine Lippen. Endlich war sein Mund auf ihrer Haut. Als die Gefühle auf sie hereinstürzten, schloss sie die Augen, ohne es zu wollen. Seine Lippen glitten ihren Hals hinab. Er fasste sie bei den Schultern und fuhr danach an ihrer Kette entlang bis zu ihrem Schlüsselbein und von dort aus hinunter zu ihren Brüsten.

„Dein Text, Gregori", flüsterte Maggie.

Abigail riss die Augen auf. *Lieber Gott!* Eine Sekunde lang hatte sie vergessen, wo sie war. Sie legte ihm die Hände auf die Schultern, um ihn von sich wegzuschieben, aber dann streiften seine Lippen ihre Wange. Hatte er vor, sie auf den Mund zu küssen?

Er umschloss den Strang aus Strasssteinen und ließ die Fingerknöchel im Tal zwischen ihren Brüsten ruhen.

„Gregori!“, zischte Maggie.

„Cut!“, rief Gordon.

Mit einem Ruck ließ Gregori sie los. Er hob den Blick und schaute ihr ins Gesicht.

Rot glühende Augen!

„Aaaah!“ Mit aller Kraft boxte Abigail ihn gegen die Schulter. „Er will mich beißen!“

Gregori trat einen Schritt zurück. „Ich wollte nicht …“

Wumm! Josh warf ihn mit ganzem Körpereinsatz zu Boden.

„Abby!“ Madison lief auf sie zu. „Ist alles in Ordnung?“

Sie presste eine Hand auf ihr wild hämmerndes Herz. „Ich … Seine Augen sind rot geworden! Glühend rot!“

„Echt?“ Madison betrachtete Gregori fasziniert, der immer noch von Josh auf die Erde gedrückt wurde.

„Ich hatte nicht vor, Sie zu beißen“, stieß Gregori hervor, und seine Augen bekamen wieder ihre normale graugrüne Farbe.

„Seine Augen waren *rot*?“, fragte Simone. „Unmöglich!“

„Ich habe es genau gesehen“, flüsterte Abigail. Wie hatte sie nur so dumm sein können, sich zu einem Vampir hingezogen zu fühlen? Zu jemandem, der sie einfach nur als eine Art leckeren Snack betrachtete?

„Abby, ich kann das erklären“, sagte Gregori und funkelte Josh wütend an. „Verschwinde! Runter von mir! Sonst werde ich mich teleportieren, oder du fliegst hier gleich quer durch den Raum.“

Josh rührte sich nicht. „Mein Auftrag ist es, die Tochter des Präsidenten zu schützen. Niemand darf ihr Schaden zufügen.“

„Ich will ihr nicht schaden!“, brüllte Gregori.

„Das stimmt!“, sagte Maggie und betrat das Set. „Wenn die Augen eines Vampirs rot werden, bedeutete das nicht, dass er Hunger hat. Er wollte sie nicht beißen.“

„Genau.“ Phineas lächelte Abigail aufmunternd an. „Entspannen Sie sich. *Beißen* wollte er Sie nicht.“

Sie fragte sich, ob sie überreagiert hatte. „Nicht?"
„Nee." Phineas grinste. „Er wollte Sie nur bespringen."
Sie riss den Mund auf.
„Phineas", knurrte Gregori, „lass mich das regeln."
„Ich glaube, du hast ihr genug Angst eingejagt", wies Maggie ihn zurecht, ehe sie sich wieder an Abigail wandte. „Tut mir leid, dass Sie so einen Schreck bekommen haben. Ich hätte Sie gewarnt, wenn ich gewusst hätte, dass Gregori … derart reagiert."
Abigail nickte immer noch sprachlos. Sie hatte keine Ahnung, was sie sagen sollte. Ihre Gedanken wirbelten wild durcheinander. *Er will dich.* Ein Vampir begehrte sie. Ein Playboy fühlte sich zu ihr hingezogen. Es ging nicht um irgendwelche politischen Manöver. Es war kein Spiel. Er wollte sie tatsächlich.
Gregori drückte gegen Josh. „Kann ich jetzt mal aufstehen?"
Josh erhob sich langsam. „Ich behalte Sie im Auge. Halten Sie sich fern von ihr."
Er rappelte sich auf. „Ich werde ihr *nichts* tun."
„Nein, auf keinen Fall", stimmte Maggie ihm zu. „Dass seine Augen rot geworden sind, bedeutet, er hat … zärtliche Gefühle für Sie entwickelt."
Phineas schnaubte. „Wenn man es nett ausdrücken will."
Gregori warf ihm einen warnenden Blick zu.
Ungerührt zuckte Phineas mit den Schultern. „Spar dir den bösen Blick. Du bist derjenige, der vorhatte, in einem Ab-Achtzehn-Porno die Hauptrolle zu spielen."
Abigail keuchte auf. So sehr wollte er sie?
„O mein Gott", hauchte Madison.
Gregori funkelte Phineas wütend an. „Vielleicht solltest du besser ab und zu mal die Klappe halten?"
Phineas grinste. „Ist doch super. Wir könnten den Film ‚Ungezogen unter Untoten' nennen. Oder ‚Debbie Does the Undead'."
„Genug!", brüllte Gregori.
„*C'est impossible!*" Simone marschierte auf das Set. „Gregori kann keine Frau begehren. Er ist doch schwul!"
Abigail blinzelte. *Was?*

Gregori wirbelte zu dem französischen Model herum. „Ich bin nicht schwul!"

„Natürlich bist du das! Schließlich hast du dich geweigert, mit mir zu schlafen. Also musst du ja schwul sein."

Er ballte die Hände zu Fäusten und ließ sie dann wieder locker. „Simone, die Wahrheit ist … ich wollte dich einfach nicht."

Sie keuchte auf. „Wie kannst du das sagen? Es ist eine Ehre, mein Bett zu teilen!"

„Ich bin mir sicher, alle deine Liebhaber kamen sich äußerst geehrt vor. Ich hatte nur keine Lust, Nummer fünfhundertdreiundsechzig zu sein."

Sie stieß einen verächtlichen Laut aus. „Ich verstehe schon. Du hattest Angst! Du dachtest, ich gebe dir eine schlechte Bewertung in meinem Tagebuch."

„Ich werde nicht gern verurteilt", teilte Gregori ihr mit und warf dann Abigail einen Blick zu. „Von niemandem."

Sie zuckte zusammen. Vielleicht hatte sie ihm wirklich Unrecht getan. Sie hatte Gregori als Playboy abgestempelt, nur weil Pru und Constanza ihn so darstellten. Aber offensichtlich schlief er nicht mit jeder Frau. Er hatte Prunella und die verführerische Simone abgewiesen. Er hatte keine dieser Frauen gewollt.

Aber dich will er. Sie musste schlucken. Endlich ein Mann, der sie so sehr begehrte wie sie ihn. Sie fühlten sich gegenseitig zueinander hingezogen.

Aber es war unmöglich.

Simone stakste auf Gregori zu „Ich bin die schönste Frau der Welt, doch du willst lieber diese …", sie sah Abigail abfällig an, „… Sterbliche als mich?"

„Ja."

„Du Bastard!" Simone gab ihm eine so heftige Ohrfeige, dass er zur Seite stolperte. „Ich werde nie wieder in einem deiner Filme mitspielen!" Empört schnaufend teleportierte sie sich davon.

„Gute Reise und auf Nimmerwiedersehen!", rief der Regisseur ihr hinterher. „Jetzt können wir endlich einen vernünftigen Werbespot drehen."

Die Crew jubelte und applaudierte.

Abigail sah, wie Gregori sich die Wange rieb. „Alles in Ordnung?“ Offenbar hatte die enttäuschte Simone ihm einen ordentlichen Schlag verpasst. Als er aufsah, zog sich ihr Herz zusammen. Er hatte ohne zu zögern zugegeben, dass er sie begehrte.

Er trat einen Schritt auf sie zu. „Abby, können wir uns irgendwo allein unterhalten?“

„Nein!“ Josh stellte sich vor sie. „Er kommt Ihnen nicht wieder zu nahe.“

„Aber ich muss doch …“, erwiderte Abigail.

„Nein“, unterbrach Josh sie. „Wir verschwinden.“

„Aber Josh …“, quengelte Madison.

„Ich sagte *Nein*! Wir verschwinden sofort.“

Madison keuchte erstaunt. „Aber Josh, es sieht dir gar nicht ähnlich, so … energisch zu sein.“ Sie biss sich auf die Lippe und musterte ihn von oben bis unten.

Er sprach in das Funkgerät an seinem Handgelenk. „Charles, schließen Sie sich uns am Eingang an. Wir brechen sofort auf.“ Er fasste Abigail mit einer Hand und Madison mit der anderen und bugsierte die beiden auf die Tür zu.

Abigail schaute sich nach Gregori um, der ihnen stirnrunzelnd nachblickte. „Wir sehen uns morgen Abend bei Romatech?“

Josh blieb stehen und starrte sie fassungslos an. „Wie können Sie auch nur darüber nachdenken, ihn wiederzutreffen? Sie sind nicht sicher bei ihm.“

Sie löste sich aus Joshs Griff. „Das ist meine Entscheidung, nicht Ihre.“

Er kniff die Augen zusammen. „Es ist die Entscheidung Ihres Vaters, und wenn er herausfindet, was hier passiert ist …“

„Es ist nichts passiert!“ Abigail spürte, wie Panik in ihr aufstieg. Wenn Josh ihrem Vater riet, das Bündnis abzublasen, würde sie niemals nach China kommen. „Sie werden ihm *nichts* berichten.“

„Meine oberste Priorität ist Ihre Sicherheit.“ Er zeigte auf Gregori. „Bei diesem Mann sind Sie nicht sicher.“

„Er wird sich benehmen." Abigail sprach lauter. „Das werden Sie, nicht wahr, Gregori? Damit das Bündnis zwischen meinem Vater und Ihren Leuten weiterbesteht?"

„Ja." Er ballte die Hände zu Fäusten. „Ich werde alles tun, um meine Leute zu beschützen und Abigail bei ihrer Mission zu helfen. Darauf gebe ich Ihnen mein Wort."

„Na also, sehen Sie?" Abigail reckte das Kinn vor. „Sie werden meinem Vater also nichts von diesem … Versehen berichten. Sie werden nicht die letzte Chance zerstören, seine Frau zu retten. Oder meine letzte Chance, meine Mutter zu heilen."

„Sie ist auch meine Mutter", meinte Madison ernst. „Wenn du Daddy erzählst, was hier geschehen ist, sage ich, dass du lügst. Und Abby wird mir beipflichten."

„Haben hier alle den Verstand verloren?" Josh wirbelte herum und funkelte Gregori wütend an. „Haben Sie die beiden irgendwie verhext?"

„Nein."

Josh stieß einen verächtlichen Laut aus. „Wer's glaubt."

„So etwas würde er niemals tun", beharrte Abigail. „Die Vampire brauchen diese Zusammenarbeit ebenso dringend wie wir." Sie senkte die Stimme. „Kommen Sie, Josh, Sie wissen, dass ich mich nicht allein in China einschleichen kann. Wir brauchen Hilfe."

Er schüttelte den Kopf. „Mir gefällt das nicht. Ich vertraue denen nicht."

„Sehen Sie es doch mal so", fuhr Abigail fort. „Es ist zu unserem Vorteil, dass er mich persönlich mag. Es wird ihn besser motivieren, mich auf der Mission zu beschützen."

„Das stimmt." Gregori trat auf sie zu. „Ich würde nie zulassen, dass ihr etwas geschieht. Ich würde sie mit meinem Leben beschützen."

Abigail zog sich das Herz zusammen, aber sie wagte es nicht, Gregori anzusehen. Auf keinen Fall durfte jemand merken, wie ihre Gesichtszüge vor Begehren weich wurden.

Josh sah Gregori lange und eindringlich an und wendete sich danach wieder an sie. „Na schön. Für den Moment besteht das Bündnis fort. Ihrer Mutter zuliebe. Aber Sie dürfen nie mit ihm allein sein, verstanden?“

Sie nickte. „Einverstanden.“ Sie riskierte einen kurzen Blick auf Gregori. Bestimmt war er erleichtert, dass sie das Bündnis und seinen Hals gerettet hatte. Ihr Vater wäre garantiert nicht erfreut gewesen, wenn er von einem Vampir mit rot glühenden Augen erfahren hätte, der auf seine Tochter scharf war.

Aber Gregori sah sie wütend an. Warum war er verärgert?

„Wann soll ich morgen Abend bei Romatech sein?“, fragte sie.

Er ballte die Hände zu Fäusten. „Zehn Uhr.“

Sie nickte. „Ich bin pünktlich.“

„Madison?“, fragte Maggie. „Morgen Abend findet ein Casting für eine unserer Seifenopern statt. Sie könnten teilnehmen, wenn Sie möchten. Phineas ebenfalls.“

Madison keuchte auf und klatschte in die Hände. „Wirklich?“

Josh schüttelte den Kopf. „Das sollten Sie nicht tun.“

„Machst du Witze?“, quietschte Madison. „Das ist doch meine große Chance, ein Star zu werden!“ Sie hüpfte auf und ab. „Danke, danke, Maggie! Ich bin so aufgeregt! Ist das nicht aufregend, Dr. Phang?“

Phineas grinste. „O ja! Der Love Doctor schlägt wieder zu!“

Josh stöhnte. „Das ist eine Katastrophe.“

„Nein“, berichtigte Abigail ihn, „es ist der Anfang einer neuen Zukunft. Für uns alle.“

Sie schaute Gregori in die Augen. Er starrte sie weiterhin düster an, beobachtete sie immer noch mit dem gleichen hungrigen Blick. Sie hatte keinen Zweifel daran, dass er das Bündnis mit ihrem Vater aufrechterhalten wollte. Und er würde sich auch an sein Wort halten und sie bei ihrer Mission beschützen.

Aber an sein Versprechen, sich zu benehmen?

Daran glaubte sie nicht eine Sekunde lang.

14. KAPITEL

In der folgenden Nacht ging Gregori in seinem Büro bei Romatech auf und ab, den Stressball in der Hand. Er hatte Angus und Roman erzählt, dass alles gut voranschritt. Glücklicherweise hatte Phineas ihm den Rücken gestärkt und berichtet, dass ihr Date mit den Töchtern des Präsidenten ein großer Erfolg gewesen war.

Bullshit. Er drückte den Ball noch einmal fest. Er war verdammt nah daran gewesen, die ganze Mission in den Sand zu setzen. Tausende Vampire verließen sich darauf, dass er eine Allianz mit der Regierung der Vereinigten Staaten schuf und die Vampir-Apokalypse verhinderte. Und was machte er? Er belästigte die Tochter des Präsidenten. Vor den Augen eines Secret-Service-Agents!

„Dämlich, dämlich", murmelte er zu sich selbst. Wenigstens hatte Gordon das Video gelöscht, sodass Corky Courrant es nicht in ihre boshaften Finger bekommen und auf YouTube veröffentlichen konnte.

Aber seine Taten ließen sich nicht löschen. Die ganze Allianz hätte auseinanderbrechen können, wenn Abigail nicht eingeschritten wäre. Sie hatte ihm den Hintern gerettet. Nicht weil sie ihn sonderlich mochte. Sie hatte ihn gerettet, weil sie verzweifelt ihre Mutter retten wollte.

Genau wie er vermutet hatte, ging es bei der geheimen Reise nach China um ihre Mutter. Ohne Zweifel hatte ihr Doktor in Biochemie ebenfalls etwas mit ihrer Mutter zu tun. Alles, was Abigail machte, geschah aus der Entschlossenheit heraus, ihre Mutter zu retten.

So viel Hingabe. Sie war unglaublich. Brillant, schön und zu so viel Liebe fähig.

Nur nicht, was ihn betraf. Ihm fiel wieder ein, wie sie seinen Annäherungsversuch beschrieben hatte. Ein Versehen.

Der Stressball explodierte ihm in der Hand.

„Mist." Er warf ihn weg und griff nach einem neuen.

Ein Versehen.

Hatte sie überhaupt nichts gefühlt? Hatte sie einfach nur gelangweilt dagestanden und in Gedanken eine Einkaufsliste oder irgendetwas in der Art zusammengestellt, während er vollkommen die Kontrolle verlor?

Er hatte sich noch nie so zu jemandem hingezogen gefühlt. Romantik sollte Spaß machen. Er liebte die Aufregung der Jagd, das Geben und Nehmen von Lust. Schlichter, einfacher Spaß. Aber an Abigail war nichts Schlichtes und Einfaches.

Sie war unmöglich, aber das schreckte ihn nicht ab. Sie war verboten, aber das machte sie nur noch verlockender. Ein verzweifeltes Verlangen hatte die Krallen in sein Herz geschlagen und drohte, ihn ganz zu verschlingen. *Mist.* Was war nur mit ihm geschehen? Er hatte tatsächlich vergessen, dass sie mitten in einem Filmstudio standen.

Er hätte schwören können, dass Abigail auch etwas gespürt hatte. Ihr Herz hatte definitiv gerast. Aber andererseits beschleunigte sich ihr Herzschlag immer, wenn er in ihre Nähe kam. Vielleicht, weil sie Angst vor ihm hatte. Oder noch schlimmer. Weil sie ihn womöglich abstoßend fand.

Vampirfrauen war es egal, dass er selbst ein Vampir war. Aber für eine Sterbliche konnte das abschreckend wirken. Bei dem Treffen im Oval Office hatte Abigail alles getan, um seinem Handschlag zu entgehen. Sie war in Ohnmacht gefallen, als sie ihn an der Decke gesehen hatte. Und sie war an das äußerste Ende der Sitzbank gerutscht, um ihm im Nachtclub zu entkommen.

Konnte es sein, dass sie ihn nicht mal mochte? In den letzten Jahren hatten ihm so viele Frauen nachgestellt, dass er es vielleicht nicht mehr merkte, wenn man ihn abwies.

Was für ein Witz. *Der Frauenheld verliebt sich in die eine Frau, die ihn nicht will.*

Er warf den Ball gegen die Wand, wo er zu einer Wolke aus weißem Staub zerstob. Es war verrückt, sich in Abigail zu verlieben. Der Präsident würde es seiner Tochter niemals erlauben, sich mit einem Vampir einzulassen.

Auch Josh hatte eindeutig etwas gegen ihn. Als Gregori sich vor einer Stunde nach Hause teleportiert hatte, um sich einen frischen Anzug anzuziehen, war ihm aufgefallen, dass sein Apartment durchsucht worden war. Wahrscheinlich waren das Josh und Charles gewesen. Die beiden Agents suchten offenbar nach etwas Negativem, das sie dem Präsidenten berichten konnten, damit die Allianz abgeblasen wurde. Oder vielleicht hatten sie auch gehofft, ihn im Todesschlaf vorzufinden, allen Angriffen hilflos ausgesetzt.

Gott sein Dank hatte er bei Romatech geschlafen. Er war sich nicht sicher, wie weit Josh und Charles gehen würden, um Abigail zu beschützen und sie aus den bösen Fängen des Vampirs zu befreien.

Und er war sich immer noch nicht sicher, was sie für ihn empfand. Das allein reichte aus, um ihn vollkommen in den Wahnsinn zu treiben.

Das Telefon auf seinem Schreibtisch klingelte, und er hob ab. „Ja?"

„Sie ist hier", teilte Emma ihm mit. „Die Limousine mit Abigail Tucker ist gerade durchs Eingangstor gefahren."

Er schnappte sich einen weiteren Stressball. „Ich nehme sie am Eingang in Empfang. Kannst du Roman sagen, dass sie hier ist?"

„Ich fürchte nicht", entgegnete Emma. „Er musste kurz weg."

„*Was?*" Gregori drückte seinen Stressball. „Roman war einverstanden, sich mit ihr zu treffen. Er weiß, wie wichtig es ist."

„Keine Sorge", versicherte Emma ihm, „er kommt bald wieder zurück. Im Augenblick gibt es ein kleines Familiendrama. Angus und er mussten sich zur Schule teleportieren, um Shanna und Caitlyn abzuholen."

„Warum? Was ist los?" Gregori sorgte sich um die beiden Frauen. Shanna war erst vor Kurzem verwandelt worden und musste sich noch daran gewöhnen. Caitlyn hatte sich der schmerzhaften Verwandlung in einen Werpanther unterzogen und erwartete Zwillinge. „Geht es ihnen gut?"

„Ihnen schon, ihrer Mutter nicht“, erklärte Emma. „Sie hat Caitlyn angerufen, anscheinend hat sie geschrien und hat furchtbar die Fassung verloren…“

„Darlene verliert niemals die Fassung!“, brüllte Sean Whelan im Hintergrund. „Sie ist immer vollkommen gelassen!“

„Na, diesmal war sie nicht gerade gelassen“, sagte Emma. „Gregori, Roman kommt bald zurück. Caitlyn und Shanna treffen sich hier bei Romatech mit ihrer Mutter.“

„In Ordnung.“ Gregori legte auf und fragte sich, was mit Sean Whelans Frau los war. Vielleicht hatte sie endlich gemerkt, was für ein Ekel er war.

Er stopfte sich den Stressball in die Tasche und ging ins Foyer am Haupteingang.

Die Nachtschicht bei Romatech war klein, verglichen mit der großen Anzahl Sterblicher, die dort tagsüber arbeiteten. Trotzdem hatte er die gesamte Belegschaft gewarnt, dass die Tochter des Präsidenten einen Rundgang durch die Anlage machen würde. Die Marmorböden waren frisch poliert, die Büros und Labore aufgeräumt. Er hatte dafür gesorgt, dass die Kantine länger offen blieb, und einen Gourmetkoch angeheuert, der einige seiner Spezialitäten zubereitete.

Phineas hatte um eine freie Nacht gebeten, damit er mit Madison zu DVN zurückkehren konnte. Er hatte früher am Abend angerufen, um zu berichten, dass Josh ihn wie ein Raubvogel beobachtete. Gregori nahm an, dass Abigail in Begleitung von Charles erscheinen würde.

Er gab den Zugangscode in das Sicherheitsfeld neben der Tür ein und trat dann ins Freie, um dort zu warten. Leichter Regen ließ den schwarz geteerten Parkplatz unter den Straßenlaternen nass glänzen. Wie immer richtete sich sein Blick automatisch auf die Stelle, an der sein sterbliches Leben vor achtzehn Jahren ein Ende genommen hatte. Casimir hatte ihn angegriffen und leblos auf dem dunklen Asphalt liegen lassen.

Dann war da die andere Stelle, wo er die Sprengkraft einer Autobombe abbekommen hatte, die von den Malcontents gelegt worden war. In der Nacht hatte Father Andrew in der Kapelle einen Gottesdienst abgehalten. Jetzt war die Kapelle traurig und leer. Nur eine Vase mit Blumen auf dem Altar erinnerte an den sterblichen Priester, der für sie alle zur Vaterfigur geworden war.

Gregori seufzte. Alle waren froh, dass Casimir endlich tot war, aber der Preis dafür war zu hoch gewesen.

Er ließ den Blick wieder an die Stelle wandern, an der er verwandelt worden war. Zweimal war er auf diesem Parkplatz dem Tod von der Schippe gesprungen. *Du bist nicht unsterblich, du Idiot.* Er konnte ebenso einfach sterben wie Father Andrew. Er sollte aufhören, das Leben auf die leichte Schulter zu nehmen, und ihm eine Bedeutung geben. Aber was gab dem Leben Bedeutung?

Father Andrew hätte geantwortet *Liebe*.

In der Ferne leuchteten Scheinwerfer auf, die wie Stroboskoplichter zu pulsieren schienen, während die Limousine über das bewaldete Gelände fuhr.

Abigail.

Gleich war sie da. Sein Herz zog sich vor Sehnsucht zu einem Knoten zusammen.

Die Limousine kam unter dem Torbogen zum Stehen. Während Charles auf der Fahrerseite ausstieg, öffnete Gregori bereits die hintere Tür.

„Zurücktreten, bitte. Ich erledige das." Charles sah ihn streng an und beeilte sich dann, Abigail zu helfen.

Gregori trat zurück. Anscheinend hatte man Charles gewarnt, dass ein lüsterner Vampir Abigail anspringen wollte wie ein tollwütiger Hund.

Leider wollte er, sobald sie aus der Limousine gestiegen war, wirklich nichts anderes, als sie in seine Pfoten zu bekommen. Er musste kräftig schlucken, um nicht zu sabbern. Diese Frau machte ihn völlig verrückt. Und es war noch nicht mal so, als hätte sie ein besonders verführerisches Outfit an. Sie trug Jeans, eine blau und grün karierte Bluse und einen grünen Regenmantel.

Sie war wunderschön.

Der Nebel hatte ihr Haar lockiger und ihre Wangen rosiger gemacht, und die Haut sah noch zarter aus. Ihre Augen funkelten vor Aufregung, als sie sich umsah.

Er neigte den Kopf. „Willkommen bei Romatech, Scholar."

Sie lächelte. „Das Gelände ist ja riesig. Ich bin jetzt schon beeindruckt."

„Sehr gut." Gregori zog seinen Ausweis durch den Schlitz, um die Tür zu entriegeln, und folgte ihnen dann ins Foyer.

„Mir sind mehrere Kameras aufgefallen", sagte Charles, während er zusah, wie Gregori den Zahlencode eingab, um die Schlösser wieder zu verriegeln. „Gibt es hier ein Problem mit der Sicherheit?"

Gregori dachte nach, wie er am besten antworten sollte, und entschied dann, dass Ehrlichkeit die beste Strategie war. „Wir hatten ein paar Bombenanschläge."

Abigail keuchte auf. „Warum? Synthetisches Blut rettet Tausende von Leben. Wer könnte etwas dagegen haben?"

„Die Malcontents", erklärte Gregori. „Sie hassen synthetisches Blut. Sie meinen, wenn sie Romatech loswerden, zwingen sie damit die Vampire dazu, wieder zu beißen."

Charles runzelte die Stirn. „Wenn Miss Tucker in Gefahr ist, sollten wir gehen."

„Ihr wird hier nichts geschehen", versicherte Gregori ihm. „Wir haben eine ausgezeichnete Sicherheitsmannschaft. Würden Sie gern Ihr Büro besichtigen?"

„Ja." Charles nickte.

Gregori führte sie den linken Korridor hinab. Er griff in seine Tasche, um den Stressball zu drücken. Der verdammte Agent klebte Abigail an den Fersen. Wenn das so weiterging, konnte er nie mit ihr allein sein, um herauszufinden, wie sie wirklich empfand.

„MacKay Security and Investigation sorgt für unsere Sicherheit", erklärte er. „Vorsitzender ist Angus MacKay. Wenn Sie eine geheime Mission planen, kann er Sie mit den besten Agents der Vampirwelt bekannt machen."

Charles sah ihn zweifelnd an. „Haben die Felderfahrung?"

Gregori schnaubte. „Viele von ihnen haben mehrere Jahrhunderte Erfahrung. Einige der Neueren haben für das FBI oder die CIA gearbeitet. Einer von ihnen teleportiert sich regelmäßig nach Langley, ohne dass man dort etwas davon merkt."

Charles kniff die Augen zusammen. „Das bezweifle ich."

„Wollen Sie die Medaillen sehen, die Angus von den Briten verliehen bekommen hat? Während des Zweiten Weltkriegs hat er sich hinter die deutschen Linien teleportiert und einige Soldaten der Royal Air Force gerettet. Er hat sie alle in einer einzigen Nacht lebendig herausbekommen."

„Dann weiß die britische Regierung von Vampiren?", fragte Abigail.

Gregori nickte. „Ich habe es Ihrem Vater schon erzählt. Wir hätten gern die gleiche Beziehung zur amerikanischen Regierung."

„Klingt gut, finde ich", sagte Abigail. „Ich werde meinem Vater empfehlen, die Mission zu befürworten."

„Miss Tucker …", setzte Charles an.

„Ich kann es mir nicht leisen, noch mehr Zeit zu verlieren", unterbrach sie ihn. „Wenn die Briten diesen Vampiren vertrauen, dann werde ich es auch tun."

Charles sah Gregori mit einem Blick an, der schon an Ekel grenzte. „Josh hat mir von ihm erzählt. Dem kann man nicht vertrauen."

Gregori knirschte mit den Zähnen. „Ich würde Miss Tucker niemals etwas tun. Ich bin mir sicher, das weiß sie." Er war sich überhaupt nicht sicher, hoffte aber, Abigail würde ihm zustimmen.

Das tat sie nicht. Sie wendete den Blick errötend ab.

Verdammt. Mochte sie ihn denn nicht einmal?

Als sie auf das Büro von MacKay zukamen, öffnete sich die Tür. Man musste sie drinnen auf den Monitoren beobachtet haben.

Emma kam heraus. „Guten Abend. Ich bin Emma MacKay, Vizepräsidentin von MacKay S & I." Sie lächelte. „Ich habe lange für die CIA gearbeitet."

„Sie ist ein Vampir?“, flüsterte Abigail.

„Ja, bin ich.“ Emma lächelte noch breiter und deutete auf ihre Ohren. „Supergehör. Kommen Sie doch bitte rein.“

Gregori betrat das Büro, gefolgt von Emma und Charles, der Abigail bedeutete, im Flur zu bleiben.

„Erinnern Sie sich an mich?“ Sean Whelan schüttelte dem Secret-Service-Agent die Hand. „Ich bin der Leiter des Stake-Out-Teams der CIA.“

Charles sah sich rasch im Raum um und winkte Abigail dann hinein.

„Wow“, flüsterte sie, als sie auf die Wand mit den Monitoren zuging.

„Beeindruckend.“ Charles betrachtete das Waffenlager in einem abgesperrten Bereich im hinteren Teil des Raumes.

„Miss Tucker?“ Sean schüttelte ihr die Hand. „Hocherfreut, Sie wiederzusehen. Wenn ich Ihnen mit irgendetwas behilflich sein kann, lassen Sie es mich bitte wissen.“

„Danke.“ Sie sah ihn neugierig an. „Dann sind Sie also ein Freund der Vampire?“

„Ja.“ Er nickte. „Natürlich habe ich nicht so angefangen. Als Leiter des Stake-Out-Teams war es mein ursprüngliches Ziel, alle Vampire zu eliminieren. Aber mit der Zeit habe ich gelernt, dass die guten Vampire auf unserer Seite sind und helfen, uns vor den Malcontents zu beschützen.“

Charles kniff misstrauisch die Augen zusammen. „Warum sind Sie hier?“

„Ich komme immer wieder mal vorbei, um die Dinge im Auge zu behalten.“ Sean schlenderte an den Tisch und goss einen Becher Kaffee ein. „Möchten Sie einen Kaffee?“

Charles schüttelte den Kopf.

Gregori biss sich auf die Unterlippe, um nicht darüber zu lachen, dass Sean immer noch so tat, als wäre er sterblich.

„Mein Mann, Angus, wird bald zurück sein“, sagte Emma. „In der Zwischenzeit beantworte ich gern alle Ihre Fragen, die Sie zum Thema Sicherheit haben.“

Abigail keuchte auf und zeigte auf einen der Monitore. „Vier Personen sind gerade aus dem Nichts aufgetaucht."

Emma warf einen Blick auf den Bildschirm. „Ja, das ist mein Mann Angus. Neben ihm steht Roman Draganesti, Inhaber von Romatech. Die beiden haben Romans Frau und seine Schwester hierher teleportiert."

Charles betrachtete den Monitor. „Sie sind draußen angekommen?"

„Ja, sie gehen durch den Seiteneingang", erklärte Emma. „Sich direkt in die Anlage zu teleportieren löst einen Alarm aus. So können wir sicherstellen, dass nicht unbemerkt irgendwelche Malcontents eindringen."

„Entschuldigen Sie mich." Sean eilte hinaus auf den Flur.

„Dad!", rief Shanna ihm zu. „Was machst du denn hier?"

Sean zuckte zusammen und schloss die Bürotür hinter sich.

„*Dad?*" Charles trat näher an den Bildschirm heran. „Das sind Whelans Töchter?"

Emma sah Gregori fragend an.

Er zuckte mit den Schultern. Sie konnten die Wahrheit kaum verbergen. „Seans Tochter Shanna ist mit Roman Draganesti verheiratet."

Charles schnaubte. „Kein Wunder, dass er mit denen befreundet ist."

„Tatsächlich", murmelte Emma, „hat Sean mehrere Jahre gebraucht, um Roman als seinen Schwiegersohn zu akzeptieren."

Charles nickte und warf Gregori einen verärgerten Blick zu. „Kein Mann würde wollen, dass seine Tochter sich mit einem Vampir einlässt."

Gregori funkelte ärgerlich zurück. „Manche Frauen sind der Meinung, dass Vampire ausgezeichnete Ehemänner abgeben. Sie müssen nicht für uns kochen. Wir schnarchen nicht. Und während wir den ganzen Tag bewusstlos sind, können sie mit unseren Kreditkarten anstellen, was sie wollen."

Emma musste lachen.

Abigail betrachtete weiter die Monitore und schien ihn zu ignorieren, aber ihre Mundwinkel zuckten.

„Was soll das heißen, *bewusstlos*?“, fragte Charles. „Sind Sie während des Tages nicht ansprechbar?“

Gregori und Emma sahen sich noch einmal an. „So ungefähr.“

„Da kommt ein Wagen.“ Abigail deutete auf einen anderen Monitor.

Emma zuckte zusammen und lächelte dann strahlend. „Vielleicht sollten Sie mit dem Rundgang weitermachen.“ Sie öffnete die Tür und trat nach draußen. „Kommen Sie.“

Gregori streckte Abigail die Hand entgegen, aber Charles packte sie zuerst am Arm und führte sie hinaus auf den Flur.

Emma flüsterte Shanna und Caitlyn zu: „Eure Mutter ist hier.“

„Ich lasse sie rein.“ Caitlyn huschte den Flur hinab ins Foyer.

„Mr Draganesti?“ Abigail ging auf Roman zu.

Er drehte sich zu ihr um.

„Roman, das ist Abigail Tucker“, stellte Gregori sie schnell vor. „Wenn du dich nachher mit ihr unterhalten könntest …“

„Natürlich.“ Roman schüttelte ihr lächelnd die Hand. „Das würde mich freuen.“

„Hier entlang.“ Gregori bedeutete Abigail und Charles, ihm zu folgen. Hoffentlich schafften sie es, aus dem Weg zu sein, ehe die Hölle losging.

„Dad, geh ins Büro“, sagte Shanna, „Mom will dich gerade nicht sehen.“

„Aber ich habe das Recht …“, widersprach Sean.

„Sie hat es herausgefunden, Dad!“, unterbrach Shanna ihn. „Sie weiß, was du ihr angetan hast.“

„Unmöglich“, entgegnete Sean. „Ich hatte immer die Kontrolle über ihre Gedanken.“

Abigail blieb stehen, um zuzuhören.

„Kommen Sie.“ Gregori griff nach ihrem Arm.

„Finger weg“, knurrte Charles.

„Er hat die Gedanken seiner Frau kontrolliert?“, flüsterte Abigail. „Ist er ein Vampir?“

Gregori zuckte zusammen. „Sean hat schon immer übersinnliche Kräfte besessen. Deswegen leitet er das Stake-Out-Team. Er kann jeder Art von Gedankenkontrolle widerstehen. Kommen Sie, gehen wir weiter." Er führte sie weiter den Korridor hinab.

„Deine Frau steht nicht mehr unter deiner Kontrolle", hallte Romans wütende Stimme den Gang hinab. „Die Kontrolle wurde wahrscheinlich unterbrochen, als du ins Vampir-Koma gefallen bist."

Charles blieb stehen.

„Verdammt!", brüllte Sean. „Das ist alles deine Schuld, Roman!"

„Wie kannst du das sagen?", fuhr Shanna ihn an. „Er hat dir das Leben gerettet!"

„Das nennst du ein *Leben*?", schrie Sean. „Er hat mich in einen ..." Er blickte den Korridor hinab und entdeckte Gregori mit Abigail und dem Secret-Service-Mitarbeiter. „Mist!" Er rannte ins Sicherheitsbüro und schlug die Tür hinter sich zu.

„Er ist ein Vampir?", fragte Charles leise.

Gregori seufzte. „Er ist vor etwa einer Woche in der Schlacht tödlich verwundet worden. Shanna hat ihren Mann angefleht, ihn zu verwandeln. Es war der einzige Weg, ihm das Leben zu retten."

„Man kann jemandem das Leben retten, indem man ihn verwandelt?", fragte Abigail.

Gregori drückte den Stressball in seiner Tasche. Er hätte Abigail und diesen verdammten Charles nie herkommen lassen dürfen. Sie erfuhren viel zu viel. Er konnte quasi sehen, wie die Zahnräder in ihrem Verstand sich drehten. Überlegte sie sich, ihre eigene Mutter verwandeln zu lassen?

„Sean ist hier?", kreischte eine Frau im Foyer. „Er hat mir gesagt, dass er nicht im Land ist. Dieser dreckige Lügner! Wo ist er?"

„Mom, beruhige dich", versuchte Caitlyn auf sie einzureden.

Shanna rannte durch das Foyer. „Mom!"

Abigail folgte den beiden, also gingen Gregori und Charles ihr nach. Sie blieben am Eingang zum Foyer stehen.

„Schätzchen?“ Eine Frau mittleren Alters starrte Shanna an und brach dann in Tränen aus. „Es ist so lange her!“

„Mom!“ Shanna umarmte sie, und Caitlyn schloss sich ihrer Umarmung an.

Darlene Whelan berührte Shannas Gesicht. „Sieh dich an. Du bist so hübsch. Ich habe dich so sehr vermisst.“

In Shannas Augen glänzten Tränen. „Jetzt bist du wieder da, Mom. Wir haben dich endlich zurück.“

Sie lagen sich weiter in den Armen und weinten. Gregori warf einen Blick auf Abigail und entdeckte, dass sie mit feuchten Augen die Szene beobachtete. Hoffentlich fiel niemandem auf, dass Shannas Tränen rosa gefärbt waren.

Darlene wischte sich das Gesicht ab und ballte dann die Hände zu Fäusten. „Ich weiß, was er mir angetan hat. Dieser miese Kontrollfreak! Ich kann mich kaum an die letzten fünfzehn Jahre erinnern. Die hat er mir gestohlen!“

„Ich weiß, dass du wütend bist, Mom“, sagte Caitlyn. „Ich war auch wütend, als ich herausgefunden habe, was er dir angetan hat.“

Darlene fletschte die Zähne. „Wut beschreibt nicht einmal annähernd, was ich empfinde. Wenn ich ihn jemals wiedersehe, bringe ich ihn um!“

„Mom …“, fing Shanna an.

„Mein Gepäck ist im Wagen“, verkündete Darlene. „Ich verlasse diesen Mistkerl. Vielleicht kann ich bei einer von euch …“ Plötzlich riss sie den Mund auf. „Caitlyn, bist du schwanger?“

Ihre Tochter strich sich über den runden Bauch. „Ja, mit Zwillingen.“

„Ich habe selber zwei Kinder“, fügte Shanna hinzu.

„Du liebe Zeit.“ Darlene wurde blass. „Mir war nicht klar, dass ihr beide verheiratet seid.“ Sie runzelte nachdenklich die Stirn. „Ihr seid doch verheiratet?“

„Ja.“ Shanna strahlte. „Ich weiß genau, wo du wohnen kannst. Dort kannst du auch deine Enkelkinder jeden Tag sehen.“

„Du liebe Zeit.“ Darlene liefen Tränen das Gesicht hinab. „Das wäre wunderbar.“

„Komm.“ Shanna legte ihrer Mutter den Arm um die Schultern. „Ich stelle dir meinen Mann vor.“

Gregori, Abigail und Charles traten zur Seite und ließen die drei Frauen vorbei. Roman, Angus und Emma warteten immer noch im Flur vor dem Sicherheitsbüro.

„Weiß sie von Roman?“, flüsterte Abigail Gregori zu und schaute Darlene hinterher.

Er schüttelte den Kopf.

„Du liebe Zeit“, murmelte sie. „Dann stehen ihr noch mehr Dramen bevor.“

„Jepp“, stimmte Gregori zu. Darlene Whelan würde nicht nur herausfinden, dass der Mann ihrer Tochter ein Vampir war. Auch Shanna selbst war kürzlich verwandelt worden. Und Caitlyn, ihre andere Tochter, war jetzt ein Werpanther und erwartete Kätzchen.

Die Bürotür flog auf und Sean stürmte heraus. „Darlene! Verlass mich nicht!“

„Du verdammter Mistkerl!“ Darlene rannte den Korridor hinab. Ihre Töchter versuchten sie aufzuhalten.

„Darlene, ich habe es nur getan, weil ich dich liebe!“, rief Sean.

„Zum Teufel.“ Angus schob Sean zurück ins Büro. „Du kommst nicht raus, ehe du lernst, wie man eine Frau behandelt.“

„Aber sie wird mich verlassen!“, bellte Sean.

„Und das hast du verdient.“ Angus schlug ihm die Tür vor der Nase zu.

„Hier wird es nie langweilig“, murmelte Gregori. „Kommen Sie, ich führe Sie herum.“ Er ging mit Abigail durch das Foyer und öffnete dann ein Paar Doppeltüren, die zu einem weiteren Korridor führten.

Sie lief neben ihm her, und Charles folgte ihnen. „Sean Whelan hat die Fähigkeit zur Gedankenkontrolle bei seiner Frau angewendet?"

Gregori nickte. „Er hat Shanna fortgeschickt, als sie noch ein Teenager war, weil er sie nicht kontrollieren konnte."

Abigail schauderte. „Kein Wunder, dass seine Frau so wütend ist. Wenn jemand mit meinem Kopf herumspielen würde, würde ich ihn auch umbringen wollen."

Er sah sich nach Charles um und senkte die Stimme. „Nur für die Akten, ich finde, was Sean getan hat, war skrupellos. So behandelt man niemanden, den man liebt."

Sie antwortete nicht, aber er merkte, dass sie die Hände zu Fäusten geballt hatte. „Hier." Er reichte ihr seinen Stressball. „Die scheinen zu helfen."

Sie nahm den Ball und drückte zu. „Danke. Aber was in aller Welt bereitet einem Vampir eigentlich Stress? Leben Sie nicht ewig?"

„Wir sind nicht unsterblich. Wir können sterben. Und wir sehen andere sterben."

Sie nickte und ließ den Ball in die Tasche ihres Regenmantels fallen. „Ich könnte mir vorstellen, dass ist das Schlimmste am Vampir-Dasein – zusehen zu müssen, wie Freunde und die eigene Familie sterben."

Abigail schwieg und schien in Gedanken versunken, bis sie am Labor ankamen. Laszlo bat sie schüchtern lächelnd herein.

„Unglaublich." Sie sah sich mit großen Augen um. „Können Sie mir sagen, woran Sie gerade arbeiten?"

„Selbstverständlich." Laszlo setzte zu einem langen Monolog an, von dem Gregori überhaupt nichts verstand. Aber Abigail nickte und wirkte höchst interessiert.

Laszlo war offensichtlich hocherfreut, dass jemand nachvollziehen konnte, was er tat. Charles stand in der Tür und sah schweigend zu. Und auch Gregori blieb nichts anderes übrig, als schweigend zu warten, weil er nicht verstehen konnte, wovon zum Teufel die beiden redeten. Was auch immer es war, es schien Laszlo zu begeistern, denn er zwirbelte aufgeregt die Knöpfen seines neuen Laborkittels. Abigail schien ebenfalls begeistert zu sein. Sie redete schnell, mit wild gestikulierenden Händen und leuchtenden Augen.

Gregori seufzte. Sie war viel zu klug für ihn. Viel zu lebendig für ihn. Viel zu verboten für ihn. Er war verloren.

Jetzt wandte sich das Gespräch einigen Pflanzen zu, die Abigail anscheinend in der Yunnan-Provinz in China finden wollte. Laszlo wurde noch aufgeregter, bis sich schließlich einer seiner Knöpfe löste und auf die schwarze Tischplatte sprang.

„Ja! Roman hat eine Pflanze aus dieser Provinz benutzt, als er die Wachdroge erfand." Laszlo fummelte am nächsten Knopf. „Die Droge wirkt, hat aber die unerwünschte Nebenwirkung, dass man für jeden Tag, den man sie einnimmt, um ein Jahr altert."

„Unglaublich", sagte Abigail schon ungefähr zum zehnten Mal.

„Roman hat die Pflanze noch immer in seinem Labor", fuhr Laszlo fort. „Vielleicht möchten Sie sie untersuchen?"

„Das würde ich unglaublich gern!"

„Ich habe an der Wachformel gearbeitet, um zu versuchen, die Nebenwirkungen zu mindern, aber es ist schwer, einen Vampir zu finden, an dem ich sie testen kann. Keiner von ihnen riskiert es gern, um ein ganzes Jahr zu altern."

Abigail keuchte erstaunt. „Sie testen Ihre Formeln an anderen Vampiren?"

Laszlo lachte leise. „Vampirmäuse gibt es nicht. Und auch wenn die Formel einen Vampir krank macht, bleibt er es nicht sehr lange. Der Körper heilt automatisch während des Todesschlafes …"

„Laszlo!" Gregori trat hinter Abigail und strich sich mit dem Finger über die Kehle.

„Todesschlaf?", fragte Abigail nach. „Er heilt automatisch?"

Laszlo riss die Augen auf, als ihm klar wurde, dass er zu viel gesagt hatte. „Oh, ich … ich meinte …“ Er zupfte nervös an einem Knopf.

„Was er meint, ist, dass Vampire überlegene Kraft besitzen“, erwiderte Gregori. „Wir heilen schneller als Sterbliche. Natürlich können wir dennoch sterben. Und wenn wir ein Körperteil verlieren, können wir es nicht nachwachsen lassen. Wir haben einen Freund, der seine Hand in der Schlacht verloren hat.“

„Stimmt.“ Laszlo nickte. „Unsere Heilungskräfte sind recht eingeschränkt. Soll ich die Pflanze für Sie suchen?“

„Oh, ja, danke.“ Abigail sah zu, wie Laszlo aus dem Raum huschte.

„Kommen Sie, ich zeige Ihnen mein Büro.“ Gregori fasste sie am Ellenbogen und führte sie zur Tür.

Charles sah sie stirnrunzelnd an und folgte ihnen.

„Was hat er mit Todesschlaf gemeint?“, fragte sie.

Gregori zuckte innerlich zusammen. Die Vampire steckten tief in der Tinte, wenn die Regierung herausfand, wie hilflos und verwundbar sie tagsüber waren. Und wie leicht es dann wäre, sie umzubringen. „Das ist nur so ein Wort, mit dem wir unseren Schlaf während des Tages beschreiben. Es ist ein … sehr tiefer Schlaf.“

„Wenn Sie mich nach China begleiten würden, müssten Sie tagsüber schlafen?“

„Ja, doch denken Sie daran, dass wir uns in der Nacht superschnell bewegen und Hunderte von Meilen teleportieren können. Wir können in einer Nacht mehr schaffen als ein Sterblicher in einer Woche. Und wenn Sie unentdeckt bleiben wollen, ist es ohnehin besser, die Dinge bei Nacht zu erledigen.“

„Das stimmt wahrscheinlich.“ Sie ging neben ihm her und kaute auf der Unterlippe. „Was hat er mit ‚automatisch heilen‘ gemeint?“

Mist. Er hätte Abigail nie hierher einladen dürfen. Sie war zu klug und zu gut darin, Geheimnisse aufzudecken. „Ich habe doch gesagt, wir heilen schneller.“

Sie blieb abrupt stehen. „Dürfte ich Sie untersuchen?"

Er schenkte ihr ein langsames, verführerisches Lächeln in der Hoffnung, sie damit abzulenken. „Muss ich mich dafür ausziehen?"

Sie wurde rot und winkte ungeduldig ab. „Ich bin mir sicher, anatomisch ähneln Sie einem Sterblichen. Was ich brauche, sind Gewebeproben und ein paar Ampullen Blut."

Sein Lächeln verblasste. „Scholar, ich teleportiere Sie gern durch die ganze Welt. Ich beschütze Sie mit meinem Leben."

„Das weiß ich zu schätzen, aber im Moment will ich nur etwas Blut."

„Das … geht nicht. Es tut mir leid."

Sie kniff die Augen zusammen. „Wenn Ihr Blut besondere Heilungskräfte besitzt, dann muss ich das wissen. Es könnte meiner Mutter helfen."

Er ballte die Hände zu Fäusten. Genau das hatte er am meisten befürchtet. Jeder Vampir auf der Welt fürchtete sich davor, dass die Sterblichen nicht nur von ihrer Existenz erfuhren, sondern auch davon, dass ihr Blut heilen konnte. „Wir können Sie unser Blut nicht untersuchen lassen."

Sie keuchte. „Ich habe recht, nicht wahr? Ihr Blut hat Heilungskräfte." Sie legte ihm die Hand auf den Arm. „Bitte, es geht um meine Mutter."

Er schüttelte den Kopf. „Jeder Vampir auf der Welt verlässt sich darauf, dass ich ihn beschütze. Wenn die Sterblichen erfahren, dass unser Blut Krankheiten heilen kann, werden sie auf uns Jagd machen und uns bis auf den letzten Tropfen ausbluten lassen. Es wäre ein Massenmord."

Ihr stiegen Tränen in die Augen. „Sie würden meine Mutter sterben lassen?" Sie packte seinen Arm fester. „Geben Sie mir nur ein wenig. Ich werde niemandem verraten, woher ich es habe. Ich kann ein Geheimnis bewahren."

„Geheimnisse lüften sich oft von selbst. Sehen Sie nur, wie gut die Vampire ihres wahren konnten."

Sie trat dichter an ihn heran. „Gregori, bitte."

Er zuckte zusammen. Sie würde nicht lockerlassen. „Es tut mir leid."

Sie ließ seinen Arm los und wich zurück. „Ich kann Sie zwingen. Geben Sie mir eine Blutprobe, oder ich sage meinem Vater, er soll das Bündnis abblasen."

Ihm lief ein Schauer über den Rücken. Ohne das Bündnis könnten die Vampire in ernsthafter Gefahr sein. Wenn er ihr allerdings eine Blutprobe gab, waren sie verloren. „Abby, tun Sie das nicht. Drängen Sie mich nicht."

Ihr lief eine Träne die Wange hinab. „Sie lassen mir keine andere Wahl."

Mist. Es gab nur einen Ausweg aus dieser Misere. Er hasste es, was allerdings blieb ihm anderes übrig? Tausende von Vampiren verließen sich auf ihn.

Ihre Worte hallten quälend in seinen Gedanken wider. *Wenn jemand mit meinem Kopf herumspielen würde, würde ich ihn auch umbringen wollen.*

Er holte tief Luft. Ihm blieb keine andere Wahl.

Er schoss eine Welle der Gedankenkontrolle auf Charles, bis der Agent gegen die Wand zusammensackte. *Du wirst alles vergessen, was du gehört hast, seit wir aus dem Foyer gekommen sind.*

Er nahm Abigail bei den Schultern. „Vergib mir."

Sie blinzelte. „Für was?"

Er zögerte. Warum nicht? Es war vielleicht seine einzige Chance. Er küsste sie.

Sie erstarrte vor Überraschung, entspannte sich dann aber langsam, als er in den Kuss seine ganzen Gefühle legte. Ihre Lippen schmiegten sich sanft und süß gegen seine. *Vergib mir, Abby.*

Er beendete den Kuss und drang in ihre Gedanken ein.

Du wirst alles vergessen, was geschehen ist, seit wir vorhin das Foyer verlassen haben.

15. KAPITEL

Abigail stolperte, als sie ein schreckliches Schwindelgefühl ergriff.

Gregori fing sie an den Oberarmen auf. „Alles in Ordnung?“

„Ich …“ Sie rieb sich die Stirn. „Ich glaube schon.“ Warum in aller Welt fühlte sie sich, als würde sie gleich in Ohnmacht fallen? Sie wurde nie ohnmächtig. Korrektur, sie war vor zwei Nächten ohnmächtig geworden, als sie Gregori an der Decke hatte schweben sehen. Seit sie ihm begegnet war, lief ihr Leben vollkommen aus dem Ruder.

„Wann haben Sie das letzte Mal etwas gegessen?“, fragte er und schaute sie eindringlich an, ohne den Griff um ihre Arme zu lösen.

„Ich …“ Sie zermarterte sich das vernebelte Gehirn. „Ich bin mir nicht sicher.“ Wo war sie? Ach ja, Romatech. Sie war gerade Zeuge eines Familiendramas geworden und hatte herausgefunden, dass Sean Whelan ein Vampir war.

Und noch irgendetwas … Aber sie wusste nicht genau, was. Es war wie die verschwommene Erinnerung an einen Traum. Irgendetwas war geschehen. Etwas, das wichtig war. Aber sobald sie es zu fassen versuchte, entschlüpfte es ihr wieder und war verschwunden.

Sie blickte zu Gregori hoch. Er hatte die Stirn gerunzelt. Seine Augen … merkwürdig, er sah aufgewühlt aus. Und sein Mund, irgendetwas an seinem Mund kam ihr vertraut vor.

Ihre Lippen kribbelten, und sie befeuchtete sie mit der Zunge.

Er atmete scharf ein und schloss die Hände fester um ihre Arme.

„Miss Tucker, ist alles in Ordnung?“, erkundigte sich Charles.

Sie schaute sich nach dem Agent um, der sich den Nacken rieb und nachdenklich die Stirn runzelte. „Ja, ich …“

„Gehen wir in die Kantine", unterbrach Gregori sie. „Ich habe einen Gourmetkoch kommen lassen. Er wäre schrecklich enttäuscht, wenn Sie nichts essen."

„Oh, wie nett." Abigail ließ sich den Flur hinabführen. Sie widerstand dem Drang, ihren Mund zu berühren. Warum fühlte es sich an, als wäre sie geküsst worden?"

Charles folgte dicht hinter ihnen.

Der Korridor war auf beiden Seiten verglast, und die Gärten im Freien waren gut beleuchtet. Auf der linken Seite entdeckte sie ein Basketballfeld.

„Das ist eine sehr schöne Anlage", murmelte sie. „Ich würde gerne mal eines der Labore besichtigen."

„Natürlich", sagte Gregori leise.

„Produzieren Sie synthetisches Blut tatsächlich hier vor Ort?"

„Ja." Er nickte. „Wir verpacken synthetisches Blut, das für den Gebrauch an Sterblichen gedacht ist, in Plastikbeuteln. Das machen wir rund um die Uhr. Und nachts, wenn die Vampir-Angestellten kommen, füllen sie zusätzlich für die Vampir-Bevölkerung synthetisches Blut in Flaschen ab."

„Wissen die Sterblichen, die hier arbeiten, von den Vampiren?" Ihr Blick richtete sich wieder auf seine Lippen.

Ein schmerzverzerrter Ausdruck huschte über Gregoris Gesicht „Die meisten haben keine Ahnung." Er öffnete ein Paar Doppeltüren und führte sie in die Kantine.

Es war eine ganz normal aussehende Kantine für die Angestellten – rechteckige Tische und Plastikstühle, aber ihr gefiel der Ausblick auf das Basketballfeld und den Garten. „Es ist niemand da."

„Die Nachtschicht besteht fast nur aus Vampiren, hier wird also kaum gegessen", erklärte Gregori ihr. „Machen Sie es sich bequem. Ich bringe Ihnen etwas." Er ging in die Küche.

Sie setzte sich so hin, dass sie eine gute Sicht auf den Garten hatte. In der Ferne konnte sie eine Laube erkennen, die mit einer blühenden Ranke bewachsen war. Sehr hübsch und romantisch.

Wenn sie den Mut hätte, würde sie um eine Führung bitten. Nur sie und Gregori. Und dann würde er sie vielleicht küssen.

Sie schüttelte den Kopf. Warum war sie auf einmal so besessen vom Küssen? Das war lächerlich, es gab so viele andere Dinge, um die sie sich Gedanken machen musste. Zum Beispiel ihre Mutter. Ihre Reise nach China. Aber letzte Nacht war sie mit der Erinnerung an Gregoris Hände und seine Lippen auf ihrer Haut eingeschlafen. Er war so nah daran gewesen, sie zu küssen, während sie den Spot gedreht hatten. Und sie hatte es gewollt.

Sie berührte ihren Mund. Ein Kuss von einem Vampir. Was für ein Unsinn.

Charles beugte sich vor, um ihr ins Ohr zu flüstern: „War Ihnen eben schwindelig?"

Sie ließ die Hand sinken. „Ja."

„Mir auch. Irgendetwas stimmt hier nicht." Er richtete sich auf und blickte sich stirnrunzelnd im Raum um.

Es war tatsächlich merkwürdig. Sie fühlte sich normalerweise nie so benommen und schwach. Madison und sie hatten um sieben zu Abend gegessen. Sie sah auf die Uhr. Zweiundzwanzig Uhr siebenundvierzig. Konnte das wirklich stimmen? Sie war schon siebenundvierzig Minuten bei Romatech?

„Hallo!", erklang eine Frauenstimme hinter ihr.

Abigail drehte sich in ihrem Stuhl um und bemerkte die Frau, die die Kantine betreten hatte. Ende sechzig vielleicht? Darauf wiesen zumindest die grauen Strähnen in ihrem dunklen Haar und die Falten in ihrem Gesicht hin, aber sie war immer noch eine sehr attraktive Frau. Und anscheinend eine sehr glückliche, denn sie lächelte strahlend. Sie trug teure schwarze Pumps und ein modisches Kostüm, das Abigail an die Kleidung ihrer Mutter im Wahlkampf erinnerte.

„Guten Abend." Sie lief direkt auf Abigail zu. „Es freut mich so sehr, Sie endlich kennenzulernen."

Charles hob eine Hand, um sie aufzuhalten. „Moment! Weisen Sie sich bitte aus."

Die Frau blieb stehen. „Ich habe meine Handtasche nicht hier." Sie stemmte die Hände in die Hüften. „Also wirklich, junger Mann, sehe ich vielleicht wie eine Terroristin aus?" In ihren Augen funkelte es belustigt, als sie ihn musterte. „Wenn ich es mir richtig überlege, sollte ich darauf bestehen, dass Sie mich gründlich durchsuchen."

Charles schluckte. „Das wird nicht nötig sein."

Lächelnd stand Abigail auf. Wer auch immer diese Frau war, sie mochte sie.

„Mom!" Gregori kam mit einem voll beladenen Tablett in den Händen auf sie zu. „Was machst du denn hier?"

„Begrüßt man so seine Mutter?" Sie sah ihn streng an. „Ich bin natürlich hier, um dein Date kennenzulernen."

„Sie ist kein Date", presste Gregori zwischen zusammengebissenen Zähnen hervor, während er das Tablett auf dem Tisch absetzte.

Abigail musste weiter lächeln. Die Gefühle, die sich auf Gregoris Gesicht abzeichneten, waren unbezahlbar. Schock, Horror, dann Demütigung.

„Was ist das?" Seine Mutter inspizierte die beiden Teller auf dem Tablett.

„Risotto mit Hummer und Spargel", murmelte er und stellte die Teller auf den Tisch. „Ich kann mich nicht erinnern, dich eingeladen zu haben."

„Jedenfalls riecht es köstlich!", rief seine Mutter. „Ich nehme eine Portion. Danke."

„Mom", murmelte er, „das hier ist eine geschäftliche Besprechung."

„Ich fände es sehr schön, wenn Sie sich zu uns setzen würden", sagte Abigail. Es machte einfach Spaß zu beobachten, wie Gregori sich wand.

„Sie sind ja eine ganz liebe." Die Frau streckte die Hand aus. „Ich bin Radinka Holstein. Bitte, nennen Sie mich Radinka."

„Ich bin Abigail Tucker."

„Schütteln Sie ihr nicht die …" Gregori stöhnte auf, als Abigail seiner Mutter die Hand schüttelte.

Radinka legte beide Hände um ihre und hielt sie sehr fest. Dann ließ sie strahlend lächelnd los. „Ja, endlich! Sie ist die …"

„*Nein!*", schrie Gregori auf und zuckte dann beschämt zusammen. „Tut mir leid." Er beugte sich dicht an seine Mutter heran. „Wunschdenken, das ist alles."

Sie stieß einen verächtlichen Laut aus. „Ich irre mich nie, was diese Dinge betrifft."

Gregori ballte die Hände zu Fäusten und ließ sie dann wieder locker. „Setz dich doch, Mutter. Nimm etwas von dem Risotto." Er nahm ein Set Besteck, das in eine Serviette gewickelt war, und knallte es auf den Tisch. Dann stellte er einen Teller Risotto vor sie hin.

Abigail setzte sich Radinka gegenüber, und Gregori reichte ihr ebenfalls eine Serviette und das andere Risotto.

„Ich muss Sie warnen", flüsterte er ihr zu, „in weniger als fünf Sekunden fängt sie von Kindern an." Er richtete sich auf. „Und, woher wusstest du, dass ich heute Nacht hier bin, Mutter?"

Sie rollte ihre Serviette auf. „Roman, Angus und Emma haben sich in die Schule teleportiert und Shanna, ihre Schwester und ihre Mutter mitgebracht. Die Mutter wollte ihre Enkelkinder kennenlernen." Sie lächelte Abigail an. „Wussten Sie, dass Vampire Kinder zeugen können?"

Gregori stöhnte auf.

Abigails Mundwinkel zuckten. Sie erinnerte sich, dass Gregori im Nachtclub so etwas erwähnt hatte, doch sie wollte gern mehr erfahren. „Wie interessant."

„Also, was bringt dich her, Mutter?", fragte Gregori.

„Es ist ganz einfach." Sie nahm ihre Serviette und breitete sie auf ihrem Schoß aus.

„Emma hat erzählt, du bist mit deinem Date hier, also habe ich sie gebeten, mich hierher zu teleportieren, damit ich das Mädchen kennenlernen kann."

„Sie ist nicht mein Date“, murmelte Gregori. „Sie ist die Tochter des Präsidenten.“

„Das weiß ich.“ Radinka sah Abigail mit leuchtenden Augen an. „Sie ist alles, was ich mir je erhofft habe. Und so hübsch. Findest du sie nicht auch hübsch, Gregori?“

„Mom …“

„Jetzt sei doch nicht so schüchtern. Du solltest ihr sagen, was du empfindest.“

Abigail legte die Hand über den Mund, um ihr Grinsen zu verbergen. Der große böse Vampir konnte seine eigene Mutter nicht kontrollieren. Sie warf ihm einen Blick zu und merkte, wie er sie finster anstarrte.

„Sie ist wunderschön“, flüsterte er.

Oh. Damit hatte sie jetzt nicht gerechnet. Augenblicklich stockte ihr das Herz, und Erinnerungen an letzte Nacht wirbelten ihr durch den Kopf. Er hatte zugegeben, sie zu begehren. Seine Augen hatten vor Verlangen rot geglüht.

Ihr Blick senkte sich wieder auf seine sinnlichen Lippen. Lieber Gott, sie war besessen vom Mund dieses Mannes. Sie konnte an nichts anderes denken, als ihn zu küssen.

„Ich schlage vor, du lässt uns jetzt mal einen Moment allein.“ Radinka deutete auf Charles. „Solltest du diesem Gentleman nicht auch etwas zu essen bringen? Und wir brauchen noch Getränke.“

Gregori stöhnte und ging unwillig auf die Küche zu.

„Wie geht es Ihrer Mutter, meine Liebe?“, fragte Radinka. „Ich habe sie immer sehr bewundert. Sie scheint viel innere Kraft zu besitzen.“

Abigail musste schlucken. „Ja, das tut sie. Danke.“ Sie zupfte an ihrer Serviette herum. Irgendwie hatte sie das Gefühl, Gregori verstand nicht, wie verzweifelt sie ihrer Mutter helfen wollte. „Ich versuche, ein Heilmittel für sie zu finden.“

„Das ist wirklich bewundernswert von Ihnen.“ Radinka probierte von ihrem Risotto. „Wirklich ausgezeichnet. Behandelt mein Sohn Sie gut?“

„Ja." Abigail spürte, wie ihre Wangen sich röteten, als sie sich daran erinnerte, wie Gregoris Finger und seine Lippen ihren Hals liebkost hatten.

Sie beobachtete, wie er mit einem neuen Tablett auf sie zukam. Er stellte ein Glas mit Eiswasser vor jede von ihnen und servierte dann Charles einen Teller Risotto.

Dann drehte er sich stirnrunzelnd zu ihnen um. „Das ist nur der erste Gang. Als Nächstes serviert der Koch chilenischen Seebarsch. Und er hat einen Wein ausgewählt."

„Wunderbar! Vielen Dank", meinte Radinka strahlend. „Ist er nicht lieb?"

Abigail musste grinsen. Die Verkupplungsversuche von Gregoris Mutter waren alles andere als subtil.

„Darf ich fragen, warum Sie so darauf bedacht sind, sich aus der Öffentlichkeit fernzuhalten?", fragte Radinka.

Ihr Lächeln verblasste.

Gregori zog die Augenbrauen hoch. Offensichtlich wartete auch er auf eine Antwort.

„Mir hat die viele Aufmerksamkeit nie gefallen", murmelte sie.

Er verschränkte die Arme vor der Brust. „Und weiter?"

„Und als ich aufs College gegangen bin, wollte ich in Ruhe gelassen werden, damit ich mich aufs Lernen konzentrieren kann. Meine Arbeiten habe ich alle unter dem Mädchennamen meiner Mutter veröffentlicht, May."

„Abigail May?", fragte Gregori.

Sie nickte. „Für meine Doktorarbeit habe ich eine Formel entwickelt, die einen Menschen in Stasis versetzen kann. Ich hatte vor, sie für Unfallopfer anzuwenden, damit sie stabil bleiben, bis sie es in den OP schaffen. Und auch wenn es meiner Mutter auf einmal schlechter gehen sollte, könnten wir die Formel benutzen, um sie stabil zu halten."

„Wie interessant", sagte Radinka.

Abigail seufzte. „Das Militär wollte meine Formel zu einer Waffe weiterentwickeln, zu einer Methode, um den Feind zum

Stillstand zu bringen. Ich habe mitgemacht, weil ich dachte, es wäre besser, als den Feind umzubringen. Also habe ich sie mit der Formel arbeiten lassen, und sie haben mir dafür für meine eigenen Forschungen freien Zugang zu ihren Laboren und ihren Ressourcen gegeben. Es handelt sich um eine geheime Militäranlage, deswegen kann ich es mir nicht leisten, von der Presse verfolgt zu werden."

„Sie haben einen großen Teil Ihres Lebens der Rettung Ihrer Mutter gewidmet", schlussfolgerte Radinka.

„Ja." Abigail sah Gregori an. „Ich tue alles, was ich kann."

Er rückte seine Krawatte zurecht. „Ich sehe mal nach, ob Roman jetzt für Sie Zeit hat." Er raste auf die Doppeltüren zu und ließ sie hinter sich zuschwingen.

Er hatte es eilig gehabt zu verschwinden, so viel war klar. Abigail nahm ihre Gabel und fing an, in ihrem Risotto zu stochern.

Radinka schnaubte. „Er hat vergessen, uns den Wein zu bringen."

Abigail zuckte mit den Schultern. „Ich bin mir nicht sicher, ob er versteht, wie wichtig mir meine Mutter ist."

„Er will es vielleicht nicht zugeben, aber das tut er." Radinka seufzte. „Sie müssen wissen, mein Mann ist an Knochenkrebs gestorben. Gregori hatte gerade mit seinem Master in Yale angefangen, als wir die Nachricht bekamen. Er hat die Universität verlassen, ist nach Hause gekommen und hat so viel Zeit wie er konnte mit seinem Vater verbracht. Er wusste, was auf ihn zukam, aber er war dennoch am Boden zerstört, als Heinrich gestorben ist. Das waren wir beide."

„Das tut mir sehr leid", sagte Abigail. Das war also der traurige Ort, an den Gregori gewandert war, als sie ihm von der Krankheit ihrer Mutter erzählt hatte. Er verstand, was sie durchmachte.

In Radinkas Augen schimmerten Tränen. „Es war eine schwere Zeit. So viel Traurigkeit. Und so viele Schulden. Gregori hat zu Hause gewohnt und zwei Vollzeitjobs angenommen, um beim Abzahlen zu helfen. Ich habe hier angefangen, als Büroleiterin für Roman Draganesti. Sobald die Schulden abbezahlt waren, hat Gregori seinen Master an der NYU zu Ende gemacht. Er ist so ein guter Mann. So treu und fleißig. Ich hoffe, Sie nehmen es ihm nicht übel, dass er ein Vampir ist."

Abigail hatte keine Ahnung, was sie sagen sollte. „Na ja, ich …"

Radinka griff über den Tisch nach ihrer Hand. „Bitte, denken Sie nicht schlecht von ihm. Das war alles meine Schuld."

„Ihre Schuld? Wie das?"

Radinka lehnte sich zurück und schniefte. „Nachdem ich einige Monate lang hier die Nachtschicht gearbeitet hatte, wurde mir einiges klar. Roman ist ein brillanter Wissenschaftler, allerdings ein wenig zerstreut, wenn er an einem Projekt arbeitet. Er hat halb leere Flaschen Blut in seinem Büro stehen lassen. Und da ich in der alten Welt aufgewachsen bin, in der ehemaligen Tschechoslowakei, kannte ich alle Vampir-Geschichten. Ich habe es schnell gemerkt."

„Haben Sie es ihm gesagt?", fragte Abigail.

Radinka nickte. „Und ich habe geschworen, das Geheimnis zu bewahren. Ich brauchte den Job. Und Roman brauchte mich. Es hat gut funktioniert, bis Gregori es sich in den Kopf gesetzt hat, dass es zu gefährlich für mich wäre, nachts zu arbeiten und in die Stadt zu pendeln. Er wollte, dass ich tagsüber arbeite, aber das war natürlich unmöglich. Wir haben gestritten deswegen."

Sie seufzte. „Ich habe die Geduld verloren und Gregori gesagt, dass ich für Vampire arbeite. Sie können sich seine Reaktion vorstellen."

Abigail nippte an ihrem Wasser. „Was hat er getan?"

„Zuerst hatte er Angst, dass ich den Verstand verloren habe. Und dann, als ihm langsam klar wurde, dass ich die Wahrheit sage, hat er sich Sorgen um meine Sicherheit gemacht. Er ist hierher gefahren, um mit Roman zu reden. Und da ist es passiert." Eine Träne lief Radinka das Gesicht hinab. „Mein armer Sohn. Er wollte mich nur beschützen."

Abigail beugte sich vor. „Was ist passiert?"

„Er wurde auf dem Parkplatz angegriffen. Wir haben hinterher herausgefunden, dass es Casimir war, der Anführer der Malcontents. Er hat Gregori überwältigt und ihm die Kehle aufgerissen, sich satt getrunken und ihn sterbend liegen lassen."

Abigail musste schlucken. Der arme Gregori.

„Damals hatten wir noch nicht die ganzen Überwachungskameras. Ein Wächter hat ihn schließlich auf einem seiner Rundgänge entdeckt." Radinka wischte die Träne fort. „Ich hatte bereits meinen Mann verloren. Ich konnte es nicht ertragen, auch noch meinen Sohn zu verlieren. Ich habe Roman angefleht, ihn zu verwandeln. Und er hat es getan."

Abigail atmete tief ein und langsam wieder aus. Sie konnte Radinka keine Vorwürfe machen. Sie selbst versuchte ja auch verzweifelt, einen geliebten Menschen zu retten. „Für Gregori muss es ein großer Schock gewesen sein."

„Ja, das war es wohl." Radinka tupfte sich die Augen mit der Serviette ab. „Aber er hat versucht, sich nichts anmerken zu lassen. Er hat sich so sehr bemüht dazuzugehören. Roman hat ihm hier eine Stelle angeboten, und er arbeitet so schrecklich schwer. Er ist Vizepräsident der Marketingabteilung, wissen Sie."

Abigail lächelte. Radinka war offensichtlich ziemlich stolz auf ihren Sohn. „Wie alt war er, als er verwandelt wurde?"

„Neunundzwanzig." Gregoris Mutter aß etwas von ihrem Risotto. „Aber das war 1993. Es wird höchste Zeit, dass er aufhört, mit diesen albernen Vampirfrauen herumzuspielen. Er muss mit einem netten sterblichen Mädchen sesshaft werden. Ich lebe nicht ewig, wissen Sie, und ich will noch Zeit mit meinen Enkelkindern verbringen."

„Da bin ich mir sicher." Abigail probierte das Risotto. Es war wirklich ausgezeichnet. Sie sah zu Charles herüber, der seinen Teller bereits leer gegessen hatte. „In der Küche gibt es noch mehr", rief sie ihm zu. „Und Wein. Könnten Sie den holen?"

Er runzelte die Stirn, musterte Radinka von oben bis unten und eilte dann schließlich in die Küche.

„Glaubt er wirklich, ich würde Ihnen wehtun? Meiner zukünftigen Schwiegertochter?“

Abigail riss den Mund weit auf. „Ich … ich glaube, Sie haben meine Beziehung zu Ihrem Sohn missverstanden. Wir sind kein Paar.“

Radinka zuckte mit den Schultern. „Alles zu seiner Zeit.“ Sie deutete mit der Gabel auf Abigail. „Doch ich werde nicht jünger, lassen Sie sich also auch nicht zu viel Zeit.“

„Aber ich …“

„Mindestens zwei Enkelkinder“, fuhr Radinka fort.

Abigail steckte die geballte Faust in die Tasche ihres Regenmantels und fühlte dort etwas gegen ihre Knöchel stoßen. Sie spähte in die Tasche und fand einen Ball darin. Wo in aller Welt kam der her? Sie zog ihn heraus, um ihn sich anzusehen.

Radinka musste lachen. „Hat Gregori Ihnen einen von seinen Stressbällen gegeben?“

Abigail drückte den Ball. Hatte er das getan? Wann?

16. KAPITEL

Gregori fand Roman in seinem Büro, wo er sich mit Angus ein Blier gönnte. „Ich …“ Er raufte sich die Haare.

„Raus damit, Kleiner. Ich werde nicht jünger.“ Angus lehnte sich in seinem Stuhl zurück und trank einen großen Schluck aus seiner Flasche.

Roman stellte seine Flasche auf den Schreibtisch. „Soll ich jetzt mit Miss Tucker reden?“

„Bald.“ Gregori löste seine Krawatte mit einem Ruck. „Ich … ich habe etwas Schreckliches getan.“

Die zwei Männer starrten ihn eine Weile an.

„Wie schrecklich?“, fragte Roman schließlich.

Angus setzte sich auf. „Hast du das Mädchen verführt?“

„Nein!“ Gregori schnaubte empört. „Wie kommst du darauf?“

Die zwei Männer starrten ihn einfach nur an.

Er trat von einem Fuß auf den anderen. „Mir ist klar, dass mir ein gewisser Ruf anhängt, aber deswegen habe ich nicht gleich …“

„Wir sind nicht blind, Laddie“, murmelte Angus. „Wir merken, dass du dich zu ihr hingezogen fühlst.“

„Wirklich?“ Als sie ihn nur schweigend weiter anstarrten, musste Gregori schlucken. „Na gut, es stimmt.“

„Dann hast du mit ihr geschlafen?“, fragte Roman.

„Nein! Ich finde sie nur attraktiv.“ Er schnitt eine Grimasse. „Ich habe ihre Erinnerungen gelöscht. Ungefähr fünfzehn Minuten. Und bei dem Typen vom Secret Service auch.“

Roman und Angus schauten sich besorgt an.

„Haben sie einen Verdacht?“, hakte Angus nach.

„Das glaube ich nicht.“ Gregori stöhnte innerlich, während er sich mit der Hand durch die Haare strich. „Wenn sie es je herausfindet, wird sie so was von sauer sein.“

„Aus gutem Grund.“ Roman schüttelte den Kopf und bedachte ihn mit einem strengen Blick.

„Ich weiß, es ist schlimm, aber ich habe keinen anderen Ausweg gesehen. Wir waren bei Laszlo im Labor, und er hat aus Versehen ausgeplaudert, dass wir im Todesschlaf automatisch heilen."

Roman zuckte zusammen, und Angus fluchte leise.

„Ich habe versucht, es zu vertuschen, aber sie ist wirklich klug. Und dann hat sie auf einmal nach Gewebe- und Blutproben gefragt, und ich habe erklärt, warum das nicht geht, doch sie hat nicht lockergelassen. Sie hat sogar gedroht, ihrem Vater das Bündnis auszureden, wenn ich ihr kein Blut gebe."

Roman schüttelte mit dem Kopf. „Die dürfen nicht wissen, dass unser Blut heilt."

„Die Regierung würde sich an ihr Versprechen halten. Offiziell würden sie unsere Existenz verleugnen", presste Angus hervor. „Aber dafür würden sie dann im Geheimen Jagd auf uns machen und uns alle ausbluten."

„Sie würden von Verbündeten zu Feinden werden", schlussfolgerte Roman.

Angus trank einen Schluck Blier. „Ich weiß, es wird dir nicht gefallen, aber du hast das Richtige getan."

Gregori seufzte. Er fühlte sich noch immer schuldig.

„Hast du schon mehr über die Mission herausgefunden, die sie geplant hat?", fragte Roman.

„Sie hat Laszlo gegenüber erwähnt, dass sie in der Yunnan-Provinz nach bestimmten Pflanzen suchen will."

Roman riss die Augen auf. „Dort habe ich die …"

„Ja, ich weiß, für die Wachdroge", unterbrach Gregori ihn. „Laszlo hat ihr davon erzählt. Natürlich kann sie sich daran jetzt nicht mehr erinnern."

Roman nickte. „Es überrascht mich nicht, dass sie dorthin will. Die Region ist außergewöhnlich artenreich. Über zweitausend Pflanzen sind auf diesem Gebiet heimisch."

„Und ich kann verstehen, warum ihr Vater diese Reise geheim halten möchte", sagte Angus im Aufstehen. „Ich stelle ein paar Pläne zusammen. Kommt später beim Sicherheitsbüro vorbei, damit wir das besprechen können." Er ging mit kräftigen Schritten aus dem Büro, die Blierflasche noch in der Hand.

„Wo ist sie jetzt?", fragte Roman.

„In der Kantine, wo ihr ein Gourmetmenü serviert wird", antwortete Gregori. „Ich nehme sie in ungefähr zehn Minuten in mein Büro mit. Dort kannst du dich mit ihr treffen."

„In Ordnung." Roman nippte an seinem Blier. „Du machst deine Sache sehr gut, Gregori."

Er ballte die Hände zu Fäusten. „Wenn sie es jemals herausfindet ..."

„Wir sorgen dafür, dass sie es nicht tut."

„Ich komme mir vor wie ein Esel, besonders weil ich die ganze Zeit versuche, sie davon zu überzeugen, dass ich vertrauenswürdig bin."

„Du bist vertrauenswürdig. Tausende von Vampiren vertrauen darauf, dass du sie beschützt."

Gregori seufzte. „Ich nehme an, die Bedürfnisse vieler sind wichtiger als die Bedürfnisse eines Einzelnen." Selbst wenn er sich in diese Einzelne gerade verliebte.

Er schlenderte zurück in die Kantine. Roman und Angus hatten ihm beide bestätigt, das Richtige getan zu haben, aber er fühlte sich dennoch schuldig. Abigail erinnerte sich nicht, in ein Labor gegangen zu sein, aber er vermutete, dass sie sich auf einer unbewussten Ebene noch an den Kuss erinnerte. Sie sah ihm immer wieder auf den Mund.

Bedeutete das, dass sie ihn küssen wollte? Konnte er so viel Glück haben? Er hatte in der Nacht zuvor zugegeben, sich zu ihr hingezogen zu fühlen. Aber er wusste immer noch nicht, wie sie für ihn empfand.

Eines wusste er allerdings: Was Abigail von Gedankenkontrolle hielt. Ihre Worte schienen ihn jetzt zu verspotten. *Wenn jemand mit meinem Kopf herumspielen würde, würde ich ihn auch umbringen wollen.*

Er stopfte die Hand in die Tasche, um seinen Stressball zu drücken, aber sie war leer. Oh, richtig. Den hatte er ihr gegeben.

Er blieb mit einem Ruck stehen.

Mist. Er rückte seine Krawatte zurecht. Wenn der Ball zu Schwierigkeiten führte, musste er eben einfach bluffen.

Zurück in der Kantine entdeckte Gregori, dass der Koch sich zu den Frauen an den Tisch gesetzt hatte. Sie aßen gemeinsam und tranken Wein, während Charles von einem der Nebentische aus die anderen beobachtete.

Der Koch sah ihn verärgert an. „Sie aben mir nischt gesagt, dass ich koche für die Tochter des Präsidenten", sagte er mit französischem Akzent. „Isch ätte noch viele Gänge mehr gekocht."

Abigail lächelte und legte die Hand auf den Bauch. „Ich bin so satt. Ich hätte nicht mehr essen können. Und es war alles ausgezeichnet. Vielen Dank."

Der Koch neigte den Kopf. „Es war mir ein besonderes Vergnügen. Und wenn Sie jemals im Weißen Aus einen Aushilfskoch brauchen, denken Sie an misch, *non*?" Als Abigail nickte, klatschte er in die Hände und grinste. „*Merveilleux!*"

„Wir müssen jetzt weiter, in mein Büro", meinte Gregori zu Abigail. „Roman wird sich dort mit Ihnen treffen."

„Geht ihr nur ohne mich." Radinka stand auf und umarmte Abigail. „Wir sehen uns später, meine Liebe." Sie setzte sich wieder hin und goss sich Wein ins Glas. „Ich habe nicht oft eine freie Nacht."

Während sie zu Gregoris Büro gingen, folgte ihnen Charles mit etwa drei Metern Abstand. Gregori schaute sich nach ihm um und fragte sich, wie sie ihren Schatten am besten abschütteln konnten. Gedankenkontrolle wäre die einfachste Lösung, aber er wollte nicht, dass Abigail ihn dabei erwischte.

Sie beugte sich zu ihm und flüsterte: „Ich fürchte, Ihre Mutter hält uns für ein Paar."

„Ist das alles?" Er sah sie zynisch an. „Es überrascht mich, dass sie noch nicht die Namen für unsere fünf Kinder ausgesucht hat."

„Fünf? Sie hat nur von zweien geredet." Abigail wurde rot.

Gregori musste lachen. „Lassen Sie sich von ihr nicht ärgern. Sie versucht schon seit Jahren, mich unter die Haube zu bringen."

„Und Sie … waren nie in Versuchung?"

Er schüttelte den Kopf. „Ich wollte frei sein. Keine Sorgen, keine Verantwortung."

„Keine Schulden?"

Er warf ihr einen scharfen Blick zu. „Davon hat sie Ihnen erzählt?"

Sie nickte. „Und von Ihrem Vater. Es tut mir so leid."

Die Erinnerung stach auf ihn ein, aber er schob den alten Schmerz von sich. „Ich muss mir darum keine Sorgen mehr machen. Vampire können jahrhundertelang leben."

„Treffen Sie sich deshalb nur mit Vampirfrauen? Weil sie … beständiger sind?"

Er schnaubte. „An Vampirfrauen ist nichts Beständiges. Sie sind wie ein Schwarm Schmetterlinge, der hierhin und dorthin flattert. Sie haben so viel Zeit, dass diese Zeit allen Wert verliert."

„Dann wollen Sie also nichts Festes?"

Nein. Er hatte es vermieden, sich zu verlieben. Es tat zu sehr weh, jemanden zu verlieren, den man liebte. Leidenschaft zu geben und zu nehmen war da wesentlich sicherer. Er sah Abigail an. „Warum all die Fragen?"

Ihre Wangen röteten sich noch tiefer. „Ich versuche nur, Sie besser kennenzulernen. Damit ich Ihnen vertrauen kann."

Mir vertrauen? Dem Vampir-Playboy, der in ihrem Verstand herumgewühlt hatte? „Ich habe einen Ruf als Frauenheld." Er blickte sie finster an. „Und den habe ich verdient. Ich habe die ersten paar Jahre meines Vampir-Daseins darauf verwendet, eine ganze Menge untoter Frauen zu beglücken."

Sie runzelte die Stirn und schwieg eine Weile. „Sie hatten eine lange Zeit der Trauer und finanzielle Schwierigkeiten hinter sich. Ich kann verstehen, dass Sie Spaß haben wollten. Ihre Mutter sagte, dass Sie sich sehr angestrengt haben, hier dazuzugehören."

Er zuckte mit den Schultern.

„O du liebe Zeit. Sie sind der Vizepräsident der Marketing-Abteilung." Sie blieb stehen und starrte ihn staunend an. „Sie haben sich selbst vermarktet."

Er zuckte zusammen. Von allen Lächerlichkeiten, die einem einfallen konnten! Er öffnete den Mund, um ihr zu widersprechen, hielt dann aber inne.

Es stimmte. Er hatte versucht, immer charmant und erfolgreich zu sein, immer der Mittelpunkt jeder Party. Gregori, der Charmante. Gregori, der Gesellige. Aber nach ein paar Jahren war er dieses Spiels müde geworden. Er hatte sich gefragt, warum der Sex nicht so befriedigend war, wie er sein sollte.

Weil er nicht mit dem Herzen dabei war.

Weil er vorgab, etwas zu sein, das er nicht war.

Er musste schlucken. „Ich bin eines Nachts als Untoter aufgewacht. Es gab kein Zurück. Ich konnte nie wieder sterblich werden." Jahre später hatte Roman herausgefunden, wie man jemanden zurückverwandelte, aber da war es für ihn schon zu spät gewesen. „Ich wollte einfach dazugehören."

Sie nickte. „Also haben Sie versucht, es jedem recht zu machen."

Er verzog das Gesicht und wendete sich ab. *Mist.* All die Jahre, in denen er sich für so cool gehalten hatte, war er ein unsicherer Idiot gewesen. Er war der Neue an der Schule, der in die beliebteste Clique aufgenommen werden wollte.

Es war an der Zeit, erwachsen zu werden. Herauszufinden, wer er wirklich war und was er wirklich wollte.

Er sah Abigail an und spürte eine Welle der Habgier in sich hochsteigen. Er wollte sie. Er wollte ihre Schönheit. Ihren Verstand. Ihren Mut. Ihre Einfühlsamkeit.

Ihre Liebe.

Er wollte sie in die Arme nehmen und sie küssen. Aber das konnte er nicht. Jedenfalls nicht, solange Charles ihn aus drei Meter Entfernung misstrauisch anfunkelte.

„Mein Büro liegt hier entlang." Er hastete den Korridor hinunter.

„Stopp! Einen Moment! Ich habe sie gefunden!", rief Laszlo vom anderen Ende des Flurs. „Ich habe die Pflanze, die Sie wollten." Er kam mit schnellen Schritten auf sie zu.

Verwirrt blieb Abigail stehen.

Gregori trat vor. „Laszlo." Er sah ihn eindringlich an. „Ich glaube, Miss Tucker kennen Sie noch gar nicht." Er drehte sich lächelnd zu ihr um. „Abigail, das ist Laszlo Veszto, einer unserer Chemiker hier bei Romatech."

„Freut mich sehr, Sie kennenzulernen." Sie schüttelte ihm die Hand. „Ich würde gerne Ihr Labor besichtigen, wenn das möglich ist."

„Ah, ja, natürlich." Laszlo spielte an einem der Knöpfe seines Laborkittels.

Gregori klopfte ihm auf den Rücken. „Ich habe Laszlo gestern Nacht noch erzählt, dass Sie daran interessiert sind, nach China zu reisen. Also dachten wir, diese Pflanze würde Ihnen gefallen."

„Ja." Laszlo räusperte sich und reichte Abigail den Plastikbehälter. „Es ist eine seltene Pflanze aus der Provinz Yunnan."

Sie keuchte erstaunt auf. „So ein Zufall. Genau da will ich auch hin." Sie nahm den Behälter. „Vielen Dank, Laszlo."

„Ich helfe gern." Er zupfte verlegen an einem seiner Knöpfe. „Ich denke, ich gehe jetzt mal wieder." Er eilte den Korridor hinab zu seinem Labor.

„Geht es ihm gut?", fragte Abigail.

„Sicher." Gregori öffnete die Tür zu seinem Büro. „Er ist nur ein wenig schüchtern."

Charles eilte vor, um als Erster das Büro zu betreten. Er drehte sich auf der Stelle, sah sich um und winkte Abigail dann hinein.

„Es ist nett hi…" Sie verstummte, als Charles aus dem Wandschrank sprang, den er gerade geöffnet hatte.

„Bitte verlassen Sie diesen Raum", sagte er leise, während er ein Handy aus der Tasche zog. „Ich rufe die Polizei."

„Was?", fragte Gregori.

Charles sah ihn angewidert an. „Da liegt eine leblose Frau in Ihrem Schrank."

Gregori schnaubte. „Sie meinen VANNA? Die lebt nicht."

Abigail keuchte auf.

„Ich meine, dass sie nie lebendig war!“ Gregori trat auf den Schrank zu.

Charles packte ihn am Arm. „Da können Sie nicht rein. Das ist ein Tatort.“

„Machen Sie sich nicht lächerlich.“ Er schaltete das Licht im Wandschrank an. „Sehen Sie? Es ist eine Puppe.“

„Eine Puppe?“ Abigail trat näher. „Im roten Bikini?“

Charles hob eine Hand, um sie aufzuhalten. „Bleiben Sie zurück. Ich untersuche die Sache.“ Er ging vorsichtig wieder in den Schrank.

„Oh, kommen Sie schon“, knurrte Gregori. „Es ist nur eine blöde Puppe.“

Charles bückte sich, um VANNA zu untersuchen. „Sieht wie ein Sexspielzeug aus.“ Er warf Gregori noch einen angeekelten Blick zu. „Die Schleife um den Hals könnte benutzt werden, um Strangulation zu simulieren.“

Abigail erstarrte. Sie sah entsetzt aus und rannte dann aus dem Raum.

„Abby!“ Gregori folgte ihr. „Es ist nicht, was Sie denken.“

Sie drehte sich zu ihm um. „Was sollte ich denn denken? Dass Sie eine lebensgroße Sexpuppe in Ihrem Schrank erwürgt haben?“

„Nein! VANNA ist ein Vampir-Apparat zur neuartigen Nahrungsaufnahme. Laszlo und ich haben sie erfunden. Er hat ein paar Schläuche eingezogen, die Adern simulieren sollen, und eine batteriebetriebene Pumpe, die synthetisches Blut durch sie hindurchfließen lässt. Aber es hat nicht funktioniert. Die Haut ist zu zäh, um sie zu beißen.“

„Sie haben sie gebissen?“

„Nein. Nicht ich. Das war Roman.“

„Man spricht von mir?“ Roman kam den Korridor hinab auf sie zugeschlendert.

Gregori zuckte zusammen. Jetzt hatte er seinen Boss mit ein paar Worten wie einen Perversen klingen lassen. „Sie haben VANNA im Schrank gefunden.“

Roman lachte leise. „Lassen Sie sich von VANNA nicht durcheinanderbringen, Miss Tucker. Sie ist ein fehlgeschlagenes Experiment, das ist Jahre her."

„Oh." Sie warf Gregori einen zynischen Blick zu. „Komisch, dass sie dann immer noch in Ihrem Schrank ist."

„Ich wollte sie Connor zum fünfhundertsten Geburtstag schenken. Als Scherz. Deswegen hat sie eine Schleife um den Hals. Aber Connor hat gerade geheiratet, und … ich dachte mir, seine neue Frau wäre wohl nicht so begeistert."

Roman lachte. „Nein, sicher nicht."

Charles trat mit VANNA im Arm auf den Flur. „Sie ist harmlos. Entschuldigen Sie bitte die Aufregung, Miss Tucker."

Gregori nahm die Puppe und legte sie sich über den Arm. „Sehen Sie hier, die Öffnung im Rücken, wo wir das Kreislaufsystem eingesetzt haben?" Er zog die Gummihaut zurück, um es ihr zu zeigen.

„Interessant", murmelte sie.

„Wir dachten, VANNA könnte nützlich sein für Vampire, die noch süchtig nach dem Beißen sind", erklärte Roman. „Ich weiß, dass es Ihnen merkwürdig vorkommen muss, aber unser Ziel ist es, die Sterblichen zu beschützen und sie vor Angriffen zu bewahren."

„Ich verstehe." Sie nickte. „Sie ist ein Ersatzopfer."

„Genau." Gregori richtete die Puppe auf. Als Abigail die Stirn runzelte, merkte er, dass seine Hand mitten auf VANNAs Brust lag. Hastig legte er sie an ihre Hüfte.

„Würden Sie gern sehen, wie wir synthetisches Blut herstellen?", fragte Roman an Abigail gewandt. „Ich führe Sie gerne herum und beantworte all Ihre Fragen."

„Das wäre wunderbar." Sie lächelte. „Vielen Dank."

Roman klopfte Gregori auf den Rücken. „Du siehst aus, mein Lieber, als könntest du eine Pause gebrauchen."

„Mir geht es gut." Bloß eine Beinahe-Katastrophe nach der anderen. Erst tauchte Laszlo wieder auf, dann VANNA. Und dann noch dieser peinliche Moment, als Abigail ihn durchschaut und ihm die Augen geöffnet hatte. Er hatte sich selbst vermarktet, damit ihn in der Welt der Vampire alle mochten. Doch das war ein Fehler gewesen. In Wahrheit konnte man niemals allen gerecht werden. In Zukunft sollte er wohl lieber versuchen, einfach er selbst zu sein, und sich nur um die Menschen Gedanken machen, die ihm wirklich etwas bedeuteten.

Wie Abigail.

„Vielleicht können Sie den gebrauchen?“ Sie zog einen Stressball aus der Tasche. „Ich bin mir nicht sicher, wo ich ihn herhabe, aber Ihre Mutter sagt, er gehört Ihnen.“

Er musste schlucken. „Den habe ich Ihnen in die Tasche geschmuggelt, als Sie nicht hingesehen haben. Sie können ihn behalten. Ich habe noch ein paar mehr.“

„Okay.“ Sie stopfte den Ball zurück in die Tasche. Anscheinend hatte sie seine Erklärung akzeptiert.

„Sie können die Pflanze in mein Büro stellen, wenn Sie wollen“, bot Gregori ihr an, und sie reichte ihm den Plastikbehälter.

„Wir sehen uns in etwa zwanzig Minuten“, sagte Roman zu ihm und verschwand mit Abigail. Charles blieb ihnen dicht auf den Fersen.

Gregori ging zurück in sein Büro, stellte die Pflanze auf seinen Schreibtisch, warf VANNA in den Schrank und schloss die Tür. Dann ließ er sich erschöpft auf seinen Stuhl sinken. Als sich keine Entspannung einstellte, griff er nach einem Stressball und fing an, auf und ab zu gehen. Als das auch nicht funktionierte, nahm er eine Flasche synthetisches Blut aus seinem Minikühlschrank und trank sie halb leer.

Er schlenderte zum Sicherheitsbüro, um sich anzuhören, welche Pläne Angus sich ausgedacht hatte. Emma war verschwunden, um seine Mutter zurück in die Schule zu teleportieren. Er setzte sich Angus gegenüber an den Schreibtisch, und sie waren tief ins Gespräch vertieft, als das Telefon klingelte.

„Aye, er ist hier“, sagte Angus in den Hörer. „Ich schicke ihn zu euch.“ Er legte auf. „Roman ist fertig mit seiner Führung. Er und das Mädchen suchen nach dir.“

Gregori sprintete aus dem Büro und lief den Korridor hinab.

Roman hatte sich gerade zu Abigail umgedreht. „Es war mir ein Vergnügen, Miss Tucker. Wenn ich irgendetwas für Sie tun kann, lassen Sie es mich einfach wissen. Und wenn Sie jemals ein Labor brauchen, können Sie gern eines von unseren benutzen."

„Das ist sehr freundlich von Ihnen. Vielen Dank." Sie lächelte. „Ich werde meinem Vater empfehlen, sich mit Ihnen und Ihren Artgenossen anzufreunden."

„Ausgezeichnet." Roman schüttelte ihr die Hand. „Und wir werden alles in unserer Macht Stehende tun, damit Ihre Reise nach China ein Erfolg wird."

„Ich war gerade bei Angus, um die Reise zu planen", sagte Gregori.

„Dann könnt ihr das ohne mich besprechen. Ich muss nach meiner Frau und meinen Kindern sehen. Guten Abend." Roman neigte den Kopf und teleportierte sich davon.

„Wow", hauchte Abigail. Sie drehte sich zu Gregori um. „Und mit dieser Methode kommen wir auch nach China?"

„Ja. Aber ehe wir aufbrechen, müssen wir alles genau planen. Es würde helfen, genau zu wissen, wonach Sie suchen."

„Drei seltene Pflanzen, die in der Provinz Yunnan heimisch sind. Sie werden in einigen alten chinesischen Heilmitteln verwendet, und meinen Nachforschungen zufolge könnten sie hilfreich dabei sein, das Immunsystem meiner Mutter zu stärken. Ich habe versucht, legal an einige Ableger zu kommen, aber die Regierung hat es nicht gestattet. Ich habe die Informationen über die Pflanzen bei der Arbeit, auch, wo genau sie am wahrscheinlichsten zu finden sind."

„Gut." Gregori nickte. „Das würde sehr weiterhelfen. Im Augenblick sind wir damit beschäftigt, das richtige Team zusammenzustellen. Leute mit Erfahrung in geheimen Missionen, die auch die Landessprache beherrschen."

Sie runzelte die Stirn. „Aber Sie kommen doch mit, oder nicht?"

„Das würde ich gerne, aber ich habe keinerlei Erfahrung …"

„Sie müssen mitkommen.“ Sie griff nach seinem Arm. „Die anderen kenne ich doch gar nicht.“

„Die werden Sie noch kennenlernen.“

„Nicht so wie Sie. Ich … ich brauche Sie dort. Ich vertraue Ihnen.“

Vertrauen. Doch das hatte er leider nicht verdient. Er hatte ihr Vertrauen verspielt, als er ihre Erinnerungen gelöscht hatte.

Sie schloss die Hand fester um seinen Arm. „Bitte. Ich fühle mich sicherer mit Ihnen.“

„Ich sage Angus, dass Sie mich dabeihaben wollen.“ Bedeutete das, sie mochte ihn wirklich? Er sah zu Charles hinüber, der ihn finster anstarrte. „Ehe wir durch die ganze Welt reisen, müssen wir noch überprüfen, wie gut Sie das Teleportieren vertragen.“

Sie riss die Augen auf. „Was passiert, wenn ich es nicht vertrage?“

„Ihnen … könnte schlecht werden.“ Er deutete aus dem Fenster. „Sehen Sie die Laube dort? Ich teleportiere Sie dorthin, damit wir merken, ob Ihr Magen mitmacht.“

Sie legte die Hand auf den Bauch. „Mit vollem Magen. Na toll.“

„Mir gefällt das nicht.“ Charles trat auf sie zu. „Ich muss Sie zu jeder Zeit im Blick haben, Miss Tucker.“

„Sie können uns durch die Scheibe sehen“, versicherte Gregori ihm.

„Charles“, sagte Abigail, „wir müssen wissen, ob ich mitkommen kann.“

„Na schön. In Ordnung.“ Charles warf Gregori noch einen finsteren Blick zu. „Aber ich behalte Sie im Auge.“

Er streckte Abigail die Hand entgegen. „Ich muss Sie festhalten.“

„Okay.“ Sie legte die Hand in seine.

„So.“ Er zog sie in seine Arme, und sie erstarrte überrascht. Er hörte, wie ihr Herzschlag sich beschleunigte.

Charles kniff die Augen zusammen.

„Und Sie müssen sich auch an mir festhalten“, fuhr Gregori fort. „Wir wollen nicht, dass Sie auf dem Weg verloren gehen.“

„Nein, das wäre schlecht." Sie schlang ihm die Arme um den Hals.

Er sah ihr in die hübschen braungrünen Augen. „Bereit?"

Sie nickte und kniff die Augen zusammen.

Eine Sekunde lang wurde alles um sie herum schwarz, und dann tauchten sie neben der Laube wieder auf. Das Gras war nass, es musste vor Kurzem geregnet haben. In der Luft hing schwere Feuchtigkeit und der Duft von Kletterrosen.

„Du kannst die Augen jetzt öffnen", flüsterte er.

Das tat sie und riss sie dann erstaunt noch weiter auf, als sie sich umschaute. „Du liebe Güte, wir haben es wirklich geschafft. Und ich habe kaum etwas gespürt."

Er winkte in Richtung des Fensters, aus dem Charles sie beobachtete. „Lass ihn wissen, dass es dir gut geht."

„Ach ja." Sie winkte dem Agent des Secret Service zu. „Mir ist überhaupt nicht schlecht. Ist das nicht toll?"

„Ich … habe ehrlich gesagt gelogen, was das betrifft. Normalerweise merken Sterbliche beim Teleportieren überhaupt nichts."

Ihr stand der Mund offen. „Warum sollten Sie deswegen lügen?"

„Weil ich dich von den ganzen Kameras wegbekommen wollte." Er nahm ihre Hand und zog sie in die Laube. „Und von Charles."

„Er wird uns einfach hinterherkommen."

„Er wird Schwierigkeiten haben, eine Tür zu finden, die sich öffnen lässt."

Sie zuckte zusammen. „Das wird ihn richtig wütend machen."

„Das ist es wert." Gregori ließ sie los und trat einen Schritt zurück. „Endlich. Wir sind allein."

17. KAPITEL

Abigails Gedanken rasten ebenso schnell wie ihr Herz. Gregori wollte mit ihr allein sein. Doch aus welchem Grund? Egal wie oft sie die Sache durchging, sie kam leider immer zur gleichen Schlussfolgerung: Er wollte sie verführen.

In der Laube war es dunkel. Sie konnte also nicht an seinem Gesicht ablesen, wie ernst es ihm war. Seine Haltung schien angespannt.

Sie atmete die schwere, nach Rosen duftende Luft tief ein. „Wenn es um das Bündnis geht, kann ich versichern, dass mein Vater es aufrechterhalten …“

„Da bin ich mir sicher. Deswegen habe ich dich nicht hier heraus gebracht.“

Sie musste schlucken. Verführung stand also immer noch ganz oben auf der Liste. „Wenn es wegen der Puppe ist, die wir gefunden haben, dann müssen Sie sich keine Sorgen machen. Roman hat mir alles erklärt. Er hat gesagt, dass Sie nur zu Junggesellenabschieden aus dem Schrank geholt wird.“

Er nickte. „Wir waren nie ein Paar. Man kann sich so schlecht mit ihr unterhalten.“

Abigail lächelte schwach. „Na ja, mit mir kann man immer reden.“

„Genau das habe ich vor.“

Sie blinzelte. „Ach so?“ Und was war mit verführen? Na gut, das war eine Erleichterung. Oder nicht? Sie zuckte innerlich zusammen, als ihr plötzlich etwas klar wurde.

Sie war enttäuscht.

Lieber Gott, sie musste den Verstand verloren haben.

Er trat von einem Fuß auf den anderen. „Ich wollte über uns reden.“

Uns? „Ich … hoffe, dass wir in ein paar Tagen gemeinsam nach China reisen …“

„Was empfindest du für mich?“

Sie zögerte. Was in aller Welt sollte sie antworten? Dass er der schönste, attraktivste und charmanteste Mann war, der ihr je begegnet war? Dass er die Art Mann war, von der sie immer geträumt hatte? Dass sie wünschte, er würde sich nach ihr verzehren, so wie sie sich nach ihm verzehrte? Dass es sie vor Aufregung schwindlig machte, wie er sie eben so einfach entführt hatte? Er hatte kühn die Kontrolle übernommen, und das brachte ihre Knie zum Zittern.

Aber wie sollte sie all das zugeben? Er war ein Vampir. So sehr sie sich nach Hitze und Leidenschaft sehnte, sie war doch immer noch im Innersten eine vernünftige und praktisch veranlagte Person. Sie konnte sich nicht in einen Vampir verlieben.

Er zerrte an seiner Krawatte. „Bist du … stößt es dich ab, dass ich ein Vampir bin?"

Sie zuckte zusammen. „Nein. Sie sind angegriffen worden. Sie haben nicht darum gebeten. Sie haben das Beste getan, was Ihnen unter den Umständen möglich war."

Er trat auf sie zu, und sie wich zurück.

„Hast du Angst vor mir?"

„Sollte ich denn?"

„Ich würde dir niemals wehtun, das weißt du hoffentlich." Er trat noch einen Schritt auf sie zu. „Und jetzt werde ich dich küssen."

Verführung. Sie hatte die ganze Zeit recht gehabt. Sie vergrub die Hände in ihre Manteltaschen. Als sie dort den Stressball fand, umklammerte sie ihn fest. „Meinen Sie nicht, Sie sollten erst um Erlaubnis bitten?"

Er schüttelte den Kopf. „Wenn ich frage, erlaubst du es vielleicht nicht."

Mutig und aggressiv. Er durchbrach ihre Schutzmauern und packte sich den geheimen, ursprünglichen Teil von ihr, der sich danach verzehrte, von einem so starken und entschlossenen Mann geliebt zu werden. Einem Alphahelden, wie in den Büchern ihrer Mutter. Einem Mann wie Gregori, der sich die ganze Nacht Zeit nehmen würde, um sie anzubeten und sie nach Herzenslust zu verwöhnen.

Aber sie durfte auf keinen Fall nachgeben. Eine Beziehung zu ihm war unmöglich. Vollkommen und unabänderlich unmöglich.

Sie reckte das Kinn vor. „Sie würden mich gegen meinen Willen küssen?"

Er berührte ihr Kinn mit dem Finger. „Ich würde deinen Willen ändern müssen."

„Ich bezweifle, dass …" Sie verstummte, als er mit der Fingerspitze an ihrem Hals hinabstrich. Sie bekam eine Gänsehaut an den Armen und fing an zu beben.

„Scholar", flüsterte er.

„Gori", wisperte sie zurück.

Seine Mundwinkel hoben sich, bis sich in seinen Wangen kleine Grübchen bildeten. „Die Kluge und das Biest?"

Leider war es mit ihrer Klugheit gerade nicht weit her. Es musste ein Dutzend Gründe geben, warum sie ihn aufhalten sollte, doch ihr fiel kein einziger ein.

Er legte ihr die Hand in den Nacken. Als ihre Blicke sich trafen, merkte sie, dass seine Augen wieder smaragdgrün leuchteten. „Hast du eine Ahnung, wie sehr ich dich will?"

Sie schüttelte den Kopf.

„Du bist so brillant." Er küsste sie auf die Stirn. „So mutig." Er küsste sie auf die Schläfe. „Und schön." Seine Lippen streiften ihre Wange.

„Nein." Sie legte ihm die Hände auf die Brust, um ihn aufzuhalten, als sein Mund nur noch wenige Zentimeter von ihrem entfernt war. Lieber Gott, sie wollte ihn so sehr.

Aber sie musste widerstehen. „Es ist unmöglich."

Er schloss die Hand in ihrem Nacken fester und beugte sich vor, bis er die Stirn an ihre lehnen konnte. Nach einem Augenblick des Schweigens flüsterte er: „Du kannst sagen, dass es schwierig ist. Schwer. Eine Herausforderung. Sag nicht, dass es unmöglich ist."

Sie drückte gegen seine Brust. „Genau das ist es aber. Und das weißt du auch."

Er ließ sie los und trat stirnrunzelnd zurück. „Warum? Warum ist es unmöglich?"

Sie klammerte die Hand um den Stressball in ihrer Tasche. „Wir haben nicht viel gemeinsam. Ich bin … Wissenschaftlerin, du nicht. Ich bin …"

„Du bist lebendig, ich nicht", unterbrach er sie.

Sie zuckte zusammen. „Mein Vater wäre niemals mit dir einverstanden."

„Was ist mit dir?"

„Ich … ich weiß es nicht." Sie drückte den Ball. „Ich kenne dich eigentlich nicht richtig. Wir haben uns erst vor ein paar Nächten getroffen."

„Abby, du kennst mich. Du siehst Dinge an mir, die sonst niemand erkennt. Nicht einmal ich selbst. Ich kann mich seit achtzehn Jahren nicht mehr im Spiegel sehen, aber du … du bist mein Spiegel. Wenn ich deine Tränen für deine Mutter sehe, fühle ich, wie ich um meinen Vater geweint habe. Und wenn du leidest, verstehe ich auch das." In seinen Augen schimmerten Tränen. „Wir haben vor einigen Nächten einen geliebten Menschen in der Schlacht verloren."

„Das tut mir so leid", flüsterte sie.

„Und wir beide haben vieles gemeinsam", fuhr er fort. „Wir arbeiten beide hart und sind zielstrebig. Wir haben beide in den Schatten gelebt, uns vor der Öffentlichkeit versteckt. Wir leiden beide unter Stress." Er steckte die Hand in die Tasche und zog einen Ball heraus. „Das zeigt sich in unseren Händen."

Sie atmete laut aus. „Kein gutes Zeichen für eine stressfreie Beziehung."

Er lächelte. „Ich mag deinen Humor." Er ging auf sie zu. „Ich mag alles an dir."

Ihr wurde die Brust eng. Sie mochte auch alles an ihm. Nur nicht, dass er ein Vampir war. „Es ist immer noch unmöglich. Vollkommen und unabänderlich …"

„Sag das nicht!" Er starrte sie einen Augenblick an, drehte sich dann abrupt um und ging auf die andere Seite der Laube.

Sie war versucht, zu ihm zu rennen, ihn in die Arme zu nehmen und zu trösten. *Tu es nicht. Du musst widerstehen.*

Er legte die Hände auf das Geländer und schaute hinauf zu den Sternen. Mondlicht fiel ihm ins Gesicht. Sie trat leise an seine Seite, um sein schönes Profil im silbernen Mondschein zu bewundern.

„Ich bin mit meinem Vater früher in den Bergen campen gewesen, und wir haben es geliebt, früh aufzustehen und den Sonnenaufgang zu beobachten. Jetzt kann ich die Sonne nie mehr sehen. Es ist unmöglich."

„Würde die Sonne dir schaden?", fragte sie.

„Sie würde mich umbringen." Er neigte den Kopf zur Seite. Sein Blick war immer noch auf die Sterne gerichtet. „Als sich der Krebs bis in seine Leber ausgebreitet hatte, haben sie mir gesagt, dass es für meinen Dad keine Hoffnung gibt. Es war unmöglich."

Ihr tat das Herz weh, aber als sie den Mund öffnete, um zu sagen, wie leid es ihr tat, sprach er schon weiter.

„Als ich sterbend auf dem Parkplatz lag und meine Mutter Roman angefleht hat, mir eine Transfusion zu geben, hat er gemeint, es wäre zu spät. Es war unmöglich."

Tränen brannten in ihren Augen. Sie konnte den Gedanken an seinen Tod nicht ertragen. Und er hatte so viel verloren – die Sonne, seinen Vater, sein menschliches Leben.

Er berührte eine Rose an der Ranke neben ihm. „Als ich untot erwacht bin, habe ich gefragt, ob ich je wieder sterblich werden könnte, aber sie sagten, es wäre unmöglich."

Eine Träne lief ihr die Wange hinab.

Er pflückte die Rose. „Jetzt ist es möglich. Roman hat einen Weg gefunden, doch ich habe keine Proben meines sterblichen Blutes. Meine Mutter hat die blutige Kleidung verbrannt, die ich trug, als man mich angegriffen hat." Er zupfte einen Dorn von der Rose und warf ihn hinaus auf das Blumenbeet. „Für mich ist es also unmöglich. Vielleicht verstehst du jetzt, warum ich dieses Wort nicht mag."

Er drehte sich um und streckte ihr die Rose entgegen. „Wieso ist es unmöglich?“

Ihr wurde schwer ums Herz. Wie konnte sie ihm wehtun, wo sie doch gerade dabei war, sich in ihn zu verlieben?

Sie atmete bebend ein und wischte sich die Wange ab. Dann ging sie einen Schritt auf ihn zu. Und noch einen.

Er riss die Augen auf.

Plötzlich wurde ihr klar, dass sie ihm Hoffnung schenkte, die erste Hoffnung seit Jahren. Schneller und immer schneller lief sie auf ihn zu.

Die Rose fiel zu Boden, als er sie in seinen Armen auffing. „Abby.“ Er zog sie fest an sich, hob sie hoch und wirbelte sie herum. Sobald ihre Füße wieder auf den Boden kamen, bedeckte er ihr Gesicht mit Küssen.

Freude keimte in ihrem Herzen auf, wuchs und begann sich auszubreiten. „Gori.“ Sie klammerte sich an seine Schultern. Er war so stark, so solide. Und er konzentrierte sich ganz auf sie. Noch nie hatte ein Mann ihr so viel Aufmerksamkeit geschenkt.

Er stieß mit der Nase gegen ihre, und sein Atem strich sanft über ihre Lippen. „Abby.“

Sie sah hoch, um ihm in die Augen zu schauen, und erstarrte. Sie glühten rot.

„Tut mir leid. Ich kann das nicht kontrollieren“, raunte er. „Du wirst immer wissen, wenn ich mich nach dir verzehre.“

Sie vergrub die Hände in seinen weichen Haaren und umfasste seinen Kopf. „Ich dachte, du hättest vor, mich zu küssen?“

Einer seiner Mundwinkel bog sich nach oben. „Ich muss nicht um Erlaubnis bitten?“

„Ich habe es mir anders überlegt.“

„Ich wusste immer, du bist brillant.“ Er berührte ihre Lippen vorsichtig mit seinen, löste sich dann wieder ein Stück und wartete.

Sie senkte die Lider und genoss die Spannung, die ihren ganzen Körper vibrieren ließ. Als wäre ein Damm kurz vor dem Brechen. Und das tat er.

Der Damm brach in eine Million Stücke. Gregoris Mund schien mit ihrem zu verschmelzen und Gregori riss sie mit, in einen Taumel der Leidenschaft.

Sie ließ es geschehen und hielt ihn einfach nur fest, während er sie umarmte. Seine Lippen waren süß und unaufhaltsam. Er kostete sie, knabberte und lockte, bis er sie vollkommen eingenommen hatte und sie mit der Zunge erobern konnte.

Hitze und Verlangen schlugen über ihr zusammen. Eine leise Stimme in ihrem Hinterkopf warnte sie, dass sie der Sache nicht gewachsen war, aber es war ihr egal. So war sie noch nie geküsst worden. Seine Begierde schlug ihr entgegen, Welle um Welle, und hob sie höher und höher.

Sie stöhnte vor Enttäuschung, da er plötzlich die Lippen von ihren löste. „Gregori …"

„Sie kommen."

„Kannst du …" Natürlich. Er konnte es hören.

„Charles und Angus", flüsterte er. Seine Augen leuchteten rot in der Dunkelheit. „Sie sind aus dem Seiteneingang gekommen. Charles muss zum Sicherheitsbüro gegangen sein, damit Angus ihm eine Tür aufschließt." Er zog sie fester an sich. „Vertrau mir."

Eine Sekunde lang wurde alles schwarz, und dann stolperte sie zu Boden.

„Alles in Ordnung?" Er half ihr aufzustehen.

Verdammt, nein. Ihre Knie waren wackelig, ihr Herz hämmerte, und ihr Mund kribbelte noch. *Beim heiligen George, der Mann kann küssen.*

Sie hatte es getan. Sie hatte ihn geküsst. Sie streckte die Hand aus, um seine Wange zu berühren.

Er drehte den Kopf und küsste ihre Handfläche. „Sie kommen."

Sie blickte sich um, konnte aber nur Bäume sehen. „Wo sind wir?"

„Im hinteren Teil des Gartens. Du hast um eine Führung gebeten, und ich bin, ganz Gentleman, deinem Wunsch natürlich sehr gerne nachgekommen."

„Wirklich?"

„Das ist unsere Geschichte, und wir bleiben dabei." Er fasste sie an der Hand und führte sie einen Pfad hinab, den sie im Mondlicht kaum erkennen konnte.

In der Ferne sah sie Charles auf die Laube zurennen. Angus MacKay folgte ihm mit wirbelndem Kilt. Sie ließ Gregoris Hand los. Ihr Augenblick der Zweisamkeit war vorüber.

„Miss Tucker!" Charles verschwand in der Laube und tauchte Sekunden später wieder auf. „Sie ist nicht hier!"

„Charles!" Sie winkte ihm zu und beschleunigte ihre Schritte, bis sie einen gut ausgeleuchteten Bereich erreicht hatte. „Es geht mir gut!"

Auf Charles' Miene breitete sich Erleichterung aus, der gleich darauf Wut folgte. „Tun Sie das nie wieder!"

„Ich war nicht in Gefahr", versicherte sie ihm, „ich wollte nur den Garten sehen." Sie sah zu Gregori, dessen Augen zum Glück nicht mehr rot glühten.

Charles warf Gregori einen misstrauischen Blick zu und wendete sich danach wieder an sie. „Ich sollte Sie jetzt wieder zurück ins Hotel bringen."

Sie nickte. „Einen Augenblick noch. Mr MacKay, wenn ich es richtig verstanden habe, machen Sie die Pläne für meine Reise. Ich will, dass Gregori mitkommt."

„Och, wirklich?" Angus ließ seine Augen belustigt funkeln. „Ich bin mir sicher, das lässt sich arrangieren. Wenn Gregori einverstanden ist."

„Bin ich", sagte er leise.

Abigail berührte ihn am Arm. „Können Sie morgen Abend ins Weiße Haus kommen und meinem Vater Ihre Pläne erklären? Ich würde gern sein Einverständnis einholen, damit wir so schnell wie möglich anfangen können."

Gregori nickte. „Das kann ich. Warum gehen Sie und Charles nicht schon zur Limousine? Ich hole noch Ihre Pflanze aus meinem Büro und bringe sie zu Ihnen."

„In Ordnung. Vielen Dank."

Er verzog seine Mundwinkel. „Ich hoffe, die Führung hat Ihnen gefallen."

Ihr Gesicht wurde rot. Sie sah zu, wie er in unglaublich hoher Geschwindigkeit auf das Gebäude zuraste.

„Er ist schrecklich schnell", murmelte Charles.

„Ja." Sie errötete noch mehr. Er hatte nur ein paar Nächte gebraucht, bis sie in seinen Armen dahingeschmolzen war.

Angus führte sie und Charles sehr viel langsamer zurück zum Seiteneingang. Als sie im Foyer angekommen waren, wartete Gregori dort bereits mit dem Plastikbehälter, in dem sich die Pflanze befand, die sie untersuchen wollte.

Angus gab den Code ein, um die Vordertür aufzuschließen. „Seien Sie versichert, dass wir alles tun werden, damit Sie auf Ihrer Reise beschützt sind."

„Vielen Dank." Sie trat ins Freie.

Während Charles auf die Fahrerseite ging, öffnete Gregori ihr die Wagentür. „Wir sehen uns morgen."

„Ja." Sie versuchte, nicht zu erröten, während sie in die Limousine stieg.

Er beugte sich vor und flüsterte: „Schau in die Schachtel." Er zwinkerte ihr zu und schloss dann die Tür.

Als Charles losgefahren war, spähte sie in den Plastikbehälter. Darin befand sich eine in Plastik gewickelte getrocknete Wurzel. Und ein Zettel.

Sie öffnete ihn und fand oben eine Nummer.

Meine liebste Gelehrte,

Das ist meine Handynummer. Wenn Du irgendwann nachts allein bist und mich sehen willst, ruf an und ich komme zu Dir.
Und denk daran – Liebe macht alles möglich.

Sie seufzte. Wenn das nur stimmen würde.

Sie war dabei, sich in ihn zu verlieben. Aber es war unmöglich.

18. KAPITEL

Am nächsten Abend stieg Aby die Treppe zu den Wohnräumen hinauf, um nach ihrer Mutter zu sehen. Sie und ihre Schwester waren am Morgen zurück nach D.C. geflogen, und sie hatte den Rest des Tages im Labor verbracht, um Informationen für das Treffen mit ihrem Vater zu sammeln. Und mit Gregori.

Beim heiligen George, der Mann kann küssen. Damit hatte Prunella Culpepper ganz recht gehabt. Abigail hatte letzte Nacht kaum ein Auge zugetan. Erinnerungen an Gregoris Kuss hatten ihre Gedanken erfüllt. Sie hatte die Szene wieder und wieder durchlebt, jedes Detail ausgekostet, und sich vorgestellt, was geschehen wäre, wenn sie nicht unterbrochen worden wären.

Sie umklammerte den Griff ihrer Lederaktentasche fester. Bei dem Treffen mit ihrem Vater heute Abend durfte sie sich nichts anmerken lassen. Auf keinen Fall durfte sie Gregori mit roten Wangen anstarren. Ihre Akten befanden sich in der Tasche, zusammen mit Gregoris Notiz, die sie sicher in einer Seitentasche versteckt hatte. Konnte sie den Mut aufbringen, ihn anzurufen? Dazu musste sie auf jeden Fall allein sein. Sie durfte nicht zulassen, dass ein Agent des Secret Service belauschte, wie sie mit einem Vampir flirtete.

Seit die Sonne untergegangen war, hatte sie nicht eine ruhige Minute gehabt. Erst hatte sie im Labor mit anderen Wissenschaftlern gearbeitet. Dann hatte ein Agent sie abgeholt und zum Weißen Haus gefahren. Selbst jetzt, auf dem Weg zum Krankenzimmer, standen hier und da Agents, die ihre Augen überall hatten. Die Männer in den schwarzen Anzügen waren stets darauf aus, Gefahren zu wittern. Und Gregori stellte für sie ohne Zweifel eine Gefahr dar.

Sie wusste, sie sollte sich von ihm fernhalten. Es wäre vernünftig, und sie war ihr ganzes Leben lang vernünftig gewesen. Aber dazu war es bereits zu spät. Sie war von der Klippe gesprungen und wusste nicht, wie sie den Fall bremsen sollte. Sie wusste nicht einmal, ob sie den Fall überhaupt bremsen wollte.

Sich in Gregori zu verlieben war verrückt und unverantwortlich. Es sah ihr überhaupt nicht ähnlich. Und es war aufregend. Wie seltsam, dass es einen Untoten brauchte, damit sie sich lebendig fühlte.

Sie nickte dem Agent zu, der neben der Tür zum Krankenzimmer stand. Drinnen konnte sie Gelächter hören – ihre Mutter und Madison.

Sie schlüpfte hinein. „Hallo."

„Abigail!" Ihre Mutter winkte sie zu sich. „Wir sehen uns gerade Madisons Werbespot an. Komm und mach mit."

„Sie hat ihn bereits live gesehen." Madison griff nach der Fernbedienung. „Aber wenn du ihn noch mal sehen willst?"

„Sicher. Gern." Abigail umarmte ihre Mutter und sah sie sich rasch an. Sie sah blass aus, mit dunklen Ringen unter den Augen. „Hat Debra Feierabend?"

„Sie macht nur Pause", sagte Belinda. Sie beugte sich dicht zu Abigail und flüsterte: „Wir sollten nicht über Vampire reden, wenn sie im Raum ist. Topsecret, du verstehst."

Abigail nickte, bemerkte aber auch das Funkeln in den Augen ihrer Mutter. All die Aufregung in den letzten Tagen schien ihre Mutter belebt zu haben. Ihre Schwester ebenfalls. Madison hatte die ganze Rückreise über von ihren neuen Freunden beim Digital Vampire Network geredet. Maggie hatte ihr eine DVD von dem Werbespot geschenkt, den sie zum Spaß mit Phineas gedreht hatte.

„Es fängt an!" Madison legte den Finger auf die Lippen.

Abigail setzte sich und sah ihrer Schwester und Phineas zu. „Das ist wirklich gut." Gott sei Dank hatte Maggie nicht auch Gregoris und ihren Spot aufgenommen.

Belinda klatschte in die Hände. „Großartig, Madison. Ich bin so stolz auf dich."

„Und rate, was jetzt passiert?" Madison sprang strahlend auf. „Gestern Nacht habe ich für eine sterbliche Rolle in einer ihrer Seifenopern vorgesprochen. Normalerweise lassen sie diese Rollen von Vampiren spielen, weil Sterbliche nichts von DVN wissen, aber Gordon – das ist der Regisseur – hat gesagt, das funktioniert nicht so gut, weil alle die Fangzähne sehen können. Es besteht also eine gute Chance, dass ich bei einer ihrer Sendungen genommen werde, und dann bin ich eine echte Schauspielerin!"

„Wow." Abigail sah hinüber zu ihrer Mutter, die eher schockiert als glücklich wirkte. „Das ist wirklich aufregend, Maddie."

„Ich weiß!" Madison legte verträumt die Hände aneinander. „Stell dir das doch mal vor. Ich könnte ein echter Star werden."

„Ich dachte, du hast gesagt, der Werbespot war nur zum Spaß, nicht echt", sagte Belinda. „Mir war nicht klar, dass dir die Schauspielerei ernst ist."

„Mir war nicht klar, dass ich so gut sein würde!", rief Madison.

„Aber was ist mit der Kunsthochschule?", fragte Belinda.

Madison winkte ab. „Da bin ich nur hingegangen, weil ich nicht wusste, was ich sonst tun soll. Ich bin überhaupt nicht gut in Kunst, weißt du das? Aber Maggie hat gesagt, fürs Schauspielen habe ich echtes Potenzial. Und Gordon hat gesagt, ich sehe vor der Kamera fantastisch aus."

„Ja, Liebes, das tust tu", gab Belinda zu, „aber das ist ein Sender für *Vampire*."

Madison blinzelte. „Na und?"

Abigail zuckte innerlich zusammen, als sie merkte, was los war.

„Es freut mich sehr, dass du ein neues Talent in dir entdecken konntest", fuhr Belinda fort. „Aber du musst dich bei deiner eigenen Art entwickeln. DVN ist nicht die Art Umgebung, die du jede Nacht aufsuchen solltest."

Madison sah verblüfft aus. „Warum nicht?"

„All diese Aufregung um Vampire – das hat Spaß gemacht, aber …" Belinda seufzte. „Es ist schön, diese Welt zu besuchen, aber man will doch dort nicht leben."

Madison runzelte die Stirn. „Hast du etwas gegen Vampire?"

„Ich bin mir sicher, einige von ihnen sind sehr nett, aber … lass uns ehrlich sein, Maddie. Sie sind tot. Ich will nicht, dass du dich mit einem von ihnen einlässt."

„Aber das würde ich nicht", beharrte Madison. „Ich finde keinen von denen attraktiv." Ihr Blick richtete sich auf Abigail.

Bitte sag nichts. Abigail warf ihr einen flehenden Blick zu.

Madison legte die Stirn in noch tiefere Falten. „Ich verstehe das nicht, Mom. Es sieht dir nicht ähnlich, solche … Vorurteile zu haben."

„Ich will nicht unhöflich sein. Ich will nur nicht, dass du eine Beziehung zu einem von denen eingehst. Überleg mal. Sie leben jahrhundertelang, richtig? Entweder sie haben dich nach ein paar Jahren satt, oder sie bestehen darauf, dich in einen Vampir zu verwandeln. Wie könnte ich so etwas gutheißen?"

Madison biss sich auf die Unterlippe und sah Abigail an. „Man könnte auch sagen, es ist sehr romantisch."

Belinda schnaubte. „Glaube mir, Liebes, das klingt nur in Geschichten so schön. In Wirklichkeit würde ein Vampir dich umbringen."

Abigail musste schlucken. Ihre Mutter führte einige berechtigte Einwände an. Sie hatte Madison selbst vor einigen Nächten gewarnt, dass es reiner Leichtsinn wäre, sich mit einem Vampir einzulassen.

Es war wie das alte Sprichwort, über das sich ihre Großmutter so gern lustig gemacht hatte. Wenn man sich schon verliebte, dann kann es auch gleich ein reicher Mann sein. Wenn sie sich also verliebte, warum dann nicht in einen *lebendigen* Mann?

Sie ließ die Schultern hängen. Es wurde Zeit, der Wahrheit ins Gesicht zu sehen. Eine Beziehung zu Gregori war wirklich unmöglich. Aber wie sollte sie jemals einen anderen finden, der so wunderbar war wie er? Er war alles, was sie sich je erträumt hatte. Nur, dass er ein Vampir war.

Madison schob schmollend die Unterlippe vor. „Aber Mom. Ich dachte, du freust dich für mich. Ich will den Job bei DVN wirklich."

Belinda seufzte. „Natürlich freue ich mich für dich. Aber ich würde mir viel zu viele Sorgen machen, wenn du immer mit Vampiren zusammen bist."

Madison verdrehte die Augen. „Aber bei Abby ist das okay? Sie ist doch auch die ganze Zeit mit Vampiren zusammen, wenn sie nach China geht!“

Abigail richtete sich mit einem Ruck auf und schüttelte den Kopf.

„*Was?*“ Belinda sah sie schockiert an. „Was hast du vor?“

Madison zuckte zusammen. „Tut mir leid, Abby. Ich dachte, sie wüsste es.“

Abigail sah sie verärgert an und wendete sich dann an ihre Mutter. „Es ist nur eine Forschungsreise, das ist alles. Nur ein paar Tage.“

Belinda kniff die Augen zusammen. „Haben deine Forschungen mit mir zu tun?“

„Es wird schon nichts passieren, Mom“, wich Abigail der Frage aus. Die Vampire sind nur da, um mich zu beschützen. Sie sind unglaublich stark und schnell. Sie haben besondere Fähigkeiten, wie Superhelden.“

„Ja!“ Madison nickte. „Es ist, als würde man mit Superman verreisen!“

Belinda runzelte die Stirn. „Ich denke nicht, dass du das machen solltest.“

„Mom …“ Abigail setzte dazu an zu sagen, dass sie es nur für sie tat, aber das würde ihre Mutter nur noch mehr gegen die Reise aufbringen. „Ich muss es einfach tun.“

In Belindas Augen glänzten Tränen. „Kleines, meine Gesundheit ist *mein* Problem. Du kannst nicht für alles die Verantwortung übernehmen.“

Abigail blinzelte, damit ihr nicht auch die Tränen kamen. „Wie könnte ich mit mir selbst leben, wenn ich nicht alles versuche, was in meiner Macht steht?“

Es klopfte an der Tür, und der Agent steckte den Kopf herein. „Das Meeting im Oval Office hat begonnen. Der Präsident verlangt Miss Abigails Anwesenheit.“

„Ich komme.“ Sie stand auf und griff nach ihrer Aktentasche. „Mach dir keine Sorgen, Mom. Es wird alles gut gehen.“

Ihre Mutter seufzte erschöpft. „Ich hoffe es."

Sie winkte Madison zu, während sie den Raum durchquerte. „Bis später."

„Viel Glück." Madison trat dicht an sie heran und senkte die Stimme. „Bei *allem*."

Meinte sie damit Gregori? „Danke."

Danke, dass du Mom nicht von ihm erzählt hast.

Madison streichelte ihr lächelnd die Schulter. „Du hast immer so hart gearbeitet. Du verdienst es, glücklich zu sein."

Ihre Schwester hielt es also für eine gute Idee? Abigail verließ den Raum.

Sicher, sie wollte glücklich sein, aber konnte sie mit einem Vampir ihr Glück finden? Letzte Nacht in Gregoris Armen war sie glücklich gewesen, aber was, wenn es nur ein flüchtiges Gefühl war? Konnte sie glücklich sein, wenn es ihre Eltern unglücklich machte? Was, wenn ihre Mutter recht hatte, und Gregori sich nicht mehr zu ihr hingezogen fühlte, sobald sie älter wurde? Was, wenn er von ihr verlangte, ebenfalls zum Vampir zu werden?

Sie schauderte. Gregori zu küssen war eine Sache. Aber sich so sehr auf ihn einzulassen, dass sie schließlich auch ein Vampir wurde – das machte ihr wirklich Angst.

Sie sollte die ganze Sache beenden, ehe sie sich vollkommen und unabänderlich in ihn verliebte. Aufhören, sich zu verlieben? Ein kalter Schauer lief ihr über den Nacken.

Es war vielleicht schon zu spät.

Gregori stand auf, als Abigail das Oval Office betrat. Sein Herz begann zu rasen, und er kämpfte gegen das Bedürfnis, sie in seine Arme zu ziehen. Sie trug einen Laborkittel, als käme sie gerade von der Arbeit, und hielt eine Aktentasche in der Hand.

„Guten Abend." Er verzog keine Miene.

Sie sah ihn an und nickte. „Gregori." Sie lächelte kurz ihrem Vater und dem Direktor der CIA, Nick Caprese, zu. „Ich hoffe, ich habe nichts Wichtiges verpasst."

„Wir fangen gerade erst an." Ihr Vater deutete auf die Sofas und setzte sich dann selbst in den Stuhl am Kopfende des niedrigen Tischs.

Gregori setzte sich zur Rechten des Präsidenten und legte seinen Aktenordner auf den Tisch. Abigail setzte sich auf die Couch ihm gegenüber. Sie schien Abstand von ihm halten zu wollen. Hoffentlich bedeutete das nur, dass sie versuchte, ihre Beziehung geheim zu halten. Oder hatte sie es sich etwa anders überlegt? Aber über diese Möglichkeit wollte er gar nicht erst nachdenken.

Sie legte ihren Koffer auf die Couch neben sich und richtete den Blick dann direkt auf ihren Vater.

„Gregori hat sich aus New York direkt in mein Büro teleportiert", erzählte der Präsident ihr, „sehr beeindruckend. Und er hat gesagt, dass du letzte Nacht mit ihm Teleportation geübt hast und sehr erfolgreich dabei warst."

Sie nickte. „Ja."

Sie sieht mich absichtlich nicht an, dachte Gregori. „Ich hatte dem Präsidenten und Mr Caprese gerade von MacKay Security and Investigation erzählt."

„Und ich habe mir vom britischen Premierminister bestätigen lassen, dass sie dort eine gute Beziehung zu Angus MacKay und seinen Angestellten haben", sagte Caprese.

„Ausgezeichnet." Der Präsident wendete sich an Gregori. „Sie wollten gerade von einem Plan berichten, den Sie zusammen mit Mr MacKay entwickelt haben?"

„Ja." Gregori öffnete seinen Ordner. „Angus und ich haben gestern Abend unser Team zusammengestellt. Wir nennen es das A-Team. A für Abigail."

Ihr Vater lächelte. „Das gefällt mir."

Gregori sah zu Abigail hinüber. Sie war ganz auf seinen Ordner konzentriert, und ihre Wangen hatten sich leicht gerötet.

Er nahm das oberste Blatt. „Hier ist ein kurzer Lebenslauf und ein Foto des Teamleiters, J. L. Wang. Er spricht fließend Mandarin und fällt unter den Einheimischen nicht auf. Er ist seit zwei Jahren ein Vampir. Davor war er Special Agent des FBI, ansässig in Kansas City. Seit einem Jahr ist er Leiter des Sicherheitsteams für den Zirkel der Westküste mit Hauptquartier in San Francisco.“

„Klingt gut.“ Der Präsident überflog J. L.s Lebenslauf und reichte ihn dann an Caprese weiter, der kurz daraufblickte und ihn dann auf den Tisch legte.

Abigail zog das Blatt dichter zu sich heran, damit sie es sehen konnte.

Gregori nahm den nächsten Lebenslauf. „Der zweite Vampir im Team ist Russell Ryan Hankelburg. Er war während des Vietnamkrieges ein Major bei den Marines. Er ist Experte im Umgang mit Waffen und in Überlebensstrategien.“

Der Präsident sah sich den Lebenslauf an. „Er wurde 1971 für vermisst erklärt. Was ist mit ihm geschehen?“

„Vor einem Jahr haben Angestellte von MacKay ihn in einer Höhle im Norden von Thailand gefunden“, sagte Gregori. „Wir glauben, dass er neununddreißig Jahre im Koma gelegen hat. Angus ist es gelungen ihn wiederzubeleben, indem er ihn verwandelt hat. Sobald er von dieser Mission hörte, hat er sich freiwillig gemeldet. Er brennt darauf, seinem Land erneut dienen zu dürfen.“

„Bewundernswert.“ Der Präsident reichte den Lebenslauf an Caprese weiter.

„Dann ist er nicht nur als Untoter aufgewacht, sondern ihm fehlen auch neununddreißig Jahre seines Lebens?“, fragte Abigail. „Das muss sehr traumatisch gewesen sein.“

Gregori zuckte mit den Schultern. „Er ist ein Marine. Ich weiß nur, dass er sich sehr schnell an seine neuen Fähigkeiten als Vampir gewöhnt haben soll.“

Caprese überflog den Lebenslauf und legte ihn dann auf den Tisch. „Diese Männer scheinen eine ausgezeichnete Wahl zu sein. Ich werde sie natürlich überprüfen müssen.“

„Natürlich. Als Vampire werden wir tagsüber nicht dazu in der Lage sein, viel auszurichten.“ Gregori vermied zu erwähnen, dass sie tatsächlich tot waren. Es war eine Verletzbarkeit, von der sie der Regierung nichts verraten wollten. „Wir wollen nicht, dass Abigail schutzlos ist, während wir schlafen, deswegen ist unser Plan, zusätzlich noch einen Tagwächter mitzunehmen."

Er hielt den nächsten Lebenslauf hoch. „Das hier ist Howard Barr. Er war Abwehrspieler bei den Chicago Bears."

Präsident Tucker nahm das Blatt stirnrunzelnd entgegen. „Ich verstehe, dass Sie einige Menschen brauchen, aber warum nicht Josh oder Charles?" Er deutete auf Charles, der neben der Tür stand.

„Oder ein paar Agenten der Agency", bot Caprese an. „Sie haben Erfahrung mit dieser Art von Mission."

„Ja, aber sie haben nicht die gleichen Fähigkeiten wie unsere Tagwächter."

Caprese schnaubte. „Ich bin dafür, Sie nehmen einige unserer Leute mit. Damit zeigen Sie auch, dass die Vampire bereit sind, mit uns zusammenzuarbeiten."

Gregori schüttelte den Kopf. „Ich fürchte, wir müssen in diesem Fall auf unsere eigenen Angestellten bestehen."

„Warum?" Caprese lehnte sich zurück. „Was ist denn so Besonderes an denen? Legen sie goldene Eier?"

„So ungefähr", murmelte Gregori. Er und Angus hatten über eine Stunde darüber diskutiert. Die Wandler erwarteten, dass die Vampire ihr Geheimnis bewahrten. Aber wenn Abigail mit ihnen reiste, musste sie eingeweiht werden. Und dann sollte auch ihr Vater davon erfahren. Wenn der Präsident erst nach der Reise davon erfuhr, würde er verständlicherweise wütend werden, weil man ihm Informationen vorenthalten hatte.

Gregori beugte sich vor und stützte sich mit den Unterarmen auf die Knie. „Die Informationen, die ich Ihnen gleich mitteilen werde, sind sogar in der Vampirwelt streng geheim. Ich hätte gern Ihr Wort, dass sie diesen Raum nicht verlassen."

Der Präsident und der CIA-Direktor sahen sich an und nickten dann gemeinsam.

„Es gibt noch eine Gruppe … Menschen, übernatürlich wie die Vampire, aber auf andere Art. Sie wollen aus offensichtlichen Gründen geheim bleiben. Ich brauche Ihr Wort, dass Sie nie versuchen werden, sie zu jagen oder ihnen zu schaden. Sie vertrauen darauf, dass wir ihr Geheimnis bewahren, und es wäre unehrenhaft, wenn wir sie auf irgendeine Weise hintergingen."

„Sie haben mein Wort", sagte Präsident Tucker und warf Caprese einen scharfen Blick zu. „Wenn Sie kein Geheimnis bewahren können, verlassen Sie den Raum."

Caprese hob eine Augenbraue. „Ich habe sechs Jahre lang nicht von den Vampiren gesprochen. Ich kann den Mund halten."

„In Ordnung. Also." Gregori sah Abigail an, die blass geworden war. „Howard ist ein Wandler." Als ihm nur leere Gesichter entgegenblickten, erklärte er weiter: „Ein Gestaltwandler. Er kann eine andere Gestalt annehmen, wann er will."

Sie keuchte auf. „Wie ein Werwolf?"

„Die meisten Wandler sind Werwölfe", gab Gregori zu.

Caprese schnaubte. „Das glaube ich nicht."

Abigail runzelte die Stirn. „Ich kann mir nicht vorstellen, wie das möglich sein soll."

Gregori sah sie eindringlich an. „Es gibt viele Dinge, die möglich sein können." *Zum Beispiel eine Beziehung zu mir.* Sie wurde rot, er nahm also an, dass sie ihn verstanden hatte. „Wenn Sie Beweise brauchen, kann ich Howard herbringen, damit er sich verwandelt. Er zerreißt dann eventuell die Sofas, aber …"

„Moment." Der Präsident hob die Hand. „Wenn er sich in ein wildes Biest verwandelt, ist meine Tochter dann noch sicher?"

„Ja." Gregori nickte. „Er hat sich völlig unter Kontrolle. Und selbst in menschlicher Gestalt hat er außergewöhnliche Kraft und Schnelligkeit und erhöhte Sinne. Er kann Abigail besser beschützen als jeder Sterbliche."

„Er ist also ein Werwolf?", fragte sie ihn.

„Eigentlich ist er ein Werbär. Ein Kodiakbär. Mit Howard legt sich niemand an."

Abigail starrte ihn fassungslos an.

„Der zweite Tagwächter ist Rajiv." Gregori nahm den letzten Lebenslauf hoch.

„Kennen Sie Maxim?", unterbrach ihn Abigail.

Gregori blinzelte verwirrt. „Wen?"

„Maxim. Er ist ein Werwolf."

Der Präsident erstarrte. „Abby! Du kennst einen Werwolf?"

„Nein! Er kommt in Moms Buch vor … aber der ist wohl nicht echt." Sie wurde rot. „Tut mir leid. Ich weiß nicht mehr genau, was Realität ist und was nicht."

Gregori zwang sich, nicht zu lächeln.

Die Miene des Präsidenten wurde weich, als er seine Tochter betrachtete. „Ich verstehe, wie du dich fühlst, Kleines. Man hat uns in den letzten Nächten viel zugemutet." Er atmete tief durch. „Werwölfe und Werbären – wer sollte das jemals glauben?"

„Und Wertiger." Gregori reichte ihm den letzten Lebenslauf.

Abigail keuchte *„Tiger?"*

Gregori lachte. „Wölfe, Tiger und Bären, oje!"

Als die anderen ihn nur fassungslos anstarrten, räusperte er sich und setzte wieder eine ernste Miene auf. „Rajiv arbeitet seit einem Jahr für MacKay S & I. Sein Stamm ist in Thailand beheimatet, aber sie kommen ursprünglich aus der Provinz Yunnan. Sie sind den Mekong hinabgekommen und haben sich im Norden Thailands angesiedelt. Wie es scheint, bevorzugen die Wertiger ein abgestecktes Territorium für jeden Stamm, und in Yunnan ist ihnen der Platz ausgegangen. Die gute Nachricht ist, dass Rajiv dort Verwandte hat und einen der dortigen Dialekte beherrscht."

„Und er verwandelt sich in einen Tiger?" Präsident Tucker reichte den Lebenslauf an Caprese weiter.

„Ja. Das kann er jederzeit tun." Gregori schloss seinen leeren Ordner. „Ich werde ebenfalls mitkommen. Und Abigail natürlich. Das macht sechs Mitglieder für das A-Team."

„Warum nur die zwei Tagwachen?", fragte Caprese.

„Wir werden uns teleportieren", erklärte Gregori. „Mit drei Vampiren können wir nur drei Personen sicher transportieren – Abigail und die beiden Wandler."

Caprese sammelte die Lebensläufe zu einem Stapel zusammen. „Ich lasse Sie wissen, ob ich einverstanden bin mit diesen … Männern."

Gregori warf ihm einen schiefen Blick zu. „Versuchen Sie, es in den nächsten paar Stunden zu tun. Diese *Männer* sind bereits in San Francisco. Sobald die Sonne auf Hawaii untergeht, werden sie sich dorthin weiterteleportieren. Von Hawaii aus geht es weiter zur Niederlassung von MacKay in Tokio. Sie können in zwölf Stunden in der Provinz Yunnan sein und dort alles vorbereiten."

Abigail setzte sich erschreckt auf. „Sie gehen ohne mich?"

„Sie und ich folgen ihnen, sobald alles fertig ist", sagte Gregori. „Die anderen vier errichten Stützpunkte in der ganzen Provinz. Da es im ganzen Gebiet sehr gebirgig ist, suchen sie nach Höhlen oder verlassenen Gebäuden, die sich weiter entfernt von bewohnten Gegenden befinden. An diesen Stützpunkten stellen sie Signale auf, die nur von Vampiren und Wandlern gehört werden können. Wir benutzen diese Signale, um genau zu wissen, wohin wir uns teleportieren. Und jeder Stützpunkt wird mit Vorräten ausgestattet: Nahrung, Wasser, synthetisches Blut, außerdem Schlafsäcke und so weiter. Ich fürchte, wir werden nicht sehr komfortabel reisen."

Sie nickte. „Damit hatte ich gerechnet."

Gregori drehte sich zum Präsidenten um. „Der Plan ist folgender – achtsame und genaue Vorbereitung, alles vorher aufbauen, und wenn es Zeit wird, Abigail ins Land zu bringen, schlagen wir schnell zu. Wir bringen sie schnell rein und schnell wieder raus. Zwei oder drei Nächte höchstens. Niemand wird je erfahren, dass sie dort war."

Der Präsident lächelte. „Das gefällt mir."

„Laurence", sagte Caprese, „ich hoffe, Ihnen sind die Konsequenzen klar, sollte Ihre Tochter entdeckt werden. Die Chinesen könnten sie gefangen nehmen und sie wegen Spionage anklagen."

„Ich verlasse mich darauf, dass die Vampire sie bei den ersten Anzeichen von Schwierigkeiten aus dem Land teleportieren können", entgegnete der Präsident.

„Was, wenn den Chinesen auffällt, dass sie deren Pflanzen zu Forschungszwecken gestohlen hat?", fragte Caprese. „Sie könnte in ernsthafte Schwierigkeiten geraten, und Ihre Karriere wäre vorbei."

„Wenn ich meine Frau damit retten kann, ist es mir verdammt egal, was die Leute von mir denken", sagte Präsident Tucker. „Ich bin in meiner zweiten Amtszeit, meine Karriere ist ohnehin am Ende."

„Wenn ich durch eine der Pflanzen etwas Nützliches entdecke", sagte Abigail, „werde ich eine Methode entwickeln, es synthetisch herzustellen, damit wir nicht zurückkehren müssen. Wir sollten nur ein einziges Mal gehen müssen."

„Genau", stimmte ihr Vater zu. „Im Augenblick ist nur wichtig, Abbys Reise in die Wege zu leiten, ohne sie in Gefahr zu bringen." Er wendete sich an Gregori. „Ich verlasse mich dabei auf Sie. Enttäuschen Sie mich nicht."

Gregori nickte. Er wusste selbst nicht, wie er mit sich leben sollte, wenn Abigail etwas zustieß. Und wenn etwas Schlimmes geschah und der Präsident den Vampiren dafür die Schuld gab, könnten sie alle in ernsthaften Schwierigkeiten stecken.

Er rückte seine Krawatte zurecht. „Wenn Abigail uns einige Informationen über die Pflanzen geben könnte, tun wir unser Bestes, sie schon aufzuspüren, ehe sie ins Land kommt. Wenn sie dann da ist, können wir sie einfach pflücken und verschwinden."

Sie zog einen Stapel Papiere aus ihrer Tasche. „Ich habe die Informationen hier."

„Großartig." Gregori lächelte ihr zu und wendete sich dann wieder an ihren Vater. „Unsere oberste Priorität ist die Sicherheit Ihrer Tochter. Deswegen möchten wir die Zeit, die sie in China verbringt, möglichst gering halten. Alternativ möchte ich vorschlagen, dass unsere Männer die ganze Mission übernehmen. Mit ausreichenden Informationen sollten wir in der Lage sein, die Pflanzen selbst zu finden, die sie braucht."

Sie keuchte empört auf. „Sie würden ohne mich gehen?"

Gregori zuckte innerlich zusammen, als er merkte, wie schockiert und verletzt sie ihn ansah. „Es tut mir leid, aber wir sollten zumindest darüber nachdenken."

Sie legte eine Hand auf den Mund und dann auf ihre Brust. „Ich fasse das nicht. Sie wissen, wie wichtig diese Mission für mich ist."

Ihr Vater sah sie mitleidig an. „Es ist ein berechtigter Einwand, Abby. Am besten können wir dich beschützen, indem du hierbleibst, wo du in Sicherheit bist."

In ihren Augen glänzten Tränen. „Im Leben gibt es mehr, als immer nur *in Sicherheit* zu sein." Sie sah sich nach dem Agent um. „Überall wo ich hingehe, bei allem was ich tue, werde ich beobachtet, damit ich sicher bin. Seit du damals in den Kongress eingetreten bist, Dad, haben wir Leibwächter. Das geht jetzt seit fünfzehn Jahren so!"

„Ist schon gut", sagte der Präsident sanft. „Trotzdem sollten wir darüber nachdenken. Ich bin mir sicher, diese Männer können die Pflanzen ohne dich finden."

„Nein!" Sie schüttelte mit dem Kopf, und Tränen fingen an, ihr die Wangen hinabzulaufen. „Sag mir nicht, dass ich es nicht darf! Mir wird immer nur gesagt, was ich nicht darf. Das darfst du nicht anziehen. Es sieht nicht elegant genug aus. Mit den Leuten darfst du nicht befreundet sein. Sie sind nicht repräsentabel genug. Sieh nicht so finster aus. Du darfst in der Öffentlichkeit nicht unglücklich wirken. Du darfst den Medien nichts sagen. Sonst drucken sie es. Ich musste erst untertauchen, um leben zu können!"

Gregori lehnte sich verblüfft zurück. Er ballte die Hände zu Fäusten, um sie nicht nach ihr auszustrecken. Vorsichtig sah er hinüber zu Abigails Vater. Präsident Tucker wirkte ebenso verblüfft.

„Abby", flüsterte er, „ich … ich hatte keine Ahnung …"

„O Gott." Sie wischte sich die Wangen ab. „Es tut mir leid. Ich wollte nicht …" Sie stopfte die Papiere mit zitternden Händen zurück in ihre Aktentasche. „Ich gehe auf diese Reise. Meine

Informationen teile ich erst, wenn du dich damit einverstanden erklärst." Sie ging eilig zur Tür und blieb vor Charles stehen. „Ich will gehen."

Der Agent des Secret Service sah den Präsidenten an, wartete sein Nicken ab und öffnete erst dann die Tür. Abigail rannte hinaus.

Präsident Tucker sackte in seinem Stuhl zusammen und rieb sich die Stirn. „Mir war nicht klar, dass meine Karriere so eine Last für meine Familie ist. Abigail hat sich nie beschwert. Nicht ein einziges Mal."

Gregori rutschte unruhig auf der Couch hin und her. Der CIA-Direktor saß einfach nur mit leerer Miene da. Charles war so ausdruckslos wie immer. „Sir, ich kenne Ihre Tochter erst seit wenigen Tagen, aber ich merke, dass sie ihre Familie sehr liebt. Sie würde alles für Sie tun."

Der Präsident nickte mit Tränen in den Augen. „Sie ist so mutig. Und so klug." Er beugte sich plötzlich vor und packte Gregori an der Schulter. „Geben Sie mir Ihr Wort, dass meiner Tochter nichts zustoßen wird."

Er sah dem Präsidenten in die Augen. Sie waren braungrün, genau wie Abigails. „Sie haben mein Wort. Ich beschütze sie mit meinem Leben."

Der Präsident betrachtete ihn eindringlich und nickte. „Gut." Er lehnte sich zurück und atmete tief durch. „Es war richtig von Ihnen, vorzuschlagen, dass sie hierbleiben soll. Ich hatte den gleichen Einfall. Aber Sie sehen ja, wie wichtig es ihr ist."

Gregori nickte. „Ja, Sir."

„Diese Mission ist eine Herzensangelegenheit für Abby. Sie hofft, damit ihre Mutter zu retten. Ich habe die gleiche Hoffnung, sonst würde ich dem niemals zustimmen."

Gregori stand auf und wandte sich zu den Männern. „Dann ist es abgemacht. Wir nehmen sie mit." Und Gott möge ihnen beistehen, falls ihr dabei etwas zustieß.

19. KAPITEL

Abigail schlug die Tür zum Safe zu und drehte das Zahlenschloss. Sie hatte alle Informationen hineingeworfen, die sie über die Pflanzen zusammengestellt hatte. Es war ihr persönlicher Safe im Labor, und nur sie kannte die Kombination. Natürlich befanden sich die Informationen auch auf ihrem Computer, aber an den kam niemand ohne das Passwort heran. Wenn ihr Vater vorhatte, Gregori und seine Kumpel ohne sie nach China zu schicken, würden die nicht wissen, wonach sie suchen sollten.

Sie stöhnte. Mit ihrer Rebellion brachte sie womöglich die gesamte Mission zum Scheitern. Und damit gefährdete sie auch ihre Mutter.

Tränen brannten ihr in den Augen. Die Reise war ihre Idee gewesen, verdammt noch mal. Wie konnten die einfach bestimmen, dass sie nicht mitgehen durfte?

Sie hatte die ganze Zeit befürchtet, dass es dazu kommen würde. Ihr ganzes Leben drehte sich um zwei Listen – was erlaubt war und was nicht erlaubt war, und die zweite Liste war immer zehnmal länger gewesen als die erste.

Sie ging unruhig im Labor auf und ab, immer noch wütend. Und verletzt. Und gedemütigt. Sie hatte vollkommen die Kontrolle verloren. Jahre der Frustration und der Verbitterung waren auf einmal aus ihr herausgeplatzt.

Sie war zu aufgebracht gewesen, um im Weißen Haus zu bleiben. Ihr armer Vater hatte so schockiert ausgesehen. Und verletzt. Er hatte all die Jahre so hart gearbeitet, und sie war stolz auf ihn. Es war nicht seine Schuld, dass sie sich nie an das Leben in der Öffentlichkeit gewöhnt hatte. Madison und Lincoln genossen es. Selbst ihre Mutter hatte es geliebt, ehe sie krank geworden war.

Ihrer Mom konnte sie jetzt auch nicht gegenübertreten. Einen weiteren Vortrag darüber, dass sie sich lieber von Vampiren fernhalten sollte, ertrug sie jetzt ganz sicher nicht. Lieber Gott, ihre

Eltern würden durchdrehen, wenn sie erfuhren, dass sie Gregori geküsst hatte. Sie würden ihn umbringen wollen.

Aber da mussten sie sich hinten anstellen. Gerade verspürte sie selbst das dringende Bedürfnis, diesem Mann eins überzuziehen. Wie konnte er es wagen, sie in einer Nacht zu küssen und in der nächsten so zu hintergehen? Sie hatte geglaubt, er wäre auf ihrer Seite. Aber da hatte sie sich wohl getäuscht.

Ihre Mutter wollte nicht, dass sie nach China reiste. Ihr Vater war ursprünglich auch gegen diese Idee gewesen. Er hatte seine Meinung nur geändert, weil die Vampire versprochen hatten, sie zu beschützen. Es war schlimm genug, dass ihre Eltern beide gegen ihre Idee waren, doch dass Gregori jetzt auch noch mitmachte?

Sie trat an ihren Schreibtisch und fuhr ihren Computer hoch, dann überlegte sie es sich wieder anders. Sie war zu aufgebracht, um zu arbeiten. Der Stressball von Gregori lag auf ihrem Schreibtisch und schien sie zu verspotten. Wie konnte er es wagen, sie zu hintergehen! Sie nahm den Ball und drückte fest zu.

„*Et tu, Brute?*" Sie warf den Ball auf den Schreibtisch zurück und trat an den schwarzen Labortisch, auf dem sie angefangen hatte, die Pflanze zu untersuchen, die er ihr gegeben hatte. Nein, sie konnte sich gerade einfach nicht konzentrieren.

Sie tigerte im Labor auf und ab. Es war klein, aber es gehörte ihr ganz allein. Am Fenster blieb sie stehen und sah hinaus. Der Parkplatz war so gut wie leer, am Eingang allerdings standen immer noch die Soldaten. Sie entdeckte einen weiteren Soldaten, der am Stacheldrahtzaun entlangmarschierte. Das Gelände war gut ausgeleuchtet, und überall standen Überwachungskameras. Und in der Lobby befanden sich weitere Soldaten. Die Anlage war so gut bewacht, dass sie hier keine eigenen Agents brauchte. Nachdem man sie abgesetzt hatte, waren die Sicherheitsmänner zurück ins Weiße Haus gefahren.

Seufzend schloss sie die Jalousien. Sie wollte die Soldaten nicht sehen. Sie waren der Beweis, dass sie nur von einem Gefängnis ins nächste weiterzog. Im Raum war es jetzt dunkel, das einzige Licht kam von der Lampe auf ihrem Schreibtisch. Sie schlenderte an den langen, schwarzen Labortisch. Die Oberfläche aus Gießharz fühlte sich kühl an und war im Augenblick leer, bis auf ihr Mikroskop und die Pflanze an einem Ende. Zur Vorbereitung auf ihre Reise nach China hatte sie bereits ihre Arbeit weggeräumt.

Wie konnte Gregori nur vorschlagen, dass sie nicht mitkam? Verstand er nicht, wie wichtig ihr diese Reise war? Sie sollte ihm wirklich die Meinung sagen. Sich Luft machen, vielleicht konnte sie danach entspannen.

Sie ging an ihren Schreibtisch und holte seine Notiz aus ihrer Aktentasche.

„Spüre meinen Zorn", murmelte sie, während sie seine Nummer wählte.

Er ging direkt nach dem ersten Signalton ran.

„Ich bin so was von wütend auf …"

„Wo bist du?", unterbrach er sie.

Sie atmete scharf aus. Wie konnte er es wagen, sie nicht einmal aussprechen zu lassen! „Ich bin bei der Arbeit, weil ich zu wütend zum Schlafen bin. Aber ich bin auch zu wütend zum Arbeiten, also …"

„Bist du allein?"

„Natürlich bin ich allein. Ich kann dich schlecht vor Publikum runterputzen. Es macht mich unglaublich zornig, dass du mich gestern Nacht geküsst hast, nur um mich heute zu hintergehen! Du weißt, wie wichtig diese Reise für mich ist!"

„Ja, das weiß ich."

Sie blickte auf ihr Handy. Irgendwie schien es nicht richtig zu funktionieren. „Hatte ich erwähnt, wie wütend ich bin? Du sollst meinen Zorn spüren, Gori!"

„Ich spüre deinen, wenn du meinen spürst."

Sie keuchte auf. „Du Mistkerl!" Sie legte auf und hörte dann hinter sich ein Lachen. Sie wirbelte herum und stöhnte entsetzt auf. Das Telefon rutschte ihr aus der Hand.

Gregori sauste so schnell vor, dass seine Bewegungen vor ihren Augen verschwammen, und fing das Handy auf, ehe es auf den Boden fallen konnte.

Sie stolperte zurück. Seine Geschwindigkeit war unglaublich gewesen, doch sie hatte keine Lust, ihn zu bewundern. „Hatte ich dir erlaubt herzukommen?"

„Ich frage nicht um Erlaubnis, weißt du noch?" Er legte ihr Telefon auf den Schreibtisch und schaute sich dann um. „Hier arbeitest du also?"

„Was tust du hier? Ich will dich nicht sehen. Ich bin viel zu wütend auf dich!"

Als es plötzlich an der Tür klopfte, schlug ihr das Herz bis zum Hals. Wie in aller Welt sollte sie Gregoris Anwesenheit erklären, wo er doch alle Sicherheitskontrollen übergangen hatte? Sie rannte zur Tür, um sicherzugehen, dass abgeschlossen war. „Ja?"

„Miss Tucker?", rief einer der Wächter vom Gang. „Alles in Ordnung? Ich habe jemanden schreien gehört."

„Es geht mir gut! Ich war nur am Telefon."

Es folgte eine kurze Pause.

Sie sah in der Hoffnung über die Schulter, dass Gregori sich teleportiert haben könnte. Aber nein, er war immer noch da.

„Wenn Sie uns brauchen, rufen Sie uns einfach", meinte der Soldat.

„In Ordnung. Danke!" Sie lauschte, wie seine Schritte sich entfernten, und spähte dann durch die geschlossenen Lamellen der Jalousie, die das Fenster in ihrer Tür verdeckten. „Okay, die Luft ist rein."

„So wütend scheinst du ja doch nicht zu sein", sagte Gregori leise. „Immerhin hast du mich nicht ausgeliefert, obwohl du es gekonnt hättest."

Sie wirbelte zu ihm herum. „Du weißt ganz genau, dass ich nicht erklären könnte, wie du hergekommen bist. Und ich bin noch nicht fertig damit, zornig auf dich zu sein."

„Das ist mir klar. Und mir ist auch klar, dass du sehr aufgeregt bist. Es hat mich fast umgebracht, dich weinen zu sehen. Es tut mir weh, dich so leiden zu sehen wegen der …"

„Bitte!“ Sie hob beide Hände. „Ich will nicht darüber reden. Es ist mir so peinlich, dass ich …“ Sie presste sich die Hände auf die heißen Wangen. „Ich habe schreckliche Dinge gesagt.“

„Du hast nur die Wahrheit ausgesprochen.“

Sie schüttelte den Kopf. „Es war pures Selbstmitleid. Meine Eltern sind immer gut zu mir gewesen. Mir hat es nie an etwas gefehlt …“

„Außer an Freiheit.“

Sie zuckte zusammen. „Na ja. Aber wir müssen alle lernen, mit unserem Schicksal klarzukommen.“

Er presste die Lippen zusammen. „Stimmt.“

Ihr war die Freiheit geraubt worden, ihm seine sterbliche Existenz. „Du hast mich verletzt. Ich kann immer noch nicht fassen, dass du mich so hintergangen hast.“

„Habe ich nicht.“

„Doch, hast du! Meine Mutter will nicht, dass ich nach China reise. Mein Vater ist so nahe daran …“ Sie hob die Hand, Zeigefinger und Daumen zusammengepresst. „… mir zu verbieten, mitzukommen. Er erlaubt es nur, weil er sich darauf verlässt, dass ihr mich beschützt. Und was machst du? Sagst ihm, dass ich zu Hause sicherer wäre!“

„Du *bist* zu Hause am sichersten.“

Sie stieß einen verächtlichen Laut aus. „Warum soll ich nicht mitgehen? Willst du, dass ich im Leben überhaupt kein Abenteuer erlebe? Hast du Angst, ich könnte Spaß dabei haben?“

Er zog eine Augenbraue hoch. „Ich hätte gern Spaß mit dir.“

„Das ist nicht lustig. Ich bin immer noch wütend auf dich.“

„Wie ich höre, ist der Sex besonders gut, nachdem man sich wieder vertragen hat.“

„Lieber Gott, kannst du an nichts anderes denken?“ Sie wedelte mit der Hand in der Luft herum. „Beantworte die Frage nicht. Aber tu mir den Gefallen und versuche trotz deines Überschwalls an Testosteron zu begreifen, dass ich versuche, meiner Mutter das Leben zu retten.“

Er kniff die Augen zusammen. „Vielleicht solltest du auch mal versuchen, trotz PMS zu verstehen, warum ich gesagt habe, was ich gesagt habe."

„Wie kannst du es wagen, jetzt mit PMS anzufangen!"

„Das liegt am Testosteron. Also, warum schlägt ein Höhlenmensch wie ich vor, dass du besser zu Hause bleibst, wo es sicher ist?"

„Gute Frage."

„Und ich habe eine gute Antwort." Er trat auf sie zu. „Ich will dich nicht in Gefahr bringen, weil du mir wichtig bist."

Sie blinzelte. Dann musste sie schlucken.

„Ich ertrage den Gedanken nicht, dass dir etwas zustoßen könnte." Er lockerte den Knoten seiner Krawatte. „Ich denke die ganze Zeit nur an dich. Und nicht nur an Sex." Er schnitt eine Grimasse. „Es ist regelrecht … merkwürdig."

Ihr zog sich das Herz in der Brust zusammen. Wusste der arme Frauenheld nicht, wie ihm geschah? „Ich … bin dir wichtig?"

„Verdammt wichtig sogar." Er starrte sie fassungslos an. „Hast du das nicht gemerkt, als ich dich geküsst habe?"

Ihre Wangen begannen zu glühen. „Na ja, es war schon … leidenschaftlich. Aber dafür gibt es einen offensichtlichen Grund. Du hast sehr viel Erfahrung, das war also einfach ein Anzeichen für ein hohes Maß an Sachkenntnis …" Sie hörte auf, als er ihr einen Finger auf die Lippen legte.

„Scholar."

„Ja?", flüsterte sie gegen seine Fingerspitze.

„Denk doch nach." Er lehnte sich dichter an sie. „Der Kuss war leidenschaftlich, weil ich dabei bin, mich in dich zu verlieben."

Ihr Herz hüpfte wie wild, und sie wich zurück. „Das … das ist höchst unwahrscheinlich. Wir kennen uns erst seit ein paar Nächten."

„Es hat angefangen, als ich dich zum ersten Mal auf dem Balkon gesehen habe."

Sie musste schlucken. Auch sie hatte angefangen, sich in ihn zu verlieben, sobald er aus der Limousine gestiegen war. „Na gut, ich muss wohl zugeben, dass so etwas wie Liebe auf den ersten Blick … ziemlich augenblicklich geschieht."

Einer seiner Mundwinkel hob sich, bis ein Grübchen sichtbar wurde. „Gestern Nacht bist du in meine Arme gerannt. Du hast mich auch geküsst. Recht leidenschaftlich, wenn ich das hinzufügen darf."

Sie wurde knallrot. „Das war letzte Nacht. Heute Nacht bin ich wütend."

„Du bist wunderschön, wenn du wütend bist."

„Glaub nicht, dass du mich mit Komplimenten beschwichtigen kannst. Ich schreie dich nur wegen der Wachen draußen nicht an. Ich bin versucht, dir das Lächeln aus dem Gesicht zu schlagen, dein Glück ist nur, dass ich ein hohes Maß an Selbstbeherrschung habe."

„Verstehe." Er nickte, und seine Grübchen vertieften sich noch. „Dann würdest du auch nicht schreien, wenn ich dich zum Höhepunkt bringe?"

Sie riss den Mund auf. „*Was?*"

Er zuckte zusammen. „Das war ein wenig laut. Ich bin nicht sicher, ob Schreien …"

„Ich schreie nicht." Sie funkelte ihn an. „Ich habe noch nie geschrien."

„Dann waren es bisher die falschen Männer."

Ein Schauer durchlief sie. „Und du meinst, du bist der Richtige?"

„Ich weiß es." Er trat auf sie zu. „Deine schreilosen Nächte sind vorbei."

Ihr Herz hämmerte. „Du liebe Zeit, wir sind ja sehr überzeugt von uns."

„Muss an meinem Übermaß an Testosteron liegen."

Sie schnaubte. „Na gut, aber du solltest besser wissen, dass ich nun wirklich kein Schwächling bin. So einfach bekommt man mich nicht ins Bett."

„Wir könnten es auch an der Decke versuchen."

Sie lachte. Als er grinste, wurde ihr klar, was er vorhatte. „Du willst mich nur ärgern, oder? Damit ich nicht mehr zornig auf dich bin."

„Vielleicht. Vielleicht auch nicht." Er legte ihr eine Hand in die Taille. „Bist du immer noch wütend auf mich?"

„Ich … beruhige mich langsam."

„Das wollte ich schon immer versuchen." Er griff nach dem obersten Knopf ihres Laborkittels und drehte daran. „Laszlo kann nicht genug davon bekommen."

„Wirklich?" Sie neigte den Kopf zur Seite. „Und?"

Er zuckte mit den Schultern. „Macht nicht gerade Spaß. Hast du etwas anderes, mit dem ich spielen kann?"

Sie atmete laut aus. „Du gibst niemals auf, was?"

„Nicht, ehe ich dich nicht zum Schreien gebracht habe." Er glitt mit der Hand ganz sanft ihren Hals hinauf, bis sie anfing zu beben. „Deine Haut färbt sich rosa, deine Lippen sind tief dunkelrot."

Sie schaute ihm in die Augen, die anfingen zu glühen. Es war ein berauschendes Gefühl zu wissen, dass sie eine so starke Wirkung auf ihn hatte. Es brachte ihr Herz wie wild zum Klopfen. Und ihre Schenkel pressten sich aneinander.

Begehren stieg in ihr auf und berauschte sie wie eine Droge. Sie hatte noch nie jemanden so sehr gewollt. Es sah ihr nicht ähnlich, so … so kopflos zu handeln vor Leidenschaft.

Kopflos? Sie bebte, als er sie direkt unter dem Ohr küsste. „Gregori?"

„Hmm?" Er vergrub die Nase an ihrem Hals.

„Du würdest nie in meinen Gedanken herumspielen, oder?"

Misstrauisch lehnte er sich zurück. „Was?"

„Es ist nur … Ich habe mich noch nie so schnell in jemanden verliebt. Das ist nicht normal für mich."

„Du meinst, ich *bringe* dich dazu, mich zu mögen?" Er ließ sie los und wich zurück. „Ich müsste mich dir aufzwingen? Bin ich nicht … liebenswert genug, wie ich bin?"

„Das meinte ich nicht. Du bist sehr liebenswert. Und charmant. Und attraktiver, als es erlaubt sein sollte.“

Seine Mundwinkel zuckten. „Okay. Das kaufe ich dir ab. Aber du glaubst immer noch, ich manipuliere dich?“

Sie runzelte die Stirn. Wenn er ihre Gedanken kontrollierte, dann hätte sie höchstwahrscheinlich nicht mehr die Fähigkeit, ihn zu kritisieren. „Es tut mir leid. Das hätte ich nicht fragen sollen.“

Er sah sie zynisch an. „Hätte ich dich unter Kontrolle, wärst du jetzt schon nackt.“

Sie lachte. „Das stimmt wohl. Vergiss, was ich gesagt habe. Ich bin mir sicher, du würdest meine Gedanken nie manipulieren.“

Ein schmerzlicher Ausdruck huschte über sein Gesicht.

Sie seufzte. Jetzt hatte sie die Stimmung ruiniert.

Ihr Handy klingelte.

„Geh nicht ran“, raunte er.

„Aber es sind vielleicht Neuigkeiten wegen der Reise.“

„Ich will derjenige sein, der es dir sagt.“ Er nahm ihre Hand. „Du kommst mit. Es macht mir unglaubliche Angst. Deinem Dad auch. Aber du kommst mit.“

Freude und Erleichterung breiteten sich in ihr aus. „Oh, danke!“ Sie schlang ihm die Arme um den Nacken.

Er hielt sie ganz fest, und sie ignorierte ihr klingelndes Telefon. In Gregoris Armen zu liegen fühlte sich so absolut richtig an. Sie schmiegte den Kopf an seine Brust und lauschte auf das Klopfen seines Herzens. Wären da nicht die Fangzähne und die rot glühenden Augen, sie hätte nie gemerkt, dass er ein Vampir war. Und die rot glühenden Augen fingen an, ihr zu gefallen. Es gab ihr ein Gefühl großer weiblicher Macht, dass sie seine Augen so verändern konnte.

Weiblich, mächtig – das war eine ganz neue Erfahrung für sie. Sie mochte es. Seine Superkräfte waren auch aufregend. Und Sex an der Decke?

„Alles, was du mitbringen musst, ist ein Rucksack mit etwas Kleidung und persönlichen Gegenständen“, meinte er. „Um den Rest kümmern wir uns.“

Sie lächelte in sich hinein. Dieses Mal hatte sie an Sex gedacht und er nicht. „Oh! Du brauchst die Informationen über die Pflanzen." Sie eilte an ihren Safe. „Ich habe zwei Gebiete eingegrenzt, in denen sie am wahrscheinlichsten zu finden sind."

„Das ist gut." Er trat zu ihr an den Safe. „Dann brauchen wir nur zwei Stützpunkte."

Gerade als sie ihm die Papiere reichte, ging das Telefon auf ihrem Schreibtisch.

Er runzelte die Stirn. „Da lässt jemand nicht locker."

„Wenn ich nicht abnehme, kommen die Wachen, um nach mir zu sehen." Sie griff nach dem Hörer. „Hallo?"

„Abby?" Die Stimme ihres Vaters klang aufgebracht. „Was tust du so spät noch bei der Arbeit? Warum gehst du nicht an dein Handy?"

„Na ja, ich ..."

„Ich habe Charles geschickt, um dich abzuholen. Deiner ... deiner Mutter geht es schlechter. Der Arzt ist gerade bei ihr. Wir müssen sie vielleicht ins Krankenhaus bringen."

Abigail fing an zu schwanken. Gregori hielt sie fest. „Ich ... ich komme sofort."

Ihr Vater legte auf, und ihr rieselte ein eiskalter Schauer über den Rücken.

Gregori nahm ihr den Hörer aus der Hand und legte auf. „Ich könnte dich in einer Sekunde nach Hause teleportieren."

Sie schüttelte den Kopf. „Dann erfahren sie, dass du bei mir warst." Sie drückte ihm die Hand auf die Brust. „Schick deine Männer noch heute Abend nach China. Wir müssen so schnell es geht aufbrechen."

20. KAPITEL

Als Gregori zu Romatech zurückkehrte, erfuhr er von Sean Whelan, dass der Präsident mit ihrem A-Team einverstanden war. Die zwei Vampire, J. L. und Russell, hatten die beiden Gestaltwandler bereits nach San Francisco teleportiert. Angus rief sie an, um ihnen mitzuteilen, dass der Plan wie abgesprochen durchgeführt wurde.

Die Männer teleportierten sich über Hawaii nach Tokio. Von dort aus riefen sie Rajivs Großvater in Yunnan an und benutzten seine Stimme als Leitfaden, um sich sicher dorthin zu teleportieren. Der Stamm der Wertiger, dem Rajivs Großvater angehörte, lebte am Ufer des Mekong und hatte sich einverstanden erklärt, dem Team bei der Suche nach Stützpunkten zu helfen, die auch tagsüber sicher waren.

Sobald die zwei Stützpunkte aufgebaut waren, würden sie aus Tokio Vorräte besorgen, und dann war es an Gregori, sich mit Abigail gen Westen zu teleportieren. Angus und Robby begleiteten sie bis nach Tokio. Zusammen mit ihrem japanischen Agenten Kyo blieben sie dort in Bereitschaft, falls dem A-Team irgendetwas zustieß.

Im Sicherheitsbüro von Romatech sahen Gregori, Emma und Angus sich Abigails Notizen an, um die Gebiete zu bestimmen, in denen sie suchen wollte. Beim ersten handelte es sich um die östliche Plateauebene, die bekannt war für ihre vielen Seen und Karste, seltsame Gesteinsformationen, die an einen Wald aus Tropfsteinen erinnerten. Das zweite Gebiet lag im Nordwesten, näher an Tibet. Es war schroff und gebirgig, und Flüsse brausten dort durch tiefe Schluchten.

Abigail hoffte, am Ufer des Jangtsekiang eine uralte Pflanze zu finden. Es war ein schwer zu erwanderndes Gebiet, aber dort war es wahrscheinlicher, eine Höhle für ihren Stützpunkt zu finden.

Angus informierte Kyo in Japan per Mail. „Mehr können wir momentan nicht tun."

Gregori nickte. „Wenn wir Glück haben, verbringen wir an jedem Stützpunkt nur eine Nacht, und nur zwei Nächte insgesamt in China."

„Wir erwarten, dass ihr euch alle zwei Stunden mit Tokio in Verbindung setzt", sagte Angus. „Wenn wir nichts von euch hören, machen wir uns auf die Suche nach euch."

„Gut." Gregori stand auf und streckte sich. „Dann gehe ich jetzt in mein Büro. Ich habe noch Arbeit zu erledigen." Und er hoffte, dass Abigail anrufen würde. Sie hatte versprochen, ihn wissen zu lassen, wie es ihrer Mutter ging.

Emma lächelte ihn an. „Deine Mutter hat mir erzählt, Miss Tucker ist die Richtige."

Er stöhnte. „Meine Mutter redet zu viel."

Emma und ihr Mann wechselten einen belustigten Blick.

„Du meinst also, sie ist nicht die Richtige?", fragte Angus.

„Ich meine, so einfach ist es nicht." Gregori ging auf die Tür zu, um zu entkommen. „Der Präsident wird kaum einem Vampir als Schwiegersohn zustimmen."

„Ah." Emmas Augen leuchteten auf. „Du denkst also ans Heiraten?"

Gregori seufzte. „Das habe ich nicht gesagt. Ich … ich meinte nur, theoretisch."

Angus schnaubte. „Also, Laddie, wenn sie gut genug fürs Bett ist, sollte sie auch gut genug zum Heiraten sein. Theoretisch natürlich."

Gregori griff in seine Manteltasche und drückte seinen Stressball. „Abigail und ich sind moderne Menschen. Wir sind nicht gebunden an altmodische Vorstellungen von …"

„Och, verstehe. Du hast also vor, sie mit anderen Männern zu teilen."

„*Was?*" Der Ball explodierte in seiner Tasche. So ein Mist. Jetzt war seine Manteltasche voller Natron.

Emma und Angus lachten.

„Ja, ja, sehr lustig." Er stapfte in sein Büro. Warf dort den explodierten Stressball in den Papierkorb. Dann checkte er den

Anrufbeantworter. Keine neue Nachricht. Da er jetzt im Besitz von Abigails Nummer war, rief er sie selbst an. Keine Antwort, also hinterließ er eine kurze Nachricht. *Ruf an.*

Er arbeitete eine Stunde. Immer noch kein Anruf. Er teleportierte sich in seine Wohnung, duschte und zog sich dann Jeans und ein T-Shirt an. Kein Anruf, keine Nachricht. Er streckte sich auf dem Sofa aus, schaltete DVN ein und kippte eine Flasche Blut hinunter.

Sein Smartphone brummte. Endlich eine SMS von Abigail: *Moms Zustand ist stabil, sind noch zu Hause. Es ist spät, gehe schlafen. Gute Nacht.*

Er rief an, aber sie nahm nicht ab. Er schrieb ihr eine Nachricht: *Geh ans Telefon.*

Sie antwortete: *Nein.*

Dann ruf du an.

Nein. Du willst dich nur in mein Schlafzimmer teleportieren.

Ertappt. *Feiges Huhn!*

Gack, gack!

Verflixt! Er trommelte mit den Fingern auf seinem Smartphone herum. Es musste doch irgendeine Nachricht geben, die sie zum Anrufen brachte. *Ich habe hier einen Stressball, der gedrückt werden will.* Er krümmte sich und löschte den Satz wieder.

Okay, vielleicht war das die Lösung. Er hatte sich schon einmal ins Oval Office teleportiert, also konnte er ihr ziemlich nahe kommen – ob sie es wollte oder nicht. Er schrieb: *Teleportiere mich in den Westflügel. Durchsuche das Weiße Haus, bis ich dich finde.*

Das Telefon klingelte.

„Bingo." Er nahm ab.

„Bist du wahnsinnig? Du kannst doch nicht einfach so im Weißen Haus herumirren", fauchte sie. „Wenn sie dich verhaften ..."

Er konzentrierte sich auf ihre Stimme und teleportierte sich.

„… dann kommen wir nie nach China. Und …“ Sie schreckte hoch, als er neben ihrem Bett erschien. „Du Schuft, ich wusste es ja.“

Er grinste, als er sein Handy ausschaltete und es dann in die Vordertasche seiner Jeans steckte. Sie saß gegen ein gepolstertes blaues Betthaupt gelehnt auf einem Doppelbett und funkelte ihn wütend an.

„Du solltest wieder gehen.“ Sie legte ihr Telefon auf den Nachttisch.

„Aber ich bin doch gerade erst angekommen.“ Und sie sah so niedlich aus mit ihren nassen Locken, dem frisch gewaschenen Gesicht und dem altmodischen Schlafanzug. Lieber Gott, wie gern wollte er ihr den vom Leib schälen. Ehe seine Augen rot werden konnten, sah er sich in ihrem Zimmer um. „Sehr hübsch hier.“

„Danke. Du kannst jetzt gehen.“ Sie zog sich die blaue Bettdecke bis ans Kinn.

„Sehr klug von dir. Dieser Schlafanzug mit den kleinen Kaffeetassen ist ziemlich sexy. Ich kann kaum an mich halten.“

Sie lächelte und schüttelte mit dem Kopf. „Sexy Reizwäsche besitze ich nicht.“

„Faszinierend.“ Er setzte sich auf ihre Bettkante. „Ich auch nicht.“

Sie lachte.

„Siehst du, wie viel wir gemeinsam haben?“

Sie trat unter der Decke nach ihm. „Es ist spät, Gregori. Nach drei Uhr morgens.“

„Aber ein guter Vampir kann die ganze Nacht.“

Sie seufzte. „Ich bin seit zweiundzwanzig Stunden wach. Ich will schlafen.“

„Kein Problem.“ Er stand auf und schaltete die Lampe auf ihrem Nachttisch aus. „Gute Nacht, Liebes.“ Er konnte in der Dunkelheit hervorragend sehen und musste grinsen, als Abby angestrengt die Augen zusammenkniff, um seine Bewegungen verfolgen zu können.

„Willst du nicht gehen?", fragte sie. „Was machst du da?"

Er kam auf der anderen Seite ihres Bettes an und zog die Decke zurück. „Du wolltest doch schlafen." Er stieg zu ihr ins Bett.

Sie keuchte auf. „Nicht mit dir!"

Er schüttelte das Kissen auf. „Du kannst dich ebenso gut gleich daran gewöhnen. Auf der Reise wirst du bei mir schlafen."

„Werde ich nicht."

„Willst du lieber mit einem der anderen schlafen?" Er legte sich neben sie. „Dann müsste ich denjenigen verprügeln. Das ist nicht so gut für die Stimmung im Team, aber …"

„Du kannst nicht in meinem Bett schlafen!"

„Entspann dich. Ich beiße nicht."

Sie schnaubte. „Gregori, du bist im Weißen Haus. Man schleicht sich im Weißen Haus nicht zu einer Frau ins Bett!"

Er warf einen Blick auf die Tür. „Hast du abgeschlossen?"

„Ja, aber …"

„Steht eine Wache vor der Tür?"

Sie schüttelte mit dem Kopf. „Am Ende des Flurs an der Treppe."

„Dann ist ja alles in bester Ordnung." Er drehte sich auf die Seite und lächelte. „Solange du nicht schreist."

Sie schnaufte. „Ich gehe schlafen."

„Ich werde dich nicht aufhalten."

Sie sah ihn misstrauisch an. „Warum bist du dann hier?"

Tja, warum eigentlich? Er war noch nie zuvor zu einem Mädchen ins Bett gestiegen, um mit ihr zu reden. „Ich habe dich vermisst. Ich wollte wissen, wie es dir geht."

Sie legte sich hin. „Ich bin müde. Und besorgt um meine Mutter."

„Wie geht es ihr?"

„Ganz okay. Aber nicht gut. Morgen muss sie ins Krankenhaus gebracht werden, wenn es ihr nicht besser geht."

„Das tut mir leid." Er strich ihr eine Locke aus der Stirn.

Sie seufzte. „Ich habe ein paar Stunden mit meinem Vater an ihrem Bett gesessen. Er hat gesagt, wie sehr es ihm leidtut, dass ich nicht glücklich war."

„Er liebt dich", flüsterte Gregori.

„Ich ihn auch. Ich liebe meine ganze Familie." Sie lächelte traurig. „Aber es gibt Momente, da fühle ich mich, als würde ich nicht dazugehören. Wie eine Ausgestoßene."

„Das Gefühl kenne ich. Ich bin auch ein Ausgestoßener."

Sie sah ihn mit weit aufgerissenen Augen an. Er brauchte all seine Selbstkontrolle, um sie nicht in die Arme zu nehmen.

Sie seufzte und starrte an die Decke. „Wir haben wirklich viel gemeinsam."

Die Zeit zog sich in die Länge, während er versuchte, sich eine unglaublich tiefsinnige und bedeutsame Antwort zu überlegen. Etwas, um sie zu beeindrucken. „Da ist etwas Hartes in meiner Hose."

Sie stöhnte. „Warum überrascht mich das nicht?"

„Ist wirklich unbequem." Er steckte die Hand in seine Jeans, um es herauszuziehen.

„O Gott, nicht rausholen."

„Hab es!" Er nahm die Hand heraus und zeigte ihr sein Smartphone.

Sie lachte.

Er legte das Handy auf den Nachttisch und schmiegte sich dann an sie.

„Was machst du da?"

„Wir wollten doch schlafen, oder nicht?"

„Ich dachte, du schläfst während des Tages."

„Tue ich auch." Er schlang die Arme um sie.

Sie legte den Kopf an seine Brust. „Willst du einfach nur neben mir liegen? Ist das nicht langweilig?"

„Überhaupt nicht." Er streichelte ihr das Haar. „Ich halte dich fest. Höre dir beim Atmen zu. Denke nach."

Sie gähnte. „Worüber?"

„Dich warm zu halten." Er steckte die Decke um sie fest. „Dich zu beschützen." Ihre Atemzüge wurden tiefer, und ihr Körper entspannte sich neben seinem.

Er küsste sie auf den Scheitel. „Dich zu behalten."

Noch im Halbschlaf streckte Abigail die Hand nach Gregori aus. Sie konnte sich nicht erinnern, jemals so gut geschlafen zu haben. Sie hatte es genossen, seine Arme um sich zu spüren, und wie er ihr über das Haar gestrichen hatte. Sie hatte sich beschützt und geliebt gefühlt, und jetzt, wo sie nicht mehr so müde war, erinnerte sie sich auch an andere Dinge. Zum Beispiel daran, wie breit und muskulös sein Oberkörper war. Wie sanft und behutsam er sie streichelte. Wie er sie zum Lachen brachte. Wie er sie erregte.

„Gregori", murmelte sie und streckte die Hand aus, um über seine festen Bauchmuskeln zu streichen.

Nichts.

Sie war schlagartig hellwach und setzte sich auf. Sie war allein. Und lieber Gott, es war fast Mittag!

Gregori musste sich schon vor Stunden teleportiert haben. Sie blickte auf das Kissen. Der Abdruck seines Kopfs befand sich noch darauf. Sie legte die Hand hinein. Wie traurig, dass sie bis Sonnenuntergang warten musste, um ihn wiederzusehen.

Sie nahm das Kissen und vergrub ihre Wange in der Kuhle. Als sein Duft ihr in die Nase stieg, drückte sie das Kissen gegen die Brust. Sie war verloren. Schon seit geraumer Zeit war sie dabei gewesen, sich in ihn zu verlieben. Aber nach der letzten Nacht war alles anders. Vorher hätte es vielleicht noch eine kleine Chance gegeben, ihre Gefühle irgendwie in den Griff zu kriegen. Doch jetzt gab es kein Zurück mehr.

Sie wollte ihn. Sie wollte lange Jahre voller Lachen mit ihm. Und all die Nächte voller Schreie, die er ihr versprochen hatte.

Aber was war mit den Konsequenzen? Konnte sie wirklich mit einem Vampir zusammenleben? Würden ihre Eltern Gregori jemals akzeptieren? Wie sah ihre gemeinsame Zukunft aus?

Stöhnend warf sie das Kissen von sich. Sie war es leid, das Leben immer wie eine Wissenschaftlerin anzugehen. Warum konnte sie nicht einfach nur Spaß haben?

Sie zog sich an und besuchte ihre Mutter im Krankenzimmer. Der Arzt und Schwester Debra bereiteten sie für den Transport ins Krankenhaus vor.

Sie zog Debra zur Seite und flüsterte: „Geht es ihr schlechter?"

Die Pflegerin schüttelte den Kopf. „Gleichbleibend, aber der Doc will sie trotzdem ein paar Tests unterziehen."

Abigail seufzte. „Ich packe ihre Tasche."

Am Nachmittag wurde ihre Mutter von einem Rettungswagen ins Krankenhaus gebracht. Die Straßen um das Weiße Haus herum wimmelten von Reportern. Abigail bedeckte das Gesicht, als sie vom südlichen Säulengang zur wartenden Limousine rannte. Ihre Schwester und ihr Vater schlossen sich ihr an, und sie folgten dem Rettungswagen. Ihr Bruder Lincoln war bereits benachrichtigt worden. Aber ihr Vater hatte ihm geraten, in Harvard zu bleiben, weil seine Prüfungen kurz bevorstanden und im Krankenhaus wahrscheinlich nur ein paar Routinetests durchgeführt wurden.

Nachdem sie ein paar Stunden im Flur auf und ab gegangen war und den Krankenhauskaffee getrunken hatte, der sie nur noch nervöser machte, erzählte man Abigail schließlich, dass der erste Test beendet war. Es lagen noch keine Ergebnisse vor, aber die First Lady durfte Besuch empfangen.

Ihr Herz geriet ins Stottern, als sie ihre Mutter blass und erschöpft im Krankenbett liegen sah. Ihr Vater saß auf der Bettkante und betrachtete sie besorgt.

Er liebte sie so sehr. Abigail konnte es in seinen Augen sehen.

„Wir lassen euch kurz allein." Sie schleifte ihre Schwester hinaus auf den Gang.

Madison runzelte die Stirn. „Warum hast du das gemacht?"

„Ich wollte nicht, dass Mom mich weinen sieht." Tränen stachen ihr in den Augen. „Weißt du, sie und Dad lieben sich wirklich sehr."

„Äh, natürlich."

Abigail schniefte. „Es ist so schön."

„Ja klar, aber…" Madison musterte sie neugierig. „Seit wann bist du denn so eine schreckliche Romantikerin?"

Abigail seufzte und dachte daran, wie Gregori sie die ganze Nacht lang in seinen Armen gehalten hatte.

„O mein Gott", flüsterte Madison und riss die Augen weit auf. „Du bist verliebt!"

Abigail wollte widersprechen, überlegte es sich dann aber anders. „Du verrätst es keinem, oder? Dad lässt mich dann vielleicht nicht mit auf die Reise, und …"

„Ich sage nichts." Madison grinste. „Hat er versucht, dich zu beißen?"

„Nein, natürlich nicht."

„Oh." Madison sah enttäuscht aus. „Ich würde mich sehr gerne mal von einem echten Vampir beißen lassen."

Abigail lächelte und schwieg. „Ich gehe noch ein paar Stunden ins Labor", sagte sie schließlich. „Dieses nutzlose Rumsitzen ist nichts für mich."

„Du Glückliche", sagte Madison ironisch. „Ich sitze ja gerne nutzlos rum."

Eine Stunde später war Abigail in ihrem Labor und druckte Fotos der drei Pflanzen aus, nach denen sie in der Provinz Yunnan suchen wollten. Die vielversprechendste wuchs im östlichen Teil der Provinz. Ihr Name bedeutete grob übersetzt Dämonenkraut. Klang gruselig, man sagte ihr aber eine starke Wirkung auf die Selbstheilungskräfte nach.

Als die Sonne unterging, wanderten ihre Gedanken wieder zu Gregori. Wo hatte er geschlafen? Stand er gerade auf? Dachte er an sie?

Sie schaltete die Schreibtischlampe an und schloss dann die Jalousien am Fenster. Zurück an ihrem Schreibtisch öffnete sie die Plastikverpackung, die sie unten in der Cafeteria gekauft hatte. Sie biss in ihr Truthahn-Sandwich. Es schmeckte wie jedes andere Sandwich, das sie bisher in der Cafeteria erstanden hatte. Sie öffnete ihre Cola light und nahm einen Schluck.

„Guten Abend, Kleines."

Sie verschluckte sich und spuckte sich Cola über den Laborkittel. „Lieber Gott.“ Sie nahm eine Serviette, um sich Gesicht und Kittel abzuwischen. „Du solltest mich vorwarnen, ehe du kommst.“

„Beim Sex meinst du?“, fragte Gregori mit funkelnden Augen. „Schön, dein Wunsch ist mir Befehl. Ich werde versuchen, daran zu denken.“

Sie schüttelte lächelnd den Kopf. „Ich habe dich vermisst, als ich allein aufgewacht bin.“ Sie ging kurz zur Tür, um sicherzustellen, dass abgeschlossen war.

„Ich bin auch allein aufgewacht.“ Er sah sie mit seiner traurigsten Hundemiene an.

Sie war so versucht, ihn einfach zu küssen. „Es war ein anstrengender Tag. Meine Mutter ist ins Krankenhaus gekommen, um einige Tests machen zu lassen.“

„Das tut mir sehr leid.“

Sie nickte. „Ich mag es nicht, mich nutzlos zu fühlen. Ich bin froh, wenn wir endlich zu unserer Reise aufbrechen können.“

„Die Jungs haben sich schon gemeldet. Einen Stützpunkt haben sie bereits errichtet. Ich denke, wir sollten morgen Nacht anfangen, uns nach Westen zu teleportieren.“

„Oh.“ Ihr raste das Herz. Es ging wirklich los. Sie würde nach China reisen. Ohne Männer im schwarzen Anzug.

Freiheit. Sie presste sich die Hand auf die Brust. „Es ist Jahre her, seit ich ohne Begleitung des Secret Service irgendwo gewesen bin.“ Weil ihr Laborkittel klebte, streifte sie ihn ab und hängte ihn über die Rückenlehne ihres Schreibtischstuhls.

Gregori riss sich das T-Shirt vom Leib und warf es auf den Boden.

Sie erstarrte. „Was machst du da?“ Ihr Blick wanderte zu seiner nackten Brust.

„Ich dachte, wir ziehen uns aus.“

„Ich habe den Kittel nur wegen der Flecken ausgezogen.“ Ihr Mund war plötzlich ganz trocken. Was für ein Oberkörper.

Breit, muskulös, mit deutlich ausgeprägten Bauchmuskeln. Sie griff nach ihrer Cola und trank noch einen Schluck.

„Auf deinem T-Shirt ist auch ein Fleck."

Sie schaute an sich hinab, und wirklich, sie hatte auch auf ihr T-Shirt Cola gespuckt. Sie stellte die Flasche hin. Wenn sie den Mut hätte, würde sie sich auch vom T-Shirt befreien. Als sie zu Gregori hochblickte, sah er sie eindringlich an.

Auf ihren Armen breitete sich eine Gänsehaut aus. In ihrem Bauch begann es zu kribbeln, dann wanderte das Gefühl hinab bis zu ihrem Unterleib, wo es sich ausbreitete und wuchs, bis ihr ganzer Körper schließlich heiß und angespannt war vor Verlangen.

„Ich will dich", flüsterte Gregori. Er streckte ihr die Hand entgegen.

Ihr Puls raste, während sie auf ihn zuging und die Hand in seine legte.

Er umschloss ihre Finger fest mit seinen und zog sie mit sich zum Tisch mit der schwarzen Platte. Als er sie um die Taille fasste und hochhob, stöhnte Abigail kurz auf und klammerte sich an seinen Schultern fest.

Vorsichtig setzte er sie auf dem Tisch ab und schaute sie eindringlich an.

Ihre Wangen wurden warm, als sie die Hände über seine Schultern und seine Brust gleiten ließ. Über seinen Brustwarzen war ein zarter Flaum aus lockigen braunen Haaren. Weich und federnd. Sie wanderte weiter hinab, ertastete seine Bauchmuskeln und hörte, wie Gregori scharf einatmete.

Sowie sie aufsah, entdeckte sie seine rot glühenden Augen. Das schmerzliche Sehnen in ihrem Unterleib verstärkte sich noch, und sie presste die Schenkel aneinander.

„Ich habe mich in dich verliebt", raunte er.

Ihr Herz pocht wie wild. „Gregori." Sie umfasste sein Gesicht. Gott steh ihr bei, sie liebte ihn auch. Sie war verliebt in einen Vampir.

Er fasste nach ihren Knien und spreizte behutsam ihre Beine. Ein Beben kam über sie, und sie wurde feucht.

Er trat zwischen ihre Beine und strich mit den Fingern ihre Schenkel entlang bis zu ihren Hüften. „Ich will dich, Abby."

„Ich will dich auch."

Er zog ihr eilig das T-Shirt aus und schleuderte es zur Seite. Dann presste er sie eng an sich und küsste sie. Eine Woge purer Leidenschaft durchströmte sie und riss sie mit sich fort. Seine Lippen, seine Zunge, seine Hände. Sie versuchte mitzuhalten, seine Zunge mit ihrer zu erkunden und mit den Händen durch sein weiches Haar zu fahren.

Er war köstlich, süß und verzehrte sich verzweifelt nach ihr. Ihr Herz hämmerte, ihre Haut war heiß, als hätte sie Fieber, und ihr Körper schmerzte vor Verlangen. All das – nur von einem Kuss? Wenn er weiterging, starb sie vielleicht daran.

Oder sie starb, weil er nicht weit genug ging. Sie seufzte laut und verlor fast das Bewusstsein, als er mit einem kehligen Knurren antwortete. Ihr Körper übernahm die Herrschaft, sie bog den Rücken durch und wurde noch feuchter für ihn.

Ehe sie sich versah, hatte er sie vom BH befreit und sich hinabgebeugt, damit er ihre Brüste küssen konnte. Sie schlang ihm die Beine um die Taille und stöhnte, sowie er begann, an ihr zu saugen. Mit den Handflächen auf ihrem Po drückte er ihren Schritt fest gegen seinen. Noch mehr Feuchtigkeit sammelte sich zwischen ihren Schenkeln. Noch mehr verzweifeltes Verlangen.

„Gregori, bitte."

Er richtete sich auf. „Leg dich zurück."

Sie streckte sich auf der schwarzen Tischplatte aus, während er mit dem Knopf und dem Reißverschluss ihrer Jeans beschäftigt war. Er zog ihr die Schuhe aus und dann Jeans und Slip.

Ihr Herz schlug heftig, als er sie aus rot glühenden Augen gierig betrachtete.

„Du siehst wie ein Festmahl aus." Er legte eine Hand auf ihren Bauch und glitt dann an ihr hinauf, bis er ihre Brust umfassen konnte.

Sie streckte die Hand nach ihm aus. „Gregori."

Er lächelte und küsste sie. „Meine schöne Gelehrte." Heiß und feucht wanderten seine Lippen ihren Hals entlang, hinab zu ihrer Brust.

Sie bäumte sich auf, kaum dass er die Spitze in den Mund nahm, und vergrub keuchend die Hände in seinem Haar, als er die Locken zwischen ihren Schenkeln berührte.

„O Gott." Noch nie hatte sie so verzweifelt jemanden gewollt. Alle Scham war vergessen, und sie öffnete ihre Beine für ihn.

Er sah zu ihr hoch. „Kein Schreien, weißt du noch?"

Sie schüttelte den Kopf. „Es war noch nie so …" Im nächsten Moment hörte sie sich laut aufstöhnen, da er ihre Lippen öffnete.

„Du bist so feucht."

Das machte sie nur noch feuchter. „*Bitte.*" Sie stellte die Füße auf den Tisch und drängte sich gegen ihn.

Er rieb sanft an ihrer Lustperle. Sie keuchte und rang nach Atem.

Seine Bewegungen wurden schneller und schneller, ihre Begierde größer und größer, bis schließlich jeder Muskel in ihr zum Zerreißen angespannt war.

Der Höhepunkt durchströmte sie mit so erstaunlicher Kraft, dass sie erst bemerkte, wie laut sie schrie, als Gregori ihren Mund mit der Hand bedeckte. Ihr tanzten schwarze Punkte vor den Augen, und ihr ganzer Körper pochte.

Langsam beruhigte sich ihr Herz zu einem gleichmäßigen Schlagen.

„Tut mir leid." Er nahm die Hand von ihrem Mund und grinste sie an. „Du bist schneller gekommen, als ich erwartet hatte."

„Hä?", war alles, was ihr einfiel.

„Du bist ein Schreihals, meine Liebe." Er schloss sie in die Arme. „Wir müssen irgendwo hin, wo wir ungestört sind."

„Hä?"

Er lachte in sich hinein. „Vertrau mir einfach."

Alles wurde schwarz, und plötzlich fand sie sich an einem fremden Ort wieder. „Hä?"

„Das ist mein Zuhause. Upper West Side."

Sie schaute sich in der dunklen Wohnung um, während er sie ins Schlafzimmer trug. „Hier wohnst du?"

„Ja." Er ließ sie aufs Bett fallen.

Sie setzte sich auf und sah sich um. Großes Doppelbett. Mondlicht fiel durch ein Fenster. Gregori zog sich die Schuhe aus, wobei er den Reißverschluss seiner Jeans öffnete.

„Das ist die berüchtigte Junggesellenbude?"

Er hielt inne, um sie anzuschauen. „Ich habe noch nie eine Frau mit hierher genommen. Du bist die Einzige, die ich will, Abby."

Ihr zog sich das Herz zusammen, und sie lächelte. „Das ist gut, wenn man bedenkt, wie verliebt ich in dich bin."

Er starrte sie einen Moment lang an, und dann fingen seine Augen wieder an, rot zu glühen. Mit einem Ruck entledigte er sich seiner Jeans mitsamt der Unterhose.

Sie rutschte zurück, um ihm Platz zu machen. Er stieg aufs Bett und näherte sich ihr. Seine roten Augen kamen immer dichter. Ihr Puls beschleunigte sich. So sexy wie er konnte kein anderer Mann sein. Untot oder lebendig. Es war ihr mittlerweile egal. Solange er nur ihr gehörte.

Gregori hob eines ihrer Beine an und schnappte nach ihren Zehen. Danach knabberte er einen Pfad an ihrem Bein hinauf zu ihrem Oberschenkel. „Du riechst gut."

Er küsste ihre geschwollenen, vor Verlangen schmerzenden Lippen. „Und du schmeckst auch ganz hervorragend."

Sie wimmerte, als er mit der Zunge sanft ihren Knopf neckte.

Er sah zu ihr hoch und ließ beim Lächeln weiße Zähne in der Dunkelheit aufblitzen. „Hier kannst du so viel schreien, wie du willst." Er tauchte wieder zwischen ihre Beine, und schon bald schrie sie tatsächlich.

„Gregori", keuchte sie und streckte die Hand nach ihm aus.

Er schob sich auf sie und drang in sie ein. Seine Größe brachte sie zum Stöhnen. Und seine Härte.

Langsam dehnte er sie aus und erfüllte sie.

„O Gott." Sie schlang Arme und Schenkel um seinen Körper.

Er legte seine Stirn an ihre. „Du bist die Richtige, Abby. Du gehörst mir."

Er zog sich langsam aus ihr zurück und stieß dann wieder zu. Wieder und wieder. Schneller und schneller.

Er küsste sie fest. „Du wolltest eine Warnung. Ich komme gleich."

Sie lachte. „Ich liebe dich." Ihr Herz weitete sich, bis sie glaubte, dass es platzen würde. So viel Freude. So viel Liebe. Und eine Spur von Angst.

Für den Moment wollte sie an das Unmögliche glauben.

21. KAPITEL

Ich bin immer noch nicht sehr glücklich über deine Reise", sagte Belinda Tucker am nächsten Abend.

„Mir passiert schon nichts, Mom", versicherte Abigail. „Ich werde nur ein paar Tage unterwegs und bald wieder zurück sein."

Madison hockte am Fußende des Krankenbettes im Privatzimmer ihrer Mutter. „Also ich finde, es klingt sehr aufregend. Wie so eine Spionagegeschichte mit Superhelden. Ich wünschte, ich könnte mit."

„Wir übernachten in Höhlen", murmelte Abigail.

„Ohne Badezimmer?" Madison riss entsetzt die Augen auf. „Oder Fernseher? Wie in aller Welt wollt ihr das denn überleben?"

„Ich komme schon zurecht." Abigail verdrehte die Augen in Richtung ihrer Mutter.

Madison sah sie einen Augenblick verwirrt an und nickte dann enthusiastisch. „Oh! Ja sicher. Sie kommt bestimmt gut zurecht, Mom. Ich zeichne alle guten Sendungen für sie auf. Und die Chinesen erwischen sie bestimmt nicht."

Belinda stöhnte und legte eine Hand über den Mund.

„Keine Sorge, Schatz." Präsident Tucker klopfte seiner Frau auf die Schulter. „Abby hat die stärksten Leibwächter auf dem Planeten. Und Gregori hat versprochen, sie persönlich zu beschützen."

„Wo ist denn Gregori?" Belinda streckte den Arm aus und deutete in Richtung Fenster. „Es ist schon vor einer Stunde dunkel geworden."

„Bestimmt ruft er bald an", sagte Abigail, obwohl sie sich die gleiche Frage stellte.

Nachdem sie sich in seiner Wohnung geliebt hatten, hatte er sie zurück ins Labor teleportiert, damit sie sich wieder etwas anziehen konnte. Sie hatte sich bei der Arbeit ausgestempelt und sich von einem Secret-Service-Agent nach Hause fahren lassen, damit alles ganz normal wirkte. Dann hatte Gregori sich in ihr

Schlafzimmer im Weißen Haus teleportiert und sie hatten in der Dusche noch mehr Spaß gehabt.

Ehe er sie wieder verlassen hatte, hatte er sie angewiesen, am nächsten Abend ihre Sachen gepackt zu haben und sich bereitzuhalten. Ihr Rucksack lag jetzt neben der Kommode im Krankenzimmer ihrer Mutter, und sie verabschiedete sich gerade von allen.

„Zieh dir immer mehrere Schichten an", wies Belinda sie an, „und trink das Wasser dort nicht. Putz dir nicht einmal die Zähne damit."

„Ja, Mom." Abigails Telefon klingelte. „Das muss er sein." Sie ging in eine Ecke des Raumes und nahm ab.

„Bist du so weit?", fragte Gregori.

„Ja. Was hat so lange gedauert?"

„Wir sind erst alle Berichte der vier anderen durchgegangen. Die Nachrichten treffen während des Tages ein und stauen sich auf. Außerdem gibt es keinen Grund zur Eile. Wir können uns erst teleportieren, wenn in Kalifornien die Sonne untergegangen ist."

„Oh."

Seine Stimme wurde weicher. „Alles in Ordnung, Scholar?"

Sie drehte sich errötend zur Wand. „Ja."

„Bist du in deinem Schlafzimmer?"

„Ich bin im Krankenhaus. Meine Mom will dich kennenlernen, ehe wir aufbrechen. Ist das in Ordnung?"

„Sicher."

„Du kannst dich direkt hierher teleportieren. Ich bin im Privatzimmer meiner Mutter. Mein Dad und Madison sind auch hier."

Gregori tauchte neben ihr auf.

Belinda keuchte erschreckt.

Madison strahlte übers ganze Gesicht. „So was von cool."

Ihr Vater trat vor und streckte ihm die Hand entgegen. „Guten Abend, Gregori."

„Sir." Gregori schüttelte ihm die Hand und neigte dann den Kopf vor Belinda. „Sehr erfreut, Mrs Tucker."

Sie riss die Augen auf. „Sie sind also wirklich ein Vampir?“

„Ja, Ma’am.“

Sie musterte ihn. Er trug Kakihosen, ein Kakihemd und eine braune Fliegerjacke. „Sie sehen aber nicht sehr vampirisch aus.“

„Er macht einen auf Indiana Jones“, erklärte Madison ihrer Mutter und runzelte die Stirn. „Da fehlen aber noch der Hut und die Peitsche. Wie schade. Accessoires sind der wichtigste Bestandteil eines Outfits.“

Belinda streckte die Hand aus. „Würden Sie bitte herkommen?“

Gregori trat vor und nahm ihre Hand in seine.

Sie sah ihm scharf ins Gesicht. „Mein Mann glaubt, Sie sind vertrauenswürdig, und dass Sie gut auf unsere Abby aufpassen. Ist das wahr?“

„Ja, Ma’am.“

Abigail wurde beim ernsthaften Tonfall seiner Stimme warm ums Herz. Sie trat vorsichtig näher, damit sie ihm ins Gesicht sehen konnte.

„Abby sagt, Sie sind ein junger Vampir und haben noch nie einen Menschen gebissen, um sich zu ernähren“, fuhr Belinda fort.

„Ja, Ma’am, das stimmt.“

Belinda lächelte. „Für einen Vampir scheinen Sie sehr gute Manieren zu haben.“

Er lächelte zurück. „Meine Mutter wird sich freuen, das zu hören.“

„Ihre Mutter ist noch am Leben?“

„Ja, Ma’am.“

„Ich habe sie kennengelernt“, erzählte Abigail ihrer Mutter. „Sie ist sterblich. Und ein großer Fan von dir, Mom.“

Belinda schüttelte Gregori die Hand und ließ ihn dann los. „Na gut. Gute Reise. Und bitte bringen Sie meine Abby gesund und munter wieder zurück.“

„Das werde ich.“ Er drehte sich nach Abigail um und sah sie an. „Bist du so weit?“

Sie nickte. Nachdem sie ihre Familie noch einmal tränenreich umarmt und sich verabschiedet hatte, setzte sie sich ihren Rucksack auf. „Gehen wir."

„Erster Halt, Romatech." Gregori trat zu ihr, schlang die Arme um sie, und alles um sie herum wurde schwarz.

Sie landeten vor dem Seiteneingang, wo Gregori wieder seinen Ausweis durch den Schlitz zog, um die Tür zu öffnen. Er führte sie ins Sicherheitsbüro, damit sie sich die Berichte der Männer in China ansehen konnte. Beide Stützpunkte waren errichtet, und sie hatten bereits die Vorräte teleportiert.

Im Büro wimmelte es schon bald von Vampiren und Sterblichen, die ihnen eine gute Reise wünschen wollten. Abigail wurde Angus und Robby MacKay vorgestellt, die sich mit ihnen bis Tokio teleportieren würden. Als es an der Zeit war aufzubrechen, nahmen beide MacKay-Männer ihre Frauen zur Seite, um sich von ihnen zu verabschieden.

Abigail rührte die offensichtliche Liebe in ihren Gesichtern. Sie beugte sich dicht zu Gregori und flüsterte: „Sind ihre Frauen auch Vampire?"

„Emma ist ein Vampir", flüsterte er zurück. „Olivia ist sterblich. Und sie erwarten gerade ihr erstes Kind."

Abigail riss den Mund auf und betrachtete Robby und Olivia, die sich fest in den Armen hielten. „Du liebe Zeit." Sie fasste Gregori am Arm und wisperte: „Wir haben letzte Nacht nicht verhütet. Und wir haben es fünfmal getan. Ich kann kaum gehen."

Gregori zuckte zusammen, als im ganzen Raum gekichert wurde. „Abby, unter Vampiren lohnt es sich nicht zu flüstern. Sie können alles hören."

„Oh." Ihre Wangen wurden heiß.

„Keine Sorge." Gregori küsste sie auf die Schläfe. „Mein Samen ist tot. Ich kann keine Kinder zeugen, ehe Roman nicht einen seiner Zaubertricks anwendet."

Sie kniff die Augen zusammen. „Wie funktioniert das?"

„Er nimmt menschliches Sperma und ersetzt mit einem bestimmten Verfahren die DNA darin durch meine."

„Oh." Sie nickte. „Interessant." Dann konnte sie tatsächlich Kinder mit Gregori bekommen. Falls sie beschließen sollten zu heiraten.

Sie schaute noch einmal zu Robby und Olivia. Die beiden schienen sehr glücklich zu sein. Tatsächlich wimmelte es im Raum vor glücklichen Paaren. Roman und Shanna. Caitlyn, ihr Mann und die anderen, an deren Namen sie sich nicht erinnerte, die aber alle glücklich wirkten.

„Es wird Zeit", verkündete Angus. Er und Robby griffen nach ihren eigenen Taschen und den Rucksäcken von Abigail und Gregori. Dann teleportierten sie sich davon.

Gregori nahm sie in die Arme. „Bereit?"

Sie nickte, als sie ihm die Arme um den Nacken schlang. „San Francisco, richtig?"

„Ja. Das Haus des Westküstenzirkels. Ich war schon einmal dort, kenne also den Weg. Halt dich fest."

Alles um sie herum wurde schwarz, und schon landeten ihre Füße weich auf einem flauschigen Perserteppich. Sie sah sich um. Angus und Robby standen am Kamin und redeten mit einem dunkelhaarigen Mann in einem Kilt. Der Raum schien ein Salon zu sein, prächtig eingerichtet mit Ohrensesseln und Medaillonsofas, alle mit dunkelrotem Samt gepolstert, die Farbe von Blut. Passend, fand sie, für ein Haus voller Vampire.

„Miss Tucker?" Der Mann im Kilt trat lächelnd auf sie zu. „Ich bin Rafferty McCall, Zirkelmeister der Westküste."

„Freut mich sehr." Sie schüttelte ihm die Hand. „Danke, dass Sie mir helfen."

Da sie warten mussten, bis die Sonne auf Hawaii unterging, verbrachte Abigail die nächsten Stunden beim Sightseeing mit Gregori. Rafferty lieh ihnen eine Limousine mit Chauffeur, mit der sie durch die Straßen fuhren. Sie lachten und küssten sich heimlich im Mondlicht. Keine Secret-Service-Agents überwachten ihrer Bewegungen. Seit Jahren hatte Abigail sich nicht mehr so frei gefühlt.

Dann teleportierten sie sich in ein kleines Strandhaus auf Hawaii, das einem Werdelfin namens Finn Grayson gehörte.

Er war ein Meeresbiologe, der für ein nahegelegenes Aquarium arbeitete.

„Wenn die Typen von MacKay was auf den Inseln erledigt haben wollen, verlassen sie sich auf mich“, erzählte er Abigail. „Vampire hängen hier nicht so oft rum. Zu viel Sonne.“ Er grinste die Vampire an. „Macht es euch bequem, Jungs. Im Kühlschrank ist Blier.“ Er schlurfte auf Flip-Flops in die Küche.

Abigail konnte über die Unterschiede zwischen den Männern nur lächeln. Die MacKays waren riesige, blasse, rothaarige Männer, die Kilts trugen und Claymores auf den Rücken geschnallt hatten. Finn sah aus wie ein blonder Surfer mit seiner gebräunten Haut, den weiten Shorts und seinem Hawaiihemd.

Sie machte mit Gregori einen langen Spaziergang am Strand. Nur sie beide, Hand in Hand. Zurück im Strandhaus riet er ihr zu schlafen. Wenn sie erst nach Japan und China weiterzogen, gab es kaum mehr Gelegenheit, sich auszuruhen.

Sie erwachte mehrere Stunden später und schlenderte in die Küche, um nach Nahrung Ausschau zu halten. „Hallo?“

Wo waren alle? Nach fünfzehn Jahren mit Leibwächtern fühlte es sich seltsam an, dass niemand ihr auf Schritt und Tritt folgte. Sie entdeckte Finn und Angus auf der Veranda. Angus winkte sie zu sich.

Sobald sie die Glasschiebetür geöffnet hatte, hörte sie ein Scheppern, das Geräusch von Metall, das immer wieder aufeinandergeschlagen wurde.

„Kampftraining“, erklärte Angus und deutete auf den Strand.

Ihr stand der Mund offen. Dort auf dem Sand kämpften Robby und Gregori mit Schwertern gegeneinander. Mit echten Schwertern. Riesigen Schwertern.

Ihr schlug das Herz bis zum Hals. „Versuchen die, sich gegenseitig umzubringen?“

„Sie üben nur“, sagte Angus. „Ich wollte sehen, wie gut der Junge kämpfen kann.“

Sie zuckte zusammen, als Robbys Schwert auf Gregoris Kopf hinabsauste. Er blockierte den Angriff rechtzeitig, und die beiden Schwerter trafen laut scheppernd aufeinander. „Das ist wahnsinnig!"

„Sie wollen doch einen Mann, der Sie beschützen kann, aye?", fragte Angus, während er ruhig zusah.

„Ich will einen Mann, der *lebendig* ist."

Angus musste lachen. „Sie bringen sich schon nicht um."

Gregori gelang es, Robby zurückzustoßen und sich ihm dann mit großen Schritten zu nähern. Die Kontrahenten tänzelten am Strand vor und zurück. Ihre Schwerter blitzten im Mondlicht. Nach einer Weile merkte Abigail, dass sie sich entspannen konnte. Die beiden Männer achteten darauf, alle Schläge abzubrechen, die wirklich gefährlich waren.

Während der grausame Tanz voranschritt, wurde sie immer faszinierter. Die Kämpfer waren sehr schön anzusehen. Sie trugen beide kein Hemd, und auf ihren Muskeln glänzte Schweiß, der ihnen über Brust und Rücken lief. Selbst während die Männer sich umkreisten, konnte sie immer genau sagen, welcher von beiden Gregori war. Sie waren gleich groß, aber Robby bewegte sich wie ein Panzer und stand fest wie eine Backsteinmauer. Gregori war lang, schlank und gewandt. Wenn ihn ein Schlag zu Boden warf, rollte er sich einfach ab und sprang wieder auf. Und er tat es mit Stil und Grazie.

Sie lächelte. So war Gregori. Er nahm die Schläge hin, die ihm das Leben austeilte, und ließ sich von nichts unterkriegen.

„Das reicht", rief Angus. „Wir wollen das Küken nicht auslaugen."

Sie hörte, wie Gregori fluchte und Robby lachte. „Haben Sie ihn Küken genannt?"

Angus lachte ebenfalls leise. „Aye, nur um ihn zu ärgern, aber der Junge kann sich behaupten. Sie haben da einen guten Mann gefunden, Kleines."

Ja, das hatte sie. Sie ließ Gregori nicht aus dem Blick, als er auf sie zukam. Unter seinem Charme und seinen teuren Anzügen war er ein Kämpfer, ein Krieger, genau wie die Schotten in ihren Kilts. Sein Bizeps war durch das Gewicht des Claymore angespannt, und sein dunkles, feuchtes Haar klebte ihm an Stirn und Nacken und lockte sich an den Spitzen. Er lächelte sie an, bis sich in seinen Wangen Grübchen bildeten.

Lieber Gott, sie wollte ihn so sehr.

„Hast du gut geschlafen?“, fragte er.

Sie nickte und ließ den Blick über seine nackte, glänzende Brust wandern.

Er reichte Angus sein Schwert, ließ sie dabei aber nicht aus den Augen. „Wir sehen uns in ein paar Minuten. Ich muss duschen.“

Sie blieb einen Augenblick stehen und folgte ihm dann ins Haus. „Sollte man dich nicht nach Verletzungen untersuchen? Was, wenn Robby dir etwas abgeschnitten hat?“

„Gott bewahre.“ Grinsend zog er sie mit sich ins Badezimmer.

Nachdem sie ihn ausgiebig unter der Dusche untersucht hatte, erklärte sie ihn für heil und gesund. Er wickelte sie in ein Handtuch ein, ließ sie aufs Bett fallen und stürzte sich mit einem Sprung auf sie.

Sie lachte. „Bist du nicht müde?“

„Kleines.“ Er zog ihr das Handtuch ab. „Ein guter Vampir kann die ganze Nacht.“

Und er hielt Wort.

Ein paar Stunden später teleportierten sie sich auf Kyos Anwesen am Rand von Tokio. Sie rief zu Hause an, um ihre Familie wissen zu lassen, dass sie in Japan angekommen war. Dann duschte sie, zog sich um und aß eine große Mahlzeit aus Miso-Suppe, Reis und Tempura aus Shrimps und Gemüse.

Das Telefon klingelte. Am anderen Ende war J. L. Wang. In der Provinz Yunnan war die Nacht hereingebrochen.

Es war an der Zeit für ihr Abenteuer in China.

22. KAPITEL

Sie kamen im Dunkeln an, aber Gregoris Augen stellten sich sofort auf Nachtsicht um. Er fing Abigail auf, als sie auf dem Kies ins Rutschen kam.

„Sie sind hier“, teilte J. L. am Handy Angus mit. „Wir melden uns in zwei Stunden.“

„Hey, J. L.“ Gregori stieß seine Faust gegen die des anderen Mannes.

„Hey, Alter. Herzlich willkommen, Miss Tucker. Ich bin J. L. Wang.“

„Bitte, nennen Sie mich Abby.“ Sie schüttelte ihm die Hand. „Es ist so dunkel hier draußen. Ich kann kaum etwas sehen.“

„Ja, wir sind hier in der tiefsten Provinz“, sagte J. L. „Wir haben in der Höhle Lampen, dort können Sie besser sehen. Lausiger Handy-Empfang allerdings, deswegen kommen wir normalerweise nach hier draußen, um Bericht zu erstatten.“

Gregori drehte sich auf der Stelle, um sich alles anzusehen. Hinter ihm erhob sich ein seltsam kegelförmiger Hügel abrupt aus flachem Boden. Vor ihm glitzerte Mondlicht auf einer dunklen Wasserfläche. „Sind wir an einem See?“

„Eigentlich sind wir mitten auf einem See“, erklärte J. L. „Das hier ist eine Insel. Zur Verteidigung bestens geeignet.“

Gregori nickte. Die Vampire konnten sich mit Leichtigkeit über den See hinweg teleportieren, Menschen allerdings mussten ihn erst mit einem Boot überqueren, wenn sie zu ihnen wollten. „Wo ist die Höhle?“

J. L. deutete auf den kegelförmigen Hügel. „Da drinnen. Sieht komisch aus, was?“

Abigail berührte den braunen Fels, der sich steil aus dem Boden erhob. „Dieses Gebiet ist berühmt für seine seltsamen Felsformationen.“

„Wenn Sie etwas wirklich Merkwürdiges sehen wollen, dann da drüben.“ J. L. deutete auf das südliche Ufer des Sees.

Gregori kniff die Augen zusammen. Es war wirklich merkwürdig. Das Mondlicht fiel auf graue Felsen, die sich aus dem Boden hoben wie eine Armee aus Stein, die in strammer Haltung ihre Befehle erwartete.

Abigail seufzte. „So weit kann ich nicht sehen."

„Es ist ein ganzes Feld aus Felsenspitzen", erklärte Gregori ihr.

„Ein Felsenwald, wie ich es nenne." J. L. deutete nach Osten. „Dort drüben schließt sich ein Bambuswald an den See an. Dahinter und nach Norden ist das Land größtenteils flacher Acker, allerdings mit weiteren dieser kegelförmigen Hügel. Das nächste Dorf ist etwa eine Meile in diese Richtung entfernt. Rajiv und ich waren einige Male dort, haben auf dem Markt eingekauft und uns mit dem örtlichen Heiler bekannt gemacht."

Er deutete nach Westen. „Dort entlang ist es hügeliger. Und dschungeliger. Das nächste Dorf kommt nach etwa drei Meilen. Da waren wir noch nicht."

„Ich weiß wirklich zu schätzen, dass Sie mir helfen wollen", sagte Abigail.

J. L. lächelte. „Kein Problem. Kommen Sie, ich stelle Ihnen die anderen vor. Und unser trautes Heim."

Er führte sie um einen Haufen Findlinge herum zu einem schmalen Eingang, der von einer improvisierten Bambuswand verstellt war. „Wir wollen nicht, dass den Einheimischen nachts unsere Lampen auffallen", erklärte er und zog die Wand zur Seite.

Gregori führte Abigail in die kleine Höhle, die von zwei Kerosinlampen beleuchtet wurde. J. L. trat hinter ihnen ein und zog die Wand wieder zurück.

Howard sprang auf und schloss Gregori in seine bärenstarken Arme, dann schüttelte er Abigail schüchtern die Hand.

„Hallo, Howard", sagte sie lächelnd, „ich erinnere mich an das Foto von Ihrem Lebenslauf. Danke, dass Sie mir helfen."

Howard zog den Kopf ein und murmelte: „Kein Problem."

Gregori deutete auf den jungen Mann mit dem langen schwarzen geflochtenen Zopf, der gerade hastig aufstand. „Das ist Rajiv."

„Freut mich wirklich sehr. Bitte, nennen Sie mich Abby."

Der Wertiger legte die Hände aneinander und verneigte sich. „Es ist mir große Ehre." Er richtete sich lächelnd auf. „Morgen koche ich Eintopf. Nur für Sie."

„Danke." Abigail erwiderte sein Lächeln.

„Heute ich kaufe etwas auf Markt nur für Sie." Er eilte davon und kehrte mit etwas zurück, das in altes Zeitungspapier gewickelt war. Mit einer weiteren Verbeugung hielt er ihr das kleine Päckchen hin.

„Oh, vielen Dank. Das ist sehr lieb." Abigail zog das Papier vorsichtig an einer Ecke auf und zuckte zusammen.

„Hühnerfüße!", verkündete Rajiv stolz. „Gut in Eintopf. Ich koche für Sie morgen."

„Oh. Wie aufmerksam von Ihnen." Abigail warf Gregori einen Blick zu und grinste. „Vielen Dank. Ich kann es kaum erwarten."

„Nachts können wir nicht kochen", murrte Howard. „Wenn wir draußen ein Feuer anzünden, könnten die Einheimischen es entdecken. Aber wir haben trotzdem Essen hier, falls Sie Hunger haben. Möchten Sie einen Donut?" Er deutete in eine Ecke.

Gregori musste lachen, als er den Stapel Donut-Schachteln neben Howards Schlafsack entdeckte. „Mensch, Alter. Kannst du nicht ein paar Tage ohne dein geliebtes Bärenfutter überstehen?"

Schnaufend setzte Howard sich auf seinen Schlafsack. „Ein Mann muss essen."

„Er hat einen Donut-Laden in Tokio gewittert und darauf bestanden, dass wir ihm einen Vorrat hierher teleportieren." J. L. seufzte resigniert. „Könnte schlimmer sein. Mit einem Bären auf Zuckerentzug will ich nichts zu tun haben." Er lächelte Abigail an. „Nachher fängt er noch an zu knurren."

„Ich weiß, was wird Howard machen sehr glücklich", sagte Rajiv grinsend, „nettes Panda-Mädchen!"

Howard schnaubte. „Pandas esse ich zum Frühstück."

Gregori lachte und bemerkte dann, wie erschreckt Abigail aussah. Er beugte sich zu ihr herüber. „Er macht nur Scherze."

Im hinteren Teil der Höhle stand das letzte Mitglied des Teams auf. Gregori hatte Russell Hankelburg schon einmal kennengelernt, ganz kurz, ehe sich alle zur endgültigen Schlacht mit Casimir teleportiert hatten. Der ehemalige Marine trug einen grünen Tarnanzug und das dunkle Haar noch immer kurz geschoren.

„Hey, Russell, wie geht's?" Er ging auf ihn zu und schüttelte ihm die Hand.

Russell packte fest seine Hand und nickte dann Abigail zu. „Miss Tucker, es ist mir eine Ehre, Ihnen zu dienen."

„Danke. Bitte, nennen Sie mich Abby."

„Ja, Ma'am." Russell kehrte in den hinteren Teil der Höhle zurück, wo er sich im Schneidersitz hinsetzte. Er schien gerade dabei zu sein, seine Waffe zu reinigen.

„Ich weiß, es ist dunkel", sagte J. L., „aber die Nacht ist noch jung, und wir können im Dunkeln ausgezeichnet sehen. Wenn Sie schon anfangen möchten?"

„In Ordnung." Abigail setzte ihren Rucksack ab und zog einige Fotos aus der Vordertasche. „Das sind die zwei Pflanzen, die ich in diesem Gebiet sammeln möchte. Die erste heißt übersetzt Dämonenkraut, die andere Tigerklaue." Sie reichte J. L. die Bilder.

Howard schnaubte. „Ich könnte Ihnen gleich hier eine Tigerklaue pflücken."

Rajiv verzog das Gesicht. „Versuch es, Puuh-Bär." Als Howard knurrte, grinste er Abigail an. „Ich lerne Ihre Sprache im Fernsehen. Das ist so ein Kuschel-Ding."

J. L. musste lachen, während er die Bilder betrachtete. „Ich teleportiere mich ins nächste Dorf und frage den Heiler, ob er weiß, wo man diese Pflanzen finden kann."

Rajiv sprang auf wie Tigger höchstpersönlich. „Ich komme mit."

„Okay. Kannst du die Gartengeräte mitnehmen?" J. L. sah nach dem Schulterhalfter unter seiner Jacke. „Ich erwarte keine Schwierigkeiten, aber ich bin gerne vorbereitet."

„Soll ich mitkommen?", fragte Russell.

„Mir wäre es lieber, wenn du bei Abigail bleibst", sagte J. L. und sah sie dann entschuldigend an. „Ich weiß, dass Sie wegen der Pflanzen hier sind, aber Ihre Sicherheit ist unsere oberste Priorität."

Sie nickte. „Das weiß ich zu schätzen."

J. L. zog sein Hosenbein hoch, um nach dem Messer zu sehen, das er sich an die Wade geschnallt hatte. „Wenn wir etwas Nützliches herausfinden, rufen wir an. Draußen ist der Empfang besser."

„Schon klar", sagte Gregori.

J. L. zeigte auf eine Kiste neben Howard. „Da drinnen sind Taschenlampen. Wenn wir noch heute Nacht auf die Suche nach einer Pflanze gehen, gib Abigail eine mit."

„Mache ich", versprach Gregori.

Rajiv warf sich einen Stoffbeutel über die Schulter und hielt sich an J. L. fest. „Los geht es."

J. L. verschwand und nahm Rajiv dabei mit.

„Die sind für euch." Howard reichte ihnen zwei zusammengerollte Schlafsäcke und einen prall gefüllten schwarzen Müllbeutel.

Gregori fand eine freie Stelle und rollte die zwei Schlafsäcke nebeneinander aus.

Abigail zog zwei Kissen und Decken aus dem Müllbeutel und breitete sie auf den Schlafsäcken aus.

„Hier gibt es nicht wirklich viel zu tun." Howard setzte sich auf seinen Schlafsack. „Möchten Sie einen Donut, Abby?"

„Ja, danke." Sie suchte sich einen aus der Schachtel aus und setzte sich dann auf ihren Schlafsack, um ihn zu essen.

Gregori fand die Kühltasche und nahm eine Flasche synthetisches Blut und eine Flasche Wasser heraus, die er Abigail reichte.

Er setzte sich hin und trank. Howard stopfte sich mit Donuts voll. Russell reinigte eine Waffe zu Ende und fing gleich mit der nächsten an.

Als Gregori mit seiner Flasche Blut fertig war, stand er auf. „Ich warte draußen, falls J. L. anruft."

„Ich komme mit." Abigail sprang auf und folgte ihm aus der Höhle.

Er schob die Bambuswand wieder vor den Eingang und nahm dann ihre Hand. „Komm, wir sehen uns die Insel an."

Sie brauchten etwa fünf Minuten, um die Insel einmal zu umrunden und wieder vor dem Höhleneingang zu enden. Abigail zitterte und zog den Reißverschluss ihrer Jacke zu.

„Kalt?" Er nahm sie in seine Arme.

Sie schmiegte die Wange an seine Brust. „Jetzt nicht mehr."

„Hast du Spaß?"

Sie sah zu ihm hoch und lächelte. „Das habe ich wirklich. Ich erwarte jederzeit, dass hinter der nächsten Ecke ein Agent des Secret Service steht, aber da ist keiner."

Er küsste sie auf die Stirn. Er musste sie noch vor seinem Todesschlaf warnen, aber er war sich nicht sicher, wie er das anstellen sollte. *Ach, übrigens, wenn die Sonne aufgeht, sterbe ich?*

„Ich muss dir etwas sagen …" Sein Handy klingelte. „Wir sprechen später darüber." Er zog sein Telefon aus der Tasche. „Was gibt's?"

Er hörte J. L. zu und reichte das Handy danach an Abigail weiter. „Sie denken, sie haben eine der Pflanzen aufgespürt. Die Tigerklaue. Willst du dabei sein?"

„Ja, natürlich."

„Warte einen Augenblick", sagte Gregori zu J. L. Er ließ sein Telefon bei Abigail und ging in die Höhle, um Howard und Russell mitzuteilen, wohin sie gingen.

„Ich komme mit." Russell steckte eine Pistole ein, legte sich ein Gewehr über die Schulter und trat nach draußen.

„Ich bleibe hier und halte die Stellung." Howard lehnte sich zurück und kaute weiter an seinen süßen Teilchen.

Gregori nahm zwei LED-Taschenlampen und ging wieder nach draußen. Während er sich die Taschenlampen einsteckte, beugte Russell sich dichter an das Handy, das Abigail in der Hand hielt, damit er J. L.s Stimme hören konnte. Er verschwand.

Gregori griff nach Abigail. „Sprich weiter", sagte er zu J. L. am Telefon und teleportierte sie dann beide.

Sie landeten auf einem Trampelpfad, der durch einen Wald aus Bambus führte. Gregori reichte Abigail eine Taschenlampe und schaltete die zweite selbst an.

„Ich dachte, du kannst im Dunkeln ausgezeichnet sehen", sagte sie, als sie ihre Lampe anschaltete.

„Kann ich. Ich mache nur für dich mehr Licht." Gregori bemerkte, dass Russell sich bereits auf den Weg den Pfad hinab gemacht hatte. Typischer Marine. Musste immer ganz vorn dabei sein.

J. L. bedeutete ihnen zu folgen. „Der Heiler im Dorf hat gesagt, Tigerklaue wächst auf der anderen Seite dieses Waldes. In der Nähe eines Rapsfeldes."

„Heiler ist sehr netter alter Mann", fügte Rajiv hinzu. „Er mag kleine blaue Pillen, die J. L. als Geschenk gebracht."

Gregori musste lachen.

„Moment mal." Abigail kletterte über einen umgefallenen Bambusstamm. „Verteilen Sie Viagra an die Einheimischen?"

J. L. zuckte mit den Schultern. „Sie mögen es. Und dann sind sie … hilfreicher."

„Soll heißen, Bestechung", brachte sie hervor.

„Könnte schlimmer sein", murmelte J. L.

Rajiv nickte. „Leute im Dorf mögen J. L. sehr."

Sie erreichten den Waldrand. Der Strahl von Gregoris Taschenlampe beleuchtete das strahlende Gelb eines Rapsfeldes links von ihnen.

„Oh, wie hübsch", hauchte Abigail.

„Hier entlang." J. L. führte sie auf das Rapsfeld zu. „Der Heiler hat gesagt, es wächst in diesem Gebiet in großen Büscheln."

Sie trennten sich, um nach dem Kraut zu suchen, Gregori blieb allerdings dicht bei Abby. Das Licht ihrer Taschenlampen wanderte hin und her über die grünen Pflanzen.

Sie keuchte auf. „Dort ist es!" Sie strahlte Gregori an und schlang dann die Arme um ihn. „Ich habe es gefunden!"

Rajiv, J. L. und Russell rannten zu ihr.

„Hier." Rajiv wühlte in seinem Stoffbeutel und reichte ihr eine Pflanzenschere und einen großen Plastikbeutel.

„Da drinnen sind auch eine Schaufel und ein paar Blumentöpfe." J. L. deutete auf den Beutel. „Wir waren uns nicht sicher, ob Sie Ableger möchten oder die ganze Pflanze."

„Die ganze Pflanze wäre wunderbar. Manchmal ist die Wurzel der beste Teil. Und dann kann ich auch eine Bodenprobe mitnehmen." Abigail lächelte.

Gregori griff sich die Schaufel und suchte einen kleineren Busch der Tigerklaue aus. Schon bald hatten sie drei Pflanzen ausgegraben und sie in die Blumentöpfe gesetzt.

„Mal sehen, ob ich Angus erreichen kann." J. L. rief ihn an. „Hey, Boss. Wir haben etwas abzuholen. Drei Pflanzen."

Angus, Robby und Kyo tauchten dicht neben ihnen auf.

„Alles in Ordnung, Kleines?", fragte Angus.

„Ja." Sie lächelte. „Wir machen wunderbare Fortschritte!"

„Wir lassen die hier von Mikhail nach Moskau teleportieren." Robby hob einen der drei Blumentöpfe hoch. „Und dann kann er sie nach London bringen. Innerhalb von vierundzwanzig Stunden sind sie sicher bei Romatech angekommen."

„Das ist fantastisch." Sie lächelte noch strahlender. „Danke!"

Gregori legte einen Arm um sie und drückte ihr die Schulter. „Nummer eins wäre also geschafft. Bleiben nur noch zwei."

Russell drehte sich zu J. L. um. „Hat der Heiler euch auch verraten, wo man die zweite Pflanze finden kann?"

J. L. und Rajiv sahen sich besorgt an. „Er hat gesagt, Dämonenkraut wächst westlich von hier. In der Nähe des Dorfs, auf der anderen Seite des Sees."

„Dann gehen wir gleich hin", sagte Gregori. „Damit wären wir heute Nacht hier fertig und können zum nächsten Stützpunkt weiterziehen."

Rajiv schüttelte mit dem Kopf. „Wir sollten nicht danach suchen. Es ist sehr böse."

„Was soll das heißen?“, fragte Gregori. „Ist es eine Art Betäubungsmittel?“

„Ich bin mir nicht sicher“, antwortete J. L. „Der Heiler hat uns nur geraten, uns fernzuhalten. Anscheinend heißt es Dämonenkraut, weil es so mächtig ist. Die Leute sagen, die Pflanze sei verflucht.“

„Das ist doch sicher nur ein alter Aberglaube“, sagte Abigail.

Rajiv schüttelte wieder mit dem Kopf. „Kraut ist sehr böse.“

„Was macht es so böse?“, fragte Robby.

J. L. seufzte. „Wer danach sucht, kehrt nie mehr zurück.“

23. KAPITEL

„Abby, bist du das?", fragte Madison am Telefon. „Bist du in China?"

„Da war ich bis vor einer halben Stunde. Ist mit Mom alles in Ordnung?"

„Sie schläft, deswegen bin ich ans Telefon gegangen. Ich bin in ihrem Krankenzimmer. Wo bist du?"

„In der Nähe von Tokio", erklärte Abigail. „Kyo wohnt hier. Ich musste mal dringend ein Badezimmer aufsuchen, und Gregori meinte, ich kann entweder mein Glück im Bambuswald versuchen, oder er teleportiert mich. Rate, wofür ich mich entschieden habe?"

Madison lachte. „Dieses Teleportieren ist wirklich praktisch."

„Ja." Abigail hatte den Verdacht, dass Gregori noch einen anderen Grund hatte, sie zurück zu Kyos Haus zu bringen. Die Männer machten sich Sorgen wegen des verfluchten Dämonenkrauts. Statt den Rest der Nacht damit zu verbringen, nach der Pflanze zu suchen, versuchten sie, Abigail sicher in Kyos luxuriösem Anwesen zu verwahren.

Sie lehnte sich in der Jacuzzi-Wanne zurück. „Du ahnst nicht, wie groß die Badewanne ist, in der ich gerade liege."

Madison kicherte. „Bist du allein?"

Abigail schnaubte. „Ja." Sie hatte die Tür abgeschlossen, damit sie ihr heißes Bad ungestört genießen konnte. „Es ist so schön hier. Überall Kunst und Antiquitäten. Und der Garten ist einfach himmlisch. Kyo muss furchtbar reich sein."

„Wirklich?" Madison klang interessiert. „Kann ich ihn mal kennenlernen?"

Abigail musste lachen.

Plötzlich tauchte Gregori mitten im Raum auf. Sie keuchte erschreckt und ließ fast das Telefon ins Wasser fallen.

„Stimmt etwas nicht?", fragte Madison.

„Ich … Nein, alles okay. Ich habe nur die Seife fallen lassen." So viel zu dem Versuch, einen Vampir auszusperren.

Gregori zwinkerte ihr zu, zog sich das Hemd über den Kopf und ließ es zu Boden fallen.

Sie sah mit angehaltenem Atem zu, wie auch seine Hose fiel. Dann seine Unterwäsche. Lieber Gott, konnte ein Mann noch schöner sein?

„Abby? Bist du noch da?"

„Ja." Abigail setzte sich auf, damit sie Gregori in der verglasten Kabine beobachten konnte, in der er gerade eine Dusche nahm. „Sag Mom und Dad, es geht mir gut."

„Okay. Was ist mit den Pflanzen?"

Welche Pflanzen? Abigail sah zu, wie Gregori sich einseifte. O Gott, gerade war er mit dem unteren Teil seines Körpers beschäftigt.

„Abby? Hallo? Ich glaube, mit der Verbindung stimmt etwas nicht. Habt ihr schon nach den Pflanzen gesucht?"

Oh, Pflanzen! „Ja! Wir machen hervorragende Fortschritte. Eine haben wir bereits eingesammelt, und wir wissen, wo die zweite zu finden ist."

„Wow! Das ist großartig!"

„Ja. Großartig", murmelte sie, als Gregori sich abduschte. Er drehte ihr den Rücken zu. Rinnsale aus weißem Seifenschaum liefen ihm den Rücken hinab, dann über seinen muskulösen Po und die Beine. „Ich muss jetzt auflegen, Maddie. Sag allen, dass es mir gut geht." Sie legte auf und ließ das Telefon auf einen weißen Bademantel fallen, den sie auf den Stuhl neben der Wanne gelegt hatte.

Gregori trat aus der Dusche und lächelte sie an, bis seine Grübchen sichtbar wurden. „Hat dir die Vorstellung gefallen?"

„Ja." Sie ließ den Blick auf seinen Schritt wandern. *Wow.* Er war bereits halb hart.

Und kam auf sie zu. „Das ist eine schrecklich große Badewanne."

„Ja." Sie seufzte. „Sehr selbstsüchtig, sie ganz für mich behalten zu wollen."

„Ungezogenes Mädchen." Er stieg grinsend zu ihr.

Sie rutschte zur Seite, um ihm Platz zu machen, aber er zog sie gleich wieder in seine Arme. Seine Augen verdunkelten sich zu einem roten Glühen, als er mit den Händen ins Wasser eintauchte und über ihren Po glitt.

„Da ist etwas, das ich dir sagen muss", fing er an. „Ich will nicht, dass du nachher einen Schreck bekommst."

„Du willst, dass ich hierbleibe, oder?" Sie fuhr mit den Fingern sein raues, unrasiertes Kinn entlang.

„In der Wanne? Eigentlich dachte ich, wir könnten ins Bett umziehen."

Sie stupste mit dem Finger gegen eines seiner Grübchen. „Ich meinte, du willst mich hier in Japan lassen."

„Ah." Er liebkoste die Spalte zwischen ihren Pobacken. „Du musst zugeben, es ist hier viel angenehmer als in einer Höhle."

„Die Pflanzen sind dort drüben."

„Ja, aber hier bist du sicherer." Seine Augen nahmen wieder ihre normale graugrüne Farbe an. „Warum überlässt du das gefährliche Zeug nicht uns?"

„Was soll daran gefährlich sein? Ich habe drei Vampire, einen Tiger und einen Bären, die alle auf mich aufpassen."

Er sah sie zweifelnd an.

„Ich kann sehr überzeugend sein." Sie ließ die Hände seine Brust hinab zu seinen Bauchmuskeln gleiten. „Wie fühlt sich das an? Schon überzeugt?"

Er atmete scharf ein, als sie ihn mit der Hand umfasste. „Du bist auf dem richtigen Weg." Seine Augen wurden wieder rot.

„Na ja, es ist ein ziemlich steiler Weg." Sie zog sanft an ihm. „Kaum zu übersehen."

Er zuckte zusammen. „Du bist zu klug für mich, Scholar. Ich bin hier, um dich zum Bleiben zu verführen, und du … du …" Stöhnend ließ er den Kopf in den Nacken fallen.

„Schäm dich." Sie küsste sein Ohr. „Mich mit Sex überreden zu wollen."

Er schnaubte. „Ach so? Und was machst du, wenn ich fragen darf?" Er griff nach ihr, und alles um sie herum wurde schwarz.

Mit einem Plumps kamen sie auf dem Bett auf. „Dann wollen wir doch mal sehen, wer hier der wahre Überredungskünstler ist", verkündete Gregori.

Abigail streckte lächelnd die Arme nach ihm aus. Er versuchte mehrere köstliche Stunden lang, sie zu überzeugen. Doch am Ende blieb ihm nichts anderes übrig, als sich gemeinsam mit ihr zurück in die Höhle zu teleportieren.

Geraume Zeit später wachte Abigail in ihrem Schlafsack auf, eng an Gregori gekuschelt. Es schien noch dunkel zu sein, doch dann wurde ihr klar, dass jemand eine Holzwand durch die Höhle gezogen hatte, die sie in zwei Hälften teilte und alles Licht blockierte, das durch den Eingang hineinfiel.

In den hintersten Winkeln der Höhle schliefen J. L. und Russell tief und fest in ihren Schlafsäcken. Draußen musste Tag sein. Die Leuchtziffern auf ihrer Digitaluhr besagten, dass es zwei Uhr fünfzehn am Nachmittag war. Lieber Gott, sie hatten den größten Teil des Tages verschlafen. Ihr Körper konnte Tag und Nacht nicht mehr unterscheiden.

„Guten Nachmittag", murmelte sie Gregori zu und fragte sich, wie tief ein Vampir wohl schlafen konnte. Sie küsste ihn auf die Wange. Du liebe Zeit, war die kalt.

„Wie kannst du so schlafen?" Er hatte den Schlafsack zusammengeknüllt neben sich liegen lassen. Sie deckte ihn zu und legte noch ihren eigenen Schlafsack darüber.

„Ist das besser?" Sie steckte die Decke unter seinem Kinn fest.

Er schien nicht zu atmen.

„Gregori?" Sie beugte sich über ihn, fühlte allerdings keine Luft aus seinem Mund kommen. „Hey." Sie klopfte ihm auf die Wangen.

Keine Reaktion.

Sie riss die Decke von ihm und sein Hemd auf. Kein Herzschlag.

„Gregori!" Panik erfasste sie im gleichen Moment. Sie zwang seinen Mund auf und beatmete ihn.

Dann legte sie beide Hände über sein Herz und drückte fest zu.

„Was tun Sie da?" Howard kam hinter der Holzwand hervor und auf sie zu.

„Hilfe! Schnell! Er stirbt!"

„Er ist schon tot."

Sie unterdrückte ein Schluchzen. „Nein! Das dürfen Sie nicht sagen" Verzweifelt hielt sie ihm die Nase zu und atmete wieder in seinen Mund.

„Miss Tucker!" Howard kniete sich neben sie. „Das hat keinen Sinn."

„Ich gebe ihn nicht auf!" Sie presste wieder auf sein Herz.

„Abby! Die Vampire sterben jeden Sonnenaufgang. Das ist ihr Todesschlaf."

Sie richtete sich auf. „Ihr was?"

„Todesschlaf. Hat Gregori Ihnen nichts davon erzählt?"

Tränen brannten ihr in den Augen. „Er … er ist wirklich tot?"

„Ja, aber keine Sorge. Bei Sonnenuntergang wacht er wieder auf."

Sie musste schlucken. „Er ist wirklich … tot?"

Howard nickte. „Aber das ist nur vorübergehend."

„Wie kann der Tod vorübergehend sein?"

Howard zuckte mit den Schultern. „Keine Ahnung. Das ist so ein Vampir-Ding."

Eine Träne lief ihr die Wange entlang. „O Gott! Er ist wirklich *tot*?"

„Na ja, untot trifft es eher, glaube ich, weil er ja wieder aufwacht." Howard sah sie neugierig an. „Hat er ihnen wirklich nichts davon erzählt?"

„Nein." Oder hatte er? Sie erinnerte sich, dass sie gerade in die Höhle zurückgekehrt waren. Der Sex hatte sie ausgelaugt, und sie war direkt in ihren Schlafsack gekrochen. Er hatte sich neben ihr ausgestreckt.

„Ich muss dich warnen", hatte er in ihr Ohr geflüstert. „Ich schlafe wie ein Toter."

„Ich auch", hatte sie gemurmelt, ehe sie in tiefen Schlaf gefallen war.

„Du liebe Güte", flüsterte sie. Er hatte es ernst gemeint.

Plötzlich packte sie die Wut. „Und so sagst du es mir?" Sie zerrte ihm die Decke wieder bis zum Kinn und schlug ihm dann auf die Brust. „Du hast mir einen Höllenschrecken eingejagt! Ich dachte, ich hätte dich verloren!"

Immer schneller liefen die Tränen ihr Gesicht hinab. „Er hört mich nicht, oder?"

„Nein, Ma'am." Howard stand auf.

Sie tat es ihm gleich und wischte sich die Wangen ab. „Ich muss wohl bis Sonnenuntergang warten, um meiner Wut Luft zu machen."

Howard nickte. „Ein guter Plan." Er trat verlegen von einem Fuß auf den anderen. „Möchten Sie vielleicht einen Donut?"

Unwillkürlich musste sie lachen. „O Gott, ich werde wahnsinnig."

Howard trat besorgt zurück.

„Nicht wirklich wahnsinnig", versicherte sie ihm und atmete tief durch. Lieber Gott, es war zwei Uhr Nachmittag vorbei. Sie hatte stundenlang mit einer Leiche gekuschelt. „Ich muss hier raus."

„Hier entlang." Howard führte sie um die Holzwand herum. „Wir haben die Wand nur als Sicherheitsmaßnahme aufgestellt. Wenn die Vampire mit Sonne in Berührung kommen, sterben sie richtig."

Sie schüttelte mit dem Kopf. *Todesschlaf.* Gregori hatte sie glauben lassen, dass er den Tag auf die gewöhnliche Weise verschlief. Warum hatte er sie angelogen?

Er war wirklich tot. Der arme Kerl war einfach gestorben, während sie seelenruhig neben ihm schlief. Hatte es ihm Schmerzen bereitet? Wahrscheinlich. Sie schauderte. Es war zu schrecklich, um auch nur darüber nachzudenken.

Howard zog die Bambuswand zur Seite, damit sie nach draußen schlüpfen konnten.

„Miss Abby!" Rajiv winkte ihr zu. Er hatte ein Feuer angezündet und einen großen Topf darübergehängt. „Ich habe Eintopf gemacht."

„Danke." Sie ging zu ihm, um es sich genauer anzusehen. „Das riecht köstlich."

Er sah sie an und runzelte die Stirn. „Miss Abby weint?"

Sie atmete tief durch und sah hinauf in den blauen Himmel. „Es geht mir schon wieder viel besser. Danke."

„Sie wusste nicht, dass Gregori tot sein würde", knurrte Howard.

„Oh." Rajiv verzog das Gesicht. „Das ist schlimm."

Abby nickte schweigend und deutete dann auf das andere Ende der Insel. „Ich bin mal für eine Weile dort drüben."

Rajiv nickte.

Hinter einem Hügel fand sie eine Stelle, an der sie sich ungestört erleichtern konnte. Sie wusch sich die Hände im See, richtete sich dann auf und keuchte erstaunt auf. Jetzt, wo die Sonne schien, konnte sie das südliche Ufer des Sees erkennen. Graue Tropfsteine erhoben sich aus einem flachen Feld. Sie hatte während ihrer Recherchen von Karstformationen gelesen, aber ihr war nicht klar gewesen, wie unwirklich sie aussahen. Sie starrte die Felsen eine Zeit lang an, ehe sie wieder zu den Wandlern zurückkehrte.

Howard hatte sich die Hosenbeine hochgekrempelt und stand bis zu den Knien im See. Er beugte sich vor, konzentrierte sich, und dann, mit einem plötzlichen Platschen, hatte er einen Fisch gefangen und an den Strand geworfen.

Abigail lächelte. Er fischte genau wie ein Bär.

Schon bald lagen ein Dutzend Fische im Sand.

„Sollen wir die alle essen?", fragte sie.

Rajiv grinste. „Howard großer Bär. Er isst acht."

Der Werbär taperte aus dem See, zog dann sein Messer aus dem Gürtel und hackte den Fischen die Köpfe ab.

„Fischköpfe!" Rajiv schnappte sich zwei Köpfe und spülte sie im See aus. „Gut für Eintopf." Er ließ sie in den Topf zu den Hühnerfüßen fallen.

Howard köpfte auch die restlichen Fische und ignorierte geflissentlich Rajivs Protest, dass er den besten Teil verschwendete.

„Ich habe Nudeln." Rajiv rannte in die Höhle und kam mit einer Tüte Nudeln wieder, die er in den Topf schüttete. Howard holte eine Bratpfanne und Öl aus der Höhle.

Am späten Nachmittag genossen sie schließlich ein Festmahl aus Rajivs Nudelsuppe und Howards gebratenem Fisch.

Abigail saß gegen einen Findling gelehnt am Strand und betrachtete die Felsen am südlichen Ufer des Sees. „Ich würde diese Steine gern aus der Nähe sehen."

„Wir haben ein Boot", sagte Rajiv.

„Wirklich? Ich habe es nirgends gesehen."

Rajiv lächelte. „Ist gut versteckt. Wollen Sie über den See?"

„Nein", sagte Howard energisch. „Sie darf die Insel nicht verlassen."

Sie zuckte zusammen. Es geschah schon wieder. Immer sagte man ihr, was sie nicht durfte. Die Vampire hatten gewollt, dass sie in Japan blieb. Gregori hatte lange gezögert, sie zurückzubringen. Und jetzt saß sie einfach nur rum und drehte Däumchen.

Sie deutete auf die Sonne, die sich im Westen dem Horizont näherte. „Müssen wir nicht ins Dorf dort hinten?"

Howard nickte. „Es ist drei Meilen über die Hügel. Die Vampire sind noch nicht dort gewesen, deswegen müssen wir wandern."

„Im Dunkeln?" Das mochte den Vampiren nichts ausmachen, aber sie bevorzugte den Weg im Tageslicht. „Warum wandern wir nicht jetzt schon mal los, und wenn die Sonne untergegangen ist, rufen wir die Vampire an, damit sie sich zu uns teleportieren?"

Howard legte die Stirn in Falten. „Es tut mir leid, aber Sie dürfen die Insel nicht verlassen, bis die Vampire aufwachen."

Sie ballte die Hände zu Fäusten und ließ wieder locker. Würde so das Leben mit Gregori aussehen? Immer nur darauf warten, dass er aufwacht?

Sie stand auf. „Ich gehe spazieren."

Sie ging um die Insel herum und fühlte sich immer mehr gefangen, immer aufgebrachter. Warum hatte Gregori wegen seines Todesschlafes gelogen? Verschwieg er ihr noch andere Dinge?

Nachdem sie die Runde beendet hatte, setzte sie sich auf einen Stein neben dem Höhleneingang. Rajiv wusch seinen Topf im See aus und löschte das Feuer. Howard holte seine Schachtel Donuts aus der Höhle und gab ihr einen als Friedensangebot.

Sie aß und sah zu, wie die Sonne hinter dem Horizont verschwand. Der See funkelte. Der Sonnenuntergang malte den Himmel in Pink, Orange und Gold an. Es war absolut atemberaubend. Es war etwas, das sie nie mit Gregori teilen würde.

Tränen traten ihr in die Augen. Daher kam also ihre Aufregung. Sie war vollkommen, bis über beide Ohren verliebt in Gregori. Das war ihr klar geworden, als sie befürchtet hatte, ihn für immer verloren zu haben.

Aber was für ein Leben konnte sie führen mit jemandem, der den ganzen Tag wortwörtlich *tot* war? Würde sie ihre Tage verträumen, ihr Leben auf dem Abstellgleis verbringen, während sie auf sein Aufwachen wartete?

Ihre Eltern wären damit niemals einverstanden. Sie seufzte. Noch mehr Leute, die ihr sagten, was sie nicht tun durfte.

Die letzten Sonnenstrahlen verschwanden hinter dem Horizont, und die Temperatur fiel um einige Grad ab. Sie schloss ihre Jacke.

„Ich sehe nach, ob sie schon auf sind." Howard ging in die Höhle.

Abigail drehte sich zum Eingang um. Im schwachen Licht des Mondes war kaum etwas zu erkennen, aber sie hörte im Inneren der Höhle ein Murmeln. Dann erklang eine laute Stimme, Gregoris Stimme.

„*Was? Mist!*"

Sie zuckte zusammen. Howard musste es ihm gesagt haben.

Gregori kam nach draußen gerannt, eine Flasche Blut in der Hand. Er blieb am Strand ihr gegenüber stehen.

Rajiv schritt auf ihn zu. „Du bringst Miss Abby zum Weinen", knurrte er. Dann ging er zurück in die Höhle und ließ sie mit Gregori allein.

24. KAPITEL

Abigail blieb auf dem Findling sitzen. Sie wusste nicht, ob sie Gregori anbrüllen sollte, weil er tot gewesen war, oder vor Freude weinen, weil er wieder am Leben war.

Er nahm einen großen Schluck Blut und ging auf sie zu. „Ich habe gehört, du hast dich ziemlich erschreckt."

Sie schnaubte. „So kann man das auch nennen. Verdammt, Gregori. Warum hast du mir nicht gesagt, dass du tot sein würdest?"

„Ich habe gesagt, ich schlafe wie ein Toter."

„Du warst nicht *wie* tot. Du warst tot. Du hättest mich warnen sollen."

Er nahm noch einen Schluck. „Ich habe zweimal versucht, es dir zu sagen. Einmal hier und dann in der Badewanne."

„Und warum erst jetzt?" Sie sprang auf. „Ich habe dich schon im Nachtclub danach gefragt, und du hast gesagt, du würdest nur schlafen. Du hast mich angelogen!"

Er zuckte zusammen. „Abby, wir sind in unserem Todesschlaf völlig schutzlos. Und Tausende Vampire verlassen sich auf mich. Ich konnte auf keinen Fall der Regierung verraten, dass man uns tagsüber ganz leicht umbringen kann."

„Ich bin nicht die Regierung."

„Du arbeitest für sie."

Sie zuckte zusammen. „Du vertraust mir nicht."

Er zögerte.

In ihr stieg Wut auf. „Du vertraust mir nicht!"

Jemand räusperte sich, und sie sah sich um. J. L. war zusammen mit den anderen drei Männern am Strand aufgetaucht.

„Tut mir leid, wenn ich unterbreche, aber wir wollen los." J. L. deutete nach Westen. „Wenn wir das Dorf im Blick haben, rufen wir euch an, damit ihr euch teleportieren könnt."

Gregori nickte. „In Ordnung."

J. L. und Russell schnappten sich jeweils einen Wandler und verschwanden sofort.

Abigail setzte sich wieder auf den Findling. „Wie kannst du behaupten, mich zu lieben, wenn du mir nicht einmal vertraust?“

Gregori erstarrte. „Das ist keine Behauptung, verdammt noch mal. Es ist die Wahrheit. Und vielleicht habe ich dir im Nachtclub noch nicht so sehr vertraut. Aber das war ein paar Tage, ehe wir uns ... näher gekommen sind. Jetzt vertraue ich dir.“

Er trat auf sie zu. „Ich habe vollkommen hilflos dagelegen. Ich wäre nie neben dir in meinen Todesschlaf gefallen, wenn ich nicht wüsste, dass ich dir vertrauen kann.“

Ihr traten Tränen in die Augen. „Ich hasse die Vorstellung, dass du jeden Tag bei Sonnenaufgang stirbst.“

„Mir macht es auch nicht gerade Spaß.“ Er trank noch mehr Blut. „Tut mir leid, dass es dich erschreckt hat.“

Sie blinzelte die Tränen fort. „Ich hatte solche Angst. Ich dachte, ich hätte dich verloren.“

Er trat dicht an sie heran. „Kleines, mich kannst du nicht verlieren.“

Sie schlug ihm auf den Arm. „Ich habe sogar versucht, Erste Hilfe zu leisten.“

„Du hast mir eine Mund-zu-Mund-Beatmung verpasst?“ Seine weißen Zähne blitzten in der Dunkelheit auf. „Schade, dass ich nicht dabei war.“

„Das ist nicht lustig.“

„Ich lache auch nicht. Ich bin nur unglaublich glücklich, dass ich dir so wichtig bin.“

Sie seufzte. „Ich kann mir nicht vorstellen, wie das mit uns funktionieren soll.“

Sein Lächeln verblasste. „Was soll das heißen? Es läuft doch gut.“

„Ich konnte heute Nachmittag nichts tun. Ich musste warten, bis du aufwachst.“ Sie deutete auf die Karstformation, die sie in der Dunkelheit nicht mehr sehen konnte. „Ich konnte mir nicht einmal die Felsen ansehen.“

„Ich bringe dich hin.“

„Darum geht es nicht. Ich wollte gehen, aber ich durfte nicht. Es ist, als hätte ich eine Gruppe Gefängniswächter gegen eine andere eingetauscht.“

„Nur, während wir in China sind. Abby, zu Hause wird es anders. Ich würde dich niemals einsperren. Ich weiß, wie viel dir deine Freiheit bedeutet.“

„Weil ich nie viel davon hatte.“

„Mit mir hättest du mehr Freiheit als mit irgendeinem Sterblichen. Du kannst tagsüber tun, was du willst, ich werde dich nicht abhalten. Verdammt, du könntest sogar eine Affäre haben, ohne dass ich es merke.“

„Das würde ich nie tun!“

„Na, das sind gute Nachrichten.“ Er stellte die Flasche auf den Findling neben ihr und nahm sie an den Händen. „Abby, ich biete dir alle Freiheit und all meine Liebe. Wir können es schaffen. Vertrau mir.“

Wieder traten ihr Tränen in die Augen. „Ich liebe dich, Gregori.“

Er zog sie hoch und dann in seine Arme. „Ich liebe dich auch.“

Sie hielten sich lange im Mondlicht fest. Er streichelte ihr Haar.

„Sollte ich sonst noch etwas über dich wissen?“, fragte sie. „Du verwandelst dich nicht zufällig in einen Flughund oder so?“

„Na ja, eine Sache wäre da noch.“

Sie lehnte sich zurück. „Was?“

„Ich liebe Discomusik.“

Sie verzog das Gesicht. „Nicht dein Ernst.“

„Ist das ein unüberwindbares Hindernis?“

Sie lächelte. „Fast.“ Sie schmiegte den Kopf an seine Brust. Sie liebte ihn, und er liebte sie. Irgendwie würde schon alles funktionieren. Sie musste auf ihre Liebe vertrauen.

J. L. rief an, um ihnen mitzuteilen, dass sie das Dorf entdeckt hatten. Abigail nahm eine Taschenlampe und griff sich schnell noch eine Flasche Wasser, dann teleportierte Gregori sie zu den anderen des Teams.

Sie landeten auf dem Gipfel eines Hügels, von dem aus man auf das Dorf im Tal hinabblicken konnte.

J. L. legte auf und steckte das Telefon weg. „Keine Taschenlampe bitte. Wir wollen nicht, dass die Dorfbewohner unsere Anwesenheit bemerken."

„Welche Bewohner?", murmelte Russell, während er den Blick über das Tal schweifen ließ. „Ich sehe Hühner. Kühe. Keine Menschen."

„Vielleicht sind sie bei Versammlung", schlug Rajiv vor. „Oder feiern."

„Dann würden wir Lichter sehen", knurrte Howard.

„Seltsam", murmelte J. L. „Wo sind die Menschen alle hin?"

In Abigail breitete sich ein unbehagliches Gefühl aus. Sie kniff die Augen zusammen, konnte in der Dunkelheit aber kaum das Dorf erkennen.

„Kommt Rauch aus den Schornsteinen? Gibt es irgendein Anzeichen auf Leben?"

Gregori schüttelte mit dem Kopf. „Nichts."

„Ich sehe nach", bot Rajiv an.

„Ich gehe mit." J. L. ging gemeinsam mit dem Wertiger den Hügel hinab.

Je näher sie an das Dorf kamen, desto unruhiger wurde Abigail. Irgendetwas stimmte ganz eindeutig nicht.

J. L. und Rajiv erreichten den Rand des Dorfes und blieben dort stehen. J. L. rief etwas auf Mandarin.

Keine Antwort.

Abigails ungutes Gefühl wurde zu echter Angst. Sie sprintete den Hügel hinab.

„Abby!" Gregori folgte ihr.

Sie kam im Tal an und schaltete ihre Taschenlampe ein. Gregori blieb neben ihr stehen. Sie leuchtete mit dem Lichtstrahl in alle Richtungen. Hühner pickten im Gras. Ein paar Kühe standen hinter einem Gatter.

Am Rand des Dorfes warteten J. L. und Rajiv auf sie. Gemeinsam gingen sie weiter. Die Hauptstraße war leer. Aus keinem der

Gebäude drang ein Geräusch. Auf der Straße standen Tische, die mit Obst und Gemüse beladen waren. Ein geisterhafter Markt ohne irgendwelche Käufer und Verkäufer.

„Ich bin mir nicht sicher, wie gefährlich das hier ist“, sagte J. L. besorgt.

Abigail richtete die Taschenlampe auf einen der Tische und keuchte entsetzt auf. Das Essen war verschimmelt.

„O mein Gott“, flüsterte sie und wich zurück. „Nichts anfassen.“

„Sie meinen, die Menschen sind krank?“ Rajiv deutete auf die Insekten, die zwischen dem Essen herumschwirrten. „Käfern geht es gut.“

Auch den Kühen und Hühnern ging es gut. Und nirgendwo schlug ihnen der Geruch von verwestem Fleisch entgegen. Das war immerhin ein gutes Zeichen.

Abigail runzelte die Stirn. „Den Dorfbewohnern könnte es trotzdem schlecht gehen. Oder sie sind aus irgendeinem Grund alle davongerannt.“

„Und haben dabei alles zurückgelassen?“, fragte Gregori leise.

Sie zuckte zusammen. J. L.s Warnung vor dem Dämonenkraut kam ihr in den Sinn. *Wer danach sucht, kehrt nie mehr zurück.*

„Ich könnte mich in Häusern umsehen“, bot Rajiv an. „Wäre kein Problem. Ich habe noch sieben Leben übrig.“

Sie erstarrte. „Was?“

Er grinste. „Werkatzen haben neun Leben. Ich habe noch acht. Kein Problem.“

Fassungslos sah sie zu, wie er auf das erste Gebäude zuging. „Verstehe ich das richtig? Er hat neun Leben?“

„Acht“, berichtigte J. L. sie. „Eines hat er schon verloren, deswegen ist er jetzt das, was man als Katzenwandler der zweiten Stufe bezeichnet. Das bedeutet, dass er sich verwandeln kann, wann immer er will.“

„Oh. Okay.“ Sie zwang ihren Verstand dazu, diese seltsame Information zu verarbeiten. Lieber Gott, vor weniger als einer

Woche hätte sie nichts dergleichen geglaubt. Und jetzt stand sie hier in China zwischen Vampiren und Gestaltwandlern, in einem Dorf, in dem etwas wirklich Schlimmes geschehen sein musste.

„Nichts anfassen", rief sie Rajiv in Erinnerung.

Er nickte und trat die Tür ein. Dann spähte er ins Innere des Gebäudes.

„Was siehst du?", rief J. L.

„Menschen", rief er zurück und trat hinein.

Abigail hielt sich ihr T-Shirt über Mund und Nase und wartete auf seine Rückkehr. Ein Gefühl der Verdammnis beschlich sie.

Rajiv kam heraus und winkte ihnen. Dann ging er ins nächste Gebäude, sah sich darin um und rannte zu ihnen zurück.

„Sie schlafen alle", berichtete er. „Liegen sogar auf dem Boden und schlafen."

„Wie ein Todesschlaf?", fragte Gregori.

Rajiv schüttelte mit dem Kopf. „Nein. Ich stoße sie mit meinem Schuh, und sie stöhnen. Sie leben. Schlafen nur."

Abigail musste schlucken. Sie war hergekommen, um ein Heilmittel für ihre Mutter zu finden. Was, wenn sie stattdessen eine schreckliche Krankheit mit zurückbrachte? „Sehen sie krank aus? Blass oder verschwitzt? Gab es Anzeichen von Erbrechen?"

Rajiv schüttelte den Kopf. „Sehen gesund aus."

Sie atmete tief durch. „Ich muss sie untersuchen."

„Nein", sagte Gregori scharf. „Du wirst nichts tun, was dich gefährdet."

„Sie brauchen Hilfe", beharrte sie.

„Wir finden einen Weg, die Behörden zu informieren", sagte J. L. „Im Augenblick ist unsere oberste Priorität, Sie zu beschützen."

„Gehen wir." Gregori packte sie und teleportierte sie zurück auf den Hügel.

J. L. und Rajiv tauchten neben ihnen auf.

„Und?", fragte Russell.

„Sie schlafen alle", sagte Rajiv.

Sie schüttelte mit dem Kopf. „Das ist nicht normal. Ich fürchte, es ist irgendeine Krankheit. Und wir waren den Erregern alle ausgesetzt."

„Habt ihr sonst etwas Ungewöhnliches entdeckt?", fragte J. L. an Rajiv gerichtet.

Rajiv schüttelte den Kopf. „Sehen okay aus. Aber sie haben alle Tätowierung auf dem Arm." Er deutete auf die Innenseite seines rechten Handgelenks. „Auf Chinesisch."

Russell erstarrte. „Was steht da genau?"

Rajiv zuckte mit den Schultern. „Ich kenne Schriftzeichen nicht."

Russell zog den Ärmel von seinem rechten Handgelenk. „Sah es so aus?"

Abigail leuchtete mit ihrer Taschenlampe.

„Ja!", sagte Rajiv. „Das ist es."

J. L. atmete scharf ein. „Es bedeutet Sklave. Damit sind diejenigen markiert, die Meister Han gehören."

Russell schob seinen Ärmel wieder herunter. „Ich gehöre diesem Schwein nicht."

„Wie bist du dann an die Tätowierung gekommen?", fragte Howard.

„Wie zum Teufel soll ich das wissen?", stieß Russell hervor. „Ich bin in einer verdammten Höhle aufgewacht, untot und mit der Tätowierung auf dem Arm. Aber wenn diese Menschen seine Sklaven sind, bedeutet das, er ist in der Nähe."

„Hast du dich deswegen so schnell freiwillig gemeldet?", fragte Gregori. „Du bist auf der Suche nach Meister Han?"

„Na und?", fuhr Russell ihn an. „Das Schwein hat mein Leben zerstört!"

„Ich kann verstehen, warum du Rache willst", sagte Gregori, „aber unsere oberste Priorität ist es, Abigail zu beschützen."

„Wer ist dieser Meister Han?", fragte sie.

„Ein *Chiang-shih*", antwortete Rajiv.

„Ein Vampir", erklärte J. L. „Wir sind ihm schon einmal über den Weg gelaufen."

In der Ferne erschallte ein lauter Gong.

„Was zur Hölle ist das?“, presste Howard hervor.

„Es kam von dort her.“ Gregori zeigte mit der Hand. „Hinter diesen Feldern.“

Der Gong schallte erneut.

„Seht!“ Rajiv deutete auf das Dorf.

Ein Licht nach dem anderen ging an, bis das ganze Dorf hell erleuchtet war.

Abigail musste schlucken.

Die Bewohner waren erwacht.

25. KAPITEL

Gregori streckte die Hand aus, um Abigails Taschenlampe auszuschalten. „Wir sollten machen, dass wir hier wegkommen", flüsterte er. Dennoch rührte er sich ebenso wenig von der Stelle wie die anderen. Er war verdammt noch mal viel zu neugierig, was als Nächstes geschah.

Dorfbewohner strömten auf die Straßen. Mit Fackeln in den Händen standen sie stumm da, die Gesichter reglos. Selbst die Kinder waren völlig stumm, und Gregori hatte genug Zeit mit Romans Kindern verbracht, um zu wissen, dass so etwas nicht normal war.

„Könnte womöglich Massen-Gedankenkontrolle sein", murmelte J. L.

„Durch Meister Han", fügte Russell hinzu.

Ein dritter Gongschlag ertönte.

Die Dorfbewohner drehten sich alle zugleich um und marschierten gen Süden. Das Licht ihrer Fackeln leuchtete auf leere Gesichter und roboterhafte Bewegungen.

„Das habe ich im Fernsehen gesehen", flüsterte Rajiv. „Zombies."

Howard schnaubte. „Sie werden uns schon nicht fressen."

„Sicher?", fragte Rajiv. „Essen im Dorf essen sie nicht."

Abigail zuckte zusammen. „Das stimmt."

„Sehen wir uns an, wohin sie gehen." J. L. ging am Hügelkamm entlang nach Süden.

Gregori hielt Abigail fest, um ihr zu helfen, sich im Dunkeln fortzubewegen, auch wenn er noch einen zweiten Grund hatte, ihren Arm nicht loszulassen. Wenn die Situation gefährlich wurde, wollte er in der Lage sein, sie sofort zu teleportieren.

Die Dorfbewohner kamen an ein Feld und teilten sich auf. Eine Hälfte ging auf die Ostseite, die andere Hälfte richtete sich nach Westen. Sie stellten ihre Fackeln in Pfosten, die das Feld zu beiden Seiten umsäumten.

Das Feld war riesig. Reihe um Reihe wuchsen darauf kniehohe blättrige Grünpflanzen. Die Dorfbewohner – Männer, Frauen und Kinder gleichermaßen – verteilten sich über die Reihen. Die Erwachsenen zogen Messer aus ihren Gürteln und fingen an, die Blätter von den Pflanzen zu schneiden. Die Kinder sammelten die Blätter auf und ließen sie in Körbe fallen, die alle zehn Meter aufgestellt waren.

„Sie sind Sklaven", flüsterte Abigail. „Das ist ja furchtbar."

„Was will Meister Han mit diesen Blättern?", fragte Russell.

Gregori beugte sich dicht zu Abigail. „Ist das Dämonenkraut?"

„Das kann ich von hier aus nicht erkennen", antwortete Abigail. „Können wir noch etwas näher herangehen?"

„Mal sehen." J. L. ging den Hügel hinab und blieb hinter einem Steinhaufen stehen. Er suchte sich einen Stein, der etwa so groß wie eine Honigmelone war, und rollte ihn auf das Feld.

Niemand reagierte. Die Dorfbewohner verrichteten einfach weiter ihre Arbeit. Wer sich in der Nähe des Steines befand, wich ihm einfach aus.

„Die erinnern mich an die Borg aus ‚Star Trek'", flüsterte Abigail. „Sie sind so auf ihre Arbeit konzentriert, dass sie nichts bemerken, was nicht ihre Mission unterbricht."

„Ich könnte ein paar Blätter abschneiden", bot Rajiv an.

„Bist du verrückt?", brachte Howard zwischen zusammengebissenen Zähnen hervor.

„Sie schneiden alle Blätter", sagte Rajiv. „Sie denken, ich bin einer von ihnen."

„Versuch es", sagte Gregori, „aber pass auf dich auf."

Rajiv schlich sich leise den Hügel hinab und schloss sich J. L. hinter dem Steinhaufen an. Er beugte sich dicht zu ihm, um ihm etwas ins Ohr zu flüstern. J. L. nickte.

Die Dorfbewohner sahen sich nicht ein einziges Mal in ihre Richtung um, sondern arbeiteten einfach weiter.

Rajiv trat leise hinter dem Steinhaufen hervor und ging dann rasch auf das Feld zu. Er bog in die erste Reihe ein, zog das Messer aus seinem Gürtel und fing an, Blätter zu schneiden.

Keiner der Dorfbewohner sah ihn auch nur an.

Er ließ eine Hand voll Blätter in einen der Körbe fallen und ging wieder an die Arbeit. Einen Zweig voller Blätter, den er abgeschnitten hatte, steckte er sich unters Hemd.

„Mist“, flüsterte Gregori.

„Was?“, fragte Abigail.

Er deutete auf zwei Männer mit Gewehren, die am nördlichen Ende des Feldes, wo Rajiv arbeitete, die Reihen entlanggingen. Sie erreichten das Ende des Feldes und beobachteten die Dorfbewohner.

Rajiv sah sich über die Schulter hinweg nach ihnen um und danach zu J. L. Dann bückte er sich, um weiter Blätter zu schneiden.

„Ich sollte dich hier weg teleportieren“, flüsterte Gregori.

„Wage es nicht.“ Abigail entzog ihm ihren Arm.

Noch ein Gongschlag ertönte.

Die Dorfbewohner steckten sich die Messer zurück in ihre Gürtel und wendeten sich nach Süden. Sie bewegten sich leise die Reihen hinab. Die Männer sammelten die Körbe ein und trugen sie mit sich.

Rajiv zögerte.

Einer der Wächter brüllte ihn an.

Er wendete sich nach Süden und bewegte sich langsam.

Der Wächter brüllte noch etwas.

Er ließ seine Blätter in einen Korb fallen, hob ihn dann hoch und ging mit den anderen Dorfbewohnern die Reihe hinab.

J. L. sah sich nach dem Rest des Teams auf dem Hügel um. Er deutete auf ein Dickicht aus Bäumen im Süden und formte mit den Lippen das Wort „teleportieren“.

Gregori war versucht, Abigail schnell zurück zu ihrem Stützpunkt zu bringen. Aber er wusste, dass sie furchtbar wütend werden würde, wenn er für sie entschied, was sie nicht tun durfte. Also teleportierte er sie an die Stelle, die J. L. ihnen gezeigt hatte. Russell und Howard tauchten neben ihnen auf.

Sie waren jetzt am südlichen Ende des Feldes, und von hier aus konnte Gregori den Gong sehen. Die große Scheibe aus

Messing stand auf einem roten Lacktisch. Drei Wachen standen dort und waren damit beschäftigt, eine dunkle Flüssigkeit in hölzerne Becher zu füllen und sie auf den Tisch zu stellen.

Als die Dorfbewohner am Tisch ankamen, schütteten sie den Inhalt ihrer Körbe in eine große Messingschüssel. Jeder bekam einen Becher gereicht. Sie tranken, drehten sich um und gingen gleich wieder an die Arbeit.

„Das muss sie am Leben erhalten“, flüsterte Abigail. „Statt fester Nahrung.“

Rajiv war als Letzter an der Reihe. Als er vor den Wächtern stand, zog er den Kopf ein. Er schüttete seinen Korb in die Schale aus und nahm den Becher.

„Nicht schlucken“, murmelte Gregori.

Einer der Wächter brüllte Rajiv an. Er drehte sich um, den Becher noch in der Hand. Der Wächter schritt auf ihn zu und riss ihn an der Schulter herum.

Dann erstarrte er. „Du!“

Rajiv richtete sich auf. „Sawat! Warum bist du hier? Ich dachte, du bist noch in San Francisco und suchst nach deinen Eiern.“

J. L. zuckte zusammen. „Wir sind Sawat schon einmal begegnet. Ich schnappe mir Rajiv und teleportiere uns zurück zum Stütz…“

Russell raste den Hügel hinab, kam schlitternd zum Stehen und richtete sein Gewehr auf Sawat. „Wo ist Meister Han?“

Einer der anderen Wächter packte Rajiv und hielt ihm ein Messer an den Hals. Der Becher fiel scheppernd zu Boden.

„Mist.“ J. L. teleportierte sich hinter den Wächter und schlug ihm mit dem Griff seiner Pistole auf den Kopf. Als der Wächter zusammenbrach, griff J. L. nach Rajiv. „Wir teleportieren uns jetzt, sofort!“

„*Nein!*“ Russell entsicherte sein Gewehr und brüllte: „Wo ist Meister Han?“

Sawat rief etwas auf Chinesisch. Ein Wächter schlug den Gong, bis der metallische Klang die Luft zum Vibrieren brachte.

Im nächsten Moment drehten sich sämtliche Dorfbewohner um und zogen ihre Messer.

„Meister Han, Meister Han", sangen sie, während sie auf Russell zueilten.

„Ach du Schande." Howard rannte den Hügel hinab und schnappte sich Russell.

Gregori zog Abigail eng an sich. Sie zitterte.

„*Teleportiert!*", brüllte J. L. und verschwand dann mit Rajiv zusammen.

Gregori riss Abigail an sich und teleportierte sich mit ihr an den Strand, wo J. L. und Rajiv schon auf sie warteten.

„Hier rein." J. L. rannte in die Höhle und zündete eine Kerosinlampe an.

Gregori führte Abigail in die Höhle und zuckte zusammen, als er merkte, wie blass und erschreckt sie aussah.

„Wo sind Russell und Howard?", fragte sie und wirbelte dann zum Höhleneingang herum, als die beiden Männer hereinkamen.

J. L. ging mit festen Schritten auf den Ex-Marine zu. „Was zum Teufel glaubst du, was du da machst?"

Russell kniff die Augen zusammen. „Ich werde Meister Han finden."

„Und was dann?", brüllte J. L. „Wenn du erfahren hättest, wo er sich aufhält, wärst du einfach abgehauen und hättest Howard zurückgelassen? So arbeiten wir nicht!"

„Ich kann auf mich selbst aufpassen", erwiderte Howard.

„Hey!", unterbrach Gregori sie. „Unser Job ist es, Abigail zu beschützen."

„Ganz genau." J. L. atmete tief durch. „Wir beschützen sie, finden ihre Pflanzen und machen, dass wir von hier verschwinden." Er funkelte Russell wütend an. „Das ist der gesamte Umfang unserer Mission."

„Ich habe Pflanze." Rajiv grinste und zog den Zweig unter seinem Hemd hervor. Dann überreichte er ihn Abigail.

„Das ist es! Das Dämonenkraut." Sie kramte in ihrem Rucksack nach einem Plastikbeutel. „Danke, Rajiv."

Gregori fragte sich, wozu Meister Han so viel Dämonenkraut sammeln ließ.

„Ausgezeichnete Arbeit, Rajiv“, sagte J. L. „Lasst uns zum nächsten Stützpunkt weiterziehen. Packt nur das Nötigste zusammen. Kümmert euch nicht um die Schlafsäcke. Der andere Stützpunkt ist voll ausgestattet. Howard, halt du draußen Wache.“

„In Ordnung.“ Howard polterte nach draußen und zog die Bambustür wieder vor den Eingang der Höhle.

„Ich bleibe hier“, sagte Russell ruhig.

„Nein.“ J. L. stopfte seine Sachen in seinen Rucksack. „Wir brauchen alle drei Vampire, um die anderen zu teleportieren.“

„Meister Han ist in der Nähe“, beharrte Russell. „Wir müssen ihn erledigen.“

„Wir riskieren nicht Abigails Leben für deinen Rachefeldzug“, sagte Gregori.

„Was ist mit dem ganzen Dorf, das er versklavt hat?“, fragte Russell.

„Wir kommen später wieder“, sagte J. L.

„Ich will ihn *jetzt*“, brüllte Russell. „Dieses Schwein hat mir neununddreißig Jahre meines Lebens geraubt! Als ich es endlich nach Hause geschafft habe, waren meine Eltern und mein Bruder nicht mehr am Leben, und meine Frau hatte *mich* für tot erklären lassen und wieder geheiratet.“

Abigail zuckte mitleidig zusammen. „Das tut mir so leid.“

Er fuhr sich mit der Hand durch das kurz geschorene Haar. „Dieser Mistkerl hat mir die ganze Familie genommen. Meine Tochter war noch ein Baby, als ich nach Vietnam gegangen bin. Sie ist vor zwei Jahren mit vierzig an Brustkrebs gestorben. Ich durfte sie nie kennenlernen. Also ja, ich will Rache. Wenn ich Meister Han in die Finger bekomme, reiße ich ihm das Herz heraus und stopfe es ihm in die Kehle!“

„Hey“, rief Howard durch die Bambustür. „Das solltet ihr euch mal ansehen.“

Sie gingen der Reihe nach ins Freie.

Brennende Fackeln säumten das südliche Ufer des Sees.

„Sind das die Dorfbewohner?", fragte Abigail.

„Ich glaube nicht." Gregori sah zu, wie die Neuankömmlinge ihre Fackeln in den Boden steckten. „Das sind alles junge Männer. Und sie sind zu schnell hier gewesen."

„Woher wussten die, wie sie uns finden?", fragte sie.

„Gute Frage", knurrte Howard.

Mehr und mehr Fackeln tauchten am Strand auf, bis das ganze Südufer des Sees hell erleuchtet war. Das Feuer fiel auf die grauen Felsen und ließ sie wie silberne Dolche glänzen, die gen Himmel gerichtet waren. Die Männer waren in weiße Uniformen gekleidet, mit roten Schärpen um die Taillen und die Stirn.

„Ich glaube, das sind Soldaten von Meister Han", sagte Russell.

Abigail schlängelte sich dichter an Gregori heran, und er legte ihr den Arm um die Schultern. „Sie haben keine Boote mitgebracht, für den Augenblick sind wir also sicher."

„Wir bleiben nicht." J. L. deutete auf den Höhleneingang und erstarrte. „Was zum ..."

Abigail keuchte entsetzt auf.

Eine Gruppe der Soldaten sprang hoch in die Luft. Jeder einzelne landete auf der Spitze eines Felsens. Weitere Soldaten kamen auf den See zu, indem sie von einem Karst zum anderen sprangen. Ihre Sprünge waren so hoch, dass einige sich in der Luft überschlugen, ehe sie auf der Spitze eines Tropfsteins landeten. Einige der Felsen liefen spitz zu, doch die Soldaten balancierten mit Leichtigkeit auf ihnen.

Sie presste eine Hand auf die Brust. „Das scheint mir nicht menschenmöglich."

„*Chiang-shih*", flüsterte Rajiv.

„Vampire", übersetzte J. L.

Sie waren alle Vampire? Gregori musste schlucken. Es mussten Hunderte sein.

„Das erklärt, wie sie uns so schnell gefunden haben", murmelte Russell. „Sie können unser Leitsignal hören."

„Ich höre nichts", sagte Abigail.

„Nur Vampire können diese Frequenz hören." Russell riss das elektrische Gerät aus seinem Versteck in der Nähe des Höhleneingangs und zertrampelte es.

Weitere *Chiang-shih* hüpften von einem Stein zum anderen, und dann sprangen sie noch höher, hoch durch die Luft, bis sie in den Spitzen der Bambusbäume östlich vom See hockten. Die Stämme des Bambus wiegten sich vor und zurück wie Pendel, in immer weiter werdenden Bögen, bis sie das Wasser berührten und die Soldaten auf der Oberfläche des Sees absetzten.

Sie gingen nicht unter.

„Ach du Schande." Gregori schob Abigail auf die Höhle zu. „Hol deinen Rucksack. Wir verschwinden."

„Sie können auf Wasser gehen?", fragte Rajiv.

„Ich glaube, sie schweben", sagte J. L. „Komm. Verschwinden wir."

In der Höhle setzte Gregori seinen Rucksack auf, während Abigail es ihm gleichtat. Er war noch nie am anderen Stützpunkt gewesen, musste sich also auf das Leitsignal verlassen. Er schlang die Arme um sie, schloss die Augen und konzentrierte sich.

„Hörst du es?", fragte J. L. „Zweimal schnelles Piepen, dann einmal lang."

„Hab es." Er drückte Abigail kurz. „Wir schaffen das, Kleines."

Sie nickte und verschränkte die Finger in seinem Nacken.

Alles um sie herum wurde schwarz.

26. KAPITEL

Abigail ließ Gregori nicht los, obwohl sie schon angekommen waren. Es war stockdunkel, kalt, und sie war mit den Nerven am Ende. Wie hatte alles so schnell so schiefgehen können? Du liebe Zeit, sie hatte doch nur nach ein paar Pflanzen suchen wollen. Stattdessen waren sie auf ein ganzes Dorf voller gedankenkontrollierter Sklaven gestoßen und auf eine Armee aus akrobatischen Kung-Fu-Vampiren.

Als sie schauderte, schloss Gregori die Arme fester um sie. Es war so dunkel, dass sie nicht einmal seinen Gesichtsausdruck erkennen konnte.

„Wir haben es geschafft", flüsterte er.

In der Ferne hörte sie leise Wasser rauschen. „Wo sind wir?"

„In einer Höhle im Nordwesten von Yunnan", antwortete J. L. Ein Streichholz flammte auf, mit dem er eine Kerosinlampe anzündete. „Sind alle da?"

„Ja." Russell riss das elektrische Leitsignal von einem Felsvorsprung, warf es auf den Boden und zertrampelte es unter der Ferse seines Stiefels.

J. L. warf ihm einen schiefen Blick zu. „Du hättest es einfach ausschalten können."

Russell sah ihn düster an. „Mir war danach, etwas zu zerschmettern."

J. L. zog ein weiteres Telefon aus seinem Rucksack. „Hier draußen müssen wir das Satellitentelefon benutzen." Er ging auf den Eingang der Höhle zu. „Ich rufe Angus an und berichte ihm, was passiert ist."

Howard zündete die zweite Kerosinlampe an. „Ich hoffe, meine Donuts sind in Ordnung." Er öffnete eine Metallkiste und zog eine Schachtel mit Gebäck heraus.

Abigail löste ihren Klammergriff um Gregori und setzte ihren Rucksack auf den Boden, um sich einen Pullover herauszuziehen. „Hier ist es kühl." Sie zog ihre Jacke aus, den Pullover an und dann die Jacke wieder darüber.

„Wir sind in der Nähe von Tibet." Russell nahm ein Sweatshirt aus seinem Rucksack. „Und viel höher in den Bergen."

„Ein paar Tausend Fuß einen verdammten Berg hoch", knurrte Howard und biss dann in ein süßes Teilchen.

„Wenigstens haben wir eine Höhle gefunden, die nach Süden heraus liegt." Russell zog sein Sweatshirt an. „Hier sind wir vor den kälteren Winden geschützt."

„Und vor direktem Sonnenlicht", fügte Gregori hinzu, der auch einen Pullover aus seinem Rucksack zog.

„Was ist mit den ganzen Vampiren?", fragte Abigail.

„Wir sind über zweihundert Meilen von denen entfernt." Russell grinste humorlos. „Und unser Leitsignal hat technische Schwierigkeiten."

„Ich frage mich nur, warum sie hinter uns her waren", sagte sie. „Weil wir das Dorf gefunden haben? Und die Pflanzen? Was will Meister Han mit so viel Dämonenkraut?"

„Irgendetwas Teuflisches, garantiert", erwiderte Russell. „Je eher ich ihn umbringe, desto besser ist es für uns alle."

„Denk daran, dass unsere Mission im Augenblick darin besteht, Abigail zu beschützen", sagte Gregori zu ihm, während er seinen Pullover anzog.

„Verflucht, ist das kalt da draußen." J. L. kam eilig wieder herein und steckte das Telefon in die Tasche. „Angus will, dass wir ihn weiter alle zwei Stunden anrufen. Und er will, dass wir uns spätestens morgen Nacht zurück nach Japan teleportieren, ob wir die Pflanze nun finden oder nicht."

„Dann machen wir uns am besten an die Arbeit", sagte Gregori.

J. L. wendete sich an Abigail. „Was können Sie uns über die Pflanze sagen?

Sie ging zu ihrem Rucksack und zog ein Foto aus der Außentasche. „Der Name bedeutet übersetzt Blüte des goldenen Sandes. Es ist ein blühender Busch, der am Südhang des Gebirges in der Nähe des Jangtsekiang wachsen soll. Hier nennt man ihn auch Goldsandfluss."

„*Jinsha Jiang*“, murmelte J. L., während er das Foto betrachtete und es dann an Rajiv weiterreichte.

„Wir suchen jetzt?“, fragte Rajiv.

„Ja.“ Auch J. L. nahm einen Pullover aus seinem Rucksack. „Das Gelände draußen ist unwegsam. Und der Wind pfeift durch die Täler. Wir befinden uns in einer Schlucht über dem Jangtsekiang.“

Rajiv lächelte. „Die Tiger-Sprung-Schlucht.“ Er reichte das Foto an Russell weiter.

„Ist das der Jangtsekiang, den ich höre?“, fragte Abigail.

„Ja.“ J. L. zog den Pullover an. „Sie müssen hierbleiben, Abby. Es ist zu dunkel draußen. Das Risiko ist zu groß.“

Sie erstarrte. „Ich komme zurecht. Ich nehme eine Taschenlampe mit.“

J. L. schüttelte mit dem Kopf. „Der Wind ist so stark, dass er Sie umwerfen könnte. Ein falscher Schritt, und Sie fallen ein paar Tausend Fuß hinab in die Schlucht.

Sie musste kräftig schlucken. „Okay. Dann gehe ich tagsüber auf die Suche.“

„Wir finden die Pflanze hoffentlich vor Sonnenaufgang, damit wir schleunigst von hier verschwinden können“, sagte J. L. „Howard, bleibst du hier bei Abby?“

„Sicher.“ Er bot ihr die Gebäckschachtel an. „Donut?“

Sie seufzte. „Nein.“

Gregori zog sie weiter in die Höhle hinein. „Ich weiß, du hasst es, wenn man dir nicht erlaubt, etwas zu tun. Aber deine Zeit kommt noch. Wenn wir zu Hause sind, machst du die ganze Arbeit mit den Pflanzen.“

Sie nickte und lächelte ihn müde an. „Du hast ja recht. Es wäre verrückt, im Dunkeln über einen Berg zu kraxeln.“

„Okay.“ Er küsste sie auf die Stirn. „Wünsch uns Glück bei der Suche, damit wir bald nach Hause können.“

„Viel Glück.“ Sie umarmte ihn fest.

Die Vampire und Rajiv packten sich gut ein, nahmen Taschenlampen aus einer Metallkiste und traten dann ins Freie.

Auch Abigail wagte sich einige Schritte weit nach draußen und sah zu, wie die Lichtkegel der Taschenlampen in alle Richtungen wanderten, während die Männer den Südhang des Berges absuchten. Der Rand der Klippe war für sie kaum sichtbar, aber sie konnte das laute Brausen des Flusses unter ihnen hören.

Ein starker, kalter Wind peitschte auf sie ein und drohte sie umzuwerfen, also zog sie sich wieder in die Höhle zurück. Sie half Howard dabei, die Schlafsäcke für alle auszurollen. Drei der Säcke legten sie weit hinten in die Höhle und zogen einen Wandschirm davor. Der südliche Eingang der Höhle würde zwar kein direktes Sonnenlicht einlassen, aber die Vampire bevorzugten es dennoch so dunkel wie möglich.

Howard zündete einen kleinen Ölofen an, und die Höhle wurde etwas wärmer. Sie setzten sich hin und warteten darauf, dass die anderen zurückkehrten.

Zwei Schachteln Donuts waren verzehrt, ehe die Männer zurückkamen. Sie sahen erschöpft und durchgefroren aus. Am ernsten Ausdruck ihrer Gesichter erkannte sie, dass sie die dritte Pflanze nicht gefunden hatten.

Die Vampire nahmen sich Blut aus der Kühltruhe, und Rajiv stürzte in Sekundenschnelle eine Flasche Wasser hinunter.

„Tut mir leid." Gregori setzte sich neben sie, nahe an den Heizofen. „Wir haben den Südhang von drei Bergen abgesucht, aber nichts finden können."

J. L. trank von seinem Blut. „In Japan ist bereits Tag, es ist also zu spät, uns dorthin zu teleportieren. Wir müssen bis heute Nacht warten. Sobald wir aufwachen, verschwinden wir von hier."

„Ich suche nach der Pflanze, während ihr schlaft", bot Howard an. „Rajiv und ich können uns abwechseln."

„Sind Sie sicher, dass wir hier nicht in Gefahr sind?", fragte Abigail.

J. L. gähnte mehfach. „Wir sind Hunderte von Meilen vom letzten Stützpunkt entfernt."

„Und die Armee bestand aus Vampiren", fügte Russell hinzu. „Sie können nur nachts hinter uns her sein."

J. L. reichte sein Satellitentelefon an Howard weiter. „Ruf weiter alle zwei Stunden an. Es leitet automatisch an einen Vampir weiter, der gerade wach ist."

Gregori klopfte Abigail aufs Knie. „Wenn wir aufwachen, bringe ich dich zurück zu Kyo. Dann kannst du ein langes heißes Bad nehmen."

„Klingt wunderbar." Sie beugte sich dicht zu ihm und flüsterte: „Ich muss mal."

„Ich begleite dich." Er rappelte sich auf und griff nach einer Taschenlampe.

Sie entfernten sich nicht allzu weit von der Höhle. Gregori drehte ihr den Rücken zu, damit es ihr nicht peinlich sein musste. Trotzdem war sie froh, ihn in der Nähe zu haben, falls irgendwelche wilden Tiere beschließen sollten, dass sie lecker aussah.

Zurück in der Höhle wuschen sie und Gregori sich an einem der Wassereimer, die die Männer dort eingelagert hatten, ehe man sie nach China gebracht hatte.

Sie gähnte. Ihr war viel zu kalt und sie war zu müde, um sich auch nur Gedanken darum zu machen, wieder neben einer Leiche zu schlafen. Sie zog ihren Schlafsack in den hinteren Teil der Höhle und kuschelte sich neben Gregori.

Erst lange nach Mittag wachte Abigail wieder auf. Dieses Mal erschreckte sie sich nicht, als sie Gregori so reglos neben sich liegen sah. Sie strich ihm das Haar aus der Stirn und deckte ihn fest zu.

Howard war auf der Suche nach der Pflanze, während Rajiv die Höhle bewachte. Er hatte auf einem Kerosinofen Wasser erhitzt, um Tee zu kochen. Sie aßen ein Frühstück aus heißem Tee und alten Donuts.

Drei Stunden später kam Howard mit leeren Händen und schlecht gelaunt zurück. Er schlang sechs Donuts hinunter, trank eine Flasche Wasser und entschied sich dann, die Schlucht hinabzusteigen, um ihre Wascheimer mit frischem Wasser zu füllen.

„Verrückt“, sagte Rajiv. „Fluss ist ganz weit unten. Zu schwer für einen Bären.“

„Willst du wetten?“, knurrte Howard. „Nur weil es Tiger-Sprung-Schlucht heißt, bedeutet das nicht, dass sie nur für Tiger ist.“

Rajiv stieß einen verächtlichen Laut aus. „Ich gehe nicht runter. Ist zu groß. Fluss zu verrückt. Lass die Vampire nach Wasser teleportieren.“

„Quatsch. Ich werde dir zeigen, wie es geht.“ Howard nahm sich einen Eimer und ging auf den Eingang zu.

Plötzlich blieb er mit einem Ruck stehen. Der Eimer fiel ihm aus der Hand, und das Wasser verteilte sich auf dem ganzen Höhlenboden.

Er duckte sich. „So ein Mist! Das glaube ich einfach nicht.“

„Was?“ Rajiv rannte zu ihm.

Howard zog ihn zu sich herunter. „Lass dich nicht von ihnen entdecken.“

„Von wem?“ Abigail schlich sich mit laut klopfendem Herzen langsam vorwärts. Als sie sich neben die beiden Wandler hockte, schlug ihr das Herz bis zur Kehle.

Auf der anderen Seite der Schlucht, auf einem der Berggipfel, sammelte sich Meister Hans Armee. Mehr und mehr Männer stellten sich am Rand des Felskamms auf, alle in Weiß gekleidet. Die Enden ihrer roten Schärpen flatterten im Wind.

Das Blut gefror ihr in den Adern. Es mussten Hunderte sein! „Wie … wie können sie bei Tag hier sein? Ich dachte, das wären Vampire.“

„Vielleicht sind es andere“, schlug Rajiv vor. „Vielleicht Meister Han hat eine Armee aus Vampiren und eine aus Menschen.“

Panik drohte von ihr Besitz zu ergreifen. Sie ballte ihre Hände zu Fäusten und kniff die Augen fest zu. *Reiß dich zusammen. Du machst es nur schlimmer, wenn du jetzt durchdrehst.* Als sie die Augen öffnete, stand die Armee immer noch auf dem Bergkamm.

„Wie sie uns gefunden?“, fragte Rajiv. „Wie sie so schnell hergekommen? Wie ist das möglich?“

„Ich weiß es nicht", antwortete Howard leise. „Aber Tatsache ist: Sie sind jetzt hier, und wir müssen irgendwie mit ihnen klarkommen."

Abigail keuchte erschreckt, als einige der Soldaten von der Klippe sprangen. Die mussten lebensmüde sein! Aber nein, sie flatterten einfach den Abhang hinab und landeten säuberlich auf einem Vorsprung hundert Fuß weiter unten. Andere sprangen von Fels zu Fels und schlugen sogar Purzelbäume in der Luft.

„Heiliger Vater", flüsterte Howard. „Das sind dieselben. Sie können sich wie Vampire bewegen, aber sie sind sterblich."

„Wie kann das sein?", fragte Abigail sich. „Diese Männer sind doch übernatürlich."

„Sie werden die Schlucht überwinden", sagte Rajiv. „Sie finden uns."

Howard atmete scharf ein. „Du musst hier weg. Ich bleibe hier und halte die Stellung. Du kannst dich verwandeln und über die Schlucht springen."

„Ich lasse dich und Miss Abby nicht allein", zischte Rajiv.

„Du musst!" Howard steckte das Satellitentelefon in eine Reißverschlusstasche und legte Rajiv die Schnur um den Hals. „Mach, dass du hier wegkommst, und ruf Angus an. Er kann uns mit dem Peilsender finden, den die Vampire implantiert haben – So ein Mist! Damit haben diese Schweine uns gefunden."

Rajiv drehte sich zu Abigail um. „Ich nehme Sie mit?"

Sie schüttelte den Kopf, und ihr traten Tränen in die Augen. „Ich halte Sie nur auf. Und ich komme nicht über die Schlucht."

Howard klopfte ihm auf den Rücken. „Los! Wir verlassen uns auf dich."

Rajiv verknotete das Kabel, damit das Telefon ihm nicht verloren ging. „Viel Glück."

„Gleichfalls." Abigail umarmte ihn.

Er kroch geduckt aus der Höhle.

Sie betete flüsternd darum, dass er es unbeschadet auf die andere Seite schaffte. Dann warf sie einen Blick hinter sich auf die

Trennwand. Die Vampire dahinter lagen immer noch tot und ahnungslos da.

Sie betrachtete den Himmel. Die Sonne senkte sich im Westen bereits. „Wie lange haben wir, ehe die Sonne untergeht?"

„Etwa eine Stunde", antwortete Howard. „So schnell wie ihre Armee sich vorwärtsbewegt, sind sie in fünfzehn Minuten hier."

Dann wachten die Vampire nicht rechtzeitig auf, um sie in Sicherheit zu bringen. Ihr zitterten die Hände, also ballte sie sie wieder zu Fäusten. „Wir sind in der Unterzahl."

„Ich kann vielleicht dreißig oder vierzig von denen umbringen, ehe sie mich erledigen." Howard sah sie ernst an. „Aber dann wären Sie mit dem Rest von denen allein, und die wären richtig sauer."

Ihr drehte sich vor Übelkeit der Magen um. „Uns bleibt keine andere Wahl. Wir müssen uns ergeben."

27. KAPITEL

„Passen Sie auf“, flüsterte Abigail, als Howard über den Rand des Abgrunds spähte. „Können Sie den Fluss sehen?“

„Ja.“ Er lag flach auf dem Bauch und hielt sich an einem Busch fest, um nicht in die Tiefe zu stürzen, während er sich weiter über die Klippe hinausschob.

Sie machten sich nicht länger Gedanken darüber, ob die einfallende Armee sie sehen konnte. Es war offensichtlich, dass die Soldaten auf sie zukamen. Es war ebenso offensichtlich, dass diese Soldaten zwar zu unfassbaren körperlichen Leistungen in der Lage waren, aber sich nicht teleportieren konnten. Sonst wären sie schon längst am anderen Ufer des Flusses aufgetaucht. Howard beschrieb, wie einige der Soldaten unglaubliche Sprünge über den Abgrund vollführten, und dass noch viele weitere auf der anderen Seite versammelt waren und auf den Absprung warteten.

Sie hoffte nur, dass es Rajiv gelang, eine Stelle zum Überqueren zu finden, ohne von den Soldaten entdeckt zu werden.

„Ich sehe ihn.“ Howard kroch noch weiter vor. „Er bewegt sich flussabwärts. Dort ist das Flussbett breiter, aber es stehen einige riesige Findlinge im Wasser. Ja! Er ist gerade auf einem davon gelandet.“

„Ist er in Tigergestalt?“

„O ja. Er musste sich vor dem Verwandeln ausziehen, aber ich bin mir sicher, das Telefon hängt ihm noch um den Hals. Er springt wieder. Er hat es auf den nächsten Stein geschafft. Und ja! Er ist drüben. Er … ich kann ihn nicht mehr sehen.“ Howard rutschte zurück. „Jetzt können wir nicht mehr viel machen. Außer warten.“

Sie musste schlucken. Auf was warten? Was hatte Meister Han mit ihnen vor?

Howard stellte sich am Höhleneingang auf und sah der kommenden Armee entgegen. Sie konnte das nicht. Es war zu nervenaufreibend, also ging sie zurück in die Höhle und setzte sich neben den Heizofen.

Ihre Gedanken rasten, und an erster Stelle stand dabei J. L.s Warnung vor dem Dämonenkraut. *Wer danach sucht, kehrt nie mehr zurück.*

Warum geschah das alles? Es musste mit dem Dorf voller Zombies und dem Dämonenkrautfeld zu tun haben. Was hatte Meister Han vor? Ihre eigenen Nachforschungen hatten ergeben, dass die Pflanze das Immunsystem eines Menschen stärken, ihn kräftiger und weniger anfällig für Krankheiten machen konnte. Sie hatte gehofft, damit ihrer Mutter zu helfen, sie vielleicht sogar zu heilen.

Aber würde sie es jemals wieder nach Hause schaffen? Würde sie jemals ihre Familie wiedersehen? Mit Gregori die Zukunft genießen?

Wer danach sucht, kehrt nie mehr zurück.

Nein. Sie wollte nicht sterben. Sie wollte ihre Familie wiedersehen. Und Gregori in den Armen halten.

Das Geräusch von knirschendem Kies hallte durch die Schlucht. Die Soldaten kamen näher. Es war kurz vor Sonnenuntergang, und die Temperatur war gefallen, aber Abigail war klar, dass der Schauer, der ihr über den Rücken lief, mehr mit Angst zu tun hatte als mit der Kälte.

Sie sah zur Trennwand hinüber. Wenigstens fielen keine Sonnenstrahlen in die Höhle. Wenn die Soldaten die Wand zur Seite rissen, würde Gregori und den anderen beiden Vampiren nichts passieren.

Ein Geräusch von draußen ließ sie aufschrecken. „O Gott." Sie presste die Hand auf ihr wild pochendes Herz, als Howard hereinkam.

„Sie sind gleich hier." Er hockte sich neben sie. „In Japan ist die Sonne jetzt untergegangen. Wenn Rajiv dort anruft, ist Angus also schon wach. Er wird damit anfangen, alle Vampire und Gestaltwandler zusammenzurufen, die er auftreiben kann. Sie können die Vampire aufspüren, also kommen sie auch hierher. Wir müssen nur zusammenbleiben und Zeit schinden."

Sie nickte und spürte einen Anflug von Erleichterung.

Draußen knirschte der Kies.

Howard stand auf. „Okay, sie sind hier."

Ihre Brust zog sich zusammen, und sie ballte die Hände zu Fäusten. *Nicht durchdrehen.* Sie musste stark bleiben. Die Dinge nehmen, wie sie kamen, so wie Gregori es tat. Sie sah auf die Trennwand. Die Vampire waren gerade hilflos. Sie musste stark sein und Howard helfen, sie zu beschützen. Sie war keine Kriegerin, und ihre beste Waffe war ihr Verstand. Also musste sie klar bleiben und sich konzentrieren.

Vier Soldaten traten mit gezogenen Schwertern in die Höhle.

Howard hob beide Hände. „Wir ergeben uns."

Abigail rappelte sich auf und hob ebenfalls die Hände. *Zeit schinden.* „Wir wollen Meister Han sehen."

Die Soldaten starrten sie an.

Sie war sich nicht sicher, ob sie verstanden, was sie sagte, aber sie musste es versuchen. „Ich bin Wissenschaftlerin. Ich habe Meister Han ein Geschäft vorzuschlagen." Sie wusste noch nicht welches, aber das würde sich schon ergeben.

Der größte der vier Soldaten sagte etwas auf Chinesisch, und zwei der Soldaten steckten ihre Schwerter ein und fesselten Howard die Hände hinter dem Rücken. Sie nahmen ihm die Waffen ab und zwangen ihn dann in eine sitzende Position.

Weitere Soldaten sammelten sich draußen auf dem Felsvorsprung. Die untergehende Sonne spiegelte sich in ihren Schwertern.

Ein riesiger Soldat bahnte sich den Weg durch ihre Reihen und marschierte in die Höhle. Abigail erkannte ihn wieder. Es war der Mann, der Sawat hieß. Alle Soldaten neigten die Köpfe, er war also anscheinend ihr Anführer. Sein wütender Blick wanderte an ihr und Howard vorbei in den hinteren Teil der Höhle. Er marschierte an ihr vorbei und warf die Trennwand um.

Sein Blick richtete sich auf die drei Vampire. „*Chiang-shih*", murmelte er und kehrte dann zu Howard zurück, der im Schneidersitz auf dem Boden saß. „Wo ist der Tiger?"

„Freut mich, dass du ein wenig Englisch gelernt hast, Sawat." Howard lächelte spöttisch. „Aber ich glaube, deine Stimme ist etwas höher als früher."

Sawat zog sein Messer und hielt es Howard an die Kehle. „Wo ist der Tiger?"

Howard blickte zornig zu ihm hoch.

Abigail zuckte zusammen, als Howard ein Tropfen Blut den Hals hinablief. „Er ist nicht hier. Er ist nicht mit uns gekommen."

Sawat schnaubte. „Er ist hier. Ich finde ihn." Er marschierte nach draußen und bellte einige Befehle auf Chinesisch. Eine Truppe Soldaten löste sich aus den Reihen. Sawat blieb am Abgrund stehen und musterte die Berge, zweifellos auf der Suche nach Rajiv.

Sie schlich sich vorsichtig näher an Gregori heran.

Der große Soldat bemerkte es und deutete auf den Ofen. „Du sitzt da. Sonst müssen wir dich fesseln."

„Sie sprechen Englisch?", fragte sie, während sie sich auf den Höhlenboden setzte.

Er ignorierte sie und rief Sawat etwas zu. Draußen auf dem Vorsprung brüllte Sawat einen Befehl. Zwei Soldaten betraten die Höhle. Sie trugen eine schwarz lackierte Truhe mit goldenen Metallbeschlägen, die sie in den hinteren Teil der Höhle transportierten.

Abigail setzte sich auf und reckte den Hals, um zu sehen, was sie aus der Truhe nahmen. Es sah wie Metallschellen aus, die mit einer kurzen, dicken Kette verbunden waren. Die Soldaten legten den Vampiren die Schellen an die Unterarme und schlossen sie ab. Als die Schellen nicht um die Stiefel der Männer passen wollten, zog man ihnen die Schuhe aus und schloss die Schellen um ihre Fußgelenke.

Die Soldaten entdeckten die Messer in den Stiefeln und weitere Messer, die um die Waden der Vampire geschnallt waren. Sie schnappten sich die Waffen und warfen sie zusammen mit den Gewehren und Pistolen auf einen Haufen neben dem Eingang zur Höhle.

„Die Schellen sind aus Silber“, erklärte der große Soldat. „Das verhindert, dass sie sich teleportieren und uns entwischen können.“

„Und es brennt wie die Hölle, wenn sie versuchen, sich zu befreien“, erklang eine Stimme mit britischem Akzent vor der Höhle.

Abigail wirbelte herum. Neben Sawat stand ein Mann. Er war in schwarze Lederhosen, ein schwarzes Hemd und einen langen schwarzen Ledermantel gekleidet. War das Meister Han?

Seine Kleidung war nicht staubig wie die der Soldaten, die über die Schlucht gekommen und bis zur Höhle geklettert waren. Sein Haar war schulterlang und schwarz, aber er war kein Asiat.

„Lord Darafer“, murmelte Sawat und verneigte sich tief.

Die anderen Soldaten verneigten sich ebenfalls, als der Neuankömmling in die Höhle geschlendert kam. Sie hielten den Blick gesenkt, als hätten sie Angst davor, höher als bis zu seinen Knien zu sehen. Als der Unbekannte sich umsah, funkelten seinen grünen Augen, und sein Mund verzog sich amüsiert.

„Mein Lord.“ Der große Soldat verneigte sich tief.

Darafer verschränkte die Arme und seufzte resigniert. „Wu Shen.“

„Ja, mein Lord.“ Der große Soldat verneigte sich erneut.

„Du weißt, wie sehr ich menschliches Versagen hasse.“

Der große Soldat wurde blass. „Ja, mein Lord.“

„Und doch strapazierst du meine Geduld. Und ich habe keine Geduld.“

Wu Shen verneigte sich. „Ich bitte tausendmal um Vergebung, mein Lord.“

Darafer deutete auf Howard. „Der da ist ein Werbär. Er könnte sich verwandeln und dir sofort den Kopf abreißen.“

Wu Shen riss die Augen weit auf. Er sprach rasch mit den Soldaten bei der lackierten Truhe. Sie eilten zu Howard und legten ihm ebenfalls silberne Schellen an. Als sie vor ihn traten, um auch seine Füße zu fesseln, knurrte er sie an, und sie sprangen zurück.

Darafer lachte amüsiert. „Keine Angst. Jetzt kann er sich nicht mehr verwandeln." Seine Augen leuchteten wie zwei polierte Smaragde. „Und selbst wenn er es könnte, wäre er mir nicht gewachsen."

Abigail atmete scharf ein, als die Soldaten die Schellen um Howards Knöchel legten. Darafer konnte einen Kodiakbären besiegen? Der Mann hatte seltsame Augen, und die Soldaten schienen ihn alle zu fürchten. In ihrer Magengrube regte sich das ungute Gefühl, dass er nicht menschlich war. Aber was war er dann? Es war noch Tag, also konnte er wohl kaum ein Vampir sein.

Der Fremde schritt ungeduldig zum anderen Ende der Höhle und dann zurück zum Höhleneingang. „Sawat."

„Ja, mein Lord." Sawat kam herein und verneigte sich.

„Ich zähle fünf Gefangene."

Sawat wurde blass. „Ja, mein Lord."

„Und doch steht in deinem Bericht, dass in der anderen Höhle sechs Schlafsäcke gefunden wurden. Und auch hier zähle ich sechs. Fehlt jemand?"

Sawat trat nervös von einem Fuß auf den anderen und räusperte sich dann. „Der Wertiger könnte eventuell entkommen sein."

„Über die Tiger-Sprung-Schlucht?" Darafer kicherte. „Das ist ja dreist."

Sawat sah erleichtert aus. „Ja, mein Lord."

Darafers Miene wurde ernst. „Du hast versagt. Such nach ihm in der Schlucht." Er streckte eine Hand aus, und ein Windstoß riss Sawat von den Füßen, durch die Luft und über den Rand der Klippe. Sein Schrei hallte durch die Schlucht und verstummte dann.

Abigail lief ein kalter Schauer über den Rücken. Ihr Bauchgefühl hatte sie nicht getrogen. Darafer war kein Mensch.

Er drehte sich zu dem großen Soldaten um und lächelte. „Gute Nachrichten, Wu Shen. Du bist gerade befördert worden."

Wu Shen verbeugte sich mit leichenblasser Miene. „Das ist zu gütig, mein Lord."

„Nicht der Rede wert.“ Darafer sah sich amüsiert in der Höhle um. „Also … wir haben hier einen Gestaltwandler, der sich nicht verwandeln kann, drei Vampire, die sich nicht teleportieren können, und …“ Sein Blick fiel auf Abigail. „Und eine liebende Tochter, die ihre Mutter nicht retten kann.“

Sie zuckte zusammen.

Er schlenderte auf sie zu. „Wie verzweifelt bist du, Abigail Tucker? Ich könnte sie retten, weißt du. Es wäre lustig, wenn dein Vater in meiner Schuld stünde.“

„Rede nicht mit ihm“, stieß Howard hervor.

Darafer sah sich zu ihm um und lächelte. „Der Bär weiß, wer ich bin.“ Sein Blick richtete sich auf Abigail und wurde hart. „Du hast etwas, das mir gehört.“

Sie schüttelte den Kopf. „Ich bin Ihnen noch nie begegnet.“

Er lächelte hinterhältig. „Ich war vor sechs Jahren auf einer Kundgebung deines Vaters. Ein Mann mit einer Pistole hatte sich eingeschlichen. Leider hat er damit geprahlt und sich erwischen lassen. Ich hasse menschliches Versagen.“ Plötzlich wurden seine Augen schwarz. Sie keuchte erschreckt auf.

Er streckte die Hand nach ihrem Rucksack aus. Der Reißverschluss öffnete sich von selbst, und die Plastiktüte mit dem Dämonenkraut flog ihm in die Hand.

Er lachte schallend, und seine Augen wurden wieder grün. „Man nennt diese Pflanze nicht grundlos Dämonenkraut.“

Dämon. Sie ballte die Hände, damit sie nicht zitterten. Wie sollten sie einem Dämon entkommen? Er schien alles zu wissen. Er hatte sofort gewusst, wer Howard war. Wer sie war. Ihre Brust zog sich zusammen. Er hatte vor sechs Jahren versucht, einen Mann zu benutzen, um ihren Vater zu töten.

Darafer nahm das Dämonenkraut aus dem Plastik und roch daran. „Das Beste, was ich je erschaffen habe.“ Er zuckte mit den Schultern. „Ich weiß schon. Du denkst, dass nur der Große Häuptling da oben im Himmel Dinge erschaffen kann. Bis zu einem gewissen Punkt stimmt das auch.“

Er drehte einen Zweig Dämonenkraut zwischen Daumen und Zeigefinger. „Aber ich kann etwas nehmen, das Er erschaffen hat, und es verderben. Jahrhundertelang hatte ich eine gute Zeit dabei, Dinge in Krankheiten und Seuchen zu verwandeln. Dann ist mir ein neuer Gedanke gekommen. Statt die Menschen schwach und nutzlos zu machen, könnte ich doch das Gegenteil tun. Warum nicht etwas erschaffen, das Menschen zu Übermenschen macht? Die unter meiner Kontrolle stehen, versteht sich."

Er stopfte das Dämonenkraut in seine Manteltasche. „Stell dir nur vor, wie viel Schmerzen und Verzweiflung ich über die Welt bringen kann, wenn ich eine Armee von Übermenschen befehlige?"

„Ich dachte, das wäre Meister Hans Armee", knurrte Howard.

„Er stellt die Männer. Ich … verbessere sie. Der Trank, den ich mithilfe des Dämonenkrauts braue, verleiht ihnen übermenschliche Stärke und eine erstaunliche Heilungskraft." Er winkte nachlässig ab. „Aber die banalen Details, das Ernten und die Ausbildung der Armee, so etwas langweilt mich. Das überlasse ich Meister Han. Du wärst erstaunt, wie viele Menschen freiwillig ihre Seele aufgeben im Tausch für die Chance, zum Übermenschen zu werden."

Er ging zu Howard. „Wie ist es mit dir? Willst du zu den Gewinnern überlaufen?"

„Fahr zurück in die Hölle", fluchte Howard.

Darafer lächelte spöttisch. „Wer sollte mich dazu zwingen?" Er sah sich nach Wu Shen um. „Meister Han soll entscheiden, was mit ihnen geschieht."

„Ja, mein Lord." Wu Shen verbeugte sich.

„Aber lasst das Mädchen am Leben. Sie hat gute Beziehungen." Darafer lächelte Abigail an. „Lass mich wissen, wenn dein Vater einen Handel eingehen möchte. Ich könnte deine Mutter retten."

Sie hob das Kinn, entschlossen, ebenso mutig wie Howard zu sein. „Fahr zurück in die Hölle, aus der du gekommen bist."

Er lachte in sich hinein. „Tatsächlich werde ich wohl eher deiner Mutter einen Besuch abstatten. So schade, dass es ihr wieder schlechter geht." Er verschwand.

Abigail blieb einen Moment lang das Herz stehen. Würde er ihrer Mutter wirklich etwas tun? Natürlich würde er. War das nicht genau, was Dämonen taten?

„Er hat Sawat umgebracht", sagte Howard leise, den Blick fest auf Wu Shen gerichtet. „Wenn er das nächste Mal wütend wird, könntest du an der Reihe sein."

Wu Shen presste die Lippen zusammen. „Du willst, dass ich die Seiten wechsele? Unsere Körper gehören Meister Han. Es ist eine Ehre, für ihn zu sterben."

„Was ist mit dem Dämon?", fragte Howard.

Wu Shen senkte den Blick. „Ihm gehören unsere Seelen."

Howard schnaubte. „Dann solltest du lieber hoffen, nie zu sterben."

Wu Shen marschierte ins Freie und stellte sich dicht an den Abgrund.

Abigail wechselte einen Blick mit Howard und nickte knapp. Zu Wu Shen konnten sie vielleicht durchdringen. Sie schickte ein stummes Gebet gen Himmel, dass sie alle überleben würden. Auch ihre Mutter.

Wu Shen kam zurück. „Die Sonne geht unter. Die *Chiang-shih* brauchen Blut."

„In der Kühltruhe dort hinten befindet sich Blut in Flaschen." Sie deutete darauf. „Ich könnte es ihnen geben."

Er nickte. „So ist es am besten. Dann werden sie dich nicht angreifen."

Sie eilte an die Kühltruhe und nahm drei Flaschen heraus. Dann setzte sie sich neben Gregori auf ihren Schlafsack.

Als die letzten Sonnenstrahlen verblasst waren, wurden vor dem Eingang der Höhle Fackeln angezündet. Wu Shen zündete auch die Kerosinlampen an, während er weitere Befehle erteilte. Drei Soldaten zogen ihre Schwerter und stellten sich in einer Reihe vor den Vampiren auf. Zwei weitere Soldaten behielten Howard im Auge.

Die Vampire schreckten auf. Ihre Brust weitete sich abrupt, als sie nach Luft rangen. Ihre Augen öffneten sich.

„Hör zu“, flüsterte Abigail.

Gregori streckte die Hand nach ihr aus, aber die Kette spannte sich fest zwischen seinen Schellen. „Was zum …“ Er setzte sich erschreckt auf.

J. L. und Russell setzten sich ebenfalls auf, und alle drei Vampire fluchten tonlos und zerrten an ihren Fesseln.

„Man hat uns gefangen genommen.“ Abigail schraubte den Verschluss von Gregoris Flasche und legte sie ihm in die Hände. „Meister Hans Armee ist tagsüber gekommen.“

„Wie?“, fragte J. L., während er die Soldaten musterte.

„Sie sind sterblich.“ Abigail öffnete J. L.s Flasche und reichte sie ihm. „Aber mit Superkräften. Womöglich können sie auch ziemlich gut hören“, fügte sie leise hinzu, damit die Männer aufpassten, was sie sagten.

„Mist“, flüsterte Gregori und trank dann von seinem Blut.

„Howard ist ebenfalls gefangen.“ Abigail reichte eine Flasche an Russell weiter. „Sie haben uns alle *fünf* in ihrer Gewalt.“

Die Männer schwiegen, aber sie konnte die Befriedigung in ihren Augen glänzen sehen, als ihnen klar wurde, dass Rajiv die Flucht gelungen war.

„Sie haben all unsere Waffen genommen und euch silberne Fesseln angelegt, damit ihr euch nicht teleportieren könnt. Und Howard kann sich nicht mehr verwandeln.“ Sie sah zu den Soldaten. Es schien ihnen nichts auszumachen, dass sie redete. „Meister Han arbeitet nicht allein. Er hat Hilfe von einem Dämon.“

„Einem Dämon?“, fragte J. L.

„Sein Name ist Darafer. Er lässt das Dämonenkraut mutieren, um daraus einen Trank zu brauen, der Menschen übernatürliche Kräfte verleiht.“

„Also hat sich ein böser Widersacher der Vampire mit einem Dämon verbündet.“ Gregori trank noch mehr Blut. „Wir stecken tief im Dreck.“

„Könnte schlimmer sein", murmelte J. L.

„Wie das denn?", fragte Gregori und musterte die Soldaten aus zusammengekniffenen Augen.

J. L. zuckte mit den Schultern. „Wir könnten tot sein."

„Er hat recht." Russell zog die Hände auseinander, um die Ketten zu prüfen. „Solange wir leben, können wir kämpfen."

„Genau." Gregori trank sein Blut aus und warf die Flasche fort. „So ein Pech, dass sie *alle* unsere Waffen haben." Er sah die anderen Vampire eindringlich an.

Russell und J. L. nickten und stellten ihre Flaschen hin.

„Und so ein Pech, dass sie auch Howard gefesselt haben", sagte Gregori laut. „Er neigt dazu, richtig sauer zu werden."

Howard erhob sich brüllend auf die Knie. Alle Soldaten sahen sich zu ihm um. In Vampirgeschwindigkeit zogen Gregori, Russell und J. L. die Messer unter ihren Schlafsäcken hervor. Ehe Abigail überhaupt sehen konnte, was geschah, lagen drei der Wachen tot auf dem Boden. Die Messer ragten ihnen noch aus der Brust. Die Vampire nahmen ihre Schwerter an sich.

„Fallen lassen, oder er stirbt." Wu Shen richtete eine Pistole auf Howards Gesicht. Die anderen zwei Wachen drückten ihm die Spitzen ihrer Schwerter in den Rücken.

Die Vampire erstarrten. Als Wu Shen seine Pistole entsicherte, warfen sie die Schwerter auf den Boden.

Er sah sie angewidert an. „Ihr glaubt, ihr könnt entkommen, indem ihr drei Wachen tötet? Draußen warten hundert weitere. Es ist uns eine Ehre, für Meister Han zu sterben."

„Gut gesprochen, Wu Shen", verkündete eine gedämpfte Stimme vor der Höhle.

„Meister Han." Wu Shen trat zurück und neigte den Kopf. „Wir haben die Gefangenen, die Ihr verlangtet."

28. KAPITEL

Verdammt. Er hatte gerade einen Menschen getötet. Gregoris Blick wanderte zu dem Toten und dem Messer, das dem Mann aus der Brust ragte. Ian hatte ihn am Anfang seiner Ausbildung in Schwertkampf und Selbstverteidigung gewarnt. *Wenn du dich auf einen Kampf einlässt, musst du töten, um zu überleben.*

Mit den Jahren hatte Gregori sich mental vorbereitet. Wenn es zur Schlacht mit den Malcontents kam, wollte er Seite an Seite mit seinen Freunden kämpfen können. Und das bedeutete, Malcontents zu töten. Das hatte er akzeptiert. Schließlich waren die Malcontents bösartige Vampire, die seit Jahrhunderten folterten und töteten. Sie hatten es verdient zu sterben. Stach man sie ins Herz, zerfielen sie einfach zu einem Haufen Staub. Ein Windstoß, und auch der Staub war verschwunden.

Keine Leiche. Keine Schuldgefühle. Keine Reue.

Es war ihm nie in den Sinn gekommen, dass er vielleicht auch einen Menschen töten musste. Dieser Leichnam hier würde nicht einfach verschwinden. Der Tote lag in seiner Blutlache da, die Augen weit aufgerissen. Er starrte, ohne zu sehen.

Gregori ballte die Hände zu Fäusten und wandte sich ab. *Du bist jetzt ein Krieger. Komm damit zurecht.* Er musste Abigail beschützen und sie unbeschadet nach Hause bringen. Er musste sie alle unbeschadet nach Hause bringen.

Ihr erster Versuch war fehlgeschlagen, aber er würde die Augen offen halten und für die nächste Gelegenheit bereit sein.

Eine neue Gruppe Soldaten kam in die Höhle gerannt und nahm die Schwerter an sich, die Russell, J. L. und er hatten fallen lassen. Selbst den Toten wurden die Messer aus der Brust gerissen, falls Gregori und seine Freunde in Versuchung geraten sollten, sie noch einmal zu benutzen.

Abigail war blass und rang die Hände. Er warf ihr einen aufmunternden Blick zu. Ein paar Asse hatten sie noch im Ärmel: Rajiv war entkommen. Wenn er sich bis zum Stamm seines

Großvaters durchschlagen konnte, hatten sie eine kampfbereite Gruppe Wertiger auf ihrer Seite. Rajiv würde es bestimmt gelingen, Angus anzurufen. Und selbst wenn er den Kontrollanruf verpasste, erfuhr Angus auf jeden Fall, dass sie in Schwierigkeiten waren. Dann konnte er sie mithilfe der implantierten Peilsender in ihren Armen aufspüren.

Die Soldaten führten eine Nummer aus Kratzfüßen und Verbeugungen auf und wichen dann zur Seite, damit Meister Han die Höhle betreten konnte.

Er war groß. Und dünn. Das war alles, was Gregori erkennen konnte, denn Hans Körper verbarg sich in einer schwarzen Seidenrobe, über der er eine weitere Robe aus roter Seide mit Goldstickereien trug. Auch das Gesicht war nicht zu erkennen. Tief in den Schatten der Kapuze wurde es durch eine goldene Maske von allen Blicken abgeschirmt. Kein Wunder, dass Hans Stimme so blechern und gedämpft klang.

„Meister Han und die drei Vampirlords", verkündete Wu Shen ehrfurchtsvoll. „Lord Ming, Lord Qing und Lord Liao."

Drei asiatische Vampire folgten Meister Han. Sie waren ebenfalls in fließende Seidenroben gekleidet, aber ihre Köpfe waren unbedeckt. Ihr langes geflochtenes Haar hing ihnen den Rücken hinunter. Sie alle hatten die Hände an den Hüften gefaltet. Gregori nahm an, dass sie ihre Hände nicht oft benutzten. Mit diesen gekrümmten, mindestens fünfzehn Zentimeter langen Fingernägeln wäre das auch ziemlich schwierig.

Ekelhaft. Abigails Miene verriet, dass sie das Gleiche dachte.

Es war schwer zu sagen, was Han dachte oder fühlte, solange er diese dämliche goldene Maske trug, aber Gregori konnte sehen, wie die braunen Augen Howard musterten, ehe Han langsam in den hinteren Teil der Höhle schritt. Sein Blick blieb kurz an Abigail hängen und zog dann zu J. L. und Russell weiter. Er erstarrte.

„Schwein", murmelte Russell.

Lord Ming sagte etwas auf Chinesisch, und Lord Qing schien ihm zuzustimmen.

„Sie wollen uns umbringen", flüsterte J. L.

„Glaubst du, ich habe Angst vor Lord Ming, Qing und Dingeling? Die können mich alle mal", knurrte Russell.

Meister Han hob eine schwarz behandschuhte Hand und deutete auf Russell. „Der da gehört mir. Er trägt mein Zeichen."

Die drei Vampire murmelten ungläubig.

„Zeig dein Zeichen", befahl Meister Han mit seiner gedämpften, blechernen Stimme. „Zeig, dass du mir gehörst."

Russell funkelte ihn nur wütend an, ohne sich zu regen.

Ein Soldat trat vor und versuchte, nach seinem rechten Arm zu greifen, aber Russell stieß ihn weg. Meister Han deutete auf Howard, und einer der Soldaten packte Howard an den Haaren, riss seinen Kopf zurück und hielt ihm ein Messer an die Kehle.

„Also, Sklave." Meister Han wandte sich wieder Russell zu. „Zeig mir dein Zeichen."

Russell riss sich den Ärmel hoch, um seine Tätowierung zu zeigen. „Die bedeutet überhaupt nichts, du Arschloch."

„Im Gegenteil, sie bedeutet, ich lasse dich am Leben, bis ich mein Eigentum zurückhabe." Meister Han zog drei Spritzen aus einer bestickten Tasche, die er sich mit Kordeln um seine Hüfte gebunden hatte. Er reichte sie an einen Soldaten weiter und gab ihm auf Chinesisch Anweisungen.

Der Soldat kam mit den Spritzen auf sie zu.

Gregori ging automatisch in Verteidigungshaltung, und neben ihm taten Russell und J. L. das Gleiche, auch wenn ihre Bewegungen durch die verfluchten Handschellen stark eingeschränkt waren.

„Bleib hinter uns", flüsterte er Abigail zu.

Meister Han hob die Hand. „Beruhigt euch. Ihr müsst betäubt werden, damit wir die Handschellen abnehmen und euch teleportieren können."

„Wir müssen überhaupt nichts", knurrte Gregori.

„Das Betäubungsmittel wird euch nicht schaden", entgegnete Meister Han. „Eure Weigerung hingegen wird eurem Freund großer Schaden sein.“ Er deutete auf Howard. „Mir ist egal, ob der dort überlebt.“

Gregori ballte die Hände zu Fäusten. *Mist.* Ihnen blieb keine andere Wahl, als zu kooperieren. Howard musste am Leben bleiben. Und sie mussten Zeit schinden. Ohne sich teleportieren zu können, gab es keine Möglichkeit, der Höhle zu entkommen. Jedenfalls nicht, solange draußen so viele Soldaten warteten. Wenn sie Han dagegen gestatteten, sie an einen anderen Ort zu bringen, könnte ihnen die Flucht dort leichter fallen. Und da sie die Peilsender implantiert hatten, konnte Angus sie auch dort finden.

Einer der Vampirlords murmelte Meister Han etwas auf Chinesisch zu.

„Du.“ Meister Han deutete auf Abigail. „Du kommst her.“

Abigail erstarrte und sah Gregori entsetzt an.

Er wendete sich Meister Han zu. „Lass sie in Ruhe, und wir ergeben uns.“

„Ihr ergebt euch, oder wir bringen den da um.“ Meister Han deutete auf Howard.

Gregori starrte ihn wütend an. „Wenn ihr etwas passiert, bringe ich dich um.“

Meister Han lachte. Der Klang hallte hinter seiner Maske. „Ich habe kein Interesse an ihr. Lord Ming hier ist es, der sie will.“

Lord Ming sagte etwas auf Chinesisch, und Gregori sah J. L. fragend an.

„Er sagt, sie hat einen sehr anmutigen jungfräulichen Hals“, flüsterte J. L. „Er will der Erste sein, der sie beißt.“

„Du Dreckschwein.“ Gregori sprang in Vampirgeschwindigkeit auf Lord Ming zu, streckte die Hände aus, um die Kette anzuspannen, und schlug sie Lord Ming gegen den Hals. Das Silber zischte auf seiner Haut.

Während Lord Ming schreiend vor Schmerzen zurücksprang, rissen zwei Soldaten Gregori zu Boden und richteten ihre Schwerter auf seine Brust.

Meister Han beugte sich über ihn. „Du trägst mein Zeichen nicht. Es würde mir nichts ausmachen, dich zu töten.“

„Das Gefühl beruht auf Gegenseitigkeit", presste Gregori zwischen zusammengebissenen Zähnen heraus. Er wünschte sich, Han die goldene Frisbeescheibe vom Gesicht zu reißen und sie ihm in den Hals zu stecken.

„Gregori." Abigail rannte mit Tränen in den Augen zu ihm. „Bitte …"

Ein Soldat packte sie und drückte ihr ein Messer an die Kehle.

„Ausgezeichnet. Ich glaube, jetzt fühlen sich alle eher zur Mitarbeit bereit." Meister Han wendete sich an den Soldaten mit den Spritzen und erteilte ihm einen Befehl.

Der Soldat ging auf Russell und J. L. zu und bedeutete ihnen, sich hinzusetzen. Nachdem sie sich gesetzt hatten, stach er ihnen die Spritzen in den Hals. Sie sackten beide in sich zusammen.

Gregori sah Abigail in die Augen. Seine Brust zog sich zusammen. Sie sah so blass und verängstigt aus.

„Ich liebe dich", flüsterte er, als die Spritze in seinen Hals drang. Die Höhle fing an sich zu drehen, und alles um ihn herum wurde schwarz.

Abigail ließ sich bis zum Kinn in die Wanne voll heißem Wasser sinken. Vielleicht würde man sie einfach vergessen, wenn sie sich ganz ruhig verhielt.

Sie war seit schätzungsweise zwanzig Minuten auf dem Anwesen von Meister Han. Die drei Lords hatten Russell, J. L. und Gregori davonteleportiert, nachdem man ihren bewusstlosen Körpern die silbernen Schellen abgenommen hatte. Sie hatte keine Ahnung, wo die Männer jetzt waren. Mit geschlossenen Augen stellte sie sich Gregoris Gesicht vor, erinnerte sich an die Worte der Liebe, die er ihr zugeflüstert hatte, und an seinen besorgten Blick.

Die Soldaten hatten Howard so fest eins übergezogen, dass ihm Blut über das Gesicht gelaufen war, als er bewusstlos vornüberkippte. Sie hatten auch ihm die Silberschellen abgenommen, ehe Lord Liao zurückgekehrt war, um ihn zu teleportieren.

Lord Ming war zurückgekommen, um Abigail zu holen. Er hatte mit seinen grässlichen langen Nägeln nach ihrem Arm gegriffen, und als er sie an sich gezogen hatte, konnte sie seinen fauligen Atem riechen.

Selbst jetzt erschauderte sie noch bei der Erinnerung daran und griff nach der Seife, um ihren Körper zum fünften Mal abzuschrubben. Lord Ming hatte sie auf einen Innenhof teleportiert, wo etwa dreißig Soldaten sich im Licht von Fackeln im Nahkampf übten. Wu Shen und seine hundert Soldaten waren noch immer am Jangtsekiang, jedenfalls vermutete Abigail das, denn teleportieren konnten sich die Männer nicht. Hoffentlich brauchten sie eine Weile, um zu Hans Anwesen zurückzukehren.

Als ihr Meister auf dem Innenhof auftauchte, hielt die kleine Gruppe Soldaten inne und streckte sich auf dem Boden aus. Han sagte nichts, sondern drehte sich einfach um und ging die Treppe hinauf zu einer Art buddhistischem Tempel.

Lord Ming zerrte Abigail in ein eingeschossiges Gebäude, das sich über die ganze Seite des Anwesens erstreckte. Er führte sie einen Gang hinab und schob sie dann in ein Zimmer, in dem sich bereits drei Frauen befanden. Ein Harem, nahm sie an, weil die Frauen alle jung und hübsch waren und Bissspuren an den Hälsen aufwiesen.

Die drei fingen an, um sie herumzuwirbeln. Und obwohl Abigail sich eigentlich fest vorgenommen hatte, nicht zu kooperieren, war die Versuchung eines heißen Bades nach der Nacht in der eiskalten Höhle einfach zu stark.

„Fertig?", fragte eine der jungen Frauen, die einzige, die Englisch sprach.

„Noch fünf Minuten." Abigail hob die Hand, um fünf Finger zu zeigen.

„Nein. Wir müssen fertig machen." Die junge Frau winkte ihre beiden Gefährtinnen herbei, die ihr eine wunderschöne türkisfarbene Robe und bestickte Slipper reichten.

„Du wirst diese Kleidung heute Nacht für Lord Ming tragen", erklärte ihr die Frau.

Abigail stieg langsam aus der Wanne und griff nach einem Handtuch, während ihre Gedanken sich überschlugen. „Hör zu, äh … wie heißt du?"

„Ich bin Mei Li."

„Mei Li, ich bin Abby."

„Abby." Die Frauen verbeugten sich und murmelten ihren Namen.

„Freut mich. Hört zu, ich werde mich anziehen, weil ich nicht nackt von hier flüchten will. Aber auf gar keinen Fall lasse ich mich von diesem Ekel beißen."

Mei Li sah sie verwirrt an. „Es ist eine Ehre, Meister Han und die Vampirlords mit deinem Blut zu nähren."

„Ich denke, es wäre ehrenhafter, sie verhungern zu lassen."

Mei Li riss die Augen weit auf. „Aber verstehst du nicht: Es ist eine Ehre, Meister Han und den Vampirlords zu dienen."

Abigail seufzte. „Die haben in euren Köpfen rumgepfuscht, was?"

Mei Li deutete noch einmal auf die seidenen Roben. „Komm, wir helfen anziehen."

Abigail zog zuerst das Unterkleid aus weißer Seide an, wickelte sich dann in die türkisfarbene Robe und band den Gürtel zu.

„Keine Angst." Mei Li rückte ihren Gürtel zurecht. „Lord Ming wird gut zu dir sein. Er nimmt nicht so viel Blut wie Meister Han."

„Du bist schon bei Lord Ming gewesen?"

Mei Li nickte. „Aber heute ich gehe mit Ping und Genji. Wir nähren die amerikanischen *Chiang-shih*."

Abigail ballte die Hände zu Fäusten. Eine dieser hübschen Frauen wollte Gregori den Hals anbieten? Nur über ihre Leiche. „Um ehrlich zu sein, einer dieser amerikanischen *Chiang-shih* ist mein Freund. Wir lieben uns."

Mei Li neigte mit zusammengekniffenen Augen den Kopf zur Seite. „Du und dein Freund … lieben?"

„Ja. Liebende. Wir lieben einander wirklich sehr."

Mei Lis Blick schien sich in weite Ferne zu richten. „Ich … erinnere."

„Hattest du einen Freund?"

Mei Li nickte langsam. „In Kunming. Aber ich bin nach Hause gegangen, um meine Familie zu sehen, und das ganze Dorf arbeitet jetzt auf dem Feld für Meister Han."

„Ich habe dieses Dorf gesehen", sagte Abigail.

„Dann haben sie mich hierher gebracht." Mei Li erstarrte, und ihr Gesicht verlor jeden Ausdruck. „Es ist eine Ehre, Meister Han und seinen Vampirlords zu dienen."

Abigail stöhnte. Gerade als sie geglaubt hatte, bei Mei Li Fortschritte zu machen, hatte die vampirische Gedankenkontrolle sie wieder an sich gerissen. „Willst du nicht von hier fliehen? Deinen Freund wiedersehen?"

„Es ist eine Ehre, Meister Han und seinen Vampirlords zu dienen."

„Okay. Warum dienst du dann nicht dem Vampirlord? Wir tauschen die Plätze. Du kannst Lord Ming nähren, und ich nähre den amerikanischen Vampir."

Mei Li zögerte. „Lord Ming wird wissen, dass ich nicht du bin."

„Ja, aber es ist doch eine Ehre, von ihm gebissen zu werden, richtig? Von einem Amerikaner gebissen zu werden ist dagegen überhaupt nicht ehrenhaft." Abigail rümpfte angeekelt die Nase.

Mei Li schauderte. „Ich mag keinen von denen nähren."

„Super! Dann tauschen wir." Abigail fühlte sich schuldig, weil sie jemanden manipulierte, der nicht klar denken konnte. Sie benutzte die arme Mei Li ebenso, wie die gruseligen Vampire es taten. Aber sie wollte sich verzweifelt vor Lord Ming und seinen ekligen Nägeln und Fangzähnen schützen. Und sie musste Gregori und die anderen Männer finden. Sie mussten alle zusammenhalten, damit sie entkommen konnten.

Fünf Minuten später gingen Abigail, Ping und Genji gemeinsam aus dem Zimmer. Sie waren alle in ähnliche Roben gekleidet und trugen die gleichen Schleier über dem Kopf. Mei Li blieb zurück, um ebenfalls in einer Robe und einem Schleier darauf zu warten, zu Lord Ming gerufen zu werden.

Ping führte sie einen Korridor nach dem anderen entlang, bis sie endlich nach draußen kamen. Abigail bemerkte, dass sie sich jetzt hinter dem buddhistischen Tempel befanden. Sie überquerten den Hof zu einem flachen Gebäude mit schweren Metalltüren, vor denen drei bewaffnete Soldaten standen. Hier musste sich das Gefängnis befinden.

Ping sprach mit einem der Wächter. Der öffnete ein kleines Fenster an der ersten Tür und nickte dann grunzend. Er schloss die Tür auf, und Ping ging hinein. Abigail erhaschte einen Blick auf Russell, der bewusstlos auf einer Matte lag, ehe die Tür wieder geschlossen und verriegelt wurde.

Der Wächter öffnete die nächste Tür. Abigail konnte J. L. erkennen und wich zurück, damit Genji eintreten konnte.

Der Wächter schloss die dritte Tür auf, und Abigail schlüpfte hinein. Hinter ihr fiel die Tür laut knallend ins Schloss.

Sie beeilte sich, als Erstes nachzusehen, ob es Gregori gut ging. Er war noch bewusstlos, aber sein Herz schlug kräftig. Die silbernen Schellen waren verschwunden. Seine Stiefel fehlten, da die Soldaten sie ihm ausgezogen hatten, seine Füße steckten nur in dicken Wollsocken. Seinen Pullover und seine Jacke hatte er noch an. Er lag mitten im Raum auf einer dünnen Matte. Es gab keinen Bodenbelag, nur harte Erde.

Sie richtete sich auf, damit sie sich besser umsehen konnte. Über ihnen schien eine grelle Neonröhre, die die glatten Metallwände zum Glänzen brachte. Rostfreier Stahl? Sie sah genauer hin. *Silber.* Natürlich. Wahrscheinlich konnte man Vampire nur so gefangen halten. Selbst die Decke war aus Silber.

Gregori stöhnte und legte sich eine Hand an die Stirn. Dann setzte er sich plötzlich auf und sah sich um.

Jetzt hatte er sie entdeckt. „Verschwinde. Ich habe kein Interesse."

Seine Treue ließ ihr das Herz aufgehen. „Bist du sicher?", fragte sie und zog sich den Schleier vom Kopf.

„Abby", hauchte er, sprang dann auf sie zu und zog sie fest in seine Arme. „Oh, Gott sei Dank geht es dir gut. Und du bist bei mir. Ich hatte gefürchtet, dieses Ekel Ming bekommt dich in seine Klauen."

„Ich sollte zu ihm gehen, aber ich habe Mei Li überredet, die Plätze zu tauschen."

„Oh, Scholar, du bist so brillant." Gregori küsste sie auf die Stirn.

„Das war nicht nur mein Verstand, glaub mir. Als ich mir vorgestellt habe, wie du mit der schönen Mei Li eingesperrt bist, war ich bereit, dieses Anwesen mit bloßen Händen in Stücke zu zerlegen."

Er lachte und zog sie eng an sich.

Sie sah zu ihm hoch und strich ihm das Haar aus der Stirn. „Ich bin mir nicht sicher, ob Lord Ming den Tausch hinnehmen wird, er scheint auf unberührte Hälse zu stehen."

„*Jungfräuliche* Hälse", murmelte Gregori. „Widerliches Ekel."

„Eben. Und deshalb habe ich mir Folgendes überlegt: Wir sollten meinem Hals so schnell wie möglich die Unschuld rauben."

Er riss die Augen auf. „Du meinst …"

„Ja. Du musst mich beißen, ehe Lord Ming merkt, dass ich ihn ausgetrickst habe."

„Abby." Gregori ließ sie los und wich zurück. „Nein."

„Du hast meine Erlaubnis."

„Nein! Wir werden einfach von hier fliehen." Seine Gestalt verschwamm und nahm dann wieder Form an. „Mist. Ich kann nicht teleportieren." Er ging im ganzen Raum umher und untersuchte die Wände.

„Sie sind aus reinem Silber", erklärte sie.

Er berührte die Tür, schnitt aber gleich eine Grimasse und zog die Hand zurück. „Selbst die Tür ist aus Silber."

„Wir werden hier nicht so einfach rauskommen, und wenn Lord Ming immer noch eine Jungfrau will, dann …"

„Abby, wie soll ich dich mit Bissspuren am Hals zu deiner Familie zurückbringen?"

Beim Gedanken an ihre Familie traten ihr Tränen in die Augen. Zum hundertsten Mal hoffte sie, dass es ihrer Mutter gut ging. „Im Moment wäre ich schon froh, überhaupt zurückzukommen."

„Ich bringe dich hier raus. Irgendwie."

Sie atmete bebend durch. „Gregori, es war schrecklich. Der Dämon hat gesagt, er kann meiner Mutter helfen, wenn mein Vater bereit wäre, mit ihm zusammenzuarbeiten. Ich habe gesagt, er soll zur Hölle fahren, und er hat gesagt, er besucht stattdessen lieber meine Mutter und sorgt dafür, dass es ihr schlechter geht!"

„Verdammt, Abby." Gregori nahm sie wieder in die Arme. „Es tut mir so leid. Das war, als ich im Todesschlaf lag?"

Sie nickte, die Wange an seine Brust geschmiegt.

„Gott, ich hasse es, wenn ich dich nicht beschützen kann."

Sie sah zu ihm auf. „Du könntest mich jetzt vor Lord Ming beschützen."

Er zuckte zusammen. „Ich will dich nicht beißen. Ich habe noch nie eine Sterbliche gebissen und möchte ganz bestimmt nicht mit dir anfangen."

„Wenn du mich nicht beißt, wird er es tun!" Sie krallte sich an die Aufschläge seiner Jacke. „Bitte. Ich ertrage den Gedanken nicht, von ihm angefasst zu werden. Oder dass er seine Zähne in meinen …"

„Okay." Gregori raufte sich die Haare. „Mist. Ich ertrage den Gedanken, dass er dich anfasst, auch nicht."

„Du hast mir im Nachtclub damals gesagt, dass du Vampirfrauen gebissen hast und es irgendwie angenehm war. Kannst du das bei mir auch so machen?"

„Es wäre … möglich."

„Gut. Dann tun wir es."

Er zögerte. Trat von einem Fuß auf den anderen.

Sie hob die Augenbrauen. „Was?"

„Ich will nicht, dass du mich mit Fangzähnen siehst."

„Ich habe den Rest von dir doch auch gesehen." Sie seufzte ungeduldig. „Komm schon, Gregori. Ich weiß, dass du Fangzähne hast."

Er verzog das Gesicht. „Ausgefahren hast du sie noch nicht gesehen. Sie werden wirklich ziemlich lang."

„Ich habe bereits einen anderen Teil von dir ausgefahren gesehen, und der war mir absolut nicht zu lang."

Er verschränkte die Arme. „Du meinst, du kommst damit zurecht?"

„Ja. Beiß mich."

Seine Mundwinkel zuckten. „Du willst mich anstacheln."

„Ja. Ich lasse mich von diesem Ekel nicht anfassen." Sie setzte sich auf die Matte und drapierte ihre Seidenrobe um sich herum. „Also, wie lang genau wirst du?"

Er hob eine Augenbraue. „Lang genug, um meine Aufgabe zu erledigen."

„Okay, ist dir die rechte Seite lieber?" Sie neigte den Kopf nach links. „Oder die linke?" Sie neigte den Kopf nach rechts.

Er entledigte sich seiner Jacke und warf sie auf den Boden. Danach ging er auf sie zu. Seine Augen glitzerten intensiv grün.

Sie musste schlucken.

Er fiel vor ihr auf die Knie. Seine Augen wurden rot.

„Rechts oder links?", flüsterte sie.

Er zog sie auf seine Knie und in seine Arme. „Rückseite", stieß er knurrend hervor und gab ihr einen Klaps auf den Po.

Sie keuchte auf. „Greg…"

Er schnitt ihr das Wort mit einem wilden Kuss ab. Gleichzeitig presste er sie mit einer Hand gegen seinen Schritt.

Sie schlang ihm die Arme um den Nacken und glitt mit den Händen in sein Haar. Er vergrub die Nase an ihrem Hals, und sie ließ den Kopf zurückfallen.

Er leckte so geschickt mit der Zunge an ihrem Hals hinauf, bis sie anfing zu beben.

Er tat es noch einmal, und sie keuchte auf. Irgendwie übertrug sich das Gefühl auf die Stelle zwischen ihren Schenkeln. Ihre Knie fingen an zu zittern, und sie fiel stöhnend zurück auf die Matte.

„Abby." Er löste ihren Gürtel und öffnete die Robe.

Ihre Brustspitzen waren hart unter dem durchsichtigen Unterkleid aus weißer Seide.

„So hübsch." Er rieb mit den Fingern über ihre Brüste und zupfte dann zärtlich an ihren harten Brustwarzen.

Sie keuchte. „Gregori, beiß mich."

Er musste lachen. „Du willst es wirklich, nicht wahr?"

„Ja." Sie streckte die Hand nach ihm aus. „Ich liebe dich, Gregori. Ich will immer mit dir zusammen sein. Ich möchte alles mit dir teilen."

Seine roten Augen glühten noch intensiver. „Ich liebe dich auch." Er küsste sie und wendete sich dann wieder ihrem Hals zu. Er leckte und knabberte, und mit jeder Bewegung spürte sie das Prickeln intensiver zwischen ihren Beinen. Und sie wollte noch mehr.

„O Gott, berühr mich." Sie rieb sich an ihm.

Er schob ihr das Kleid hoch und ließ seine Hand zwischen ihre Oberschenkel wandern. Sie bäumte sich auf vor Lust, als er ihre empfindlichste Stelle berührte und gleichzeitig mit den Fangzähnen an ihrem Hals kratzte.

Mit einem leisen Ploppen brachen seine Zähne durch ihre Haut. Mit jedem tiefen Saugen fühlte es sich an, als würde er tiefer und tiefer in sie eindringen. Der Höhepunkt traf sie mit zerstörerischer Kraft.

Gregori löste seine Zähne aus ihr und hielt sie ganz fest, bis auch das letzte erregende Pochen verklungen war.

Er schaute ihr in die Augen. „Alles in Ordnung?"

Sie nickte. Seine Augen waren wieder grün und seine Fangzähne zurückgefahren. „Nimm mich, Gregori."

„Ich dachte, das hätte ich getan."

„Nicht ganz. Ich will mehr."

In seinen Augen funkelte es belustigt, und er küsste sie auf die Nase. „Ich will dich nicht auf dem dreckigen Boden nehmen, Abby."

Sie lächelte. „Wir könnten es auch jederzeit an der Decke versuchen."

Er lachte, hielt dann plötzlich inne und schaute an die Decke. „Die Decke."

„Sie ist mit Silber ausgelegt."

„Ja, aber das da ist eine ziemlich große Lampe." Er stand auf und schwebte an die Decke.

Sie erhob sich ebenfalls und rückte ihre Kleidung zurecht.

„Stell dich dicht an die Wand." Er riss die Lampe aus der Decke.

Die Leuchtröhren fingen an zu knistern und zu knallen. Er zerrte fester daran. Die Röhren explodierten, und es wurde dunkel im Raum.

„Bleib wo du bist", riet er ihr. „Auf dem Boden liegen Scherben."

„Kannst du sehen?"

„Nicht so richtig. Hier ist eine Öffnung. Ich glaube, sie ist groß genug. Ich kann durch sie hindurchschweben."

Sie wartete und hörte dann seine gedämpfte Stimme.

„Ich kann die Dachziegel spüren. Ich teleportiere mich nach draußen. Warte."

Sie lauschte und hörte dann einen dumpfen Aufprall auf dem Dach. Reglos verharrte sie in der Dunkelheit, dann öffnete sich endlich die Tür.

Gregori beugte sich mit einer Taschenlampe in der Hand hinein. „Alles klar. Pass auf, wo du hintrittst."

Sie lief eilig nach draußen und entdeckte dort, dass die drei Wachen bewusstlos auf dem Boden lagen und die anderen Türen offen standen. J. L. und Russell bedienten sich an den Waffen der Wächter. Sie nahmen jeder ein Schwert und einen Dolch und reichten das Gleiche an Gregori weiter. Ping und Genji standen daneben, hielten sich aneinander fest und flüsterten aufgeregt.

Gregori legte Abigail den Arm um die Schultern. „Es wäre das Beste, wenn ich dich jetzt direkt zu Kyo teleportieren würde."

Der Vorschlag war verlockend, sehr verlockend. „Aber wir können nicht gehen, ehe wir Howard gefunden haben."

In der Ferne erklang ein Brüllen. Es klang wie ein wütender, verwundeter Bär.

„Hier entlang." Russell führte sie leise um den buddhistischen Tempel herum.

Sie blieben hinter einigen Säulen stehen.

Abigail keuchte auf.

Dort auf dem Innenhof stand ein riesiger Käfig, und darin befand sich ein enormer Bär. Ihm klebte Blut an einer Seite des Kopfes. Um den Käfig herum standen Soldaten und stachen mit langen Speeren hinein, um die Haut des Tieres zu durchdringen. Der Bär drehte sich im Kreis, schlug um sich und zerbrach die Speere vor sich, aber weitere stachen ihm in den Rücken.

In Abigails Augen brannten heiße Tränen. „Sie foltern ihn."

Gregori sah sich nach den anderen beiden Vampiren um. „Sollen wir diesen Schweinen zeigen, wie es sich anfühlt, erstochen zu werden?"

Die Vampire teleportierten sich hinter drei der Soldaten, wirbelten die Männer herum und stachen ihnen in die Brust. Verbissen kämpften sie weiter und hieben laut brüllend nach den Männern mit den Speeren.

Von außerhalb des Anwesens wurde ihr Kampfgeschrei erwidert, und dann füllte der Innenhof sich plötzlich mit Vampiren, die sich teleportiert hatten. Abigail fing vor Freude an zu weinen, als sie Angus, Robby und Kyo unter ihnen entdeckte. Noch ein Brüllen schallte durch die Luft, und über die Mauern kamen Tiger gesprungen. Den Vampiren gelang es, den Käfig zu öffnen. Howard sprang ins Freie. Er brüllte und schlug nach den Männern, die ihn gefoltert hatten.

Ping und Genji kreischten auf und rannten eilig in den Tempel. Plötzlich erklang ein lauter Gong, und weitere Soldaten strömten auf den Innenhof.

Abigail schlich sich die Treppe zum Tempel hinauf, damit sie dem Kampf aus dem Weg gehen und besser sehen konnte. Sie wollte Gregori nicht aus den Augen lassen. Er schlug sich einen Pfad durch die Feinde und arbeitete sich so zu ihr zurück.

Plötzlich legte sich eine Hand auf ihren Mund und zerrte sie nach hinten. Mings scharfe Fingernägel gruben sich in ihre Haut, und sein fauliger Atem stieg ihr in die Nase.

Sie stieß ihm den Ellenbogen fest in die Rippen und riss sich los. Der Lord taumelte zurück, doch in Vampirgeschwindigkeit war er wieder bei ihr und packte sie an den Armen. Sein Blick senkte sich auf ihren Hals.

Er kreischte vor Wut und stieß sie von sich. Sie stolperte die Treppe hinunter, schlug sich die Knie an, richtete sich aber gleich wieder auf. Sie erstarrte.

Er hatte zwei lange Dolche aus seinem Gürtel gezogen.

Irgendwo hinter ihr schrie Gregori auf.

Und dann warf Lord Ming knurrend die Dolche.

Sie duckte sich genau in dem Augenblick, als Gregori sich vor sie teleportierte. Zwei dumpfe Aufschläge, von denen ihr übel wurde. Gregoris Körper bäumte sich auf.

„Nein", flüsterte sie. Er brach vor ihr zusammen.

„Nein!", kreischte sie.

Russell rannte die Treppe hinauf und stieß Ming einen Dolch mitten durch die Brust. Der Lord sackte zusammen und zerfiel zu Staub.

„O Gott, nein!" Abigail fiel neben Gregori auf die Knie. Er lag blass und reglos da. Zwei Dolche ragten ihm aus dem Rücken.

Sie zog ihn an sich und presste ihre Wange gegen seine. „Gregori."

Am oberen Ende der Treppe, direkt neben dem Eingang zum buddhistischen Tempel, entdeckte sie Meister Han.

Er betrachtete sie schweigend und verschwand gleich darauf.

29. KAPITEL

Er blutet immer noch!" Abigail weinte, als sie das blutgetränkte Handtuch in die Plastikwanne warf und sich ein frisches nahm, um es gegen eine der Wunden auf Gregoris Rücken zu pressen.

Angus presste ein Handtuch auf die zweite Wunde. Er hatte Gregori beide Dolche aus dem Rücken gezogen, doch es war ihnen noch nicht gelungen, die Blutung zu stillen.

„Hier, wir versuchen das." Kyo schob ihre Hand zur Seite und schmierte eine Paste auf die Wunde.

„Was ist das?"

„*Yunnan Baiyao.* Geheime Medizin, um Blutung zu stillen."

„Was ist da drin?"

„Wenn ich verrate, es kein Geheimnis!" Kyo schmierte mehr von der Paste in die zweite Wunde. „Aber es sind gute Dinge darin – Ginseng, Myrrhe und Drachenblut."

Statt weiter aus den Wunden zu strömen, wurde das Blut erst zu einem Rinnsal und stoppte dann ganz.

Abigail sackte auf dem Boden neben dem Bett zusammen und brach in Tränen aus.

„Na, na, Kleines." Angus tätschelte ihr die Schulter. „Wird schon alles gut."

„Aber er hat so viel Blut verloren", wimmerte sie.

„Aye, wenn er aufwacht, muss er mehrere Flaschen trinken."

Sie nickte. Sie hatte ihn nach Tokio ins Krankenhaus bringen wollen, aber Angus hatte es verboten. Man durfte nicht riskieren, dass Gregori dort in den Todesschlaf fiel oder in ein Zimmer mit Sonnenlicht gelegt wurde.

Sie stand auf und setzte sich neben Gregori aufs Bett. „Stirb bloß nicht, hörst du! Wir beide haben schon so viel zusammen durchgemacht. Ich weiß nicht, wie ich ohne dich weiterleben soll."

Er lag immer noch bewusstlos da.

Wenigstens funktionierte Kyos geheime Medizin. Sie dachte an den schrecklichen Augenblick zurück, als ihr klar geworden war, dass Gregori die Dolche abbekommen hatte, die für sie bestimmt waren. Auf den Stufen des Tempels hatte sie sich weinend an ihn geklammert. Als Angus sie fortzuziehen versuchte, damit er sie teleportieren konnte, hatte sie wirklich darum gekämpft, Gregori nicht loszulassen.

Letztendlich war es Angus gelungen, sie von ihm zu lösen, während Robby sich um Gregori gekümmert hatte. Schließlich hatten sie sich alle zu Kyos Villa teleportiert.

Über das, was auf dem Anwesen vorgefallen war, war sie sich nicht ganz im Klaren. Sie wusste, dass irgendwann, nachdem Angus sie teleportiert hatte, auch die anderen Vampire zurückgekehrt waren. Jetzt schienen sie zu feiern, also mussten sie einen Sieg errungen haben. Aber auf dem Gelände waren nur ungefähr dreißig Soldaten gewesen. Der Großteil von Hans Armee befand sich also noch auf dem Rückweg vom Jangtsekiang.

Wenigstens schien außer Gregori niemand ernsthafte Verletzungen davongetragen zu haben. Howard und Rajiv hatte man ebenfalls zurückgebracht. Howards Wunden waren schon fast verheilt, als er sich in menschliche Gestalt zurückverwandelte.

Nur einer der Vampire war nicht mit den anderen zurückgekehrt. Russell. Angus schickte einen Suchtrupp nach ihm aus, als sein Peilsender verriet, dass er zum ersten Stützpunkt zurückgekehrt war. Dort fehlten ein Schlafsack und einige Flaschen Blut, und auf dem Boden lag in einer kleinen Blutlache der Peilsender.

J. L. hatte den Suchtrupp zum zweiten Stützpunkt geführt. Es hatte den Anschein, als wäre Russell auch dort gewesen, da sein Rucksack fehlte. J. L. und sein Team hatten das Gepäck der anderen eingesammelt, ehe sie zu Kyos Villa zurückgekehrt waren. Abigail hatte deswegen zwar ihren Rucksack zurück, aber keine Proben des Dämonenkrauts oder der dritten Pflanze.

Kyo brachte ihr eine Kühltruhe mit synthetischem Blut, die er neben das Bett stellte. „Wenn er aufwacht, er muss trinken."

Sie nickte. „Danke, Kyo."

Während der Sonnenaufgang näher rückte, kam Angus immer wieder herein, um nach Gregori zu sehen. Und er brachte

Besucher mit. Sie lernte Yoshi und Yuki kennen, zwei von Kyos Freunden, die Angus' Aufruf zur Schlacht gefolgt waren.

„Ich hatte nur eine Stunde, um eine Armee zusammenzustellen", erklärte Angus. „Und ich musste auf Gebiete zurückgreifen, in denen es um die Zeit dunkel war. Glücklicherweise hatten wir einige Freiwillige aus Down Under dabei." Er stellte ihr Rick, Steve und Bryan aus Australien vor.

„Danke, dass ihr gekommen seid, Laddies", sagte Angus.

„Klar, Mate", sagte Rick. „Wir sind immer auf der Suche nach einem guten Kampf."

Abigail schüttelte ihnen die Hand. „Freut mich sehr. Ich bin Abigail Tucker."

„Oy, mit Tucker bezeichnen wir bei uns zu Hause alles Essbare. Jeder, der so heißt, muss in Ordnung sein", sagte Steve.

„Schön hast du es hier, Mate." Bryan legte Kyo einen Arm um die Schultern. „Hast du noch mehr Blier da?"

Kyo lachte. „Das habe ich. Kommt mit. Wir sollten uns beeilen, ehe Yoshi und Yuki die gesamten Vorräte austrinken."

Als Rajiv und Howard bei ihr vorbeisahen, fing Abigail wieder an zu weinen.

„Nicht weinen, Miss Abby. Wir sind okay, sehen Sie?" Rajiv lächelte sie an, aber auch in seinen Augen glänzten Tränen. Er umarmte sie und verschwand dann schnell, zweifellos, um nicht auch loszuheulen.

Im Raum wurde es wieder still. Sie setzte sich neben Gregori und dachte daran, wie nah die Vampire und Gestaltwandler sich standen und wie gut sie aufeinander achtgaben. Sie waren wie eine Familie.

Eine Familie, zu der sie gehören wollte.

Kurz vor Sonnenaufgang kamen Angus und Robby noch einmal zurück, um nachzusehen, wie es Gregori ging.

„Wenn er es bis in den Todesschlaf schafft, ist alles gut", versicherte ihr Robby.

„Aber wenn er wirklich stirbt?", flüsterte sie. „Wie erkenne ich den Unterschied?"

„Er würde zu Staub zerfallen", sagte Angus. „Nur noch ein paar Minuten, Lassie. Wenn er erst in den Todesschlaf fällt, wird er wieder gesund."

Sie verließen den Raum.

„Wie soll der Todesschlaf dich denn gesund machen?", fragte sie Gregori. Aber er antwortete nicht, sondern lag einfach nur still und stumm da.

Es war schwer zu sagen, wann genau die Sonne aufging, weil die schweren Aluminiumläden vor dem Fenster alles Licht aussperrten. Aber irgendwann bemerkte Abigail, dass er aufgehört hatte zu atmen.

„Gregori", flüsterte sie und streichelte ihm das Haar.

Sie zog ihm die Bettdecke bis zu den Schultern und legte sich dann in eine Wolldecke gewickelt neben ihn. Durch die Stunden der Angst und des reinen Terrors vollkommen erschöpft fiel sie schnell in einen tiefen Schlaf.

Sie wachte auf, als durch Gregoris Körper ein Ruck ging. Er atmete tief ein. Weil er auf dem Bauch gelegen hatte, befand er sich nach dem Aufrichten in der Mitte des Bettes.

Sie blinzelte. „Dir geht es gut?" Sie setzte sich strahlend auf. „Dir geht es wirklich gut! Oh, Gott sei Dank." Sie schlang ihm die Arme um den Hals und umarmte ihn.

Er zitterte am ganzen Leib. „Bleib zurück." Er nahm ihre Arme und schob sie von sich. Seine Augen schimmerten eindringlich grün. *„Hunger."*

„Oh, richtig." Wahrscheinlich wirkte sie auf ihn wie ein verlockendes Frühstück im Bett. Sie krabbelte zur Kühltruhe und nahm eine Flasche heraus.

Stöhnend ließ er seine Zähne ausfahren.

Sie schraubte den Verschluss ab und reichte ihm die Flasche.

Er kippte alles hinunter, auch wenn seine Fangzähne ihm im Weg waren und ihm Blut das Kinn und den Hals hinabtropfte.

Abigail nahm eine weitere Flasche und schraubte sie auf. Er war so hungrig, dass ihm die eiskalte Temperatur des Blutes nichts auszumachen schien. Als er die leere Flasche zur Seite warf, reichte sie ihm gleich die nächste.

Sie rückte langsam hinter ihn, um nach seinen Wunden zu sehen. Die Paste war getrocknet und fiel ihm in Schuppen ab.

Die Wunden waren verschwunden.

Er drehte sich zu ihr um. „Ich werde noch eine Flasche brauchen." Seine Fangzähne hatten sich wieder eingezogen, er konnte die nächste Flasche also leer trinken, ohne dass ihm Blut das Kinn hinablief.

Sie reichte ihm die Flasche. „Geht es dir wirklich gut?"

„Ja. Bin nur so hungrig." Er trank noch mehr.

Sie ging ins Badezimmer, wusch sich und nahm dann ein feuchtes Handtuch mit zurück ins Schlafzimmer, um ihm den Rücken zu reinigen.

„Das musst du nicht", knurrte er.

Ohne auf seine Worte zu achten, kletterte sie hinter ihm aufs Bett, um die Paste abzuwaschen. Die Wunden waren verschwunden. Als wären sie nie da gewesen.

Mit der Hand strich sie über seine glatte Haut. „Du bist vollkommen wiederhergestellt. Wie kann das sein?"

Er zuckte mit den Schultern. „Das passiert bei uns während des Todesschlafs."

Sie erinnerte sich, dass Robby und Angus gesagt hatten, es würde ihm gut gehen, wenn er nur in den Todesschlaf fallen konnte. „Wie kann eine so wundersame Veränderung vor sich gehen, während ihr tot seid?"

„Ich weiß es nicht." Er trank noch mehr Blut. „Das ist so eine Vampir-Geschichte."

„Aber um solche Heilkräfte zu haben …"

„Abby, stell es nicht infrage. Freu dich einfach, dass wir beide am Leben sind."

„Ich bin so dankbar für das, was du getan hast." Sie schlang ihm die Arme um die Taille und umarmte ihn von hinten. „Das war sehr mutig und edelmütig von dir."

Er tätschelte ihr die Hände. „Jederzeit, Kleines."

Sie lehnte sich zurück und betrachtete seinen makellosen Rücken. Es war wirklich ein Wunder. „Heilen Vampire immer in ihrem Todesschlaf?"

„So gut wie." Er hob die Flasche hoch und trank sie leer.

Sie krabbelte vom Bett und stellte sich vor ihn hin. „Ich muss dich untersuchen."

Zusammenzuckend stellte er die leere Flasche auf den Nachttisch. „Abby, ich bin, was ich bin. Und du liebst mich doch, nicht? Also reden wir nicht mehr davon."

„Aber du hast wundersame Heilungskräfte. Ich muss wissen, wie das funktioniert. Ich brauche eine Blutprobe von dir."

Mit schmerzhaftem Blick schloss er kurz die Augen. „Verlang das nicht. Bitte."

„Warum nicht?"

„Du weißt doch, dass sich viele Vampire darauf verlassen, von mir geschützt zu werden. Wenn herauskommt, dass wir auf irgendeine Weise besonderes Blut haben, ist keiner von uns mehr sicher. Wir würden von Blutsammlern gejagt und bis auf den letzten Tropfen ausgesaugt werden."

Seltsamerweise kam ihr diese Unterhaltung sehr bekannt vor. Wie eine Art Déjà-vu. „Ich ... ich würde es niemandem verraten."

„Abby, bitte. Ich bin am Leben. Du bist am Leben. Wir können nach Hause gehen und zusammen sein. So ist es perfekt. Rüttele nicht daran."

„Es ist nicht perfekt! Meine Mutter könnte sterben! Und ich habe nicht einmal das Dämonenkraut oder die andere Pflanze. Nur die erste, und es ist noch nicht absehbar, ob sie irgendeinen Nutzen für mich haben wird. Aber hier ..." Sie deutete auf ihn. „Hier ist der Beweis, dass du unglaubliche Heilungskräfte besitzt. Es geht kein Weg daran vorbei. Ich muss dein Blut untersuchen."

„Ich kann nicht!" Er stand auf. „Das habe ich doch schon gesagt."

„Wann hast du das schon gesagt?"

Er wurde blass. „Gerade eben."

Das Gefühl eines Déjà-vu kehrte mit voller Wucht zurück. Sie rieb sich die Stirn. An was versuchte sie gerade, sich zu erinnern?

„Ich bin … wirklich schmutzig. Ich gehe unter die Dusche." Er ging mit langen Schritten ins Badezimmer.

Sie stand einfach nur da. In ihrem Kopf überschlugen sich die Gedanken. *So ist es perfekt. Rüttele nicht daran.* Wie konnte sie an etwas rütteln, indem sie einfach nur nach seinem Blut fragte? *Das habe ich doch schon gesagt.*

Das merkwürdige Gefühl wurde immer stärker. Nervös ging sie im Schlafzimmer auf und ab und versuchte, sich zu erinnern. Sie hatten sich im Weißen Haus kennengelernt. Dann kam das Date im Nachtclub und später der Filmdreh bei DVN. Nein, nichts davon rief vergessene Erinnerungen wach.

Am nächsten Abend war sie bei Romatech gewesen. Dort hatte Sean Whelans Frau herausgefunden, dass ihr Mann ihr seit Jahren im Kopf herumpfuschte.

Abigail stutzte. Nein, das konnte nicht sein. So etwas würde Gregori nie tun.

Immer mehr Kleinigkeiten drängten sich an die Oberfläche ihres Bewusstseins. Sie war fast in Ohnmacht gefallen. Beim Abendessen hatte sie überrascht bemerkt, dass schon fünfundvierzig Minuten vergangen waren. Ein Stressball war in ihrer Tasche aufgetaucht, ohne dass sie sich erinnern konnte, wie er dort hinkam. Laszlo war zu ihr gekommen, als würde er sie bereits kennen.

Ein Schaudern durchlief ihren ganzen Körper.

Sie hatte dieses Gespräch schon einmal mit Gregori geführt.

Hastig sprang sie auf und ging hinüber ins Badezimmer. Er stand in der Dusche, mit dem Rücken zu ihr. Ein Rücken, der völlig glatt war und kein Anzeichen der Wunden mehr aufwies, die man ihm zugefügt hatte.

Mit zitternder Hand öffnete sie die Tür.

Gregori drehte sich um und lächelte. „Willst du mitmachen?"

Tränen brannten ihr in den Augen. Sie hatte Angst zu fragen, Angst vor der Antwort. „Hast du etwas mit meinem Verstand angestellt? Hast du meine Erinnerungen gelöscht?"

Sein Lächeln verblasste. „Abby, nicht …"

„Hast du in meinem Verstand herumgepfuscht?"

Er verzog das Gesicht. „Wir … können darüber reden."

„Nein!" Sie wich zurück. Ihr Herz zog sich schmerzhaft zusammen, und eine Welle der Übelkeit rumorte in ihrem Magen. „Du hast es wirklich getan."

„Abby, wir können darüber reden." Er stellte das Wasser ab und trat aus der Dusche. „Ich hatte damals keine andere Wahl. Und es waren nur wenige Minuten."

Sie presste die Hand auf den Mund und rannte zurück ins Schlafzimmer.

„Abby." Immer noch klatschnass lief er ihr hinterher.

„Wie konntest du?" Mit zitternden Händen öffnete sie ihren Rucksack.

„Ich habe es dir doch gesagt. Ich muss viele Leute beschützen."

„Und was ist mit meiner Mutter? Ich versuche, sie zu beschützen!" Sie fand ihren Pass, ihr Bargeld für Notfälle und ihre Kreditkarte.

„O Gott." Tränen liefen ihr das Gesicht hinab. Sie musste ihn verlassen. Sie konnte nicht bei jemandem bleiben, der sich an ihrem Verstand vergriff.

Sie warf sich den Rucksack über die Schulter. „Wir sind gerade durch die Hölle gegangen, obwohl es nicht nötig war! Wenn du mir einfach eine Blutprobe gegeben hättest, hätte ich diese verdammten Pflanzen vielleicht nicht einmal gebraucht. Wir hätten nicht leiden müssen, ich wäre nie diesem verdammten Dämon begegnet, und er hätte mir nicht gedroht, meiner Mutter etwas anzutun!"

Sie stürmte aus dem Schlafzimmer und die Treppe hinab ins Foyer. Als sie versuchte, die Eingangstür zu öffnen, ging ein Alarm los. Sie drückte verzweifelt auf irgendwelche Knöpfe und versuchte, die Tür damit zu öffnen.

„Was ist los?“, fragte Kyo, der rasch auf sie zukam.

Sie schniefte und wischte sich die Tränen aus dem Gesicht. „Ich will nach Hause. Können Sie mir bitte ein Taxi rufen?“

„Taxi?“ Er sah verwirrt aus. „Warum weinen Sie?“

„Abby!“ Gregori kam nur in seine Jeans gekleidet nach unten gerannt. „Geh nicht so. Wir können über alles reden.“

„Es gibt nichts zu sagen!“, brüllte sie ihn an. „Du vertraust mir nicht genug, um mir eine Blutprobe zu geben. Und ich kann dir überhaupt nicht mehr vertrauen!“

„Hol’s der Teufel.“ Angus kam in das Foyer geschritten, eine Flasche Blut in der Hand. „Wieso regen sich alle so auf?“

„Ich brauche ein Taxi.“ Abigail schniefte. „Ich fahre zum Flughafen.“

„Nein!“ Gregori ging auf sie zu. „Wir können es doch wieder hinbiegen.“

Sie zerrte an der Türklinke. „Ich will weg!“

„Miss Tucker“, sagte Angus. „Es gibt keine Papiere über Ihre Einreise ins Land. Wenn Sie noch etwas warten, kann ich Sie nach Westen teleportieren. Es dauert nur noch einen winzigen Mo…“

„Ich will nicht warten.“ Sie wischte sich die Tränen aus den Augen.

„Ich habe Privatjet“, schlug Kyo vor. „Sterblicher Pilot.“

„Wirklich?“, fragte Angus.

Kyo nickte. „Mir gefällt es. Ich fliege hinten mit und schlafe im Sarg. Ich muss nicht warten, bis die Sonne untergeht.“ Er wendete sich an Abigail. „Ich bringe Sie aus Japan fort. Mein Jet bringt Sie nach Hawaii. Dort nehmen Sie Flugzeug nach Hause.“

„Nein!“, rief Gregori. „Sie geht nicht. Wir müssen darüber reden.“

„Lass sie gehen und in Ruhe nachdenken“, murmelte Angus ihm zu.

„Yuki ist mein Chauffeur“, sagte Kyo. „Er soll Sie zum Flughafen bringen.“ Er drückte einige Knöpfe auf der Gegensprechanlage und öffnete dann die Tür.

„Danke, Kyo. Sie sind sehr nett gewesen.“ Sie trat ins Freie.

Eine schwarze Limousine fuhr vor. Abigail stieg auf den Rücksitz, während Kyo dem Fahrer einige Anweisungen gab. Als Yuki schließlich losfuhr, rannen ihr noch mehr Tränen über das Gesicht.

Sie verließ Gregori. *Nachdem er fast gestorben ist, um dir das Leben zu retten.* Sie schob den Gedanken zur Seite.

Er hatte in ihrem Verstand herumgepfuscht. Ihre Erinnerungen gelöscht. Sie wäre vielleicht gar nicht auf die Mission aufgebrochen, wenn sie in seinem Blut etwas Nützliches entdeckt hätte. Der Gedanke an alles, was sie durchlitten hatten – Gregoris Wunden und Howards Folter –, ließ ihr noch mehr Tränen die Wangen hinablaufen.

Er weigerte sich, ihr sein Blut zu geben. Weigerte sich, ihr zu vertrauen. Weigerte sich, ihrer Mutter zu helfen.

Aber er liebt dich. Du liebst ihn. Er ist fast gestorben, um dir das Leben zu retten.

Nein. Daran würde sie jetzt nicht denken. Sie durfte nicht.

Er mochte ihr das Leben gerettet haben.

Aber er hatte ihr auch das Herz gebrochen.

30. KAPITEL

Gregori tigerte in seinem Büro bei Romatech auf und ab. Verzweifelte Situationen erforderten verzweifelte Maßnahmen. Und er war wirklich verzweifelt.

Zeit für Plan C.

Er drückte seinen Stressball. Die verschiedenen Pläne hatte er sich auf dem Rückweg nach New York überlegt. Angus, Robby und er hatten mehrere Zwischenstopps einlegen müssen, um darauf zu warten, dass die Sonne an ihrem nächsten Ziel unterging. Also hatte er jede Menge Zeit gehabt, sich zu überlegen, wie er Abby zurückgewinnen konnte. Angus und Robby hatten ihm beide den gleichen Ratschlag erteilt: Auf die Knie fallen und um Verzeihung betteln. Aber er hoffte, das zu vermeiden. Immerhin hatte er ihr das Leben gerettet. Und er hatte ein wenig Respekt verdient, verdammt noch mal.

Sonderlich gut lief es allerdings nicht. Variante A hatte jämmerlich versagt. Der Plan hatte darauf basiert, dass ihr Streit im Großen und Ganzen unbedeutend war. Abby und er liebten sich. Kleine Enttäuschungen sollten sich daher leicht ausbügeln lassen.

Also hatte er sie angerufen, um zu fragen, ob sie gut zu Hause angekommen war. Sie war nicht einmal ans Telefon gegangen. Er hinterließ ihr fröhliche Nachrichten und ließ ihr Blumen ins Weiße Haus schicken. Er schickte ihr Süßigkeiten ins Büro. Dann noch mehr Blumen und einen Obstkorb ins Krankenhauszimmer ihrer Mutter. Dann weitere fröhliche Nachrichten mit Beteuerungen seiner Liebe. Und das alles im felsenfesten Glauben, dass sie diesen kleinen Sturm ohne Probleme umschiffen konnten.

Erste leise Zweifel an Plan A waren ihm gekommen, als er die Blumen zu Mulch zerhackt zurückgeschickt bekam.

Dennoch war er unverzagt zu Plan B übergegangen – ihre Pflanzen als Geiseln zu halten, bis Abigail sich mit einem Treffen einverstanden erklärte. Er hatte sie per SMS darauf hingewiesen, dass ihre Tigerklaue sich bei Romatech befand. Natürlich würde er sich gut um die Pflanze kümmern. Sie könne jederzeit abends vorbeikommen, um sie abzuholen. Oder er würde sie ihr persönlich im Büro vorbeibringen.

Keine Antwort.

Verdammt. Eigentlich war er sicher gewesen, dass Plan B funktionieren würde. Doch irgendetwas war schiefgegangen. Die Frage war nur, was. Wollte Abigail die verdammten Pflanzen nicht? Wollte sie ihrer Mutter nicht helfen? Er wusste aus den Fernsehnachrichten, dass es der First Lady immer schlechter ging.

Nach gründlichem Nachdenken war er schließlich zu folgendem Ergebnis gekommen: Abigail fühlte sich hintergangen. Irgendwelche Blumen würden ihm da gar nichts nützen. Seine einzige Hoffnung, sie zurückzugewinnen, war Plan C.

Seufzend ließ er den Stressball auf seinen Schreibtisch fallen. Dann nahm er das kleine Paket, das er für sie vorbereitet hatte, und steckte es sich in die Manteltasche. Er hatte bis drei Uhr morgens gewartet, weil er annahm, dass das Krankenhaus um diese Zeit ruhig und frei von Besuchern sein würde.

„Viel Glück“, murmelte er zu sich selbst. Dann holte er tief Luft und teleportierte sich in Belinda Tuckers Krankenhauszimmer.

Bis auf die Lichter der Monitore war es vollkommen dunkel. Die First Lady schlief in ihrem Bett. Sie sah blass aus.

Auf der anderen Seite des Zimmers schlief Abigail auf einer Couch. Sie hatte dunkle Ringe unter den Augen, und ihre Nase glänzte rot, als hätte sie zu viel geweint.

„Es tut mir leid, Abby“, flüsterte er.

In der Ecke lag auf einem Liegestuhl ein junger Mann ausgestreckt, der ebenfalls schlief. Das musste Lincoln sein, Abbys Bruder.

Schlaft, befahl er Abby und ihrem Bruder. Er konnte nicht zulassen, dass sie aufwachten, ehe Plan C vollständig durchgeführt war.

Die Tür öffnete sich, und ein Pfleger kam herein. Ein junger Mann, ganz in Weiß gekleidet, mit blondem lockigem Haar. Gregoris Anblick schien ihn nicht zu erschrecken.

Er lächelte. „Wie kann ich Ihnen helfen?"

Gregori schoss einen Strahl Gedankenkontrolle auf ihn, war sich allerdings nicht sicher, ob er ihn damit erreichte. „Ich möchte ihr Blut spenden." Er zeigte auf Belinda. „Eine direkte Transfusion. Meine Blutgruppe ist die gleiche wie ihre." Er hatte mehrere Nächte lang nur Blutgruppe null getrunken, um sicherzustellen, dass sie zusammenpassten.

Der Pfleger neigte den Kopf. „Ich werde tun, was Sie verlangen."

„Gut." Er musste den Pfleger doch unter seine Kontrolle bekommen haben. Er zog den Mantel aus und legte ihn auf den Couchtisch neben Abigail.

Der Pfleger führte eine Kanüle in Belindas linken Arm ein, weil ihr rechter Arm bereits an einem Tropf hing. „Bringen Sie bitte einen Stuhl mit."

Gregori trug einen leichten Plastikstuhl auf die andere Seite des Bettes. Er setzte sich hin und krempelte sich den Ärmel hoch.

Der Pfleger desinfizierte seine Ellenbeuge und führte dann eine Kanüle ein. Schon bald floss sein Blut durch einen Schlauch in Belindas Körper.

Nach etwa zehn Minuten nahm ihr Gesicht Farbe an. Sie öffnete die Augen, sah den Pfleger und lächelte. „Du bist zurückgekommen."

„Ja." Der Pfleger nickte und lächelte zurück. „Und es ist noch jemand gekommen, um dir zu helfen."

Sie riss die Augen auf, als sie Gregori bemerkte. „Gregori. Was machen Sie da?"

„Ich versuche zu helfen."

Ihr Blick fiel auf den Schlauch, der ihre beiden Arme verband. „Sie geben mir Vampirblut?" Sie erstarrte. „Ich werde doch nicht etwa zum Vampir?"

„Nein“, versicherte Gregori ihr. „Ich werde Ihnen auf keine Weise Schaden zufügen.“

„Dir geschieht nichts“, sagte der Pfleger leise. „Vertrau mir.“

„Das tue ich“, antwortete sie.

Der Pfleger lächelte und deutete auf Gregori. „Ihm kannst du auch vertrauen.“

Belinda sah ihn neugierig an.

„Das wird reichen.“ Der Pfleger löste ihre Verbindung und strich dann ein Pflaster auf Belindas Einstichwunde. Auch Gregori klebte er ein Pflaster auf den Arm.

„Danke.“ Gregori rollte seinen Ärmel wieder hinab.

Belinda sah zu Abigail hinüber, die auf der Couch weiterschlief, und wendete sich dann wieder Gregori zu. „Sie haben ihr das Herz gebrochen.“

„Ich weiß. Ich … versuche, es zu flicken.“

„Indem Sie mich zusammenflicken?“ Sie lächelte. „Mir geht es schon viel besser.“

„Das freut mich.“ Er seufzte. „Ich hätte schon viel eher versuchen sollen, Ihnen zu helfen. Es tut mir sehr leid.“

„Abby hat mir erzählt, dass Sie nur versucht haben, Ihre Leute zu beschützen, und dass Sie Angst hatten, man würde Sie wegen Ihres Blutes jagen.“

Langsam nickte er. „Ich hatte Angst, ihr zu vertrauen.“

„Das kann ich verstehen. Ich weiß von meinem Mann, dass es eine große Last sein kann, wenn die Sicherheit anderer Menschen von den eigenen Entscheidungen abhängt. Sie müssen sich zwischen zwei Welten hin- und hergerissen gefühlt haben.“

„Abby ist meine Welt. Das weiß ich jetzt.“ Er sah zu ihr. „Ich würde alles für sie tun.“

Belinda atmete tief ein und langsam wieder aus. „Ich muss zugeben, dass ich nicht gerade erfreut gewesen bin, als mir klar wurde, dass meine Tochter Sie liebt. Aber je mehr sie über Sie geredet hat, desto mehr habe ich verstanden, warum.“

Er spürte einen leisen Anflug der Hoffnung in sich aufkeimen. „Sie spricht gut von mir?“

Belinda lächelte. „Mal mehr, mal weniger. Sie war sehr wütend und hat ziemlich über Sie geschimpft. Aber gleichzeitig hat sie Sie immer auch verteidigt. Sie sagt, Sie haben ihr das Leben gerettet. Sie haben sich vor sie gestellt und mit dem Rücken zwei Dolche abgefangen, die für sie bestimmt waren."

Gregori nickte. „Ich liebe sie."

Belinda streckte die Hand aus und legte sie auf seine. „Wenn es Ihnen gelingt, sie zurückzugewinnen, haben Sie meinen Segen."

„Danke." Er drückte ihr die Hand und stand auf. „Ich habe etwas für Abby. Könnten Sie es ihr geben?" Er holte das Paket aus der Manteltasche und reichte es Belinda.

„Danke, Gregori. Danke, dass Sie mir geholfen und meine Tochter sicher nach Hause zurückgebracht haben."

Er nickte. „Gute Nacht." Er zog den Mantel an und bemerkte, dass der Pfleger immer noch in der Tür stand. „Danke für die Hilfe." Er fing an, den Mann aus seiner Gedankenkontrolle zu entlassen, bis er plötzlich merkte, dass es nichts zu entlassen gab.

Der Pfleger neigte den Kopf. „Gott schütze Sie."

„Sie auch." Gregori sah auf das Namensschild des Pflegers. *Buniel.* Er wich zurück und atmete scharf ein. „Sie … Sie …"

Buniels Augen funkelten belustigt. „Ja?"

„Sie sind ein Freund von Marielle. Sie hat uns von Ihnen erzählt."

Gregori strich sich mit der Hand durchs Haar. „Zum Teufel … ich meine, tut mir leid." Verdammt, gerade hatte er vor einem Engel geflucht. „Sind Sie nicht ein heilender Engel?"

„Ein Heiler, ja."

„Also … verflixt noch mal." Er deutete auf Belinda, die mittlerweile eingeschlafen war. „Warum haben Sie dann nicht schon längst die First Lady geheilt? Sie war dem Sterben nahe, als ich gekommen bin."

Buniel zog eine Augenbraue hoch. „Ich bin mir über ihren Zustand durchaus im Klaren. Ich habe sie am Leben erhalten."

„Sie hätten sie heilen können. Dann hätte ich ihr nicht mein Blut geben müssen."

„Aber das mussten Sie. Sie mussten lernen zu vertrauen." Der Engel deutete auf Abigail. „Und sie musste lernen, wie man vergibt. So ist es besser, finden Sie nicht auch?"

„Na ja … vielleicht." Gregori betrachtete Abigail. „Sie meinen, jetzt wird sie mir vergeben?" Er sah sich nach dem Engel um, allerdings war er bereits verschwunden.

Gregori seufzte. „Grüßen Sie Father Andrew von mir."

Abigail wachte auf, als ihre Mutter nach ihr rief.

„Mom?" Sie rappelte sich von der Couch auf und eilte ans Krankenbett. „Was ist los? Soll ich jemanden rufen? Ist es Zeit für deine Medizin?" Sie sah auf die Uhr. Es war vier Uhr morgens.

„Abby, schau mich an."

Sie blinzelte, als ihr klar wurde, dass ihre Mutter aufrecht saß. Und ihre Wangen sahen rosig aus. „Mom, was ist passiert?"

Belindas Augen funkelten. „Ein Engel ist gekommen, um nach mir zu sehen."

O Gott, ihre Mutter halluzinierte. „Das liegt wahrscheinlich an den Medikamenten."

„Der Engel sagte, dass alles gut wird. Und dann ist dein Gregori gekommen."

„Er ist nicht *mein* Gregori, Mom. Ich will ihn nie wiedersehen."

„Aber er hat dich gesehen, Liebes. Er hat mir gesagt, dass er dich liebt und alles für dich tun würde. Und er hat mir von seinem Blut gegeben."

„*Was?*" Abigails Herz pochte schneller.

Belinda berührte das Pflaster auf ihrem Arm. „Ich fühle mich so viel besser."

Abigail riss das Pflaster ab und besah sich den Einstich. „Wann war das?"

„Als der Engel mir die Transfusion von Gregori gegeben hat. Er war so ein schöner Mann. Der Engel, nicht Gregori. Obwohl Gregori auch sehr gut aussieht."

„Gregori war hier?"

„Ja. Mit einem Engel. Er hat gesagt, sein Name sei Buniel."
Abigail schüttelte den Kopf. Sie wusste nicht, was sie davon halten sollte, aber eines war sicher: Ihre Mutter sah einhundert Prozent besser aus. „Wir müssen einige Tests mit dir machen."
„Später." Belinda winkte ab. „Im Augenblick ist wichtig, dass du deinen Gregori findest, ehe die Sonne aufgeht. Er liebt dich wirklich sehr."
„Mom ..."
„Und er hat mir das hier für dich gegeben." Belinda zog ein Paket unter der Decke hervor. „Es ist klein. Ich denke, es könnte ein Verlobungsring sein."
„O mein Gott." Gregori war also wirklich hier gewesen. Ihr Name stand in seiner Handschrift auf dem Paket.
„Mach schon, öffne es! Ich will sehen, ob es ein Ring ist."
„Mom, soll das heißen, du wärst mit Gregori und mir einverstanden?"
„Liebes, er hat dir das Leben gerettet. Ich weiß, dass er ... anders ist, aber er ist ein guter Mann. Er hat uns versprochen, dich auf deiner Reise zu beschützen, und er ist fast gestorben, um sein Wort zu halten. So einen Mann lässt man sich nicht entgehen."
„Er ... er hat in meinem Verstand herumgepfuscht."
Belinda wedelte mit der Hand in der Luft herum. „Alle Männer pfuschen uns im Kopf herum – auf die eine oder andere Weise. Doch Gregori ist ein guter Mann. Selbst der Engel meinte, wir sollen ihm vertrauen. Machst du jetzt bitte das Paket auf?"
„Oh, richtig." Sie riss ein Ende auf und holte den Inhalt heraus. Unter einer Lage Thermofolie fand sie eine Ampulle voll Blut. Sie war mit „Gregori Holstein" markiert.
Belinda rümpfte die Nase. „Er schenkt dir Blut? Das ist nicht sehr romantisch."
Ihr traten Tränen in die Augen. „Doch, das ist es. Es bedeutet, er vertraut mir."
„Na gut, Liebes, dann solltest du dich jetzt wirklich beeilen und dich mit ihm treffen."

Abigail blinzelte ihre Tränen fort. „Ja, Mutter. Danke."

Sie ließ die Ampulle mit dem Blut in ihre Handtasche fallen und nahm ihr Handy heraus. Nach einem kurzen Zögern wählte sie die Nummer von Angus.

„Miss Tucker?", sagte er sofort. „Was kann ich für Sie tun?"

„Könnten Sie mich zu Romatech teleportieren?"

Im nächsten Augenblick stand sie am Seiteneingang von Romatech. Angus zog seinen Ausweis durch und öffnete ihr dann die Tür.

„Danke." Sie ging hinein.

„Jederzeit, Kleines." Sein Kilt wirbelte ihm schwungvoll um die Knie, als er neben ihr hermarschierte. „Anscheinend hat Plan C funktioniert."

„Wie bitte?"

Er musste lachen. „Seien Sie nicht zu hart zu dem Jungen. Er war ohne Sie völlig verloren." Er öffnete die Tür zum Sicherheitsbüro und ging hinein.

Sie nahm ihr Telefon aus der Tasche und schickte Gregori eine SMS. *Ich würde gern meine Pflanzen abholen. Wir treffen uns im Foyer von Romatech.*

Sofort kam eine Nachricht zurück. *Wann?*

Sie grinste und schrieb zurück. *Zehn Sekunden.*

Fünf Sekunden später raste Gregori mit Vampirgeschwindigkeit ins Foyer.

Abrupt blieb er stehen. „Hallo."

„Hallo." Sie biss sich auf die Unterlippe, damit sie nicht laut loslachte. Er sah so verflucht nervös aus. „Ich bin wegen meiner Pflanzen gekommen."

„Natürlich. Hier entlang."

Sie ging neben ihm her einen Korridor entlang.

„Wie ist es dir ergangen?", fragte er.

Sie zuckte mit den Schultern. „Hatte viel zu tun."

Er nickte und sah sie eindringlich an. „Wie geht es deiner Mutter?"

„Nicht schlecht. Sie scheint sich etwas erholt zu haben."

„Oh." Er runzelte die Stirn. „Das ist gut."

Er öffnete eine Tür. „Da drin sind deine Pflanzen."

Sie trat ein und blickte sich um. „Was für ein schönes Labor."

„Es gehört dir."

„Was?" Sie wirbelte zu ihm herum.

„Es gehört dir, wenn du es willst. Roman hat mir gesagt, dass er dich gerne einstellen würde. Du kannst arbeiten, an was du willst."

„Auch daran?" Sie zog sein Blut aus ihrer Handtasche.

„Ja." Er trat von einem Fuß auf den anderen. „Aber das kannst du behalten, egal an was du arbeitest. Ich vertraue dir."

Sie stellte Ampulle und Handtasche auf den Tisch. „Ich weiß, was du für meine Mutter gemacht hast. Ich wollte dir danken. Im Grunde kann ich dir nicht genug danken. Und ich verstehe, dass du die Pflicht hast, deine Art zu beschützen. Es war falsch von mir, dich zu verurteilen, obwohl du nur das Richtige tun wolltest."

„Dann vergibst du mir?"

Sie lächelte und nickte. „Ja. Kannst du mir auch vergeben?"

Er sprang auf sie zu und riss sie in seine Arme. „Oh, Abby, ich liebe dich."

Sie lachte und umarmte ihn fest. „Ich liebe dich auch."

„Gott sei Dank." Er küsste sie auf die Stirn. „Da ist etwas Hartes in meiner Hose."

Sie schnaubte. „Dein Telefon?"

„Nein." Er griff in seine Hosentasche und holte eine große goldene Scheibe heraus. „Das ist eine Ehrenmedaille. Angus hat sie mir verliehen."

„Oh, wie schön." Sie nahm die Scheibe und betrachtete sie eingehend. „Gratuliere."

„Es gab eine große Zeremonie, um mir für die Rettung der Vampire zu danken. Und Roman hat mich als seinen Erben eingesetzt. Das bedeutet, ich werde der nächste Zirkelmeister der Ostküste."

„Das ist ja wunderbar! Du musst furchtbar aufgeregt sein."

Er strich sich mit der Hand durch die Haare. „Ehrlich gesagt bedeutet das alles mir nicht sonderlich viel, solange ich es nicht mit dir teilen kann. Ich will bei dir sein, Abby."

„Wirklich?" Sie legte die Medaille auf den Tisch.

„Ja. Und ich werde dich glücklich machen. Du wirst schon sehen. Du kannst alle Freiheit haben, die du willst. Du kannst deinen alten Job behalten oder hier bei mir arbeiten. Und wenn du in der Nähe wohnen willst, können wir ein Haus kaufen."

„Willst du mich bitten, mit dir zusammenzuwohnen?"

Er trat einen Schritt zurück. „Na ja. Eigentlich, die Sache ist die …" Er zog einen Stressball aus der Tasche und drückte ihn. „Ich weiß, wie wichtig dir deine Freiheit ist. Aber ich dachte, wir könnten uns … äh, dauerhafter binden."

Sie biss sich auf die Lippe, um nicht zu grinsen. „Dauerhafter binden?"

„Ja." Er schloss die Faust um den Stressball. „Nicht dass ich irgendwie vorhätte, dich einzusperren. Mir ist klar, dass eine Bindung zu einem Vampir ziemlich langfristig ist, und ich will nicht, dass du dich gefangen fühlst …"

„Willst du mich fragen, ob ich dich heirate?"

Der Ball explodierte in seiner Hand. „O Gott, ja." Er warf den Ball auf den Boden und fiel auf die Knie. „Heirate mich, Abigail."

Sie kniete sich neben ihn und umfasste sein Gesicht mit beiden Händen. „Ja."

Er grinste. „Du heiratest mich?"

Sie lachte. „Ja!"

Er sprang auf und zog sie mit sich empor. „Du willst Kinder mit mir?"

„Ja."

„Und Sex an der Decke?"

Wieder lachte sie. „Ja."

„Und wir tanzen jeden Abend zu Discomusik?"

Mit gespielter Strenge runzelte sie die Stirn. „Jetzt gehst du wirklich zu weit."

Er lachte und presste sie eng an sich. „Ich liebe dich, Scholar. Mich in dich zu verlieben ist das Klügste, was ich je getan habe."

„Ich liebe dich auch." Sie schmiegte die Wange an seine Brust. Einen Vampir heiraten? Etwas Verrückteres würde sie im Leben nicht machen.

Obwohl … Sie schaute hinauf an die Decke. „Denkst du auch, was ich denke?"

Er musste lachen. „Ich schließe die Tür ab."

– ENDE –

Lesen Sie auch von Kerrelyn Sparks:

Deutsche Erstveröffentlichung

Kerrelyn Sparks
Der Vampir, der sich nicht traut

Vampir Connor hält sich für immun gegen die Liebe. Doch die Begegnung mit dem Todesengel Marielle wirft ihn komplett aus der Bahn. Sie ist eine teuflische Versuchung, der er nicht widerstehen kann …

Band-Nr. 65095
9,99 € (D)
ISBN: 978-3-95649-026-2
320 Seiten

Deutsche Erstveröffentlichung

Kerrelyn Sparks
Der verflixte siebte Biss

Ein Blick hat für Caitlyn genügt, um sich unsterblich in Carlos Panterra zu verlieben. Aber Carlos ist ein Werpanther – und damit eins der liebsten Opfer ihres Vaters …

Band-Nr. 65071
8,99 € (D)
ISBN: 978-3-86278-504-9
368 Seiten